发现上海

"启典阅新"2024上海市高校大学生
阅读与写作大赛作品集

主　编　肖　水　张永禄
副主编　施岳宏　冯　铁

上海大学出版社
·上海·

图书在版编目（CIP）数据

发现上海：“启典阅新”2024上海市大学生阅读与写作大赛作品集 / 肖水，张永禄主编；施岳宏，冯铗副主编．－－上海：上海大学出版社，2025.6．－－ ISBN 978-7-5671-5247-2

Ⅰ. I217.1

中国国家版本馆 CIP 数据核字第 2025QD0633 号

责任编辑　徐雁华
封面设计　缪炎栩
技术编辑　金　鑫　钱宇坤

发现上海：“启典阅新”2024上海市高校大学生
阅读与写作大赛作品集
主　编　肖　水　张永禄
副主编　施岳宏　冯　铗
上海大学出版社出版发行
（上海市上大路99号　邮政编码200444）
（https://www.shupress.cn　发行热线 021-66135112）
出版人　余　洋
*
南京展望文化发展有限公司排版
上海华业装潢印刷厂有限公司印刷　各地新华书店经销
开本 787 mm×1092 mm　1/16　印张 21.5　字数 339 千
2025 年 6 月第 1 版　2025 年 6 月第 1 次印刷
ISBN 978-7-5671-5247-2/I·724　定价　76.00 元

版权所有　侵权必究
如发现本书有印装质量问题请与印刷厂质量科联系
联系电话：021-56475919

目录

辑一 ▶ 新诗：一切感觉都在向我涌现

玉蟹致辞（外一首）/ 陈榆菲 …………………………………… 003
大连西路，他的手指放在过了河的卒子上（外三首）/ 王　井 …… 009
写在七宝古镇附近（外二首）/ 毕如意 …………………………… 014
喷泉修剪工（外一首）/ 祝　梨 …………………………………… 018
手中的雕塑未完成（组诗）/ 杨云天 ……………………………… 021
真如（外二首）/ 施岳宏 …………………………………………… 027
夏语（外三首）/ 蔡思若 …………………………………………… 031
海上：心的游行手记 / 车信昱 ……………………………………… 034
这是十二点零一分的上海（外四首）/ 陈思择 …………………… 037
南京路，或金色大街（外三首）/ 司　文 ………………………… 042
2023年，上海圣诞 / 犹　木 ………………………………………… 046
十六夜（外二首）/ 李雅琪 ………………………………………… 051
充气城堡（外三首）/ 冯　铗 ……………………………………… 055
泮池即景 / 袁　宇 …………………………………………………… 058
爱玲，上海（外一首）/ 张祯祎 …………………………………… 063

辑二　短篇小说：城市如海般流动

掌灯 / 李瑶瑶 …… 067
醉酒后 / 陈　颖 …… 074
长夏永不凋落 / 吕彦默 …… 082
海上 / 惠　忆 …… 088
好吃！ / 张　枫 …… 096
旧事重说 / 徐宁遥 …… 104
影子的连衣裙 / 王　井 …… 110
四季平安 / 顾骊榕 …… 117
地铁诗人狂想曲 / 杨欢欢 …… 126
十眼 / 张继杰 …… 135
园林中 / 冯　铗 …… 141
五原路樱桃园 / 吕嘉欢 …… 145
有慈无悲 / 连　寂 …… 153

辑三　散文／非虚构：你的上海是什么样的？

沪居 / 李易衡 …… 163
75岁步履不停：教学双轨间，一场摄影的修行 / 卜书典 …… 170
此刻与别处 / 李织素 …… 177
在钢铁丛林里唱响的山歌 / 陈勇彬 …… 181
正午的工人 / 陈　明 …… 188
年少日记 / 秦凡森 …… 193
生煎 / 黄思文 …… 199
重生 / 贾明进 …… 202
到底不是上海人 / 郑天硕 …… 208
评残 / 艾　琳 …… 212

上海交响 / 杨越悦 ··· 218

你的上海是什么样的？/ 徐宁遥 ··· 224

辑四 ▶ 文学评论：在文本中走向未来

《神圣祭坛》与王安忆 90 年代的"情理现实主义"/ 王幸逸 ······ 231

"我是生成的鬼"——重读徐訏《鬼恋》/ 周乐天 ·························· 236

邵洵美与上海 30 年代的文学空间 / 陈延英 ································ 242

上帝不响：上海文学的"上帝"与"我"/ 陈宇轩 ······················· 247

论穆时英《上海的狐步舞》中的"人工性"/ 陈陈相因 ················· 252

清词札记——云间三子杨花词发微 / 田育珍 ································ 257

聚散有时：万国商团与西方现代性在中国的显隐 / 余俊钦 ············· 263

一种新诗伦理的可能性——从几首青年诗人近作说开去 / 车信昱
·· 268

"大地"的审视与"人类世"下的城乡寓言——评孙未
"大地三部曲"/ 李昔潞 ··· 274

海上嫦娥弄新妆——况周颐《满路花》中的传统与新变 / 魏　靖
·· 281

从"海上"的方向看当代诗歌及其想象——由陈东东《诗篇》
谈起 / 陈榆菲 ··· 286

矛盾的典型：论《长恨歌》的"新""旧"复杂性 / 肖迪文 ············ 292

沧海遗珠　画壁漫摊 / 高悦坤 ·· 297

未来赛博景观的上海书写——评《沪上 2098》/ 程倚飞 ··············· 302

自我的幻灭：从成长小说角度重读《第一炉香》/ 黄羽彤 ············· 307

黄河路迷人的失败者之卢美琳——论电视剧《繁花》对扁平人物
塑造的超越 / 吕彦默 ·· 312

如何对抗新旧历史更替中的精神困境——由《五湖四海》想到
王安忆写作的源与流 / 郑天硕 ·· 317

上海现代文学的起源——《上海摩登》读札 / 刘天宇 ……………… 322

人物的分裂　命运的悲凉——评张爱玲小说人物的疯狂美学
　　/ 张心竹 ………………………………………………………… 327

附获奖名单 ……………………………………………………………… 330

后记 ……………………………………………………………………… 334

辑一

新诗：一切感觉都在向我涌现

玉蟹致辞（外一首）

/ 陈榆菲

玉 蟹 致 辞

——1960 年于上海思南路

看到她本人之前。竹荚鱼歇了枝
一头银发漉漉抚弄着不时低陷的腮，
已经很久没有落过吻的，阿婆
（那天你出门后就再也没有回来）
唇肉啮毛蟹的缰，不同年寿
身躯被白云和苍狗一点点缚紧
三岁茉莉掐月，此后观山高水低
醒了酒，舌头才尝到春天的咸腥
蛇形勾勒尖脐，花翎骚刺指腹
百褶难掩岁月碾过的辙痕
佝偻的青筋伸进山坳白茅坞
你曾好奇地掀开撒哈拉，窃窃嘶嘶
抖了抖雷梅苔丝的电热毯，海底
深吸一口气，俯仰之间砸裂大地
星星冲决塘堤，鹰刁悍啄食
夜的眼睛，藏掖着闪进碑林
蚍蜉说瀚海是砂砾的耳朵
脱轨的雁一节节哽在喉咙
你当然没有听见她的呼喊

不是所有的呼喊都能得到回应
她寄居于你偶尔施舍的余光
她倒挂在赤裸的红缎梧桐上
棋盘街在她身上来去，洒满
螺钉，被你的沉默一点点凿进
她的肩胛，捕兽夹本应长出翅膀
背脊拱起哀恸的桥，失望睡醒了
一点点凝结成雾凇状的块垒，在桥墩
一点点吹灭涵洞里挂的灯彩，荒原
一点点涨满浮生浅海淹没摇橹声
一点点掰开核，她直挺挺崩坍
不日，生活的颓垣断了半壁
如果可以，被覆也是一种幸福
她没学过失落，却时常温习
那片苍郁的黑，于是她决定
在发霉的果子里择选挑拣蒜柏抵药引
把万里松涛熬成一碗黏稠的剪子
裁缝称心如意的临终致辞，首先要
剥落牙齿上的绒毛，下牙的抛上屋顶
打破骐骥一跃十步的跳栏纪录
用舵重置日记本的密码，借你写的第一句
驼铃声是飞鸟的羽翼。她梳齿时漏下的沙
一撇和一点是泰戈尔画过的弧形
抠掉睑板腺分泌的青苔，鳞片送给
草珊瑚，飞出绰约成群的白鹭鹳雀
等她足够瘦瘠，从荒山的缝隙中探出头
摸索一个饱经风霜的悬崖，思寻
在能看到卡冈图雅的地方讽诵墓志：
一首诗的含义是另一首诗上演的默剧。

纤维细腻的白条禽肉和琴弦交错、勾连
蹩脚的狭长针线密密麻麻草就不断
只是你不揭穿我编织的儿戏
我穿凿起蟹脚、白毛风和灰猫的胡子
和我交涉的留声机与话匣子均无象征
你的昨天从明天开始跳马鞍
你，儿时的我和我本无价值也无意义
比起被风压塌了腰微微瑟瑟的海棠竹，我
更像兹独，游不过沙漠就会变成沼泽的暗河
泥泞一些辰光，很快又归于地球暗中孕育的
沸腾的森林，幼体无法回到井底就只能向前
在虚无中行走，温床酿热晴空新生的球茎
或者掘进灰杨古迹，用根系抛下的锚消解
交臂而过时存在者之所以存在的独立性
鸽子钩织着木盒的橱窗，那晚我看见的
和那晚头顶摇晃的电灯一样，纠缠
眼睑边缘的细毛，饱了雨
在瞳孔和眼皮之间和着树荫斑驳的旋律
荡漾的水波与光影只余黑白残像
玻璃丝颤着，从璧心一点点廓张
激荡的波纹跃动着圈握，苏州河的余晖
撞散在掌心的血管里，鱼贪婪地噘嘴嗫
阳光是胃里的空气
这也是你的答案。真空一切才有迹可循
还冬天，瓦当承雨
三月月光澄莹，裙裾摇曳
树冠在幕布上肆意涂抹炭精粉
雪泥留不下什么指印，咀嚼一遍
迎面而来的噔噔蹬蹬和嘎吱嘎吱

她抬起头,尽量走得愉快
感谢倾听我迟误的梦与理想
一切不可信。她如此回应上半句

注:"师父说,听起来,有个'玉'字,以为是好的,其实,是讲一种又老又难看的女人,但财产多,有钞票。"——《繁花》

点击立春(组诗)

花明

洁白的胡须向上扎根
一滴雨水悄悄告诉我:
"那里是她曾经的家园。"
春天有獠牙般的凶险
却从古诗集的前言里
传来人类古老的遗言
湖畔荡过一串雁影
头也不回地扎进了云层
在回忆里消殒收敛
猫儿轻巧地越过
我悬置在月亮上的心事集
樱花老人在树下扫了一夜的雪

震中

一朵云嘶吼着游过
身上折射出紫罗兰般瑰丽的色彩

枝丫上窝藏着一个共同体
——为了尽快繁衍后代
鸟妈妈年初就嫁了进来
吃完晚饭，路灯渐渐亮了
她骑着自行车丁零丁零
把妈妈的埋怨远远甩在后边
——如果知道这是最后一次见面
她是否还会去赴稻草人的婚宴？
远方的镜子只知道很久很久以前：
鸟在笔直的树干上打了一个结

牧游

方志里记载了一件怪事：
如果把手放入冰窖满八十一天
就会习得一种独一无二的真本领
比如成为拆卸尾巴骨的神医
简单粗暴，但包治百病
或者让手拥有自己的生命
前后翻飞，写下千古绝笔
尝试了的人当然冻掉了双手
其实完全不必这样做，因为
花苞把露水含在嘴里
张开全身的耳朵就能
在词的缝隙中捕捉蝴蝶的呼吸

石碛

小孩把裂开的土块抠出来

底下掩埋着透光的石头

石头里睡着一只海螺

海螺里长出一簇神经

她隐隐约约接收到信号：

起初，没有人相信

沙漠的额头长满了疙疙瘩瘩的瘤

进步的人学会砍下森林的头颅

那是沙漠文明覆灭的预言

起初，没有人相信

直到后来，植物学家的文学标本

以胡杨木为一个历史叙事段落

大连西路,他的手指放在过了河的卒子上
(外三首)

/ 王 井

大连西路,他的手指放在过了河的卒子上

成群的蚊子聚在绿色的河面上飞舞,
交配、产卵。早于他从水中看清
倒影流动的方向,闷热的南方已经孵就
一场省际象棋赛,对手在
第三声铃响后,依然没来。他懵懂胜出,
北迁。他看见自己的小推车里
运着一袋米,在许多年里熟悉的路上
抖落,洒出一条必经之途。
当天花板降至更低,噩耗从广播声
从楼下的喇叭里,称呼他:
幸存者,或更年轻者的后代。
也许更多的仕、相、炮,列阵于遗迹外,
也许在暗处,在背后抱胸而立。过往消亡
快于这支红塔山烧到烟屁股。
他灼烫的手抖落了记忆的烟灰,
若这燃烧不可后退,便重重踩上一脚,灭了。
过了河之后,或是平,或是进,
都由几棵高柏树冷眼打量着。活得足够久,
便分不清它们是敌是友,抱有潮湿的感伤,

或是观棋不语——喊出来么？将军，
由他而非其余所有棋子。若一阵风
撂倒满天阴云，他兴许能说出：
"我曾幸福生活。那时我们
坐在马路牙子上，透过栏杆，面对着牡丹花坛。"

上海动物园，误食包装袋而死的长颈鹿标本

鹅卵石小路延伸在
惊奇快步，人流的反面。
六岁，在攥着
母亲之手中静止。我抬头不能
看尽——花斑状伤痕
抽打颈间的纤长，
那双灰眼后来
无数次回望我。此刻它高耸
接近，或占据整张天空的面孔，
疲于意外再临，
以硕大身躯接受微小的毁灭。
彩色包装袋，轻如
外部的饥饿，吸引一个
很少出声的食草动物。
但"海滨"，倒下的那天
曾以犄角撞墙，小鹿则哀叫不已。

许多日子过去。
我依旧惧怕，悲剧
借其他生灵，在城市立起它的新标本

以供平视。我看到网页上
"海滨"的影像：
二十年后在玻璃罩里，递减至
和矮灌木等高。

灵石路花鸟市场，蛐蛐罐盖子被揭开

我看见日光倒戈，在店铺招牌投下的阴影间
小珍珠，从暂栖的草窝里仰望：
头顶，吊着电灯的白色杆子
悬挂着的空鸟笼，供给谷黍，换十月的残酷歌声。
塑料盆王国，背部画着卡通图案的巴西龟爬着向上，
试图逃离即将溃烂的壳。

主干道上，人们的身上散发着
反对孤独的欲望，拿着今天的结契书，
俯身拾取自己。市场里，那么多错的对应物，
趴在细铁丝网后昏昏欲睡。
中年男子握着小鱼捞挑选多时，最终选中的那条鱼
穿着西裤，破个小洞，头顶微秃。
或许当他归家，哦，生活展开
从千百种里选中的一种。

或许更有耐心。趴在蛐蛐罐上挨个听一听
谁面对命运，更早有了响亮的悟性——
厮杀，用尖利的牙；或同样用后者
去伴奏花鸟画，被放进贴身口袋。店主爷叔
看着我笑道，这非你该来之处，

他用苍老的手揭开了蛐蛐罐的盖子。

青浦白鹤镇,到母亲屋里去

蜻蜓盘旋,扯下阴沉的天幕,
或一群麻雀掠过,停在低枝,从我们宽阔的前窗。
两块田地间,路那么窄,
只能容纳一种方向,一种前行

一种生活。我惊讶于,仅仅四十分钟车程之外,
(因我总是睡着,而几乎一觉便到)
人们过着完全不同的日子。在白鹤镇,
夜晚比城里更早造访,身影更长,袍子更黑,
而人们却只在最冷的冬天里担忧,狗贩子的网兜
偷走家门口亲切的小东西。它们
毛发拧作一团,缀满虱子,并不怕生。

房屋大多相似。白色而干燥的双层或三层建筑,
中间间杂一块黑色的墓碑,有时是合葬坟。
小道的入口总是找错,当我站立在
那些悠久故事的发生地,
(母亲平静地讲述它们)
倾听,多大程度使我参与其中?
当我们停下车,泥溅满轮毂,
有人路过致意。一位老妪,推着空轮椅,
我可以确认我们并不相识。

花园里,野草肆意生长,凿开了方形的边界。

玻璃占据了整座房子,使阳光得以及物。
此时,母亲正在洗碗,不时抬头望望,
她的声音向不远的河边飘去:
"舅舅又去钓鱼……他曾是好手,
如今总是空空而归。如今,河里的鱼本就不多,
剩下的还尽是些精明的。"

写在七宝古镇附近（外二首）

/ 毕如意

写在七宝古镇附近

不必睡觉就行动，可能是歧途
是迷人的，草莓的，
脚趾。郊区，看来危机四伏。
笨拙无比，却似有巫术，
朝后倒向
最后几座高耸的装置艺术。

来去很快，远在念出前，
云便移动着散开。
白日街边东西真多，
一晃眼睛越过脑子，
脑子超过嘴唇，红如一个热情
湿柴热情，对某某模仿，热情，
相依为命，一种用于咀嚼的可能性
类似某人手心里，另一瓣橘子。
若在大楼里空调响个不停，热情。
灯一直开着，凡需要的，不能乱扫射，
白色纸，每当火焰也很相似
两个指头合力把睡眠丢出去，
窗外，即另一双不安的热情眼睛，

已快到雨季。

墙角堆放的规则，石灰已剥落。
心里烧不起任何
老情人。
灯还映在薄纱上，跟着风飘来拂去。
闭多少次眼还是五月，
五月永恒。

那水的鬼上来岸
夜晚拎的净是银色绿色
所有相遇仍沉默不语，风声全无
最亲密的落不下一点影
当青色午夜，玫瑰时刻
被抛向空中，瘦鸽子挥动翅膀而去。

第一日，太阳巨大，灼烧着她最高之楼的边沿。
第二日上海躲进上海的褶皱。
之后到处是，搭建的声音我的，
右手扒开窗帘。

2021.1.15
2024.4.1 修改

美美百货商城盛放着我们

美美百货商城盛放着我们，
即在不知何去何从的时候，
商城在应然层面接纳着我们，

一种近在咫尺的体面生活,
(注:给鼻子准备的。吸)
美美商城的地板砖反光,脚先助跑
就可以得到一阵滑搓,虽然在西南官话之外,
脚可能需要称为腿,以及在太高贵的商城不要,
即招牌是阳刻的时候,以及穿得很少时不要。
美美盛放着我们,以一个光滑的平面
拒绝我们的抒发,取而代之以来自五湖四海的
词汇,有中文字母、英文笔画,至于西里尔的弯曲,
尤其在拥挤时它藏着什么,就像某记忆较差的人,
它的回忆则像编造中的秘密。
当我们把自己走进商城,我们理应接受趣味、光线
(透明玻璃)和后知后觉人人平等,
被提倡吃甜食。(甚至还
定期举办篝火宴会)点燃吧,
永无尽头的时间会变得更快,
保持等间距开始旋转的美美商城们
盛放着我们。愤怒才是无聊的,
像一份太体面的饭,在正午太分明的方糖,
残留汗渍的绿松石。
在夏天的末尾,我们是高尚的昆虫。

2021.7.15

古 典 的 时 刻

在岛屿熟稔的生活常吹冷气
在摇晃的黑暗中,我重新躺下,
覆盖上一块羊群般的海域。在那里

巴黎丽人用此艺名
每日抽烟和给母亲致电。
今晨她返来,手袋上的金属链条
接触地砖,那些冰凉缓慢的声音
将我惊醒,她双脚赤裸,打开居室的门,
一个古典的时刻,
与永恒有玻璃之隔。

2021.11.7

喷泉修剪工（外一首）

/ 祝 梨

喷 泉 修 剪 工

你拥有四面环生的枝簇拥绿意时刻
从头顶蔓延。流动盆景随四季涨落
覆满了属海的城市，看那叶脉不断
沿着日暮线飞驰……仿佛地铁错过
又汇合于一瞬，我感到我是终生也
修剪不完。腰肢下弯的曲度，简直

长成了我理想心灵的样子。足够的
柔韧：冶香为坚铁，缓慢托起南方
湿重的所有。有时你也会偷偷敛小
水势，避免惊动打盹的乞丐。独自
仰卧成扫帚，消抹云霾裹结的蛛网，
群鸽放飞的想象力在你喉舌间腾跃：

来，教教我如何叙述灾厄，凭借你
口吻里一贯的均匀与柔绵？有限的
抬升，在愧疚中接连落败。下坠时
它激起的喧嚣，比往日更甚。所以
你会间歇化身风暴我会不停地感到
酷烈。盘旋的身体布满霉苔，挣扎

却不愿轻易撤离。那公园的清晨间
仍然有你圆亮的大理石柱，为童年
安上更牢固的底座。孩子们围绕着
展开紧张追逐战，八音盒起伏拨转。
总有干燥的晚霞扯起了一角如手绢
供我们擦净彼此隐匿的晦暗。套紧

橘黄工服，我也是热力充盈的钨丝，
楔入你中央：拧亮街区的灯与灯芯。

修 复 师

一如既往地，你很快就
穿透了我。凭那副平静
而锐利的目光：并非
镊子，而是一双微微蜷曲的冰刃，
扫过我受损的肌肤，在那之上
厮磨，考虑怎样旋动你柔美的花滑。
接着是舌尖递来的抚摩，每寸
都细腻如针。对准了暗伤，再一次
实验缝合：不曾成功
却令痛感更绵密、更易于忍受，
轻轻揉搓肥皂，注视它化为泡沫，
代替浴缸中那只丢失已久的木塞
簇拥着堵住我，频繁渗漏的出水口——
了不起的修复！你离开时
打包了一袋垃圾；我获得一个光洁的新身体。
柠檬灼烧的滋味，从舌尖处扩散，

薄风蘸取微凉的酒精，沿鼻腔
连续锤击酣沉的太阳穴。
我站起片刻又坐下：残余的药剂
尚未失灵，长椅上仍留有一点
你的余热。借这份小诊所不曾
彻底淡去的光泽，鼓足勇气
尝试幻想起，自己的老年。

手中的雕塑未完成（组诗）

/ 杨云天

仲夏雨夜过上海艺术馆

七点，手中的雕塑未完成
人还剩下半身，黏土已凝结成块

黄昏无处可归
像一只松鼠从钥匙孔钻进家门
盘踞在灯上，等待晚餐

城市，石头在黑夜里酝酿
建筑群即一座寂静墓园
亮灯稀疏，是刻着青春和远方的墓志铭
被淋湿的，只有墙上被圈养的背影

巨大落地窗，一面雕花古镜
储藏每一个黎明与雨夜
却收集不了我手中的伞滴落的
仲夏阴雨

上海的风都有骨架
今夜和天空皆工巧

而我。希望做个原始人
于黑暗的洞穴和夜
用彩色颜料
绘出一生

如同艺术馆崭新的大门
以面对这松松垮垮的魔都世界

豫园后的背街小巷

老旧破败的宽口坛子砌成一堵墙
里面有酒残余，或没有
叩击，像醉汉拍打一扇隐于小巷的矮门

我根据回响判断酒是否存在
他不知凭什么，决断停止

停滞，始终不可推翻这堵墙
门缝里闪着微微黄光，弥漫花香的
不能知

继续轻轻敲打，等酒顺坛壁流出
像绅士杵在黄土地上的拐杖

敲击大地
为前行，或唤醒酒里高粱的影
它们都是一朵善于长刺而非盛开的花

混着腐烂落叶的香是凭证
稍稍下陷似乎酒糟,即一把钥匙

破碎,打开
在夏天雨里弥漫酒香的是否为酒坛
不可知

无游人踏足,是否存在
连同今日有雨的豫园
都未能知晓

石狮,在广富林

一场预谋
威武的动物不可走动,不吼叫
只默念咒语
火烧云是它今日的卜卦

每一位不抬头的旅客路过
致歉意
眸子里躲闪着挂灯笼的红漆旧大门
以及,雕花檐脚

雨,下午四点
深海一般扼住咽喉
泛着白沫的嘴唇以下
是被时间敲碎的眼睛

它不像人类顺从光亮,听从暮色指导
仅注视苍白的行道
因修缮,眼前暂未被人踏足
驻足,即下跪的前奏

门和天空都是用来锁住的
一只石狮,即一扇天井中
蹑手蹑脚的窗
现在是旷野里匍匐的故事

我和它都知,自此
故人,游人
皆是故事

而遗址,及其遗忘
是比历史更爱睡觉的动物
比长久的苏醒还要机敏
我们可做的,仅有不忘

老屋的留声机

光盘,铜制
布满规律的沟壑
在仅有一个自转周期的黄昏
想起二十年前某个迟来的雨季

喑哑旋转

像下雨天女孩们的连衣裙，在水花里跃动
肆意放出晴朗，埋藏在末世纪的歌，以及
故事

它很执拗，没有泄露点点声色，或身世
将措辞咽入喉中
像大海回溯至海螺里期冀朗诵

可它仍在沉默
化成耳蜗里
一朵不翻滚的浪花

躲在小径木门背后生锈的锁

夏天，风在有小木门的篱笆外窥探
热浪大概已年老。佝偻
离木门最近的那朵粉红色牵牛花
蜷缩，摇曳
像八月的云

推不开，也许是不认识
或者被一年又一年的藤蔓缠绕
锈，蚀住嚣袢

伸出左手强行扳动
被轨道抑制的动作。规律的回溯
仍像第一次那么
迅速，有效

浓浓的,带着迟钝的血色
锈粉,可能是花粉
怀抱歉意,四散
一股坎坷的涩味
携一枚种子,在大地上舒展开来

我突然记起
门和天空,还有人
都是用来锁住的

唯独时间
可以让它滞缓,忘掉宿命
剩下凝结

真如（外二首）

/ 施岳宏

真　如

　　从祁连山路到铜川路，我睡了一整程。出地铁，抵着栏杆抻腰，模糊地，望见客机低飞，云朵蓬散，被摩天大楼的锐角隔开。正午天光，好像失去了束缚，睁不开眼，所有流动的明亮，都显得不知所终。寺庙伏在街尽头，走过一半，就能望见那座临河的塔。我取出手机，拍照，发现今年的堤岸，又长出了一面白墙。香樟树全不见了，花龟潜游，在结实的阴影内拨掌，空转。

　　还没过马路，她潭渊般的目光，就轻易漫透车流，冰凉地往我脸上罩，双眼快速逼近，像一对黑溜溜的鲇鱼。我低头，匆匆跨进庙门，听见钟声，如纱，拂起人遍身角翅。一路上，麻雀都醉醺醺的，扑进砖格死眼处，反复落网。母亲的牌位，还在那，也依然是一枚小小的金钥匙。一年前，她站在这，抬手。干瘪的食指，轻戳在空气间，像对上了锁孔，就能安稳地了此余生。

　　我长跪，扯平衣摆，让漆光流回地上，再磕头。门边，泥灰工开始处理火烧板，火花滑过的地方，绽出许多噪点、粝斑，像缓缓横生的旧经文。出寺院，她顺利截住我，掏出两张崭新的请灵符。笔画锋利，似乎再不可言喻的事物，也能被它刺出点间隙。我用一张符，将另一张的锐利覆折，找石砖压进寺角。还要再等几夜，它们才能将彼此感化，并发现月亮不总如约而至，工巧与人力，都不足以撑起满室神明。

昼醒，满目云

再度见到她，我还是恍惚。旁边位置空着，
被我刻意留出。她叶子般滑进房，飘降在
更偏远的那张高背椅上。我还在观察身侧
倏然扬起的右手，水槽底，贝壳短暂松解了
紧紧交缠的尾椎。然后一切，又如饱经操演，
我裂开那对筷子，掀起塑料膜，饮净茶水，
再往杯里灌满暗黄的汁液，像反复滴注一颗
滚烫的松脂。她开始吃烤鱼，用银勺拆解
整大块完满的鱼腹，将鱼背上细密的白肉
仔细撷取，从刺缝间全然筛除。留在盘里的
该是黑塘间某种花，丝丝散开，遗落了骸骨。
她有些小动作，比如，夹到红衣圆整的花生
就在肩头，轻轻打出一个小巧的激灵，有时
拨动蓝色指甲，来回抠响杯沿的声音会轻易
启动我。此刻，构思一首诗的开头，无异于
坐在隧道内，幻想两团飞速膨胀的车前灯。
我僵直，而杯盘层叠的倒影，都正一寸寸地
逃生。残滞黑团根处的渣，像惊雷、激流和
腾起身的雀，像服务员匆匆倾倒的骨碟里，
接连抖落又蔓生的琐屑。她就着新上的果盘
问我近况，话音未落，便点开屏幕看时间，
然后低垂小指，神色庄重，将手机在桌面
缓缓打了个圈，似乎令一条黑洞般的指针
茫然着，退入起点。我坦白，自己还未戒酒，
并于醒醉不定时，捡回一只怕人的狸花猫。
偶尔，屋子会变成旋涡，猫眼消失后，再从
涡漏边缘里倏地游出来。她突然探出手，

用湿巾，为我擦拭嘴角，我起身至柜台结账，
打车，送她去最邻近的地铁站。离客推门，
冷气不断冲散她裙角的纹路，她的背影愈发
舒展，像一封半启封的花体信。那片湿巾
在桌角，小小的，折叠成一块规整的谜团。
她下车时紧了紧衣领，雨势变大。我伸脚
跨过一滩昏暗不明，回过头，发现她实实地
踏了上去。被步伐冲溃的浅水，宛如一连串
剧烈抖颤的电火花。我把她外套里的头发
轻轻捋出来，那些雨珠快速挥发，凝固成
干涩的皲纹。天上的云，像许多兽形糖偶，
火核正在内涌裂、升温。方才敲打河岸的
细浪，会很快招来一艘早班渡轮。

晚醉，出离早

一过门槛，她便揭开层层餍足，在炉边落座。风絮
绕过她脖颈，落向橙黄的炭芯后绽开，燥火终于能
大喘气。一碗豆腐脑，一碟瓜子，她加了两瓶雪花，
我忙于把瓶盖拧开又旋紧。剥瓜子壳的声音，仿佛
逃课后走在空寥的校道上，一遍又一遍地打响指。
她右眉角下有颗褐痣，白雾腾起，像逝水漫过卧石。
我眯起眼，窥她瞳孔里每张桌，望不见玻璃缸
和任何可以着色的东西。孔外，她拿烟的姿势纯粹，
食指一节轻偎第二节中指，一生二，叫人想起
世间所有环环相扣：每一息都消化无数宇宙，爆裂
无声。酒还满，光由杯底收束，缩成许多细针，
在射灯的引力下晃荡着刺破液面。我们要穿过

广场，没行人，回到学校。月亮垂下一角惨白，
把"我"从"们"边抹净，留下消失在门后的她。
两小时前，我还不会用对方声音，默念自己的姓名。
现在我们提起瓶子走上街，看所有房屋的尖角疯狂
生长。低头，制造影斑交叠，从中拼凑彼此命格。
闸机关了一半，夜风肆意闯，她肩上围巾被高高地
扬过头顶。在饭堂边的亭子里，我们徘徊良久，
朗读纸板上的每行字符，像误入一座旧时代的
主题公园，并试图从不合时宜的小地图上寻找出路。
离开前那一刻，她擦擦嘴角，惊呼：我明白了！
原来时间并非穿过某扇门，而是推开一扇门后看到
另一扇。她喜欢先叼起一根烟，喝口酒，再让我点。
我猜烟草混酒精有某种香味，比小说诗散文诗更
杂糅。她提议，买两张车票，选最早，地名别挑，
只要驶出这座城就行。我不经意抬头，到达楼顶
黝黑的灯座，怀疑它是夜游人恍惚欲坠的头颅，
水泥上，密密麻麻的共享单车，像黄与蓝的蝙蝠。
她拦下的士，在两侧都很深的路口。借后视镜，
我见自己的残缺，和窗上，她模糊一面拼贴。
车站商铺大多未营业。我们取票，过安检，坐在
两个紧凑的铁椅上，她手里攥着那枚蓝水晶样的
烟盒，像紧捂一团海水。列车启动时，衣兜里，
票纸印了什么字样，仅有她自知。靠垫软糯极了，
我不禁揣摩即将陷入的梦：入夜，躺上草坪后松肩。
翻看赴约前写的日记，将最明朗的那句话反复
念给还昏沉的太阳："许多人会在清晨醒觉，然后
披着一身邻光死去。"

夏语（外三首）

/ 蔡思若

夏　语

沪语脱口秀上，坐中间的他抱不住包袱
跌入旁侧的笑声里，呆愣的神情来不及呼救
他想起幼时和发小在村里游野泳，练习憋气
时总是保持五秒后上浮。矮房斜躺在水波上
倒影越拉越长，又叠盖，他漂着睡
像躺在月租公寓楼的单人床。

2024.4.1

春　忙

买熟菜的老年人揩了揩
嘴边的酱油汤，触亮手机，大脑
把小事体算个不停。赶不及超市
班车，他长按老太婆的头像，手写
上奏，贴上一块五彩斑斓的"对不起"
一枝早梅翘立，如她发怒时的兰花指：
哦，晓得了。

2024.4.1

秋 馄 饨

旅行团清晨出发,她才推开门
扑向衬垫整洁的沙发,晾衣架
上排布着大小的衣料,淡淡的
花馨,来自母亲不时的造访。
过激的心跳打断干呕,她开机,
重新等待工作电脑亮起来,
冰箱里的暖黄光拂面,白白胖胖
的馄饨一个接一个列队,覆着浅霜
一袋翠绿芯子另卧在一旁,她仿佛
已经闻见鲜香。

2024.4.1

上 海 峡 谷

沸腾的雨倾盆,附赠
一笼湿热。白灯烘焙下,
天色熟了,是颗对半切开的黄梅。
咸鱼罐头会过期,
酸苦,衣袖意外跌入汗水
贴额的刘海,
难以风干的耳语,透明文身。
刮擦掉漆的机身,左击确认
他向右。内存腾出的空间,
仅供一人避险。
双手忏悔地掩面,拖延
蜜语甜言的蒸腾。承诺

在六月里腐烂，认识他
的时候，永生花还淌不
出脓汁，直到钻出狭长
的夏梦，透气。
流浪猫的呢喃，
令人虚软的发酵。
放逐，在亚洲第一高楼
俯身清点
瓷杯底到底睡着几粒霉斑。

2022.6.23

海上：心的游行手记

/ 车信昱

"沿着那条我们从未走过的甬道
飘向那重我们从未打开的门。"

——T. S. 艾略特《四个四重奏》

如果说海边的人从未见过海，生活
会是怎样一番景象，就像我们无时无刻
不在为自己的命数虚构一颗细雪的心：
凭借它，那些必死的秋天接踵而至
如是我们转身掠过一个节拍，一份恐惧
仅有的自由是与更深的恐惧擦肩而过

当我们说到心，虚空迫使它的跳动
被听到，肋骨弥深，这汹涌燃烧的空白
而心仿佛不属于我，众多瞬间可说成是
家人之心，友爱之心，城市之心……
心的心中哪有一个澄明的实感？
海边的居民想象航海的日子，他们
的所在是相信自己未有的事物
置身振荡之城，也仿佛是为爱吹响号角

我们不必因自己天生衰老而羞愧
但当被选入一种幽深的生活

奔离此处朴素、混沌的苦难，
所逃亡到的却是另一种杂多
这漫长如暴雨的季节，让你认识：
常识是一种自我教育
却仍不甘。在沉静之中，一切张力尽显

"如何重建我们的大上海"①，或者
让上海在分割绝望的时刻体悟我们
的生存。心的序曲如何演奏，
白雪只在最动容时在城市降临
雪是无声无风的至寒，灿烂而纤柔
的反光性，我们照着雪以为在照镜子
照着镜子以为看穿了别人的一生
而海，而海，不负每一个自许孩子的
成人——不负想象中的无尽奇遇
我们光是听着这些回声就已热泪盈眶
我们爱着风物其实是在爱有限的青春

我们喜爱拟构一种游戏，像覆盖
在额头上墨绿的良药
唤回在任务中抽离出的童年
让果汁浸润我干咳的咽喉
让短暂的娱乐上涨至我的全身
惶惶之日我们拾取生活的碎片
家门口的古树声音颤巍
老人年迈而不再现身
生机淡然离散我记忆的广场

---

① 语出张枣《大地之歌》。

只有一颗心，沉浮在水泥
野水浇灌这校园的大地
百褶裙般被折叠的爱啊，
我们抽动着嘴角呐喊
祈愿有一位天赐的教师
拉起孩童常匿于裤兜的手
跳起一支平常的舞蹈——

能量，能量，星星的世纪从未正眼
注视新来的人，剥开他们的身体如同
套着被褥的洋葱，内里却是一堆矿物
穿梭，穿梭，鸣笛和交谈的噪音是
同一种音乐，成分和身份是同一张名片，
我们从未真存在于某一应许之地
而新的事物怀揣妙绝的欺骗术
有人在这座城市又好像从未在过
你的心在罐头里说话，又仿佛
久久地在旷野里唱歌……

新的序曲如何在此刻化成
黑暗中依稀可见的音符，风在林中
弹奏就像我们用尽力气演绎自我之声
倚用他人之爱确证我的本真
起伏的波涛如是不再立锥为幻听
秋天，一阵序曲背地里博大的交响
海上，我的最后的浪花、疼痛与心

这是十二点零一分的上海（外四首）

/ 陈思择

这是十二点零一分的上海

穿鞋，点火，就位，准许发射
——楼宇腾空，在空中疾驰

阁楼里藏有一种暗喻
透明的词语环绕着城市
河流的弯道里，心脏跳动
今夜潮汐翻动着六月
紧收的静脉血泵出长鸣

为了这个时刻
我已做了足够长的练习
在城市的上空赤着脚，缓缓地移动
留下雪辙的尾焰
狂喜是向远处扩散的马蹄

我要找我许久不见的妈妈
带去夏天的衣裳和洗净的瓷碗
她的足腱刺痛，蹚过星环般围堵的河流

上海不在别处，就在妈妈手里
直到这时，我终于踩住了什么东西

这是十二点零一分的上海

不能松,因为这是我的上海

电 话 亭

现在,已经没有人用电话亭了

在四平街角

电话亭被改装成

一个装置艺术

供来往的路人观赏

在玻璃的遗迹里

封存着旧时的回音

杨浦公园外,我总见到

一个住在电话亭的流浪汉

城市的喧哗止步于此

他靠着撑开的旅行箱

裂口中,装有深邃的树林

他在等待召回梦境的铃声吗?

还是在亭中,等猫头鹰的回信

偶尔我经过那里

透过玻璃看他

好像透过玻璃看到自己

请

请,不要醉倒在地铁呼啸的风暴里

在人民广场，举杯洒向铁轨
为什么泪水能冲破围栏
在麦秆中炸膛
在春天，与泥土对饮

请，沉默的子弹穿出胸膛
然后复活，没有化学反应的接吻
原谅所有的印刷错误和错字
只有残忍的四月，会让人放弃饮酒

请，让高悬的银斧停下
今夜的月亮，要落得更慢一些
在城市的高处，没有一片云
月亮剥落了年轻的陨坑
列车何时到站
我已经错过了，种稻的时间

城　　市

淡黄色的单车
飞奔在楼宇的边缘
向天空，扬起粗粝的陨坑

我奋力地骑着，心脏一直膨胀下去
在群星的周围
冲破身体，挤压这座城市

塑料杯中，你也曾拥有过海洋

一块碎冰铺成的岛屿

在干净的地铁站台上滑行

我热衷得不分昼夜

把太阳

缩写成原子般的爱

把我们

缩写成楼宇间的钟摆

单车飞奔

在垂直于地平线的草原

在离开这座城市之前

所有的时钟要被拥抱撬开

指针的夹缝里，凝结了词语的灰质

我用它到月亮商店，购买明天

我不为星星写诗

而为群星身边的晦暗

出　　舱

是时候了，断开与舱体的连接

重新对这个世界感到新奇

观测面罩之下，被雾气搅碎的星球

人们像火焰在街上徒步

驾驶着木质的飞船

——掀开丛林，时隔另一个纪元

看着他们如何打开商店的大门

学会直立，用双腿热烈地奔跑

递出钱币用以交换食物
实实在在地在大地上走上一回
解缆漫长的空中旅行
把土豆开出的花
从阳台移回草地上
挖开一排墓床——生活着
牢牢踩住,用力感受脚下的土壤

南京路，或金色大街（外三首）

/ 司　文

南京路，或金色大街

还有的时候只是回忆
就够压制住饥饿和寒冷。吞下纸巾后我们做这样的尝试
用大拇指摁紧太阳穴　跳跃着
回到多年前的一个傍晚，那天天气很好
我们在一起。
霓虹灯蓬松着眼睛，你追着我
我在唱歌并回头寻找。把你躲在车流深处
焦急时轻轻地螺旋。朗诵着凸起和
破碎的地砖　"一块，两块，三……"

以及潮湿的地上。在红灯熄灭时
亮起来我们掠过的影子。多么
热和紧密地　更加
亲切地交换引航权。最后我们停在
已经不再有更多阻碍的街边。别的都在退散
而我们凑近。悄悄地获得了一些
轻盈的脚步。在黑白格子上
跳跃。可是呢，可是我们

都说醒来就会更冷一点。这时候

我又蜷缩起来，准备好被投掷"像硬币"。
那天在金色大街上我也是，隐约看见
多年后。哈着晶莹的白雾，穿过作为液体形态
早产的雪花片。什么都默不作声，我也变僵硬
凝固在一个很冷的圣诞前，按照
从高到低的顺序，把三个空酒瓶仔细地排列。

速溶饮食男女

我们吃温热的橘子软糖，我们吃皮蛋瘦肉粥
吃从门外递送进来，一切东西
都在窗格里变化很快。

拘束者反复挣脱着困倦，白色的扎带
鳞片切割器。在关节间成为印痕
而塑封是牢牢契合的，饥饿之眼
随餐铃密谋着整桌的水位。
气息的餐具起伏，接近尺码时
所有食客就起身迎接。念动

口诀。也是揭开谜底，喃喃着订单纸上
值得核对的暗咒。番茄，红色的；鸡蛋
明黄色。上海青，黄豆，湖南辣椒酱
黑色柔软的汤匙，一次性筷子……

宝山滨江记事，或暖潮

长江。裹着三角形，上台阶

可能刚刚学会，靠近浅滩的时候，
会有一点疼；最年长的那一批浪，安慰他
趁夏天还没过完呢，你要往石块上看，
被烧灼温暖的岸石，半夜里竖直生成的台阶，花纹里
探头的野草；你要往石块的尽头看，高坡上的
柏油马路，一样是热的，路边贴近地面，贴着
蓝色的灯带，树丛里面还有人在喝酒，穿过
悬在树枝上面的吊桥，穿过去：黄色的
灯光，他们还在烧烤，喝酒，绿色的啤酒瓶和
四五个年轻人。你要这样看，昂起头，
长江，成熟起来，就这么推着他向岸边上走；生满了
绿色的苔藓，满怀着希望，前头那一批也知道
最远就是撞到岸石上，岸石也是，冷的……他们到时候
再一起折回头，往返，抬头的，暖潮，再多想，
往岸上看两眼：可能刚刚学会，靠近浅滩的时候，
会有一点疼，夏天要是过去了呢，那就是到了秋天。

剪　纸　灯

我们吃了整个温热的晌午
蹲在巷子口，看阴影
做努力的横移

视线里升起来，淡淡的
在墙角的气象台。风也溜溜地旋转
睛等着枯燥的黑夜

光临。把所有故事都讲完后，最终取出那盏

布满谜团的剪纸灯。黄色的眼睛
像小猫

随着疼痛做持久的自转,大大地开口
吐气,吐出红色雪花结。一边又掸落浑身
分泌的笔迹,跺脚
震碎羽绒丝条、火星和彩纸屑

2023年，上海圣诞

/ 犹 木

坐进傍晚的图书馆，一切的感觉向我涌现。
就像一个鼓手从长久的沉睡里抬头醒来，
为环绕周身的浓雾恍惚片刻，继续他的敲打
那鼓槌抵达房间内所有耳朵绽放的黑暗——

昨夜，被高杆灯照亮的操场。空椅子。
在寒风中低频电波一样消逝的呼吸。
草地用竹竿系着彩线围起来，绿得死寂。

你站在操场十二月的风中。
这里多么冷，多么冷。
怎么会这样？现在我该怎么做？
就这样站在这里，犹疑地醒悟，
然后再次陷入苦恼
然后永远、永远没有答案……

走过一圈，坐在观众席最高处
接吻的那对恋人，现在不见了。

出租车在高架桥上飞驰。窗外是
巨人，城堡，披昂贵绸缎的公主，
沼泽妖精，被施了咒的先知。

上海微缩成一个遥远的寓言故事。

一切感觉都在向我涌现,就像一个鼓手
从长久的沉睡里抬头醒来,继续他的敲打。

夏日将尽,我们搭乘轮渡从横沙岛回去。
夕照下的风车,江面的波纹起伏折转。
我们拎着甜高粱秆和无花果的袋子,
趴在船舷栏杆上。河风,愉快的疲惫。

接着是芦苇丛,提一网小龙虾的男人,
还有漫长、漫长的车程。从的士
到公交车站,再到怒吼着尖音的地铁,
我们像从蛮荒之地闯入这城市。

回到家后,令人费解的事情发生:
曾在白天开得那么绚烂的橘黄色花束,
在我们惊奇的注视下迅速枯败下去。

如同食蚁兽柔软的长舌头,我试着连接起
这些被灯光照亮的方形区域上的生活。
不知不觉,舌头在蚁穴游走的途中打结了。
我感到冷,僵硬,尴尬,被爱袭击后的惊恐。
我感到昏昏欲睡,失去了行动的欲望。
我苦恼于来自蚂蚁口器的盲目尖锐的钳刺。

我坐在这张椅子上长久地等待,
长久地等待。丧失希望后,
等待变成了手足无措。

我在哪里？我们该怎么办呢……
不要轻易让恐惧把你淹没！

我们搭乘出租车在高架桥上飞驰。
车灯照进高架下的深渊，尾气
在寒风中低频电波一样消逝。

那些鸽子现在去了哪里？短尾猫去了哪里？
国权路工地宿舍外，抽烟闲聊的民工去了哪里？
曾经在小镇沿街卖唱，或支起帐篷展览奇观的
靠平板车流浪的那些可怜人，他们去了哪里？

风吹过鲁迅公园的一片残山剩水，
大爷的空竹发出幽灵般的啸响。
"我是红娘马阿姨，寻对象找我。"

我全部的生活就跌倒在这冬夜呕吐般地奔走。

过道海报里，白气球飘向远空。坏掉的自动扶梯，
地铁隆隆驶过，玻璃浑浊而明亮。摩天轮，
一排排红瓦屋顶，绿皮火车，弯曲结冰的河面。
高楼互相映照，茶色车窗外平稳移动的冬天。

睡在母亲怀里的小女孩。从金光中再次驶入黑暗，
站台上人群拥挤。一个隐姓埋名的神，保管着
我的悔恨，我的爱，索居在上海冷酷空荡的北方。

我们所见的并非虚幻，只是一种
时刻向内坍缩下去的真实。

我们观看流星，我们捕捉彩虹，
这些脆弱又短暂的世界之表象。

必须从特殊视点才能抵达这些真实：
一些尘埃偶然被地球引力吸引
在高速穿越大气层时燃烧出的光迹；
雨后傍晚，阳光在近地飘浮的
密集的小水滴表面发生两次折射，
向回望者绽现出绚丽的光谱。
追寻奇迹的人们，为此感到幸运。

在哪里可以看见彩虹？
从大厦电梯走向旋转门的路上。
温暖泥泞的山中。学校宿舍远眺。
一座天主堂。正在掉头的游船。
郊区天桥下。装满了水的玻璃杯。

在哪里可以看见流星？
在银河边。流星是它短促的缝线。
你看见它们从天空某处亮起，
又以神秘的曲线坠落下来
坠落下来。一夜间，在这冰冷的
城市，那些流星在撞击地面
光芒消隐后，变作了圣诞老人。

我们绕过大楼的拐角处
看见几个圣诞老人。
他们背负着光的重量，
闪亮的人类童年的灰烬，

大地上轻盈的渴望。

圣诞树带着糖果和动物彩饰，
在黑暗的橱窗后隐秘生长。

它们想模仿商店外的法国梧桐树
那样纯粹的绿色，璀璨的金色。
骑手喧哗着掠过，街道铺满了盐。
我们等在路口，看见了更多流星。

我们迈出跳舞的步子。绿灯和爱
降临在我们头上。

2023.12.23

十六夜（外二首）

/ 李雅琪

十 六 夜

可感在他们许愿的傍晚被剥夺
直到水流泅湿脚趾，一支烟被点燃
他眼里的蝴蝶才轻轻振翅
掉落出一簇紫阳花的白额
河水涌到脚踝，提醒此时不是花季

点灯的时候　她距离他，故意地近
为了借火　也为看清
那朵花缘何从他身上滑落
他几度点火　几度被火
烫到皮肤。夜色里像是一朵花凋谢
他们在桥下不见月影
河床把烟稀释成她企图寻找的花香

她自以为抖掉一身酒气与河面的粼光
却忽略　鞋底粘连一片枯叶
久坐河边，这样的事情在所难免
何况巴士到站时，水流不绝于耳
一种介质浮于明日不再的河床上
倒映出玻璃窗上他的脸

她回想起他眼中掉落的色彩
耳边头发摩挲到肩膀
他乘与她相反方向的电车
焉知今晚的月亮不是一朵枯萎的无尽夏？

花园锦鲤的自救咏叹调

话从水中的晴天说起：
鳞片划开的水面
与睡眠同音
意为梦到爆炸也不会惊醒。
面包如星屑抛下
等死前，先吃饱，好上路
没有一天不会如此，
就这样，每一朵鳞片
都是带水的花
——花的粼光在水中摇晃
鳞的花香在水中自杀。
要游，要跃出水面，
鲜有人知道，水中亦会缺氧

像水里沉落又浮起，五里一徘徊
四月下旬，花的鳞片在水中燃烧，
火舌三丈，爆炸后有烟花的味道。
踩着花瓣的足音在水中
销匿的声音，被鼓胀的鳃吞没
河床上涨，河流改道
鸥鹭点水，飞往东南方向

涟漪持续八九秒

下沉的悲剧死前，大口呼吸

亲爱的奥菲莉亚，没人关心水里的鱼

三日目，刈春生长草，荒谬的事情

随着藤蔓蔓延，缠绕爱欲的本能。

工人在塔吊下斩断情丝

把错落本身推平

草的尸体跌入河里，触动花园情肠

由此引发一场虚构的鱼水之欢。

有雨，锦鲤浮出水面，大口呼吸

昏暗天光下黑鱼不见，

水中绽放出腥红的玫瑰

红是植被的不伦，病态濒死的芳香

腥是鳞片梦中被凝视的客观载体，一晌贪欢。

警示牌上写：独自莫凭栏

试问，与鱼交欢的植物

能否叫作鱼腥草？

还 愿 归 来

电车来时没能告别

在一个因为静电　缺少触碰的季节

她只敢望着那张结成霜花，又在吐息间逐渐

融化的脸。恰好此时月亮的圆从车站驶来

玻璃反光　车站的人变成一团雾气融化在唇边

归去的夜晚唯有电车擦蹭枕木

像白天她心脏的瓣膜在青烟与赤焰两种信号间
翕张　闭眼时的宇宙再一次凝结
她没同任何人讲起摇晃的梦中
某人的足音随呼吸落水　溶解

许愿时，发梢起了静电
粘在她不愿把目光也一同落下的围巾上
面对神明，她甚至不敢复述愿望与何人有关
可偏偏还愿归来，斜风把雨吹上裙边
像一朵纯白的风信子　伤口泅出鲜血
忘记问询同一把伞下，右边的衣袖是否同样阵痛

庙宇中的金鸥曾瞥见她的忧郁
喟叹沉默是人类所创造的最漫长的冬天

充气城堡（外三首）

/ 冯 铁

充 气 城 堡

我们从长长的滚梯上下来，充沛的电力。
正加热环球港
四面。暖气蜂团般蜇人。

观光电梯深处
突然恐高、畏难，这不大好，但还能原谅。
多看看光洁的地板，

上面，倒影把人绊倒而不是刺伤。
不准携带仿古的
荆棘这我是知道的，五层居然不长氖柳，

那我就不太清楚。一只幼蝉在广播里静悄悄
大泣着，它的哭声
经过了更低频率的调制。

倒是能肯定打气的设施
受到了稳定的欢迎。一个收纳盒里，装着
那些失散的颓丧气体分子。

它们忙着去拔塞子，迷人的现代橡胶味儿。

令人食欲大开。

后来我们决定去吃嫩巴黎菜。找了半天的入口

最后在城门之外。

青浦风上不胜

远在睡去之先。
应该知道,我们正上南北
高架。这座大坛,开着气嘴,
送着没有眼色的凉风。
老秋天含氟的制冷剂总也
不少。如果每一个焊点
都抓得准时,像烧瓷,那么
仪盘底抽吐的红信子
就是合适的。鸣笛操纵着,
一条蜿蜒曼妙的骚动。
全上海的光亮都在镇压一种
东西。

下　楼　梯

首先想想是怎么上来的。由三号口
出,过花、围坐者与铜像,
图书馆远远地谋划一场朝鲜油画展。

红绿灯路口众宾回旋,进行轮盘赌。

建筑被闪光的摄像头反复切分为糕点。
帘幕紧合,如施了金粉的眼皮。

没找到巴金。宋庆龄亦未料及
访客如此之多,所以忘了把房子修得更大——
排成列的男男女女都想在花坛边
坐上一坐。

卖花者身缚气球而行,小店向石头
缴纳租金。把脸埋入假花丛,蜂
无从察觉拥至的同类这变双次调的回旋舞。

偶过绿化带二章(组诗)

田园

她们无非是用嘴巴咬掉多余的
线头和桑叶

他们所用的铁器无非是通电的
和不通电的

园林

灌木有的是
圆浑如美人头顶的发髻和印纽

石头假山丛
有的是在太湖水里泡发过一阵

泮池即景

/ 袁 宇

1

敲门。这几乎仍是同样的日子
仍会令它，发生神秘的颤抖。惊艳
在雨后纷纷而来，重叠进
阴影的深处。被令人头疼的细节
撞得实在，浅湖闷哼了一声。

记忆碾成粉尘，浮动，空气里
随处的一拍，就已在永恒地
倒放。抑或，这和快进
其实是同一件事："我要说的
一定正确。"

一枚铃铛轻盈地，系在一只裸足上
渐渐，她们同时透明起来
我没有看见。

2

镜子群呼啸地抖动，成为列车。

明亮的反射被砸进了瞳孔。
曾经我迷茫地翻译过,一位少女的
长发,字句娴静,排列松散
在结尾,却锐利地结下了细痂。

字句的光线柔和如婴儿,反复如
舌头。——消息灿然,睁不开眼
列车驶过,改变了面前的光影
很多的线扑来。

光晕泛开如水波,是"扑通"一声——
两片灰墙夹住了一个人物,片段里
他的诉说好像是,动嘴而没有发出音。

3

湖桥有一双巨大的眼睛,桥墩
高度地凝练如戏文。用借来的情感
前后切割着泪腺。到另一岸去。

有鬼无端送来一整个复杂的掌掴
挨打后,他像空了一拍,才有还手的
想法。鬼不见了。

面前是一排排空的座位,顶着一盏
灰光灯,就这里就这样我们坐着——
长久的乐曲循环不息
却迟到得更久。

4

雨后,湖水中间拔升起
一座白色的寺庙,像抽出一支
安静的铅笔,和另一个我
——名字是?

这浅湖,总富于情感。
但如果这次的情感不够安宁
那就请用细鞭轻打我,让我
消失的疤痕再度爬上来,增生
就像迷宫中
蠕动的蚁群。

这浅湖,可以立足的面积
在不断减少,最后只可供
一个轻悄的少女站在
一小片无关紧要的矛盾上。

5

雨夜。音乐被装进鹅颈瓶。
一束窸窣站到长椅上,手风琴
在对岸满腹贪欲地演奏
少女捏着镜子,在更换另一只
耳环(金色的子午线)。

一个新的平面诞生

趔趄着,湖逐渐倒映清楚自己的
形象:所有的爱相互并不联系。
和满枝金桂一起
野人重生在顿悟的一瞬。

失去琴声的表演,馨香的马齿苋——
她们神秘如锁匙:独奏,伴奏,独奏……
直到一只手被"所有"伸进了湖面
触底,在视野变得相当荒凉后
松开了我的名字。

6

细碎的拯救在棋格般的
地面发生。脚边长出葱莲
娇小地,充满方向地,无辜地
闪烁着——自从那天
像戏一样美的那位消失之后。

她们如同失手令茶色琥珀不经心
静美地坠地,而如今
我们的隐喻已如此糟糕,怎么才能
忘掉,去重新学一次说话(语言)?

7

湖面狭小如银镜。大师说:

"裙子之下的,高于裙子。"
而严格来讲:修长源自隐忍——
湖面前,他们钉死了雨季。

有天呢,我也会走进这湖水里,去看
那个清晰侧颜的闪现,闪现过的
就愈发闪现,愈发温婉、错乱。

经验十分美丽,在这湖边
那么多柳树随着一个方向
女儿出生了。

爱玲,上海(外一首)

/ 张祯祎

爱玲,上海

1920,海上的月成了一轮残缺的圆满
徘徊在潮声里,托举高音
向最尖锐处开凿,她的灵魂被掀起
落到摇篮里,繁殖老成的灵性
流过她,连同她的笔尖
都爬满文字的细菌,而上海是它的显微镜

琐碎的人间烟火,在别样的弄堂里
她观望着,将旗袍蘸上反叛的颜色
高跟鞋间踩弄,一曲倾城的恋歌
不是金锁封住的七巧,却也止于文字的结界
她掬一捧沉香屑描画,黄昏后的湿晕
暗香浮动,于书页下攀折
芳心是事可可

她道风声雨味,老宅子里慢遣着意兴
听胡琴声说书,咿呀着沧桑的沉浮
轻捻红白玫瑰,她眼睫垂下花蕊
在咖啡和面包的香气里,酝酿
涂抹情调的酱,唇齿间翻译出

上海人表里松软、内里精明的艺术——
那洞若观火的奇异智慧
从她发根抽出枝丫，从文字间狡猾逃离
恰从容应上，海派的骨相

钟 楼 映 影

我在钟楼止步，看夜色解剖这座城
轮渡迷于灯影璀璨，江滨隐秘着骚动
异国人昂首而建，用历史的灰白色浇筑
它的衰微，它的倾覆

有人条分缕析，有人隔岸观火
最赤诚的瓦片总是最先被烧焦
在风里吞下
失控的落霞，诡谲的夕阳
为远去、伤逝的字眼镀金——一层一层
修复记忆

沉思时刻
它在月的灵光下显山露水
将古老的故事拉长成慢镜头，文气盎然
复苏的人们，正活色生香
"解放从不是自由
自由也并非放纵。"
耸立依然是耸立，仰仗也无须仰仗
它自己就是护城河，是美酒的琥珀光

辑二 短篇小说：城市如海般流动

掌　灯

/ 李瑶瑶

　　上海的早春，天挂不住雨。漏一阵，歇一阵。李孟生在饭店门前打转时，雨还没下，潮气先到鼻子。雨星子打下来，他看一看表，下午三点出头，心想广播里天气预报不准。想了想转身要走，掏出格纹雨伞，剥开塑料袋，把伞抖开。抬头盯了眼饭店名字。那是标准大排档样式的牌匾，印着"犇三鲜"。

　　这时饭店玻璃门开了。一个年轻的声音说，"一会雨就大咯，不吃饭也能进来避个雨"。李孟生下意识回身，那年轻人脸庞稚嫩又熟悉。他打量他的相貌，不由停了步。"你们的老板是王昝？"他听到自己的声音迟缓。

　　这年轻人靠在门边"哎"了声，眼睛一抬："你认识我老头子呀？我叫他！"李孟生想阻止。他想这饭店的匾，白底泛黄，是个老店了。老二什么时候回的上海呢，他如果有意，早该联系上了。可能也怨自己。可年轻人性格像极了老二，他招呼着往里冲。李孟生紧了紧胳膊，推门而入。犇三鲜上下两层，不在饭点，只有一楼边上一排几盏灯开着，昏昏沉沉。楼梯处立着一个胖大的身影。

　　"是你吗？阿孟吗？"那人在第七节台阶顿了下，旋即快步走下来。李孟生刚想答话，就感到膀子被人一搡，自己落入一个结实的拥抱。这个结实的感觉落在胳膊上，他的胳膊被拉着，往上走。这几步像是慢镜头，只有窗外雨声倾倒，糊得玻璃生满褶皱。

　　他被带到二楼靠里侧，右手边一排窗。几人谁都忘了开二楼的灯，窗玻璃上映着二人的身影，雾蒙蒙的。老二一边抽出纸巾在木头桌上来回蹭，一边叮嘱年轻人加菜，李孟生忙说自己坐坐就走。

　　老二没听到耳里，给他介绍年轻人，他的儿子阿青。阿青咧开嘴笑。阿明、阿孟的名字，他都晓得："阿孟叔，被分到顶好的地方工作，还娶了个大明星！""明星？是艺术家！大花旦！"老二纠正他，还要再张口，年轻人拿了热酒过来，撂下句："我去后厨！"临走嘟囔了句，"都差不多嘛，老灵额！"老二便叹道："现在小年轻不听昆曲了，听昆曲的哪能不知道苏兰——十年才招一届的'文'字班，天生的杜丽娘。"说得眼神微微发烫，"这行当啊，还得靠天吃饭。我家那位，没舞台缘——早不唱了！哎，苏兰，她还唱吗？"

李孟生将手贴在酒杯上，粗陶瓷器微微扎手："不唱了，她喉咙不好，生过病。"顿一下又说，"还唱，在家里唱。"

"哦，全好了吧？"老二使劲揉揉左鬓角。阿孟夫妇当年拿着拆迁费医病。玉蝶弄那个旧里弄，说拆得早也是，再等个两年，补贴说什么也不是那个数；说拆得晚也不是，凑了笔医药费。"在家唱多好啊。"老二嗓门大了些，"那时嫂子拉你跑得老远，跑到浦东，乌漆麻黑的。她一个人唱给你听，你多有福哇，阿孟！"

李孟生就笑了笑："苏苏排练起来就忘了时间。我呢就是个小工，负责打手电……不说这个啦。"他没举杯，举起手边帆布袋示意。老二往里一瞅，是套靛蓝色门卫制服。老二摁着李孟生的衣服，连说："不像样！才说几句话。"两人便谈起这次相逢，说起来，多亏了个小姑娘。

李孟生说这个小姑娘刚搬到小区的时候，问他附近有什么好吃的，他推荐"老王馄饨"。小姑娘不信，说馄饨能好吃到哪里去。他就说有家店叫"犇三鲜"，是炒饭店，牛肉、羊肉、鱼肉，能做出各种花色，天南海北的菜色，他们一群好朋友以前天天在那吃，不过现在店不在了。她不气馁，掏出手机搜索，低声喊了一声："这不是在吗？"她指着手机问他是不是这家店，他说肯定不是同家店，都是二十年前的事了。

老二接过话说："原来她说的是你。说你在门卫室，是我的老食客。二十年了，我哪能想到……"他又摸摸鬓角，说，"现在想想，那小姑娘说的，跟你都对得上。她说你不爱坐在屋内，喜欢站在门口，初看不好亲近，一开口又是热心肠。"

油亮剔透的羊肉、白斩鸡陆续上了桌，李孟生搁下筷子，熟悉的味觉与实感促使他声音放亮，"说到堆纸盒，以前苏苏不知念叨过多少遍，我改不掉。上个保安，就因为堆纸盒被小区里的住户举报走了。于是我决定不捡垃圾。坚持了一个月,第二月大家熟了,有人还给我送纸盒了。投放纸盒的机器走几步就到了,他们是专门给我的。我卖了几个月了,一天五块钱,现在没人举报,你说奇不奇怪?"

老二被他忽然抑扬的声调逗得直乐,李孟生那只张开的手掌,结结实实一个"五"。他很想握住,但没有。他不禁蹦出句:"我们玉蝶弄出来的,不就求一巴掌大的实在嘛。""玉蝶弄"一出口,好像冒昧起来。他知道对有些老友这地方已经不好提了,最好永远别提。可那么大的风雨。他想难怪自己今天莫名想起玉蝶弄,下雨天到处积水,多难下脚,多么应景。

玉蝶弄名字听着风雅,不过是破落棚户区。传说明朝时一位知府为自己书院取了个"玉馆"的名。到了晚清,这一带早就败落,玉馆没了踪影,只剩下一条港河,昼夜流淌,两岸尽是荒坟、野地、黑水沟。20世纪三四十年代,外乡人陆续涌入这里,搭起棚屋,就这么安了家。到了六七十年代,棚户区长开了,弄堂套弄堂,大弄堂里又生出小弄堂,活路连着死路,枝枝蔓蔓。港河没有了,人太多气太盛,填平了河流,形成一条坐西朝东的大弄堂,隐约留下河流走向。下雨天,里弄似乎有一条无名黑河,贯穿过去。

他们便聊传说,又说起玉蝶弄里委,七零八碎。李孟生说自己某时候领会了里委那些人的心情。做保安,有时候也得做调解员。譬如小区有两户人家,其中一户人家大门重修,新修的门高出另一家一尺多,两家便起了争执。另外那家觉得重修的门压了自己一头,气恼中也去雇了师傅重新打门,让自家门高过那一家,修无可修。门重修了,两家关系已经四面漏风。老二说这事好解决,过年两家一合计,一起买副对联贴上,好看又美观,这事不就翻篇了。他说现在邻里都不亲,还是那个时候好啊……

李孟生就纠正他,那不对。真要这么好,阿明姆妈也不会忙个不停,背后别人还不领情。里委院子老早是个坟场,后来平了地,用作开大会、放电影。大家没事也爱说,见了鬼了,能太平就怪了。他看到老二做出以前一样的表情,肉脸皱着,说那是她喜欢管事,坐里委办公室。

于是事情又贯通了,干涸的港河重新跑动起来。从争门楣的事情,联系到苏兰姆妈争几尺地的事情。老二努力调度头脑里的因果,从苏兰姆妈身上很快转到好友身上:"就是这一争,苏兰也从苏州回来了,你们家还去劝架了是不是？"李孟生又夹了几筷子，只是花生米，没沾酒水，那酥皮在嘴里转来转去，又脆又扎。他很想为苏兰姆妈，也就是自己岳母说点什么，原来"争"的主语落在了她头上，这么多年。

棚户人家喜欢说"不蒸馒头争口气"。苏兰姆妈就像蒸馒头一样，那户人家不过看她好拿捏，孤儿寡母，女儿又在外地念书。李孟生家与苏兰家同住金枝支弄，这支弄窄小，全支弄仅五户人家，两人相熟的确是在这桩事后。苏兰打小在外求学，李孟生对她的印象很模糊。

苏兰家住在弄堂口，母女俩住一上一下，两间小房。对门那户，六七口子挤在二十多平里，让两个儿子都快伸不开腿。那家人打算沿着墙搭个小房子，房子一搭，就把苏兰家的门口给堵住了，出路也被截断。这是第二回。那户人家起先就翻盖楼房一次，房子盖得比苏兰家高出一大截，还伸出个长阳台挡住光。苏兰姆妈这回硬是不松口，说是会坏了女儿的运气。李孟生家里人看不过去，说那家人欺人太甚，苏兰姆妈这边，幸好有李孟生的姆妈陪她据理力争。苏兰回来后，李孟生姆妈悄声提醒她，让她多陪陪姆妈。

"房子地界是为苏苏争的。"李孟生说完整件事，惊异于老二听得如此沉浸，自己说得如此细密，"姆妈多好啊，苏苏回家，她就把家里十五支的灯泡换成二十五支的，好让她站在更亮的地方。"有姆妈掌灯，苏兰的根就还在上海，即使在苏州小有名气，也有底气回来，重新开始。

老二听得沉默，只给自己灌酒，喊李孟生喝。李孟生忙说自己戒酒不喝，女儿介意他沾酒。桌子被满满当当的佳肴撑开，雨势又变小了，屋内就沉默起来。李孟生看着他，认真地说："老二，你还是老样子。人家说我们三个朋友，你是一说话别人就别开口了。"

"你是别人开口说了话可以一直说！"老二接过话，咧开一个显得稚气的大笑。李孟生望着他脸上的笑容，心想，老二保养得好，没什么时间痕迹，有福相，没什么白发，皱纹都被挤了去。

"而阿明那小子是别人跟他说话，不得不一直说。他是嘴笨不会说。"老二掏出手机拿远，胖胖的手指笃笃地戳屏幕，"哪晓得他现在成了最能说的，你看看朋友圈，他的谈话……"

老二扬起酒碗吨吨下肚："阿明当初可是我们的武松。一个女同学半道遇到恶犬——那只半人高的黑狗,不知道谁养的,咬过学生。没人管!那女同学吓坏了,赶紧往下跑,刚好是个大长下坡。狗疯了似的,跟着后面追。正巧阿明和我们几个同学在爬坡,大家都不知怎么好。就他冲上去,正好截住狗!他赤手空拳的,居然不是用腿,哐哐出拳,好一顿砸,砰砰作响,我们才回过神围上去。那只黑狗倒没咽气,也是够呛——"老二对李孟生挑着眉毛笑,"武松阿明,英雄救美!他俩还成了。对吧,阿孟,这么罗曼蒂克的事还能叫阿明那小木头遇上,应该是你才对。我有时候跟食客谈天,说的遍数多了,自己也怕弄混了。"

牛肉炒干笋最早见底。老二说起苏兰爱吃牛肉:"我上你家去,正好是过年前后,嫂子多包了一盘牛肉馄饨。不知道放了什么作料,鲜到我心口去了。""她呀。"老二看到李孟生缩在雾气里,声音变得很轻,像在叹气,"她呀,她吃牛肉,是保持身段。不知道听谁说牛肉、鱼肉好,吃不胖。馄饨啊,哪有什么特别调味,都是老做法:料酒四汤匙,蚝油三汤匙,生抽、老抽、盐、香油、糖,撒一把葱花、蛋丝。"

牛肉被整盘端了下去,阿青端了一大盘煮锅过来,汤汁浓白,大块鱼肉,热气逼人。阿青走远了,老二又对李孟生说阿青什么都好,就是考分不好,只能在饭馆谋生计。问起李孟生儿女的事情,李孟生含糊应着,说自己有段时间爱喝得烂醉,女儿更多由长辈带,难以弥补。又说她现在搬到国外去了,自己也有了外孙女,外孙女常在社区花园练琴。

老二亲热地叫着阿孟,露出点孩子气的自得:"逆着光,我也一眼认出你,是不是很厉害?你跟嫂子一样,在台上一亮相,一个剪影就让人着迷。"他敲了下酒碗边,"多少人喜欢嫂子。哎,你知道,老大阿明啊,最初没想跟他救的'美'在一起……现在他们也离婚了……阿孟,你福气大。""你福气才大。"李孟生摘了眼镜,水雾揩了又起,"当时个体户刚起来,你就做了餐饮,生意多兴旺。"

两人正嚼起宁式茯苓糕,老二突然收敛笑意:"这么说倒也是的,谁也不知道明天……"

饭店人声多起来,食客陆陆续续进来了。灯不知什么时候都开了。老二一直把李孟生送到门口。老二脸膛通红,酒喝高了,话更密了,又怕风的样子:

"人得简单，得认命，才有福气。我那时，怎么也娶了个唱戏的姑娘呢？我媳妇，早不唱戏了，在家也不唱。我们早都生分了。阿青，我弟弟的孩子，也是我亲孩子。你想想我，怎么……怎么鬼迷了心窍，疯了一样想留上海，想去顶老头子厂里位子呢……"

李孟生瞧着老二脑袋在风里颤巍巍晃着，原来他脱了发，也长出白发。老二的事，他听过。他一家是苏北人，父亲在制造厂。当时的制度是父亲退休，儿子顶上厂里位子，也顶上上海户口，然后父亲返乡。位置只有一个，大多数家庭却是几个子女。家人选了老二的弟弟，因为老二会营生，能去做厨师。

"我心肠真硬啊，我阿弟满世界给我寄信，叫我回来，要让给我位子。我说等你死了再说。你想不到吧？你们都觉得我脾气好着。啊呀……可不可笑啊，他就真被机器轧没了，他那时那么壮实……你看呢，阿青跟他阿爹一样。"不知是不是灯光，照得他鬓角全发白了，雪点一样。李孟生学着他的小习惯，探出手在他左鬓角抹抹，好像那些雪点是灰，多抹抹总能去掉。

李孟生离开犇三鲜时，天全黑了。他抓着伞罩在头上，先拐去巷子，径直走到馄饨铺。馄饨铺隔了老远，都能感受到热气腾腾。老板娘正握一把铝制汤勺，从旁边舀了水，泼在大铝锅里。她拿木盖子一压，蒸汽散了，眼角看见李孟生湿的运动鞋，便抬起头。"哦，老李。"老板娘大声打招呼，"还是换牛肉馅，打包带走？多葱花？——好嘞。"旁边过来个女青年，抖抖伞说："哎？还能换牛肉馅啊？"老板娘点头："对，就多收五块钱！你也要？好——这边扫码。"

从馄饨铺到门卫室，过个小马路，没有几步路。李孟生提着馄饨和衣服，没有撑伞。同事为他顶了几个小时班，看到他便亲热地叫着老李。他说："小区里那两户人家，比着装完门，现在在比装修。锃亮一张折叠床，就扔了，被我逮到搬进屋，你看好不好？"李孟生说好，跟他一起陷在紫色沙发里，说明天替他值一天班。同事满不在意地摆摆手，交代了下情况，脚底画着八字，电驴一蹬离开了。

李孟生静坐了会儿，看到桌子上摆着的那盏台灯，或许快要坏了，光线狭窄模糊。桌上那架半导体收音机，正放流行歌曲，热热闹闹的。他起身揭开塑料打包盒，点开电台里的戏曲频道，小屋子里便响起《班昭》唱词："锦衣玉食兮，消磨得人慵懒；金堂华宴兮，消遣得身倦烦；经坛高会兮，消损得神思散；荣名虚衔兮，消折得心志残……"李孟生一摸眼睛，发觉眼镜落在饭馆了。他会取吗？也不一定。模糊的视线望出去，到傍晚六点了，街上路灯在雨里亮了一排。

他想起有一回，他和苏苏从虹光大戏院出来，那时候她名声还不算大。苏苏没脱戏服，妆也没卸，就拽着他去江边，唱起主角戏份。黑洞洞的江水，好像要流去玉蝶弄。那是李孟生第一次拿出手电，一按灯，唰的一下，灯火通亮。那道光闪在她鬓角，苏苏转过身来，眉眼似嗔似笑。

窗口探进来一个脑袋，是个居民。他说，小区黑咕隆咚，怎么没灯了。李孟生一惊，跳了起来，胡乱收起汤食，几步跑到门卫室里屋。摸到小区路灯电闸，拉起。身后天地，瞬间白茫茫了。

醉酒后

/ 陈 颖

一

她好像是醒了,又好像根本没有睡,她被自己这徘徊不定的意识弄得手足无措。现在可以确定的是,她在厕所里,并且应该在酒吧的厕所里。她的裤脚已经被厕所溢出的水浸透,头顶上方的水管一直在往外渗水,水滴落在瓷砖上,发出"啪嗒"声,随后留下几道潮湿的痕迹,透过隔间传到耳边的音乐又闷又吵,好像要和这水滴声来一段不相称的交响乐。她对眼前的种种感到厌烦。

她不记得自己是怎么来到这家酒吧的,这几天她总是一醒来就套上外套出门,随机坐上一辆公交车,看到一家酒吧就下车。她对酒吧没有要求,只要别太安静。

有时她也会怀疑自己在哪里,事实上,她现在又认为自己并非在厕所里。谁规定有一个蹲坑和厕纸的小单间就是厕所?但是她胃部难受的感觉让她无法集中思考,她只能凑近那个瓷白色物体,任凭胃里的东西涌出来。

她停下来歇息的时候,注意到瓷白的蹲位有点泛黄,她不明白为什么同样的食物在变成不同形态后给人的感官体验如此不同。她认为这不公平,事实却是这泛黄的湿渍让她的呕吐感更强,并为自己不自控的生理反应感到惭愧。直到传来敲门声,由远及近地将她慢慢从思考中叩醒,她才反应过来裤脚已经湿了很久。布料上的水渍不再向上漫延,转而向下滴落,她为这一大滩湿渍感到尴尬。她讨厌这种尴尬,因为尴尬的应该是这个年久失修的厕所,以及那个裂开而无法自守的管道才对,总之不该是她。

门又在咚咚地响,声音愈发焦急,她听得有些烦了,抬起脚对着那块沾满不明物的木板踹了过去。声音停了，一句"神经病"，伴随离去的脚步声。她等了几秒，还是一点声音也没，除了间歇性工作的水滴声。她开始怀疑一切都只是幻觉，因为她恍惚记起上一秒她还在和一个男人聊天。

二

他把杯子里的酒喝完了，回想自己刚刚在那个陌生女人面前失态的样子。他酒量不好，今天却阴差阳错进了这家酒吧，还撞倒了她。她皱眉闭目的样子不很吃痛，他赶紧扶她起身。为表歉意，他请她喝酒，尽管她再三表示没关系，他还是留了下来。

他们遵循着并非和对方同饮就一定要和彼此对话的规则，保持了几杯酒的沉默。他在这无声中对身体的反应变得敏锐起来，才意识到他的胳膊又痛又麻，不知她是否也同样如此。他觉得出于礼貌，应当问一句她的屁股是否还好，毕竟她刚刚可是直接摔倒在地，捂着屁股难以站立。不过，对一个陌生女子而言，上来就关心她的屁股未免有点奇怪，所以他仍然一言不发，只是不停喝酒。

他回想起上次自己被别人询问到屁股的问题还是在医院——他不健康的生活让他在很长一段时间里都不得不夹紧屁股走路。一开始他对自己如厕后留下的一滩血迹并不在意，后来上厕所于他而言成为一件难办的事情，他往往需要在许多揣度的目光中僵着下半身走向厕所。真正摧毁他的在于，他总是不可控地一次次跟随身体的本能，迈向那个阴臭的隔间，再将裤子褪下，如等待死亡一样酝酿着一场场空虚的便意，并且这场死亡等不来尽头，他就需要提上裤子重新活过来。

这种本能愈演愈烈，且终于到了无可忍受的那天，他请假去了医院。在医院长长的走廊里，他觉得自己腰部以下变得僵硬，只能迈着细小的步子向诊室挪去。他总觉得有人在看他，即使那些人都低着头。

看诊的是一位女医生。他脱下裤子，撅起下半身，让自己的屁股被审视。他盯着将他与病床隔开的一次性床垫，觉得自己是一具正在被肢解的尸体，下一秒就要和这团裹尸布一样被塞进垃圾桶。

三

她第一次在公共场合摔得四脚朝天。尽管酒吧很暗，周围的乐声也很嘈杂，没多少人注意到她。然而她毕竟是在刚进门的时候就被撞倒了，多少会引来一些侧目。她百般推辞，但这个看起来病恹恹的男人还是坚持要请她喝酒，她想尽快结束这种无谓的拉扯，捂着疼痛的屁股匆匆坐了下来。

往日她会认为这种情形藏着不可预知的危险性，但现在她对这一切都漠不关心，无论是他一开始的坚持还是坐下后的沉默，她只想分清酒里是苦味还是涩味。过了一会，她发现自己的手莫名其妙地被抓住。一秒钟过去了，一分钟过去了，五分钟过去了，抓着她的那只手开始颤抖起来。她不明白自己为什么没有把手抽开并给对方一巴掌，她觉得自己理应如此。她听到对方抽抽搭搭的声音，想睁大眼睛看清楚他的脸，却总觉得自己的目光到他的皮肤之间隔着一层纱网。他只是朦朦胧胧的存在，是一团暗淡的色块，是一具和她无关的躯壳。他应该很瘦，因为他的身形能够全部纳入杯壁中，但她看不清。

她隐约听见他的一团吐字里提到"爬山"，她想起自己上次爬山还是在好几年前。那是个新年，她顶着寒风朝山上一直走去。到了半山腰的时候，她跟着人流走进了寺庙里，领了份斋饭，坐着吃了起来。邻桌有一个中年女人，抱着三四岁大的小女孩。女人的头发黄中夹白，有几根毛毛躁躁地竖向天空，像她的神色一样焦急；指节冻得又肥又红，皱巴巴的，却用力钳住女孩的腰，不许她挣脱。女孩脸色蜡黄，五官平薄，双眼泛着困意。她听到女人向院内和尚说自己的孩子患上疑难杂症，听闻此山有灵，想求一个平安符挂在山顶。和尚告诉她，求符需要去大殿内烧香，至于登顶，不知积雪是否已封山。

她看到女人着急忙慌地钳着那女孩去了正殿，她继续吃她的饭。窗外竹影疏疏，阳光星星点点地漏在桌面上，微风掠过，竹叶婆娑，肃杀如金属，她顿觉自己消失在这声音中，融于天地之间了。正当她发愣的时候，女人又回来了，她的手上多了一个黄色的小锦囊。她在心里暗笑这种行为——所谓的神又能给到什么？

她吃完了，继续动身往山顶登去。云飞风轻，正是适合爬山的好日子。那女人也在往山顶走，每走两步就要在嘴里嘀嘀咕咕念着什么，应该是什么祈福的经文吧。她加速往前迈步，想把女人甩在身后，直到听不见那嘀咕的声音为止。还没几步，身后便传来一阵骚动。她回头，人群自动围作一个圈——那女孩晕了过去，女人一下子失去了所有力气，连平安符也握不住了，只跪在地上扯着心肺地哭，好像野兽在悲号。有人拿起手机报警，无奈信号受限，服务站的人闻讯赶来，半天才弄来一台担架，将女孩抬了下去。女人忘记了掉落的平安符，风轻轻一揽，那黄色的布直往悬崖下坠，一旁蜡梅开得正烈。

四

他第一次在一个陌生女人面前痛哭，起因是他抓住了她的手，而她没有挣扎。他原以为自己至少会被甩开，但没想到什么也没发生，这让他大失所望。时间一点点地过去，他抓得更紧了，但女人纹丝不动的样子让他顿觉挫败。这挫败感像一个无声无色的气泡，将他包裹其中，他的呼吸急促起来；气泡外是一双漠然的眼睛，正在透过酒杯观察他。等他开口时，才发现自己的手不受控制地颤抖，连同他的声音一起。

他断续地说起他前段时间爬山的事情。那段时间他失去食欲，失去睡眠，失去不知道自己正在失去什么的判断力。他是半个游魂，游荡在空气里，另外半个还困在他体内，气息奄奄；往往当他意识到自己在说话时，他已经结束了语言；等他反应过来自己在何处时，他已经折返。有一天，他醒来就一直走，一直走，不吃也不喝，不饿也不渴。后来可能是困了，也许是晕了过去，总之他再醒来时，发现自己正窝在街角一块凸起的砖上。太阳刺在他身上，体内的血液像熔浆一样异常躁动，探索、吞噬着内部的器官。他静静地坐着，感受这种灼烧感，感受他的器官在低鸣。过了一会，他脑海内有个声音告诉他——去登山吧，那里也许有答案。他这么想着，不再那么焦渴了。

于是他来到那山脚，一条铺着乳灰色水泥的石阶，他慢慢走在经过千百年历史雕琢过的山径上，走进了自己的童年。他对着面前喝酒的女人这么说着，他说在那天，自己走进山间的薄雾中，路边的板车在摊贩中间穿插着，黄瓜和西瓜摆在货架最醒目的位置，但是凑近了才能看得清，往来的人或背着沉甸甸的包,或提着大瓶的水,还有挑着担子摇晃穿行的。他像走在市集里,下一步就是穿插在各类油坊、鞋摊、米店中了。他应当目不暇接,不知疲倦,应当回到那个屋檐飘散着白色的轻烟、窗户被蓝色的发硬纱网遮掩的瓦房里;他还应当翻出放在柜子深处的茶壶,倒上那么一杯还没完全泡开的茶水,躺在摇椅上玩着比他的脸还大的纸扇,顺便等待几句责骂。

他朝山里继续走,抬眼望不到尽头,面前的溪流绊住他的脚步。他低头看见潮湿的石头,一切都像陈旧的往事。他当然记得那些夏天的午后,他独自跑到院墙后面,揣起一块块鹅卵石,将它们洗净又偷偷带回家中;而鹅卵石旁总有拔不尽的马唐草,有时要揪一两片叶子,吹永远也没响声的口哨。这往往要在午睡时偷跑出来,同时提防会发出响声的门闩,虽然更多时候是风声带动的颤动。一有动静他就往更远的小路跑去,有时他跑得不够快,会被抓回去午睡;后来他越跑越快,会把身后的人甩得远远的,一直跑到高出他身子的草堆里,还往里跑。他这么跑着,跑到如今还没有回去。

五

她稀里糊涂地吻了一个陌生男人,这和她以往接吻的目的都不一样。或者不去考虑其中的目的,她仅仅是吻了一个男人而已,没有再多余的东西。

她在酒没喝完前就已分辨不清那男人的嘴里在哝囔什么了,也许是酒杯碰到一起的眩晕感使然,所有传到她耳边的声音都成为一种喃喃讷讷的张合,像呜咽的虫鸣,断续又绵长。她看着红色的灯落在蓝色的酒浆上,将自己的身体慢慢伏下去,伪造一种落日沉海的景象。同时,一双红红的、哀愁的眼睛多余出来,像落霞边飘散的鹙羽,一直飘到她的眼前。她晃了一下身子,眼睛还在,那种忧愁感穿过空气,穿透酒杯,慢慢朝她飘过来。

她应该将脸探过去吗?她的手还在对方的手里,手背熟悉的温暖感促使她幻想着一种浪漫的激情,一种隐约的期盼。但她到底有点犹豫,她为着这犹豫心生恼怒,她区分不清自己是太过清醒还是太过软弱,以至于失去了行动力。她想她无非是活得极度无聊,早已失去了那些有活力的、可想象的东西,她的生活正在日复一日地重复、萧条下去,她被各种各样的确定性困住,像一只在蛛网中找到合适的位置而不愿挣扎的虫子。她对未知尽情地害怕起来,并且任由这种恐惧抽去她身体里原有的活力,直到将自己完全抽瘪下去,然后去注入新的恐惧,好让自己重新鼓起来。

她想着想着,这种思绪又被对方虫鸣般的声音打断,这断续的鸣叫中时不时夹杂着几声啜泣的喘息,真是够烦的。她拿起酒杯将里面所剩无几的液体都倒到胃里,明白自己要做的不是在这里被犹疑的思想操纵。她把嘴朝对方的嘴贴了过去,不是熟悉的温暖的感觉,触感凉凉的,有些许颤抖。她敏锐地捕捉到这点颤抖,庆幸而兴奋起来,这就像自己犹豫了半天终于忍不住拉起对方的手,然后发现对方的手同样或者先于自己变得汗涔涔了。如果这是电影,接吻算一个不错的开始,能够让之后可能会延续几个月的关系有所依凭,只是有点俗气。如果这是文学,今晚会有着最柔情的月光,最清丽的夜色,也很老套。

但今晚什么都不是。她不看电影,看电影让她头痛,她听说电影能够延长人类三倍的生命,将她感受到的痛苦和无聊增加三倍又三倍,真不敢想象。她讨厌文学,文学是最大的谎言,文学的爱是最虚伪的爱。她憎恨男性这种物种,一种自觉的、有逻辑的、理所当然的恨意;他们缺乏耐性与决断力,偏偏要说女人是促使他们上当的诱饵;他们厌倦每天按部就班地吃饭,但是从不做饭,只在饕足以后无故哀号,叫所有人都听到;他们认不清自己的多变和无情,还要装作无人懂他们的志向与大爱;他们对自我缺乏认知还要反对别人分析他们。

今晚她吻了一个男人,当然可以赋予这一行为很多意义,但她偏不,她要电影和文学的幻想消亡。她想到这,感到一阵爽感和呕意同时袭来,于是推开了他,冲进厕所。

六

直到离开的时候他也不知道如何才能证实一个吻是否存在,那或许是一种芳香的味道,是一阵短暂的温情。可如果他的记忆出了差错呢?毕竟他在记住那味道和温情之前就已忘却了。何况世上怎会有两个如此相像的人呢?那个女人实在像自己的旧爱,但她如果不是她,为何要吻他?

他听说过爱的献身与崇高,爱的圣洁与救赎,爱的自由与束缚,爱的机遇与偶然,爱的命定与必然,爱的经验与野蛮,但没听说过爱的无能。他在分手后第一次从对方嘴里被告知这几个字,就像末期癌症患者在医生的嘴里得知自己的病症一样,自此这个词在他的语言系统中出现并逗留。遗憾的是,他没有被告知具体的药方和治疗方案。朋友同他说多认识几个女人就好,女人是最好的药方。但他发现自己一旦同女人说话,那几个字就开始在他的身上开启自动按钮,将他变成一台有故障的机器,吃饭更是酷刑,会让主机直接卡顿。多次故障以后,他怀疑自己是不是对这种药方过敏,好比有些过敏的人对抗过敏的药过敏一样。朋友说:"不行,这样下去勇气都要亏空。"

于是他来到酒吧,碰撞到了熟悉的面孔,莫名握到了对方的手,还流下了荒唐的泪水。酒吧昏暗的灯光包裹着一片混沌,他坐在原地,让眼泪和自身一同消融在这混沌中。在这一片隐约和朦胧里,他只能看到一张女人的脸,像冰冷的烛焰,慢慢渗到他体内。他忍不住收紧双臂,想去拢住这点光亮。他看到杯里的酒波,觉得自己看到一片宁静的湖泊,湖旁有数十株高大的水杉,正在哗啦啦地落着果子,像往湖中心抛一场偶然的雨。但湖面没有被掀起任何动静,仍旧是淡淡的波痕上印着淡红又淡棕的树影,他又仔细一看,这红色和棕色开始发暗发沉,发灰发黑,慢慢沉到湖底,湖底变成了一片混沌。他领会着这种混沌,知道自己需要这种心境。

他突然听到了另一个人的呼吸,并感受到了她,但没等他反应过来,就又被推开了。他等了很久,对方也没有回来。于是他在这突然被截断的宁静中感受着持久的焦虑,并怀疑对方的存在。他才觉得那人像她又是她,可是转眼一切都不存在了。他不懂如何区分是或不是,有或没有。一个人的记忆不具备真实性,如果对方记不起甚至不存在,是无法证实自己没有处在一场虚无的幻梦中的。

他决定放过自己,放过所有有和没有、是又不是的问题,这么想着,他突然轻盈了。

七

你是酒吧的酒保,酒保通常只负责给客人调酒,不喝酒,也不被允许喝酒。你一般不这么做,除非是你被该死的上司骂到一肚子怒火无处发泄。就像今晚这样，你本着大不了被开除的想法，在吧台后面偷摸着喝酒。酒是你自己调的，但酒水钱会从为数不多的工资里扣除。你越想越气，一边心疼钱，一边决定非要喝个痛快。

你正喝着酒，还没来得及反应，就看到一个女人被撞倒在地，撞倒她的男人将她扶了起来，并执意要请她喝酒。这种伎俩你在酒吧里见得多了，虽然老套但往往奏效。果不其然，他们随后便一同落座了。不过他们不似其他穿着潮流的男女那样雀跃着，反而一副不想和彼此有交流的沉闷模样。

你把酒端了过去，他们接过酒杯，继续静默无言地对坐着，像不经意间被挂起的一幅画。你看了一会，觉得这是一幅很无聊的画。

你又给自己调了一杯酒。调完后，你发现那个一直一言不发的男人突然拉住那女人的手。你心想这不得挨上她一巴掌？结果居然没有。你来了点兴致，不过酒吧里奇怪的男女太多了，这不算什么。

你看不清两人的表情，只瞧见那男人低下头，身体有些抽动。你已经有点头晕，但这不妨碍你想看个大概。于是你假装要去空位上整理坐垫，好凑到邻桌偷看。你瞥见那男人在哭，酒吧里一般都是女人哭，不过也有男人哭，这也不奇怪。但那女人坐在座位上一动不动，这种漠然的态度让你多了点好奇。同时你好奇的还有她的酒量，毕竟她当即把杯里四十多度的酒一口气干了，然后不知道是借着酒劲还是怎么样，兀地朝那男人吻过去。你还从没见过这种情况：一个男人哭着拉住一个陌生女人的手，一个女人吻完一个陌生男人就作呕。你觉得有那么点意思了。

你等了好一会，那女人一直没从厕所回来，那男人也离开了。你心里为这出没演完的戏小感遗憾，又担心两人闹出什么事给你的工作增加负担。你正想着要不要把这两人的桌子收拾干净，一位女性顾客来投诉女厕所有个踹门的"神经病"，叫你快去找人瞧瞧。你一边暗骂又来了破事，一边叫女服务员去厕所查看情况，同时决定要离开这个鬼地方——你已经过了只想看故事而无须担负后果的阶段。

长夏永不凋落

/ 吕彦默

那天苏安给我打电话时是半夜十二点一刻，手机刚放枕头边，便嗡嗡响起来。接起电话，她上来就问我睡了吗。我说刚复习完正准备睡，便问她这大半夜怎么了。她问我方便来医院签个字吗，她做手术。我刚沾枕套的脸一下子麻了半边，腾地一屁股坐起来。她说得了急性阑尾炎，半夜疼了起来。她那边声音很小，像是怕吓着谁。我摁亮床头灯，一只脚跨下床找拖鞋，一只手拿起衣架上的卫衣往头上套，让她把医院的具体位置发我。她挂了电话，发了定位：复旦大学附属肿瘤医院。我一查，从我老闵行的出租屋到徐汇车程将近40分钟，这地方在郊区的郊区，旁边是个特大型垃圾场，晚上十点以后集中粉碎，有轰隆隆的响声做伴奏，碰上阴雨天腌臜味儿会顺着纱网缝儿飘来，还有助于提神醒脑。狄更斯说过自己写小说没灵感，都会去童年生活过的那条布满垃圾和泥泞的街道，回忆小时候贫苦的经历。或许某天我也可以闻着这令人窒息的味道，写出一部伟大的作品。

这儿晚上七点以后没公交车，到地铁站得骑单车20分钟，以往我从教培机构下班走在路上要把窦唯的《无地自容》外放到最大音量。为了将就租金，我和另一个室友合租，每月1 600元的租金是我毕业后在上海滩跑断腿谈下的价格。白天兼职打工赚的课时费，勉强让我找个枯枝停靠。

屏幕又亮起来，苏安发来条消息说："我联系上辅导员了，不用麻烦你来了。"我这才发现，刚才她打了一次视频电话、一次语音电话，我都因为信号不好没接到。我找出身份证揣进兜里，看了眼银行卡余额，在手机上约了车。

没想到的是在这里，半夜十二点半叫车竟然有司机五分钟内接单。我拉开车门在后排坐下，对司机说："到复旦大学附属肿瘤医院。麻烦您以最快的速度过去，有急事。"司机掐了烟，看了眼左边镜子说："明白。"他启动车子，开上大马路。我摇下车窗，把下巴放在上面，外面夜色如水，没有点点星光在时间里涣散着，夜在眼前黑得一点都不具体。

司机大哥问我："小丫头，你晕车？"我说："对，所以开窗透透气。"想起上次和苏安去贵州旅游，半夜在山沟沟里搭上了黑车，她把高德行程发给她如今的前男友，一边语音电话示意司机。苏安和我是高中同学，一起学画画认识的。粗略一算，认识也有八年了。这几年我混得不咋地，身边的人走的走散的散，除了苏安，没啥像样的朋友。她总说我矫情，每次我想在云端给她赋诗一首，她都会把我拉进生活的田野，讲讲她的鸡零狗碎。都说要成为一个伟大的艺术家首先要有一个不幸的童年。比起我，苏安更适合搞艺术。上三年级时她就发现她爸有了外遇，后来她爸妈协议离婚，苏安判给了她妈。高考那年，她爸肺癌晚期，死于十二月的一个大雪天。苏安无心参加美术联考，再加上有哮喘病，当别人纷纷在朋友圈晒录取通知书时，她断绝了和外界的一切往来。

苏安爸生前最对不起的就是苏安，所以立遗嘱时把公司的一百多万元转账给了她。父亲的死亡像一面照妖镜，各方势力你方唱罢我登场，宛如跳梁小丑红了眼又红了脸。她说："我父亲是个英雄，以前总觉得就算他不在我身边，天塌了也会帮我顶着。而现在，天真的塌了，我无处可逃。"七位数字没有改变过，被她完好地封印在她的账户里。在海边撒骨灰时，她看着骨灰溶于水就像那天的雪融于肌肤，渗到心脏上结成一层厚厚的痂。复读一年后，她以专业课第一的成绩考进了东华大学的服装设计专业。对，得向前看，人这辈子总不能老在原地打转。

车快驶出沪闵高架路时，一栋栋高楼平地而起，大大小小的酒吧，没打烊的餐馆、便利店，写字楼零星的房间里发着诡谲的光。我发现对于上海来说，夜晚不是一天的结束，而是一天的开始。进入市区，苏安在电话那头告诉我她刚做了CT，正挂水，让我别着急。我问："你跟阿姨说了吗？"她说："说了，俺妈明天下午才能来。"我问："那你还割阑尾吗？"她声音虚得很，是我很少听到的那种忐忑，说："先等CT结果吧。"

车子停到医院门口。我把棒球帽檐往下拉了拉，站在医院对面的马路边吹冷风时，一楼门诊射出煞白的光。凌晨一点的候诊大厅明晃晃的，门诊室里凝结着一股危机四伏的静谧，空气里昏睡和醒着两股力量蔓延着，在每个生命体上进行对抗。

我老远瞅见角落里的苏安,她半佝偻着一米六八的个子,外面套了一件宽大的牛仔服外套,裹住胖了三十斤的身子,贝雷帽压住不想抬起的脸。头顶的点滴正以温吞的姿态下落,抗生素顺着针管进入她的静脉,我知道,它们最终会作用到她的阑尾。

站在身边的男人是个一米七五左右的麻杆儿,正神色紧张地半蹲在旁边,低声跟苏安说话。我说:"你好老师,我是苏安的朋友,她现在情况怎么样了?"他说:"刚打上点滴,已经联系她父母了,可能一会需要做手术。"苏安微微抬头,客气地说:"老师,我朋友来了,这么晚了您先回去睡吧。"男老师还在犹豫,担心她一会做手术。苏安一手抓住我手脖子使劲捏了捏,我赶忙说:"没事老师,我们认识八年了,之前我也有陪床经验,您放心。"男老师见自己不受待见,客气了两声就朝外走,走之前留了我的电话。苏安不屑地瞥了一眼男老师的背影,说:"那是我辅导员叫来的同事,我俩也是第一次见。"

我坐在她身边,这才凑近看清了她的脸:汗还没从额头上淌下来,本是油皮的脸上涨开了密密麻麻的小孔,脖子上白花花的肉套在一起。我说:"怎么药效副作用这么大,跟发面引子似的。"她把帽檐朝上提提,睁了睁做的欧式大双眼皮,盯着头顶的吊瓶说:"大夫说打完吊瓶去找他。你呢,这次感觉考试有把握吗?"她直起身子问。

我陷入沉思,不知道为什么她总喜欢哪壶不开提哪壶。我说:"总有一天我能写出想要的东西。"她问:"写小说能当饭吃吗?你考研都考三年了,这几年这么卷,赶紧找个正儿八经的工作吧。"

我低下头,瞪着她脚上那双黑色斯凯奇运动鞋,想起我们曾在没打招呼的情况下,买了同一家的新款黑色运动鞋。我深吸一口气,学着她的口吻说:"现在是凌晨一点二十五分,我这个没用的'大作家'只能给你去机器上打印报告。"正准备起身,她看我一眼,撇撇嘴,肉肉的身子向我这里靠近,一只手伸进我的胳肢窝,声调放软了些说:"哎哟,坐太久了,正好想活动活动,您帮我拿个点滴呗?"

我瞥了她一眼,举起吊瓶,用另一只胳膊挎住她松弛的手臂,一步步往前挪。过道里的灯亮得人眼睛发烫,我挤挤眼皮,张嘴禁不住打了个哈欠。每走几步，就能看见打地铺的病人，他们的被褥垫在地上，头顶着刺目的光，眯缝着眼。脚边一个大叔呼噜得得震天响，旁边是吃剩的盒饭和暖水壶。因为没有床位，他们只能暴露在其他人的目光里。不时有值班大夫走来，上前低语，给他们换药。苏安的眼睛迅速从他们身上扫过又躲开，或许是在想他们的尊严躺在冰凉的地上冷不冷。

我站在拐角的机器旁，把她的报告打印出来，搀着她走进旁边的科室。按照科室大夫的说法，CT 显示阑尾水肿发炎，血常规显示白细胞跟 C 反应蛋白都不低，已经可以确诊阑尾炎，最好尽快动手术。我问："最晚什么时候？阑尾不是可有可无吗？真的非要割？"白大褂扶扶眼镜，有点不耐烦，说："不能超过三天，不然肠穿孔可能有生命危险。"说完，他点了下电脑屏幕叫下一个病人。苏安面无表情，起身拉着我出了诊室。她又给她妈打了个电话。她妈告诉她没买上飞机票，要下午才能到。苏安挂了电话留了句话：妈，我要是肠穿孔，今天晚上就死了。她把贝雷帽摘下来，贴着墙往地上一蹲，蓬乱中带点油光的头发耷拉到脸上。她目视着面前打地铺的大爷，又压了压帽檐，她肿眼泡里有泪要溢出来，头埋在两腿间的肉里。我看她的点滴快没了，放下吊瓶也蹲在旁边。

我想着岔开话题缓解气氛，说我最近在写一篇小说，目前还差个结尾。她蹲在那里不说话。我接着说，有一个天文学家曾亲自看过流星，可也就是在那个夏天的夜里，他患了夜盲症。后来，有个人告诉他，如果想治好这个病，需要把之前的记忆全部抹除，以后就可以继续看见夏日的夜空。他应该怎么做？

苏安沉思了一会说："你们当作家的真无聊，生活又不是写小说。你写小说能决定我现在割不割阑尾吗？"

我有些激动，握住她的肩膀，说："那年夏天我们在凯里的山上看到了星星，你还记得我跟你说了什么吗？"她戏谑地说："哦，当然记得。你当时矫情得要命，蹲在地上，说那天让你想起了自己第一次对一个人心动的感觉，感觉就像'小鸟在胸口跳伞'，然后又开始哭你死去的爱情。你这文艺青年的矫情病什么时候能改改。"我说："那天还是你爸的生日，我念了一句诗你记得吗？"

苏安似乎并没有听我讲话，她目光如炬，说："我决定了，长痛不如短痛，这把阑尾割掉。经济学里有句话叫沉没成本，虽然不参与重大决策，但止损一定要及时，如果方向错了，停止就是进步。现在这个阑尾在我的身体里，就是沉没成本。"我问："你怎么也开始学经济了？"她说："人人都要懂点经济，特别是像你这种整天飘在天上的。"

在地上蹲麻了的她正准备站起来，谁知我一使劲，手一下子拍在她右下小腹上，她吼道："林默你现实点吧！"话音未落，"点"字转了个尾音便示弱下去。眉头在脑门上拧成麻花，头颅迅速低下，一下子从座位弹出去跌滚到地上，伴随着"啊"的一声惨叫，针管从她手臂上窜出来。我吓得慌了神，赶忙跑过去伸手握住她的肩膀，几乎跪倒在她的膝盖旁。她手紧捂住下腹，蜷缩成一团，太阳穴上的青筋登时暴露出来，像几根藤条，后槽牙咬得鼓成棒槌。她在地上像个肉球一样左右滚动，呻吟着，钻心地痛。我见状猛地从身后抱住她，大喊救命。旁边换挂水的年轻护士跑过来，我大喊："她要做手术，在哪签字？"

护士指了指急诊室说要办住院。我找到窗口，刷完卡。刚刚的白大褂找我谈话说，确定做手术的话要签字。

"林默"——我曾幻想过很多次这个名字以最有尊严的方式出现：在上海的某个书城或者高档咖啡书店，下面坐满了我的书迷，我用精心设计好的艺术字体在我的签售会上，挥动马克笔，在每一本书的封面上写下这个名字，再配上一句读者赠言。那时，"林默"这个名字将会有千钧重。可此刻我匆匆写下的狂草，它并没有成为一个写作者的骄傲，而是急诊室里的一环，配合演出生死大戏。在写下这两个字时，是笔在领着我的手。白大褂说："没什么问题，我们就做手术前准备，病人可以进手术室了。"

我走出来，看着旁边的苏安，护士上来问她有无过敏史，又核对了一遍基本信息，把她脖子上的金佛取下来给我。苏安被推上支架抽血，我感觉到她的手在剧烈地颤抖，伴随着此起彼伏剧烈的疼痛，连着呼吸都因紧张而变得不顺畅。

我握住她的手，我说："苏安，你别怕。我会一直陪着你，我就在门外，哪里都不去。"她面色通红，眼角有泪，分不清是因为疼痛还是恐惧，不时还会喊出咬牙切齿的声音。

我说，你想再听我给你念那首诗吗？那首诗一点也不矫情，你听着：

但你的长夏将永远不会凋落,
也不会损失你这皎洁的红芳;
或死神夸口你在他影里漂泊,
当你在不朽的诗里与时同长。
只要一天有人类,或人有眼睛,
这诗将长在,并且赐给你生命。

抽完血,苏安被推进了手术室。我站在旁边跑了几步,看嘴型,她好像说了句"谢谢你"。我趴在她耳边,说:"苏安,我们的长夏永不凋落。"

手术室的门关上了,我一屁股坐在门外的凳子上,胸口"咣咣咣"地跳着。和上次诗里的"小鸟跳伞"的感觉不同,这次我觉得那天的星星都要砸下来了。我扭头看了一眼外面的夜,上海的夜空没有一颗星,四周的建筑物氤氲着,窗外的视线越发模糊起来。我想起自从那天看完星星以后很久没有哭过了,突然有滴泪从我眼眶里滑出来。

海 上

/ 惠 忆

飞机落地浦东，轰鸣里，天地拉开，沙漏般翻转。

那对父母催得紧，来不及去学校报到，一手一个行李箱排队上出租，打表器上数字蹭蹭涨，太阳穴也跟着突突跳，索性闭眼，感受车辆行进。师傅是老手，稳当，她感觉自己躺在鲸背上，一路破水开浪，缓缓汇入鱼流。

察觉一只手轻推自己，她睁眼，是母亲，更加年轻的母亲，问她是否要一起吃个饭，旁边贴着幼时的自己。又是这个梦。她知道，这是十五年前开往虹桥站的火车，离未来还有三个夜晚。窗外是深海，金色鱼群缓缓盘绕，仿若时间的涡轮。

"小姑娘，到了。麻烦给个好评。"

再次睁眼，师傅催她下车。积木似的，一层层楼垒上天，密匝匝挤在一起，周围是低矮商圈，她感觉自己站在屋顶，眼前竖起烟囱，地下是难以想象的庞然。行李不方便上楼，小心询问保安能否寄在门口，保安让她大声点，她又重复一遍。对方眼睛上下扫视一圈，问她什么身份，她说自己是家教。保安眼中露出狐疑——这么晚来家教。她来不及辩解，保安说"放着吧"，又补一句，"丢了我可不管"。

"小余到啦，着急请你来真不好意思，主要我们仨能在家碰上头的时候不多。博闻——出来，见老师。"

忐忑上楼，这位母亲倒是比微信上热情，她略松一口气。沙发上坐下，悄悄观察屋内陈设，房子不大，家具也简单，但这个地段想必不容易，何况这对父母如此年轻。

比她还胆怯的小脑袋牵着身体往客厅来，父母也在旁边沙发坐下，打量半晌后两人交换眼神，母亲开了口。"小余啊，是这样，我俩都是医生，平时倒班忙得脚不沾地，大部分时间不在家，博闻还小不能没人管，课余基本都请了老师，现在全科都有，剩周二晚上空着我们也不放心，正好请你来教钢琴，拓展下孩子的兴趣。"

她当然点头，跟着往里走。孩子的房间似乎才是主卧，摆下大床、书桌、书柜、钢琴后，还有供他们四人行走站定的空间。墙上贴着一排排奖状，像是给这空间上满封条。

孩子怯生生坐上琴椅，她在一旁坐餐桌凳，父母揣手站对侧。深呼吸，如十八年前老师教她那般，说："小朋友，你叫博闻对吧，来，我们假装手里虚握了一个鸡蛋，举起来，放松，让手自然落下，哆——特别好，博闻的手型特别标准。"

十八年前听到同样的话时，多出来的指头高高翘起，怎么也握不成鸡蛋。老师也当着母亲的面夸她手型好，等交完钱单独上课时，老师又拿筷子打那根不知该如何命名的手指，边打边抱怨，根本学不了琴为什么还要学。当时她不懂，现在懂了，是为讨生活。

不到半小时，年轻父母喊停，急着出去。她也随他们往外走，不敢问结果。电梯上那母亲给她一把钥匙，嘱咐她防着小孩看电视、打游戏，正好她是研究生，有机会多鼓励孩子学习。父亲补充说按考级标准教，最好这学期能考过三级。

他们直出小区，她去保安亭拿行李，还差14分钟，她的22岁生日就要过去22小时了。工作定下来了，不错的生日礼物。怕打扰未来舍友，坐地铁到闵行，附近问了好几家旅店才找到空房，关上门，没来得及许愿，已是新的一天。倒进窄小的床，房间没有窗户，像是被装进密闭箱盒，丢进大海。

梦里，火车已到虹桥站，她化作人们汗液蒸腾的水汽，跟上十五年前的母女。在闵行亲戚家附近的酒店住下，也是窄小的床，不及多等便往医院赶。小女孩第一次见到双层公交，眼睛亮汪汪，没敢说的，她清楚。陪她们从门缝里溜上936路，冷气围过来——原来那时母亲怕她热，一直带她坐的有空调的公交车。

八点闹钟响，起身收拾去报到。迷路半小时才到系楼，中文系竹柏影动，古朴清幽的味道，站在敞亮天井里能被阳光晒透。考进这里，真是花了不少力气。办好手续往外走，迎面撞见一高大男生，亲和面孔，问她是否在这里报到，她指指身后准备离开，对方叫住她，说都是系友，是否方便加微信，她没想太多，递上二维码。研究生公寓还在校外，穿过马路一路走，像沿着来时路往回走。

回到过去的路刮着台风，在上海的最后一天，母亲在亲戚家附近商场的麦当劳，给她买了个冰淇淋，她用伤口初愈的五根手指接过，下一秒冰淇淋被风刮到地上。原来五根手指也会接不住东西啊。

没有电梯，两个箱子一前一后上六楼，进门，舍友学姐在看文献，没有什么寒暄，加了微信拎包出门，说有需要联系。又是空，无风时，海上总是空的。

明天就是周二，一系列新生教育活动，导师双选会，上海会用一颗颗水球把空填满，拖着你连箱带人往下坠，要么抽干箱子里的一切，请你轻装上阵，往天上抛。

家教时间是晚上六点半到八点半。第一次上课她提前半小时，天还亮着，黑夜里的烟囱原是砖红色，稍稍有些褪色。小心上楼，开门后只有那个小孩，餐桌上写着作业。或许他的世界也是又挤又空。她试着打招呼，他抬头，眼神越过她，不知在看什么遥远的事物。为打破沉默，她问他为什么不去房间学，他说爸妈希望一开门就看到他在写作业。好像更沉默了。

还没到点，他继续学，她在客厅无声观察。也许是次卧不够大，父母的书柜也搬到客厅，透过玻璃能看到一排排医学书籍和各种证书奖牌。这对父母确实年轻，三十多岁，从本科一路读到博士。她猜，即使优秀如他们，一家人生活开销、房贷和孩子教育支出加起来，也够呛。

男孩话不多，但无疑继承了父母的聪慧基因，识谱一教就会，也会偶尔指着逆回音、波音记号问她什么意思，问过一次就不会问第二次。准备换鞋时，男孩拉住她衣角又放开，她也不问，微笑着说下周见。转动门把手，声音自身后传来，"我本来挺讨厌你的，因为今晚原本属于我自己，但那么多哥哥姐姐，只有你，爸妈不在也会一直夸我。"她不知该说什么，拍拍他肩膀，关上门，悄悄呼口气。

回去路上，新结成上课搭子的同学发来消息，问她周末去不去看展，顺便City Walk一下。本能想拒绝，她对这些时兴文化不感兴趣，只想快速适应，刷洗对上海的记忆，如果可以的话，挣点钱。想了想，或许这也是刷洗的一部分。

以为的看展和城市漫步，就是看和走。出了门才知道，在搭子眼中，是拍照，拍很多张照。整整一天，她都对着假睫毛大亮片不停摁下拍照键，走路要拍，路过好看的路牌要拍，看展也是拍，拍够就可以走了。她说她不怎么会拍，搭子说没事，一直抓拍就行，越自然越好，要的就是松弛的感觉。她们在一家据说很火的街边店排队两小时，买了一杯和速溶咖啡无甚区别的咖啡，举着杯子拍了很多张。搭子问她哪张比较"有感觉"，她觉得每一张好像都差不多，指了张她笑得最开心的。

City Walk的终点是一家网红沙拉店。服务员推着绿汪汪的车来，几乎一模一样的生菜，让她们选一棵，选好后现场剥叶，一片片仔细清洗，切齐放入透明大碗，而后加入其他蔬菜和一小勺肉酱，贴心地问是想自己搅拌还是他们代劳。整个过程，搭子都隔着手机观看，大碗上桌，又拍了很多张。拍完示意她先吃，自己要修图。悄悄瞟一眼账单，这沙拉够她上两小时钢琴课。她透过青翠打底的彩色沙拉，看到那年医院门口书摊上，花花绿绿的盗版书。

那会儿她见了满地书就挪不动道儿，哪知道母亲为了给她治病掏光家里所有积蓄。母亲说，如果买书，就不能买冰淇淋了，只能选一个。她选了《尼尔斯骑鹅旅行记》，看着尼尔斯的奇遇，也就挨过了断指的痛。离沪最后一天，母亲还是给她买了冰淇淋。

"小余小余，我发朋友圈了！快给我点赞！"配上"打卡0.5倍速的上海"文案，定位是这家网红店。搭子终于开始吃饭，边吃边观测朋友圈数据，时不时和底下的评论互动，她想，这应该是搭子今天最放松的时刻。

分别后，她在寓所角落坐着看月亮，像坐在礁石上，世界只有拍岸的声音。潮水涨退中，蚌壳张开又合拢，一半沙一半珠，她忘记自己有几根手指，属于过去还是现在。

想给母亲打个电话，看看时间又作罢，何必让她白白担心，出门时明明扬言自己会过得很好。抚摸掌侧疤痕，从前她因多余的指头无法融入人群，现在她好像又成了多余的指头。

多出来的指头是要切掉的,她再清楚不过。

待了很久才上楼。边爬楼边想,要是真能装进盒子扔进海底,或许也挺好。手机震动,她回复今天很开心,心里说她应该再不会去 City Walk。又是震动,报到那天加微信的男生,说附近新开了书店,有没有时间去看看。或许是那面孔太亲和,令人难以回绝,又或许她和博闻一样,从始至终渴望的,不过是一点有温度的东西。

去书店路上,他与她讨论爱好、课业与出路,自然地用一个个话头填补可能出现的沉默,她先是只作答,而后慢慢打开话匣,也发问,也笑,距离就在问答和笑意里一点点拉近。书店里,她说着自己喜欢的作家,他听得认真,说他记住了。"记住",真是个有魔力的词。走出书店,风从衣领钻入,沪夏粘腻,薄汗湿嗒嗒黏在皮肤表层,堵住毛孔,就是不肯淋漓地大汗一场。

没几天便是第二次见面,上海一下转冷,梧桐叶扫了又落。有了上次的相熟,他们很快聊起来,地铁上紧靠着,像是认识许久。不知谁开的头,他们会把手互相放进对方衣帽下取暖,有一瞬间她以为,这就是自己寻觅的温度。分开时她说不想让这天结束,他笑着说又不是不见了。回去后她辗转难眠,这种模糊的事物让她好像飘在半空,被不知来处的风卷来又卷走,她不喜欢,或者说,害怕这种模糊。

她当然是错了。问他答案,他说心中只有学业。她说没事,说清楚就好。他说以后还是朋友,彼此却默契地再没说过话,路上偶尔遇到,她会迅速低头,装得好像从未认识过。穿堂风擦过皮肤,这座城市,连同这座城市的爱,都太快、太无定数,她享受不来。

那天她想早去早回,提前半个多小时,钥匙插进锁孔轻轻一转,推门,男孩冲向阳台,一只脚往上抬。她惊叫,又不敢靠近,只能求他赶紧下来。男孩回头见是她,呼了口气,又立马变脸,如临大敌般让她发誓绝不告密。这时她才注意到,餐桌上放着来不及收拾的游戏机。

屋内陈设迅速模糊,大水漫灌,她和男孩都泡进海里。她朝他伸手,抓空,他拼命蹬腿往阳台游,探出一半身体,使劲往另一个世界伸。那个世界她看不清,像草原,像宇宙,像沙漠,总之,没有封条,没有钢筋水泥,没有水。她想说海里才是安全的,却在一瞬间希望他游出去,哪怕一秒就坠落,也是她求之不得的自由。

"你快下来！我发誓，我发誓……"数不清多少个发誓里，她疑惑自己为何将他拉回水底。几个月后飞离海面时，她才懂得。

见男孩小心地把游戏机装盒，她忍不住问，怎么就到了爬阳台的地步。男孩手上动作不停，说他之前吃薯片，被家教姐姐告密，母亲发了好大的火。这游戏机是向同学借的，一旦被没收，同学就再也不跟自己玩了。他在学校只有这个朋友。而且男孩父亲说，如果发现他玩游戏，就把他送人。"他真做得出来"，他补充道。

她有种拥抱他的冲动。刚来时不是没想过，如果自己从小生在上海高知家庭，健全、聪明、优秀，是否会更幸福，发展得更好。此刻她明白，万事皆如硬币的两面。她是否该庆幸，自己出生后，离开的只有素未谋面的父亲，母亲从未动过放弃她的念头。若未来侥幸留在上海，是否会如这对父母一般，她不知道。

男孩问她掌侧疤痕时，她正出神，这一问，是更持久的出神。

扒拉完两只手，医生让她脱鞋。求助的眼神望向母亲，见点头动作，一点点褪去伪装，露出蹼似的双脚。这双脚一年四季被鞋袜包裹，从不示人，加之紧张出汗，很快盖过消毒水味，察觉到医生皱起又不得不展开的眉目，她几乎要哭。

"小姑娘运气不错的，都是轴后型多指，且不存在并指……当然，难度和风险肯定有，毕竟要整根切除。这样，咱们先拍片，看看具体情况。"

记得最清楚的几个字，是说她运气不错。

护士趁她睡着来做皮试、打麻药，她正梦见自己变成童话里的小美人鱼，她立起鱼尾，在对称的海天间前行，每进一步，尾巴就从中间分开一点。由鱼变人的每一秒，都是撕血裂肉，骨骼劈开又生长的声音盖过海浪。她不敢停、不敢倒，脚下是雪亮刀锋。针管扎进皮肤的瞬间，眼睛睁了又闭，与过去世界对望最后一眼——往后只有千万次，来自异乡的回眸。童话里，公主弃尾源于爱，她为了什么呢，或许是不想再当怪物、不想再被钢琴老师打，她出生在人群里，也想当真正的人。

不知是麻药效果渐退，还是仍在梦中，她似乎睁眼，见母亲缩在床角抹泪，哭着说送她去学琴原是想让她开心，让她相信自己也能奏出旋律，不承想她会更加自卑。

"小余老师？"

她回过神来，说可能昨天没睡好。男孩又问她掌侧疤痕，她边走边说不是疤痕，是胎记。

两小时后收起琴谱，她答应以后帮他打掩护。战友关系和这座城市的许多关系一样松垮，没等来上海第一场雪，她便被辞退。不知那父母是否发现自己的掩护，只说是教学进度太慢，但她知道，辞退恐怕和撞破他们家的"体面"脱不开关系。

好像每次提早去都有惊喜。半月后，开门便是电视剧中的场面，母亲拿衣杆，父亲举酒瓶，茶几上东西散落满地，没见男孩，他应该躲在房间里。怒意、惊讶、僵硬、和善微笑，他们迅速收拾客厅招呼她进来坐，往房间里指，请她进去上课。仿佛无事发生。第二周她不敢提前，按约定时间上楼，发现一家人已等她许久。

冬天在她走神的刹那到来，没有暖气，室内室外全靠棉衣御寒，起风的时候，人也被风捞起，歪歪扭扭、飘飘荡荡。保安目送她走出烟囱状小区，又被风刮得踉跄。

期末将至，不少任务等着，可她突然不愿回学校。地铁反方向坐，看到一个站点叫"大世界"，觉得有意思，计划在那下车。脚下缓慢起伏，升了又降，像踩在浪头，一波又一波，像极了这小半年的沪漂生活。

多出来的指头是要切掉的。但她已无指可切，再切，就要切去自己。

迷瞪瞪睁眼，已到人民广场站。下车，地铁站里胡乱走，走到"通往新世界城"的路牌下，顿住脚。大世界，新世界，好多世界。

手机震动，搭子说好久没见她，周末一起吃个饭，原来她们已许久不见。

学校旁面馆对坐，搭子这次只画了眉毛，竟然给人一种内秀的感觉。面端上来，两人也不假客气，慢慢吃起来。

"小余。"搭子突然开口，"那次回来，除了上课，你就不怎么搭理我了。"

"没有啊，你别多想，最近有点忙。"她下意识否认，赶紧转移话题，"那个，你今天怎么没化全妆？"

"有些日子不化了。"搭子接着说，"你可能觉得我这人假，装模作样的。

我不知道你焦不焦虑，反正我那时候贼焦虑，只能装，越装越焦虑。你不搭理我之后我试着跟其他人玩，说难听一点，都是假玩。摆拍完说分开就分开，说翻脸就翻脸。现在我就让自己焦虑着，蛮神奇的，你想攥住什么，它反过来卡住你，你松手，它反而围着你、揽着你。这都是我的心里话，就希望你还和我玩，我们可以不去打卡网红店，就吃吃街边馆子，认真逛展，人少的时候去看看黄浦江，不为拍照。"

再上地铁，眼皮如巨蚌收壳，脚下波涛徐徐涌起，又降落。现在她懂了，这是上海的呼吸。

一呼一吸里，她想起那天，两碗面，她们细嚼慢咽，说了很多之前没来得及说的话。或许她，她们，乃至这城里的每个新人，都在用自己的方式适应、融入，又怕别人看出自己的生涩，紧绷着小心试探，又装得松弛。出面馆时她想，如果再碰见他，她会迎上目光，像看一个普通朋友。

城市如海般流动，包容所有，包容混沌的感情，包容想留或不想留的心，包容所有形状的人，无论你有几根手指，无论你有怎样的灵魂。

点开聊天框，告诉母亲她要回家了，在上海一切都好。

浦东，飞机再次起飞，城市往舷窗里一点点收缩，逐渐抽象为洒满星星的海面。海面之下，大至蓝鲸，小到单细胞蜉蝣，都在其中自在地旋转、浮沉。烟花与金色涡轮交叠，沙漏翻了个身，世界分开，世界合拢。

好 吃！

/ 张 枫

鹤手翻起来会变成虎爪，续上的就是蛇，攀上盘下的招式，余芙启想着怎么吃了余兰雨的下一招。

她学的是鸣鹤密门的虎扑挂星、蟒蛇囚枝。要点是缩紧周身，慢慢守着，要吃了猎物的紧迫感还不够，她得再把身子蜷得紧一点，只是手不够长，击不中他的臂膀，反过来被撩了眼。鼻子先一步探到，鼻尖蹭过鼻尖，招招相喂。

"吃好了。"

——指尖——

四方桌空一座。

余芙启未到。

鸣鹤拳的牌匾接到了余氏堂屋，刚巧赶在余兰雨定下退隐的日子。

他打算去马来西亚和昔日旧友相会，四十年来，拳馆的事管腻了，年轻时闯四方的新鲜劲已经耗光了，只想把祖上传下来的鹤拳续下去，就能享着海外宗师的名望。

"世无双烈手，独此一家门"的题字落款是钱钰杰，他要接的匾刻着他要担的名。过了武术热闹的年代，现在能打且愿打的年轻人不多，他属其中一个，不常胜，但出手少见的利落，双推掌顶下颚绝不收势，虎抱头能见缝搭脖，一招一进都落在弦上。况且他原是习的形意，崩催炮捶、五行变节，手上的方圆变化也比单练一式的人繁杂，出拳似暗，身形却明，只要眼睛瞄到的、鼻尖对准的，指尖就能戳进去，钻拳如水、劈拳挥斧、寻空、拆家的本事都在他身上泛着。余兰雨见到钱钰杰，就知道自己算是找到了个出奇的武才，更别提他有孙禄堂那一脉的资源，南北之间认识了不少人，这样一个能讨得好名声又不至于碍了别人眼的人，身上绝对有些成事的天赋。因此收钱钰杰为徒分文不取，甚至毫不吝惜钱财，让他任取无度。

在闽发展的拳师，多数看不惯北拳饱了南拳，大拳种本就招惹了不少眼红的人，更何况是一个外地人，隔着太远。吃也吃不惯的东西，怎么还揽到嘴里嚼起来——这样的话余兰雨没少听说。有些人说钱钰杰是心有旁取，不可能忠着这一支鹤拳，八成是骗钱骗情，这点倒是说进了余兰雨的心坎，但他觉得钱、情都无谓，余兰雨不是一个古派的拳师，不把江湖道义或者师徒情谊看得太重。他自己本是外家人习了家传的拳，自然不习惯老一派的作风，那些总想着把步伐击打藏在院落之间的人，闭塞得很。余兰雨心里瞧不起他们，他聪明，懂得门路在人不在拳，小拳种是见缝插针的蒲公英，飘得越远越有活路，所以有个钱钰杰凭空蹦出来，他倒是喜欢这种一拍即合的机缘。

铁人桩被打出吱吱的声音，肚子吊着的是沙包，晃起来迫着人得移动步伐。钱钰杰的身法不全是鹤的催力生根，更多是基本功留下的形意进退跟步和八卦掌的细丝缠球法，看起来总是有些别扭。余兰雨知道这能改，但每次看到钱钰杰练功，都会不自觉想到芙启的身段，腰膀浑圆、足底生根，前后移动时撩人的眼。虽说心里百般不愿意教芙启，可她学起拳来又是出人意料地快，像是启了发力的关隘似的，不用多说也能模仿七八成。可惜了，如果是个男孩就省了许多事。

"芙启呢？"

余兰雨问完就想起了自己交代芙启去买鳜鱼的事情，打算做个松鼠鳜鱼，让翘起的鱼尾和弯折的鱼身成为入门和闭门相连的桥梁。

"去买鱼了。"

没料到钱钰杰会知道。

"江边？"

"市场。"

"真犯懒。"

钱钰杰没停下手上的事，吱吱呀呀，铁人桩被打得摇晃不止，本该是定力穿透的招，却被练成了另一个模样。余兰雨不知道他和芙启什么时候走得近了，倒是也好，多个人帮着他伺候钱钰杰。过了今天，他算是找好了下家。了了这桩心事，手上的责任轻了，他也能过几年自己的生活，祖上的事情也算交代清楚。

等钱钰杰接了那块匾，等余芙启落了座，等他卸了担子，就可以上菜。

——足尖——

左脚跟对着右脚踝，形意的根是除不掉还是不愿除，芙启不想搞明白他的心，只担心他再不改过劲性，迟早坏了他们的计划。要是他还端着直来直往的步子，往抖手里参着崩拳的意，就别想骗过余兰雨的眼睛。芙启心里的急又没法撒在钱钰杰身上，只能不停想办法让他早点吃透鸣鹤的拳法。

台码海鲜集市熟悉她。

脚尖转的方向会懵了对方的判断，芙启转弯的时候会让钱钰杰慌上一下，她的步子像是船上的功夫，浪来的时候才有动静。

钱钰杰很难预判她的轨迹，在摊子和摊子之间转着，脚底沾着水又贴着地，顺趟着流下去，不丁不八步在歪斜里找着中正，跟着她的影走，虎虾、花蟹的水柜里映出她的侧脸，紧接着是慌张的自己。

他答应余芙启诓骗余兰雨的时候，没想到得被一个半路出家的女人教拳。本家形意讲一个"正"字，鼻尖、指尖沿着脚尖延展着生发的力，不偏不倚，如盾如锉，如钩如杆，直进意挺；现在却被要求忘了所有的身形，在她的手里重新长出一个模子。鹤法和他熟悉的世界完全不同，而余芙启并不是一个合格的老师。

余芙启找上他的时候很着急，接连打了好几个他挂在网络上的联系电话，好像寻了他很久，一套南方的房和丰厚的补贴换他的配合，配合她演一出狸猫换太子的戏。他缺钱，只会练拳赚不了多少钱，而且从小骄纵惯了，又在武术的圈子里长大，其余的事情都不能让他留心。可惜在国内靠名声谋生的年代已经过了，教拳也教不出套房，现在遇到又能习武又能挣钱的事，他不傻。但也不够机敏，现在只能任由走在前头的余芙启把控着方向，没想到她要自己把形意的根灭了。鱼接着鱼接着鱼，涌成一堆堆黑山，余芙启小时候会怕，不喜欢碰到鱼的身子，看起来安安静静的东西，摸起来却很瘆人。

余兰雨只会在备菜时带着她逛菜场或海鲜铺子，只有这些时候她才能扣住他的手，一步一步，有样学样地蹬着轻巧的足，足尖发力，像芭蕾选手一样转弯，不着意地转变着前行的方向。

他喜欢鱼，鱼的三尖拢在一起，变得盲目又冲动。养在水族馆的金鱼，看着过路人抬手，就知道涌上来讨食，目的明确地碰壁。撞来撞去的鳜鱼，怎么都翻不出小玻璃架。靠眼睛做不成的事情太多了，所以鼻尖、指尖、脚尖这三处不能落下，连成线，路才好走。这些话他只在捞鱼的时候和她讲，东一句西一嘴地喂给她吃，也不顾她明白了没有。鳜鱼扑腾到了黑鱼缸里，鱼嘴张、合，受了惊就动得更快，招不露怯、气不乱节，余兰雨会用拳理给自己捞鱼失败的时刻找补，一直找补到店家看不过眼拿了个大绿网兜给他使。手上扎实的翻腾功夫在水里都用不出来了，什么五行拳种、四门击打，一下一下地被滑溜溜的鱼鳞割得破陋。余芙启看在眼里，只惊奇鱼竟然也有三尖的说法，痴人说梦一样，但她把这个痴人的话当了真，见风是雨地悟着寻常的理。日后余兰雨做的任何怪事，她都依傍着"痴"字来理解。

大了些，余兰雨不再顾她的行踪，她就自己跑到海鲜市集来玩。她一遍遍把手没入水缸里拨弄着，追一条条从海里捞起的鱼，跟着它们的尾巴扫着掌面，柔时则水意波波，引着她追，却不知道追什么。

每次看报纸上写的鹤拳真意，她都会剪下来留在簿子里，读书一样认真地记下"进退随招，无停无止"。再长些，岭南的虎鹤双形或者是电视热播的咏春标指，能找到的她都练了一轮，囫囵着摸了个遍。抓着余兰雨提过的几个方法一朝两朝、往复不休地训练自己，手越练越贪，顺鳞、逆鳞都能逮住，她的听劲、巧力用来抓鱼恰是得当，客人要三条黑白斑的，躲在乌泱泱的鱼群里也能被细软的掌扣住，动弹两下便被丢进氧气袋里，全是日积月累的功夫。

"跟上。"

钱钰杰跟丢了几步，余芙启在前头喊他。钱钰杰有些烦她把自己当成空桶子一样对待。孙氏形意出身，他好歹在沿海的圈子里有点名头，她为此找上自己，怎么现在却拽着他在海鲜市场里转悠，好像要压住他身上的劲性，让他像柜里的冻鱼一样任她摆布。她说的"弹手如拽绳"和他练的"钻拳如锉刀"并没有多大的区别。有时他会想，练小拳种的人就像饿惯了的兽，摸鱼练劲真是最末流的练法，望梅止渴的安慰。他能忍着步步跟紧，还是为了钱。

余兰雨确实像她所说的那样等着把他收成鹤拳的门人。能表演又能比武的不多，钱钰杰长得文雅又懂得点到为止的争执，劈、崩、炮、碾、靠、扎，一步一停，是个能捧住碗的人，余兰雨就被这样的形弄懵了，料不到他和余芙启盘算着抄家底。

"捧着。"

塑料盆里装着鲫鱼，把水面搅乱，稍有不慎就会让它逃出生天。市集的鱼都新鲜，落到地上扑腾着顺着地上的水划出几十米。他接过盆，掌根抵着盆底，成了一个虎扑面的起势。

"这不是虎形。八步莲花的第一式，并蒂根、稳心盘，不复杂，意在足跟，别让鱼跑出来。注意脚，不丁不八才能顺着线走好。"

余芙启讲得很乱，她有很多词都记不全。有时想可能钱钰杰会看她不起，但她顾不及面子。余兰雨忙着完成祖师爷的传承，余芙启找着钱钰杰的时候只剩大半年时间，得修形、铺路，还得买通钱钰杰。好在他本身就有形意拳的威风底，余兰雨这个南方拳师对他来说不算是高不可攀，交流起来也算是旗鼓相当。越到后头，缺的越是技术上的精巧功夫，余芙启恨不得能直接改了他那套行拳的味道——男人气。钱钰杰只顾死死控着水、拽着鱼，而不是荡着、绕着、琢磨着。

余芙启手里端着盆，比成日撒网的码头渔夫端得都稳，大大小小的鱼在她掌间像没离开过江涛，沉浮、吞吐。余兰雨会在做鱼的时候稍微教她，让她把鱼耗得疲惫，那时她端到发颤也不敢停下，好像站得够久就够虔诚，就能打动爸爸教她。但余兰雨最多就是让她尝尝味道，好吃，沾了糖醋酱的筷子丢进她手中的倒影，稳稳的水面，一双筷子就能夹走里头的滋味。鱼没有一次跃出边沿，就像没法迈进余兰雨心里的余芙启。

"余兰雨最喜欢做松鼠鳜鱼。"

"还有什么要注意的？"

"不知道。"

余芙启搅盆里的水。鱼一扑腾，他们都吓了一跳，但盆没跌，步没慌，鱼鳃动了动。她的手和他的手在鱼盆里相触，余芙启感到失落，他做得太好了，好到余芙启偷学来的招式没了任何意义，八步莲花生藤蔓是一辈子的事，直挺的根枝可以顺着许多不经意的变化转枝嫁接、以一化万。他怎么就会？

"他和你说要这样练的吗？"

"没有。"

"鹤拳为什么要从水里的动物练起？"

"不知道。"

海鲜市场的每个地方都落着她摸过的铁盘，抓虾、摸鱼，只因为余兰雨说过的退似游虾、颤若鱼尾。

"海鲜吃多了容易得大脖子病，你们还是注意一点。"

钱钰杰觉得烦了，这拳那法的，说来说去也就是那么点秘密罢了，外头的人看新鲜，怎么练的人也这么执着在一两句提点上。

他收了身把鱼倒回缸里，哧溜一下。他知道余芙启是野路子自己偷学出来的，故意刁难了她几个问题，看着她露怯的模样，对鹤法的基本答不出话的样子。风在两个人的手里纠缠，钱钰杰故意挡了一下她的威风。

鱼市热闹，黑鱼群容易受惊，一只慌了，整个缸里的鱼都失去了重心，游动起来。

鼻尖对着他，指尖沾着水，脚直往外头走去。

——鼻尖——

余芙启把鼻尖上的汗抹了去，等他走了，事就落定。

她接住那块匾，太大了，漆印味还没散干，就换了个落款。余芙启，篆书底下是夏日初莲，微微启口，等着的雨马上就要落下来了，滋养着她生长。

拇指打在麻绳捆的木板上，最笨的方法就是磨茧、耗骨，最快的方法就是忍耐。

余芙启挂了新牌匾，用的还是老的题字，独此一门的鸣鹤拳。

余兰雨气得不行，把她和钱钰杰当作仇人一样骂了好一阵子。钱钰杰自然是不受影响，拿到了房子也过了一段有人养着的安生日子。年轻男人的名气没那么容易摧垮，他把人辛苦搭起来的门派一顿搅和，到手的位置转头就让给了余芙启，看起来是离经叛道，倒让大家贪起了他身上的功夫。瞑心孤往的鹤落在十二番变化的兽之间，他会好多旁人不知道的组合，这让他在南北两派都走得快意。

余芙启就麻烦多了，找上门的师兄弟们一个接着一个想吞了她的拳，占她抢来的地盘。钱钰杰抽身走得干净，男人总好找个新的去处，她连跨进自家的门都得谋上半辈子，真迈进来了，又什么都不想练了，若无明师传真意，满墙的拳理也没有用。她更不明白方向了，贴着大大小小剪报的簿子里除了大大的余兰雨几个字，都褪了色。

拳谱柜的钥匙就放在钱钰杰给她的盒子里，余兰雨一辈子的心血几乎都在里面了。小时候看他画小人、写小楷，小小的东西引着这么大个人一言不发。现在能打开看看那些理不明的拳意，反倒是懒怠了。伸手还是沉肩，躲藏还是近身，最后的招式有什么用呢？她连着好几日没有起身练拳，和师兄弟们也只是煮饭、聊天，从不对手。

余兰雨留下了很多秘法，一半讲给了钱钰杰，一半就藏在余芙启手里的钥匙中。她无足轻重，只是刻意占了座，等着吃一口浇了汁的松鼠鳜鱼——鼠、鱼，有着相似的天敌，都得提防着被吃。他们一边卡着余芙启，一边又等着她做的海鲜粥，鹤捕鱼，擅长抓水里的影。

钱钰杰对外的理由是鹤手真意难寻，只能由了解的人传承，没有人怀疑过他和余芙启的关系。就算出席同一个聚会，他们也只是打个照面，但他总存着余芙启最开始找到他时的聊天记录和通话录音。当时保存下来是为了拿到报酬，现在就说不清了。

"三尖照，四门关。"

夜里摸拳的时候，余芙启最爱提四门关，坠肘合肋，立掌内顶，东西南北绕成球，该关的就关，直接干净，找不到路就杀一条出来，她也确实做到了。接着要怎么走呢？他从见到她第一眼就好奇她会不会是一样的人，孤注一掷，力全落在孤字上头。

传牌匾连办两场席，余芙启这场来的人多。虽然背地里碎语不少，但当着面都是替她喊冤枉的，也不知真假，只是让她好好发扬鹤拳，世无双烈手的名头不能跌份，不能让个外家人把自家的东西糟蹋了。那块匾像是大家一起夺的，真给出去倒也没人接，只是凑个热闹，喝个彩。背地里他们凑在一块大概会说余芙启狡猾之类。这些倒不重要，只是余芙启怎么都摆不正那块匾，黑框金字，钱钰杰的印上覆盖了一层余芙启的名字。明明只是个过场的人，不需要留下这么重的痕迹，想着要把他的名字撬了去，又觉着空，她想到余兰雨气急败坏的模样，不如就把这样重重叠叠的落款当作纪念。现在余芙启能做到形定后敛气，八步莲花意生蔓，芙蓉自堪出泥淖，身上的枝干多，能挂的招才开始全了。

——三尖照路——

屋门开了。

鱼缸放在西北角挡煞，客厅空落落，余兰雨已经收了行李，备好了要去马来西亚。

"教我。"

掌根对着手腕，袖子蹭过小臂，鼻尖瞄对眼睛，临着彼此，余兰雨起手引着她跌向自己，一步步失去重心，这是鹤玩沙。他的手腕靠住余芙启的前臂，拉着距离。余兰雨的动作紧密难学，她看不过来，慌了神，死死扣住他的手腕。自寻短路的触碰，余兰雨侧胯的同时翻了个手花，别了她的关节。

"身后有余忘缩手，眼前无路想回头。这是纵，雨滴无法沾着身。"

掌心兜住脖颈，接着就是钩住脊背，要跌不跌。

"抖劲发力的法门在救自己，不在夺，你要学的事情还多。"

他没有再多说。

她跟着面前的手，意守着鼻息，一下又一下被纠正着，指尖的力要撑满、拇指扣进掌心、腰脊旋似龙骨，自上而下地敲打，她的过去全是错的。她感受着他的拳。余兰雨和她不一样，三尖照，他照着的是打，她念的是安。她只是随着，等鱼滑过她，虾滑过她，她无法像它们，就算是原野上的豹子、虎象，她也学不来。仍然是只知道在余兰雨身边捧着鱼盆，嘴上说着好吃却难吃饱的孩子。可惜三尖照里没有附和的路，得集中，得找，得想，得说——不好吃，但是想要。

"跟住了，只喂这一次招。"

旧事重说

/ 徐宁遥

1. 阿瑜和理发店

日光倾斜，细影碎在窗格上。几把老旧的皮质红椅横在路边，蒲扇恹恹地躺在椅上。四月的风清扬，卷落树梢粉白色的樱花，黄灿灿的莺鸟在甜蜜枝丫抖动翅膀。有点像涌动的海浪。"三仔理发店"门口的三色灯闪个不停，收音机里"咿呀咿呀"的缱绻女声："原来共你是场梦／像那飘飘雪泪下／弄湿冷清的晚空／原来是那么深爱你。"阿瑜在水池里冲了冲手，镜子里青涩的面容有些茫然，长长的麻花辫，像简易编扎的中国结，拧成一股，皱巴巴的格子衫，深蓝色牛仔裤洗得泛白。牛仔裤是表姐两年前初到上海，找摆摊的个体户买的，她说穿上秒变港星，老嗲了！阿瑜没再脱过。

老板娘陈家兰拎着一只黑色塑料袋哼着轻快小调进来，阿瑜瞄了一眼，喷了水的青菜、剁碎的肉糜安静地睡在袋子里，"侬晓得伐，现在买菜便宜嘞"。陈家兰絮絮叨叨地对阿瑜说："哦对，侬住阿里搭额？"阿瑜局促地抠了抠手指，陈家兰像想起什么拍了拍她的肩，放慢语速："我是说，你现在住在哪啊？"

阿瑜说："陈姐，我和人合租在北江新村。""北江新村啊，近是近的，但是你是女孩子，要当心哦。"陈家兰走出店铺，清洗好的毛巾晒在门口的电线上，整整齐齐，像列兵的阵仗，飘扬在以蓝天、白云为底板的故事里。

一个月前的某天下午，姜添瑜的表姐神神秘秘地怂恿她："去上海闯，上海现在遍地都是黄金。"人在年轻的时候常有脑门一热的瞬间。她收拾了行囊，发誓不在上海混出名堂绝不回老家，跟着表姐坐了火车。这位表姐拉着她来到一个神秘的地方，说是当接线员。密不透风的阴暗写字楼，墙上贴着歪斜小广告，统一的话语，越看越像什么坑人诈骗的传销组织。身后女人怨怼的声音："这群瘪三，想骗人钱还不放我们走。"姜添瑜一个激灵，冷汗直冒，她在表姐面前哭天喊地，自己没法胜任。表姐也不是什么善茬，或许捞了不少的好处费，条条框框地劝说她。最后姜添瑜忍无可忍，把带的一部分钱拿给这个表姐，才勉强逃出来。

刚到寸土寸金的上海，就破了财。叫天天不灵，叫地地不灵，阿瑜灰头土脸、信心全无。她从阴湿的写字楼走出来，耀眼的阳光好刺眼，踩到一张传单，滑滑的，像蠕动的泥鳅，"沪上寻金梦"五个大字。阿瑜冷哼一声，什么遍地黄金，什么出人头地，压根不存在的。

阿瑜在招待所消沉了好几日。厚重白墙，没有窗户。时间进入田野的河流，静止了。小腿上的皮肤一阵瘙痒，蚊虫叮咬后凸起一座高山，用食指挠了挠，像是故意和她作对，瘙痒的范围向外扩张。真该死。春天有什么蚊子呢？她掀开夹杂着消毒水气息的被褥，跳下床，拉开抽屉寻找花露水，一股浓烈的木头霉味攻陷了她的鼻腔。一张沾了霉斑的传单，孤零零地安置在抽屉里，坚不可摧，"沪上寻金梦"五个大字。阿瑜机警地退后一步，心飘飘，远处汽笛声悠悠，鸣个不停。

找到"三仔理发店"是第二天晚上了。太阳隐匿了光芒，橙色的天际像咬碎的橘子，下班的工人穿着打满蓝色补丁的工服，抱着长长的梯子，几个阿妈牵着三两个小囡走出弄堂，自行车"叮叮"地唱着归家去。临街的"蔡记小馆"飘着饭香，阿瑜站定，往里瞄一眼——酱汁排骨伴着长条的年糕——咽了咽口水，没敢往里走。

陈家兰懒洋洋地坐在门口，对着垃圾桶，嗑瓜子。阿瑜盯着贴在墙上破角的招聘单，好一会，低着声音问："你好，这里招聘吗？"陈家兰往垃圾桶吐了一颗瓜子壳，漫不经心地抬头："小姑娘，多大了？洗头会伐？"阿瑜犹疑地点点头："二十一，不知道洗得好不好。"

"行，小姑娘，试用期一周。吾教侬，进来。"店里除了陈家兰，还有一个理发师，叫钱勇。很瘦，一头黄发，其貌不扬，二十五岁，人称"霞江路发王"，回头客很多。"妹妹你好，我是钱勇，以后有什么事情好找我的呀。"钱勇放下手中的鱼香肉丝盖浇饭，油腔滑调地上下打量着阿瑜，陈家兰推开他：

"侬忙侬额，我带人家小姑娘。"阿瑜手脚灵活，跟着陈家兰学了十来天，就会像模像样地洗头、吹头了。钱勇揶揄她："再学个剪头，你就好跟我抢饭碗嘞。"

陈家兰的老公走得早，一个人把孩子拉扯大。孩子也争气，前年考进了同济大学的建筑系。"定下住处就好，还是小心哦。"陈家兰说话习惯跳跃，是飘飘悠悠的音符，从菜场猪肉价讲到华亭路"跑单帮"带来的时髦货。飘啊飘，又摇摇扇子，拍着阿瑜的肩膀说："你不知道伐，我家小金老争气嘞。他说等他工作，就让我把店铺盘掉出国旅游。"

理发店的门被用力推开。穿着皮衣的女郎往椅子上一坐："钱勇在伐？""小姐今朝头发要剪一剪还是烫一烫？"陈家兰问。"让他帮我剪短点，再烫个波浪。""是香港小姐那种对伐。钱勇出去买东西了，你先洗头好伐？"女郎面无表情地点了点头，阿瑜连忙跟上去扶着她走到水池边。"姐姐，轻一点还是重一点？"女郎声音冷冷的，像从冰河里发出的："勿重也勿轻。"

陈家兰教她，拉近和顾客的关系，使劲地夸总不会错，但什么"你今天好漂亮""你看上去好年轻"往往会落入俗套，要往细处夸，越细越好。"姐姐，你的皮鞋好漂亮，是九江路的松糕鞋吧。"阿瑜轻轻地揉着女郎的头发，水流哗哗，女郎眯了眯眼，声音有点兴奋："你倒是识货。"钱勇给女郎烫完发，女郎盯着镜子出了神："一塌糊涂，勿好看。"陈家兰上前大声地说："瞎嗲，好伐。"阿瑜跟着学："瞎——嗲——"女郎莫名其妙地笑了："妹妹，是瞎嗲。"

2. 程嘉飞、合租室友和北江新村

北江新村是典型的工人新村。白色土狗在新村里闲荡，毛发脏脏的，蜷曲在一起。远处的汽笛声，隔几个钟头响一次，城市的晚风凌乱，吹起悬在电线杆上的被褥，像城市无家可归的人，略带丧气，湿答答的水滴了一地，几个黄毛小孩骑着四轮自行车惊呼绕道。退休的阿叔围坐一团，手中的棋子明争暗斗，失业的男人背着公文包，快步走出棋牌室，女人牵着小囡的手，穿过糟乱的巷子。

这几日，雾霾很重。天灰蒙蒙的，河浜附近的工厂升起缕缕黑色浓烟，工人收工,提着霞江路特色糟毛豆和卤鸡脚,新村路口的阿妈们晃荡着手中的蒲扇,流言蜚语,讲个不停。阿瑜的合租室友李婷是个二十六岁的姑娘,江西人,五年前来上海沪西一家纺纱厂做女工,勤勤恳恳,却赶上纺纱厂"下岗潮",今夕何夕,打回原形。好在勤快,到一家离休干部家做保姆。那对老夫妻的儿女在新加坡,身体还算硬朗,夜间不用李婷陪护。朝九晚九,阿瑜不常和她打照面。

北江新村的隔音效果奇差,隔壁王妈训斥儿子的声音、楼上夫妻动手掐架的声音男女情事,家长里短,穿破白色的砖墙,飘进阿瑜的耳里。上下迷宫,隔墙有耳,秘密像春日里的棉絮,飘飘然,随风吹一地。在广阔的城市,无尽的人群共享着这方狭小的场域,你窥见我,我窥见你,又彼此缠绵,如青玉色的柳絮,剪也剪不断。

睡不好是时常的事。阿瑜捂不住耳朵,太多秘密流过细长的耳道,蜿蜿蜒蜒,迅速捕捉、扩散,在记忆里留痕,拼凑成一部完整的新村物语。阿瑜睡不着,索性从床上坐起来,床头放着一本旧书店买来的《倾城之恋》。翻了两页,愈发精彩。

一股恶臭倏地从外头飘来,阿瑜四处搜寻臭味来源,是马桶,阿瑜忍无可忍,尖叫。

"李婷,你怎么不倒马桶呢?"阿瑜有点愤懑。

李婷漫不经心地说,"忙忘了"。

"这个要堆积多少细菌啊,以后要马上倒啊。"

"那你不会倒吗?"

"谁拉的谁倒啊。"阿瑜觉得不可理喻。

两人大吵一架,不欢而散。但此事本就李婷理亏,低头不见抬头见,两人也不打算僵持太久。约法三章,隔日执勤倒马桶。夜晚的北江新村最是闹猛。整条街是贩卖夜宵的小摊,油墩子、炒河粉、烤年糕、炸猪排,叫卖南汇小番茄的,新摘的小番茄倒是色泽鲜艳,绿色的、黄色的、红色的,可不活脱脱的无数"红绿灯"。买菜的有"经济原则",一贯如此,夜幕越深,价格越低。保洁洒水车偶尔驶过,溅起一地潮湿,连带着裤袜,沾上点水渍,就会有人惊呼一声"组撒"。

和程嘉飞就是买炒河粉认识的。缘分妙不可言。程嘉飞刚大学毕业，在一家外资企业做会计，瘦瘦高高的，戴眼镜，显得特别斯文，说起话来还会引经据典。程嘉飞带她逛南京路，在公园牵起风筝的细线，摇摇晃晃，纸鸢掠过幽蓝色的天空，带她去钟表店，看三十年代的精致怀表。阿瑜就这样不可自拔地迷恋上他。

　　他很少当着她的面讲上海话，也从未将她视为外乡人。他带她去看夜场电影，昏暗的光线静得能听到心跳。电影散场，五月的风穿过身体，掀起清脆的鸣笛。一轮清亮的明月，比玉盘还圆，不说话，沉静地挂在天空。河岸的废旧厂房，像遗世孤岛，陈旧却又奔向新生。错过绿灯，红灯闪烁的几秒，程嘉飞局促地抠着手，又费尽全部气力："我可以拉你的手吗？"

　　阿瑜迟疑了一秒："什么意思？""做我女朋友好吗？"阿瑜娇羞地点点头，这好像是她的初恋。两人恋爱后，反而腻歪的时间不多，平平淡淡。程嘉飞工作忙，阿瑜也要长时间待在理发店里。只有周末，两人去逛新新百货，约会吃晚饭。程嘉飞问她："有什么打算吗？"阿瑜摇摇头，程嘉飞说："学日语吧。我教你学日语，我们以后去日本。"阿瑜有点恍惚，日语，陌生的语言，这也太不可置信了吧。程嘉飞的表情却不像脑门一热。

　　程嘉飞没开玩笑，每周开始给阿瑜补习。阿瑜学得也快，四个月，日语说得有模有样了。理发店工作攒了一小点钱，程嘉飞也有自己的资产。两人办了签证，程嘉飞先一步飞去探查。陈家兰揶揄她，发迹嘞，留洋去嘞。但世事难料，只能照单全收。短短两周，上海发生了一起令人震惊的杀人案，两个日本人死了。所有从上海前往日本的旅客都不被允许。荒诞的"日本寻金梦"以破碎告终，阿瑜时常梦到初来上海被骗钱的那个绵长的黑色夜晚，她像一具行尸走肉漫无目的地穿梭在街上，而她与彩灯、林立的高楼、辽阔的河道、青绿色的鲜活大树毫无关联，她并不属于这里。从来都不。

　　程嘉飞的电话终于打不通了。那是又一个盛开樱花的季节，洋洋洒洒的落花，粉白色的花瓣，一吹就散。穿着全套牛仔服，戴着墨镜的女郎穿梭在花丛里。"侬晓得樱花花期短伐？""晓得额。"她们的对话传来。阿瑜弯下腰，街边泥泞的阴水沟散出不合时宜的恶臭，湿漉漉的沟渠爬满深绿色的苔藓，像发酵于培养皿上的菌群，三两只蜗牛慢悠悠地蠕动过。她揉了揉眼睛，浪漫得不可名状的四月，天晓得像在过一个漫长的冬季。想起那首"原来共你是场梦/像那飘飘雪泪下/弄湿冷清的晚空/原来是那么深爱你"，咿呀咿呀，春日不来，美梦落空在冬雪。

又过了好多年。阿瑜当上了日语老师，没再见过程嘉飞。陈家兰的理发店卖给了钱勇，李婷嫁给了一个上海人……前尘往事，悠悠旧梦。一曲沪上的歌谣，咿呀咿呀，伴着笨重的摇椅发出"咯吱咯吱"的声响，河岸两头的旧厂房拆了又搭，搭了又拆，青绿色的柳条自然而然地垂落，船只静泊。工人新村邻家的秘密随着搬迁，烂在肚子里，狭窄的街道翻新成了明亮的柏油大路。黄昏时分，故事里的灯影渐弱，但生活里的灯影永不熄灭。

青春已不再。不过是短短一场梦，旧事重说了罢。

影子的连衣裙

/ 王　井

　　是真的，她赚到未来了。往事在她脑海里疾驰：去证券交易所缴款那天淋着小雨，她记得自己一路快步走。股票过到她的账户里，紧接着上市。她卖出，一张紫红色的证券委托单。现在，她是万元户了，而她才二十五岁呢。短短的一年，像梦，她那么幸运，简直难以相信。珮芝在办公室里抬起眼，望着周围埋头工作的同事们，她现在是最富的吧？不，不是幸运，是她的本事。她让这座城市知道了她的本事。她想告诉妈。

　　她想起去年年初报纸上印着的"东方风来满眼春"。刚听说股票认购证要发行的时候，她在办公室里问同事们：有没有人凑钱买？办公室静了，张老师，珮芝的带教师傅，好心劝一句：股票认购证指定赔钱。珮芝抿着嘴唇，行吧，自己买。咬着牙从存款里取出一百五，买下五张认购证，心不止地抖。

　　挡不住报纸上的那股东风。珮芝的五张认购证换来五只股票，全都猛涨。今年认购证再发售时，人们用麻袋背着一袋袋身份证，从各省涌进上海来抢着买。这时候，珮芝的股票已赚了六万块钱。

　　张老师曾经劝她不要买，但她自己能拿主意。她坐在工位上，望向张老师，心里按捺着窃喜。但张老师向她表示祝贺的时候，语气又是那么真诚，张老师对自己一直最和善。她向张老师笑，张老师也笑着说：周末去买点好东西，犒劳一下自己呀。

　　周六，她到市中心的银行去。红簿子上明明白白写着六万元的余额，看得见了，不再虚无缥缈。这笔钱不像之前的那笔"稿费"，这次，完全是靠自己的本领。她步子都迈得更轻快些，是应该买点东西犒劳自己。买什么好呢？珮芝走在南京东路上。很长一段时间里，她都不花钱，只乐意看红簿子上的数字一点点涨。以前她会想要什么？她慢下步伐。

七年前，她会想要一条裙子。

珮芝的脚步完全停下来了。

七年前，她刚上大学。那是八六年秋天，梧桐树一点点变黄，十八岁的珮芝从青浦来到杨浦五角场，读经济学。校园多好看，满是从民国留下来的老屋子，教授们在里面教的知识又是那么新。相辉堂前那么大一块草坪，坐满了年轻男女，穿着长长的喇叭裤，裤脚盖住鞋跟，扫帚扫地一样拖着走路。但是，长风衣和蛤蟆镜真有趣。他们昂首挺胸走着路。

周日休息，珮芝乘公交车从杨浦回青浦。公交车在粮食仓库前把珮芝放下，她绕过厂房，走进田间小路，往里走二十分钟，到了家。她家的屋子是十来年前盖的砖瓦房，外边擦了石灰混合草茎的白涂料，日子久了，一块块脱落下来，露着红砖。珮芝刚进门把东西放下来，妈就说饭已经好了。

吃晚饭时，珮芝总要将学校里的见闻告诉爸妈。爸咳着嗽，扒几口饭就要去备明早的课。珮芝告诉妈，市区人讲话和他们不一样呢，"我"发音不是"嗯"，而是轻快的一声"窝"；说"我们"不讲"伲"，而是要讲"阿拉"。风刮过来，不能再讲"轰度是度来"，而是要拢一拢吹起来的长发，说一句"今朝风老度额"。妈听完笑着，收了碗筷，到缝纫机边上，改起珮芝那件小了的衬衣来。

妈做了一辈子裁缝。珮芝的外公、太外公都是裁缝，传下来给珮芝妈妈的是古老的手艺。从珮芝记事开始，妈就在村里一爿小店缝着衣，老实本分，口碑极好。前几年白鹤镇上开了服装厂，妈就去厂里。从小，珮芝就守在妈身旁，看她一扳一串、一甩一锁，将那衣服的里衬缝得平平坦坦的。缝纫机上的车功也重要，要让衣服不裂、不拱；熨起来也有门道，或推或送，妈清楚。挺拔服帖的衣服，一件件从妈手底下做出来，穿在了珮芝身上，让她永远是清清爽爽的。妈要她活得自在。

可是，妈听完她讲的话，为什么不好奇下去呢？她突然有些落寞。城里的事是不全属于妈的，青浦是青浦，从五角场那边开始，走向朝阳百货，走过港台明星录音带和迪斯科舞曲，灯火通明的地方才是上海。这城市需要珮芝穿上一条喇叭裤，或一条连衣裙，妈能理解吗？

上了大学后，一切新事物，珮芝都欢迎着。宿舍里，室友林小岑说，月底有新生交谊舞会，姑娘们都来了兴趣。聊完关了灯，在宁静中，珮芝仍然可以听到姑娘们的心跳声，在床位上轻轻地起伏。第二天，她们请教学姐，舞会要如何准备，不会跳交谊舞怎么办。学姐看看她们，笑着说记得准备一条连衣裙。

姑娘们为裙子犯了难。小岑问大家：要什么样的呢？大家都不张嘴。小岑看了看珮芝：你不愁？珮芝笑了说：阿拉姆妈是做衣裳额。她已经可以想见自己在交谊舞会上，穿着的是一条最合身、最特别的连衣裙，裙摆很大的，裥子从腰部一直延伸到裙摆。转个圈，像演员那样优雅。

她回家和妈说了要一条连衣裙，交谊舞会穿的。妈说"好"。

珮芝陪姑娘们到服装店去。小岑她们挑的裙子，不是太土，就是太花。自己没有皮鞋，就和小岑她们一起到店里，用省下来的生活费买了一双。晚上室友们去澡堂了，她就独自在门口的镜子前，把肩膀往后舒展开，左腿交叉着伸到右腿前，收腹。多么美的身体，没什么赘肉，皮肤光洁。而她在舞会上穿着的连衣裙，将比大家穿着的都好看。

可是妈做的裙子那么难看。

对，"难看"——这个词直挺挺地出现在脑海里。即使已过去了七年，坐在南京东路长椅上的珮芝，再次委屈又愧疚地湿了眼眶。寒冬的热闹街道，不再引着她轻快地前行了。

当年妈敲开她的房门，递给她的是一身两件套的裙子，上面是的确良白色方领衬衫，下面则是一条碎花裙子。两件套的裙装，这样就可以分开搭配很多衣服，能常穿。珮芝接过来时，就说不出来话了。那么俗气的碎花，那么普通的一套裙子，那块碎花布就是家里放着的旧布料。珮芝问妈：怎么不扯块新布做连衣裙？这根本不是她要的。

说完她就后悔了，爸妈的工资加起来二百零七元，她和弟弟的学费和生活费就得一百零四元，算上开销，哪来钱去买好面料？妈没说什么，珮芝看到妈眼睛里的光有些黯然了，可自己心头的失望呢？她快步走回了厨房后搭出的小房间，她和弟弟的小房间，一下躺倒在床上。弟弟的鼾声已经响起了。珮芝心里委屈。生活费全花到了皮鞋上，没法再买一条裙子了。穿这一套去舞会？绝不行。

回到宿舍，珮芝告诉姑娘们，自己不去舞会了，家里有安排。小岑安慰她说没关系，明年再一起去。小岑语气友善，但不知怎么就激怒了珮芝。赌气一样，珮芝说：明年也不去，不喜欢和男生跳舞。倒让好脾气的小岑摸不着头脑。

交谊舞会的那个周末，看见小岑她们正欢喜地打扮着自己，珮芝不作声地收拾好东西，回了家。青浦的夜晚很安静，除了舅公家养的土狗偶尔叫唤两声，也就没别的声音了。珮芝推开窗，倚在窗边，月色皎洁，月亮的那一边是学校的方向么？此时，小岑她们一定正悠悠地起舞了。妈给她做的裙装就放在边上，她叹了口气，试一试吧。珮芝脱下身上的衣服，套上白衬衫和碎花裙子，很合身。九点多钟，爸妈应该睡下了，他们睡得早。珮芝走到客厅，亮起了灯，照了照镜子，这两件套的裙子倒也说不上难看，只是她不想再看到镜子里自己的身体了。珮芝在屋子里走来走去，不知道该干些什么，向小房间走回去。房间暗着，推开门，客厅亮着的灯光从背后照过来，珮芝看到，自己穿着两件套裙子的身影，在灯光的映照下，投射在地上——她就像穿着一条好看的连衣裙，没有碎花的累赘图案，也不是分体的两件套。珮芝望着地上的影子，长久地出神，在某一个瞬间，也许是一阵风从打开着的窗户里吹进来，将舞会的音乐送进了她青浦的家里。珮芝，开始轻轻扭起自己的腰。交谊舞应该是这样跳的吧？珮芝不在乎了，只是很忘情地，晃一晃身子。弟揉着眼睛从房间里走出来，小声地问珮芝在做啥，珮芝不理他。弟回去睡了，她向这边走两步，又朝那边走两步，再摆一摆，将连衣裙——那影子摆得生动。在一半的灯光和一半的投影中，珮芝，转一个圈又一个圈……

猛一回头，吓了珮芝一跳。妈站在后边看呢！妈什么都看到了。见珮芝停下来，妈问：什么时候是学校舞会呀？她在那一刻简直是恨妈了。不，永远不会去舞会了！她在心里这么想着，恨着。可是张开嘴她怯生生地和妈说的却是：下周才是舞会。她怎么能恨妈呢？泪简直快要落下来了，她该怎么办？

走在街上的珮芝，抹掉眼泪，想不起来当时妈看到她哭的时候表情是怎么样的了。她等着公交车，准备去今年新开业的徐家汇东方商厦逛一逛，买一条裙子。街上的人群，市中心的人群，依旧穿得那么新潮。现在喇叭裤也没人穿了，迷人的姑娘们穿着无袖衫、露出锁骨的牛仔服。这些衣裳，妈已经做不出来了，她没有见过这座城市的新身体，怎么为它量体裁衣呢？这个时代不属于她了。可是，那又属于谁呢？

时代属于你！——宣传海报上是这么写的，强生公司来学校招实习生的海报。时代让你去干什么呢？去摆出笑容，在南京路第一百货的洗护专柜卖洗发水。哦，原来外国大公司也就如此。宿舍里其他几个姑娘很快扭头走了。只有珮芝在那招聘海报前立了很久，她意识到，那条妈做不出来的连衣裙，总是可以靠自己赚钱去买的。独立的思想在她的胸膛里乱撞，让她靠自己赚取未来。

珮芝去了，南京路第一百货的洗护专柜。顾客们都很友好，听她们操着一口流利的市区话，肤白貌美，头发又乌黑柔顺，总是很愿意买上一两瓶她推销的洗发水。室友们没有嘲笑珮芝，不过，只有到她们烦心找工作的时候，才真心佩服起珮芝。那时候，她已拿到了大公司的入职通知。

她和妈说自己要赚钱，准备到市区租个地方住。妈想了想：好，自食其力。说是自食其力，头几个月房租的钱其实还是妈给掏的。妈把她新屋里的卫生收拾好，走的时候叮嘱说：要良善。

所以当她以那样的方式赚到第一笔钱的时候，她不敢和妈说。当秋天的梧桐叶落在街道上时，珮芝正式开始在强生的市场部当助理。带她的女师傅张老师四十出头，看重珮芝，早早地派她自己去跑业务。国庆节，张老师让珮芝去定制一百把送客户的纪念伞。珮芝找好了工厂，和供应商老李见了几回，把事情定好，沟通愉快。老李看珮芝老实，把她拉到一边，提醒她往公司报费用时报高一些。珮芝隐约知道，同事们好像是这么干的。她问老李：八元一把伞，该给公司报多少？老李说：二十元吧。二十元！珮芝惊讶不已，真的好么？老李说：这叫"稿费"。她不是个敢行动的姑娘么？珮芝胆战心惊地那么做了。一百把伞，珮芝得了一千二百元"稿费"。揣着那些钱，不知道该怎么办，全然不敢花。

她去和张老师坦白了。张老师居然没说什么，没有怪她，没有批评她，看似不经意地提了一句，很多同事都会收到"稿费"的。张老师仿佛要告诉她，上海——这个世界，就是这样运作的。张老师让她周末好好休息。

回到青浦，妈问珮芝：怎么心神不宁？珮芝愣在原地，张老师的话还像一粒小石子，卡在她的气管里，妨碍着她的呼吸。这是这个世界的规则，她该敢做敢当。

妈见珮芝好久不说话，就起身到缝纫机上去了，她周末接一些村里邻居的小活，低下身子去裁布。珮芝想把这事和妈说，可不知道该从哪里开头。妈贴着墙踩着缝纫机的身影显得那么远。这些事情能和妈讲吗？如果妈的世界还能供她容身，她就不必受这些折磨。她没法向妈开口，就像那个晚上，她没法告诉妈舞会已经结束了。这一切要怎么和妈说呢？

现在，她终于可以去买一条连衣裙了，靠自己赚的钱，自食其力，绝没有不良善的成分。她记得那个瞬间的感受，买股票认购证的时候：久违的冲动涌上来，好像这新鲜的机会是只为她预备好的，而她同样也为此准备了许久。张老师告诉了她这座城市运作的方式，但张老师也劝她不要买。明明自己不剩多少钱，"稿费"用去给爸看病了，没有多少积蓄。珮芝心慌极了，她真想问问妈，可是她没法和妈解释她对未来的欲望，就像无法解释她对过往的遗憾那样。最后，珮芝买下，赚了，深深地出了一口气。让上海看看她的本领，她的聪明果敢。六万块钱！

她走进东方商厦，一只脚刚刚迈进玻璃门，就能听见商场一楼传来的钢琴声。商厦里面气势恢宏，客人多。珮芝穿行在女士服饰区，多少从未见过的品牌，都是些高级服装。时髦优雅的裙装琳琅满目，她走过去看了看吊牌，并不便宜，但她消费得起。可是，为什么一件件连衣裙看了过去，都挺好看，却总是挑不出一件满意的？珮芝不死心地从这一家店走出来，往另一家店里面去，手指翻过一条条连衣裙，就这么逛了一下午，却始终找不到自己想买的一条连衣裙。

珮芝找了个休息处坐下来，觉得很乏力，突然想不起来，七年前的自己究竟想要一条什么样的连衣裙呢？脑海里的希望愈发模糊，也许当初也就没有清晰过。像是一团光晕，或一个影子，从那么远的地方投射过来，只剩下朦胧轮廓。珮芝站起来，逼自己走进一家店，挑了一条淡蓝色的连衣裙，换上。店员帮她拉上背后拉链，直夸珮芝穿上后显得身材好，气质佳。看着穿衣镜里的自己，多美的裙子啊，她却好像消失了。滋味不对，她将裙子脱下来，谢过营业员，走了。一家店接一家店，没有她喜欢的裙子。一条条试，都不对，为什么？

在青浦的屋子里时，她多想要一条连衣裙啊。跳舞的自己可真傻。这一切妈都看到了，妈什么都没说。妈什么都没说，是因为她爱她。可她在爱中长大，也依然脱离不了烦恼。她头晕目眩，商场里的事物都像在旋转。

空手走出东方商厦时，天已经黑了。她忽然好像看到一个长得像室友林小岑的姑娘，从面前走过，怪的是，她身上什么衣服都没穿。这是冬天最冷的日子，办公室里的同事一个个都说今年冷极了，天上正飘着小雪。林小岑在这么冷的天里，这么多人的商厦外面，光着身子走过，这是怎么回事？她正想要大声叫住小岑，问她冷不冷，却看到街上的每个人都在赤裸地走着。她呆呆地望着街上年轻的姑娘们，雪落在她们光滑的肌肤上，凸起的肩胛骨，映衬着孤零零的腰身。她们都想要独一无二的连衣裙，可是没有，根本没有那样的裙子。珮芝低下头，她又能看到自己的身体了，自己也赤身裸体着。让她带着钱回到七年前，她也挑不出那条连衣裙，她脑海里没有那条连衣裙的模样，只是上海，这座城市，在她的身体里不安地舞动着。妈的那套裙子，不是最好看的，也不是最难看的；甚至，它很好打理，贴合她的身体。裙子上有种种功夫的痕迹，靠着这个在上海扎下根，挺起了发育中的胸脯。

这一切从来都不是妈的问题。那么多的事情，她没有想明白。但是，她理解了妈用粗糙的手，为她缝成的那条不是最好也不是最坏的裙子。她或许可以把一切想法、一切遭遇，都慢慢告诉妈。妈会用手撑着下巴听着。

天啊，她终于可以和妈说了。

珮芝迫不及待地想要回家。公交车怎么开得慢悠悠的？到了青浦，她摸着黑，从小路走向家。村里很暗，快走到家门口时，才亮了一些，是前段时间村里新装的大路灯，在家后面照着。熟悉的老房子安静地立在黑夜里，妈站在家门口，刚把床单洗好，正挂上晾衣竿去。舅公家的狗向她身后跑去，她回过头看，小狗在田间小路上向远处跑去，很快就无影无踪了。空旷的小道上，电灯把她的身影拉得那么长，在脚底下延伸出去。晾衣竿上的湿床单投下影子，想要裹住她的影子。珮芝听到妈在唤自己，就不再回头看，转过来，应着声走过去。

四季平安

/ 顾骊榕

赵懿洁靠在二楼阳台上剥芦柑吃，探头朝隔壁看，场上已经在搭棚。伊转动了一下身朝向另一面。辰光还早，太阳还斜着。伊向西望，看见四五亩地，尽头是一条景观河，半修不修。对面是早先化工厂的厂房。朝远望可以看见科技大楼，灯牌刚刚亮。这些地都是赵懿洁的婆婆种的，这时候都是青菜，已经霜打过，酥甜。

地里种着一行杉树，一个老人坐在地上拣菜，正是她的婆婆周伟华。

芦柑没啥滋味，水分也不足。东面的棚快搭好，正在拉棚布。戴着孝布的男人女人进进出出。伊调转身子，斜倚着看东边的马路，静悄悄。芦柑已经吃好，核吐到袋子里。

赵懿洁不是本地人。四十九年前，出生在苏北农村，出生时连名字也没。弟弟去上户口的那天，才有了自己的名字。因为家里穷，十三四岁就跟着堂姐去无锡工厂在流水线工作。车间主任是老乡，讲好等办出身份证就转正式工。

办出身份证的那天伊才知道原来自己的名字不是"一姐"而是"懿洁"。派出所讲大概是登记的时候就错了，因为伊的弟弟叫"二宝"。

坐在回无锡的长途车上，伊摩挲身份证的那个懿字，有些气恼，这字写不好。

正式工排队登记时，伊还在想，写错了要叫人家笑死。

"这名字真好听。"抬起头，看见敲章的小姑娘甜甜朝伊笑，"你这名字真特别，好听。"伊不响，笑了，一笔一画写下名字。

有一天，上面领导下来视察，问管这条流水线的组长是谁，车间主任叫伊来，领导满口夸赞："井井有条，小姑娘厉害，叫什么……嗯，名字也好听，好姑娘。"

这日夜里，伊翻工友女儿的字典才晓得这个字是美好的意思。

1996年，堂姐已在上海安家，叫伊来，这里工资高。

拿着堂姐给她办的中专文凭应聘上质检员时，面试伊的上海老太太笑眯眯地讲："小姑娘名字也好听，一听就是好人家出生的。"因此，伊一直坚信是伊的好名字带给了她好运道。

两年以后，伊认识了李永林，就嫁来了这里，成了外地媳妇。女儿出生时，翻遍字典千挑万选出一个"菁"字，力排众议定下名字。

赵懿洁的女儿叫李承菁，承是字辈。

不负所望，李承菁确实继承了父母的菁华。脑子像阿爸，头脑聪明，做起事体像姆妈，清爽活络。但是李承菁直到上高中前都是不喜欢自己的名字的。那个辰光赵懿洁还不会讲上海闲话，李承菁在上海闲话里听起来像"李神经"。不过伊后来考上市区的高中，学校里要求讲普通话，同学里有很多不是上海人，便不必再担心。

李承菁是李家宅头一个考到市区读高中的小囡。以前，李家宅里读书最好的是阿爸堂妹，李承菁的孃孃。而李承菁，考到黄浦，用李家宅人的话说，"在上海读高中"。

后来高中毕业，考上了上海的大学，成为继孃孃之后李家宅第二个考上大学的孩子。而李承菁不仅考上了大学，还考上了上海顶顶好大学的研究生，是李家宅出来的头一个研究生。

赵懿洁当然晓得李承菁能考上研究生不是因为这名字，但始终觉得伊二十五年前的坚持是对的。

因为有李承菁这样的女儿，李家宅的人遇到回来的赵懿洁总少不得说一句："侬真是好福气，乖囡被侬养到的。"赵懿洁总会笑着回一句："侬的也不坍台的咯。"而后两人相视一笑，伊轻快地朝前走。

楼下的棚已经搭好了，李承菁还没有回来。李承菁读了研究生以后回家越来越少，母女俩之间的联系往往只有微信上几句不痛不痒的寒暄以及节假日前

"啥辰光回来""想吃啥"的问候。

李承菁三点钟就讲上地铁了，正好李永林下班开车去地铁站接伊回来。已经快五点半，两个人还都杳无音讯。赵懿洁刚想打个电话，楼下忽然有人叫她。

"小赵啊，小赵，美华孃孃寻侬。下来咯。"是她公公李德根的声音。

"下来哉。"赵懿洁一面答应一面打字，"到哪里？"

拉上阳台窗，关门，换拖鞋，下楼。

"美华孃孃，侬哪能来这，侬忙来。"

客堂里没开灯，太阳已经落了。八仙桌旁边摆着锡箔，地上的袋子里已经堆了半袋银元宝，公公在门口跟美华孃孃说话。

美华是隔壁女主人美珍的妹妹，隔壁的男主人李文光前日夜里过世了。

"本来讲好夜里就来，刚刚打电话讲回不来，只好寻小赵相帮。否则坍台死啊，阿拉阿姐姐夫也是作孽啊！摊上这样的囝⋯⋯"美华孃孃皱着眉一面愁相。

李德根长叹一口气，想要开口被赵懿洁拦下："哦哟，不要紧不要紧，我等会就来，孃孃放宽心，先过去好来。"

两人送走美华，朝屋里走，赵懿洁说："我伲也不要讲啥来，到底人家事体。我先去相帮，等会永林跟菁菁就回来。"

李德根坐回原来的地方，继续叠起银元宝。赵懿洁到里间穿上滑雪衫，又寻钥匙。

伊走到门口，太阳斜下了，水桥边人影晃动，是婆婆在汏荠菜。李承菁本来讲晚饭要吃荠菜馄饨。她看了看阿婆，手机突然震动，是李永林的消息："刚接到。"

于是走近两步："姆妈，天黑了！到屋里汏呀。"

"不要紧，马上汏好。"

"文光爷叔的囝回不来，喊我去相帮，我先去，永林跟菁菁快回来了，等会再一道过来。"

李承菁确实是不大回家的，一是太远，回去一趟坐地铁就要两个钟头，回自己家还好,要是回老宅,还要再倒半个钟头公交车。伊也确实忙,到底是为着寻个好工作,才考个研究生。另加上也是到了谈恋爱的辰光。

本来这礼拜伊也不准备回来,马上过年了。但是姆妈上礼拜打电话,讲很久没有回老宅,阿爷阿奶想伊,正好这礼拜要请灶,该回来一趟了。阿爸也跟着应和。临末还交代一句"回来哦,有事体讲"。

李承菁心里清爽,顶顶要紧的是,姆妈想伊回来帮她。

赵懿洁想把老宅改成民宿。

赵懿洁有这个心思也不是一天两天的事了。李承菁考上大学那一年,伊心里就有了盘算。但伊探过两个老人的口风,不大愿意,便只好作罢。伊明年就要退休,想再挣出点物什来。

宅上的人想赚钱,无非两条路,要么出去,读书或者做生意;出不去,只好靠脚下这块地。

廿多年前,附近都是工厂。有工厂就要有工人,有工人就要有工房,不少老板就来宅里租空房。一两间空房价钱不多,积少成多也是一笔收入。

堂姐屋里早早租掉,没几年就在镇上买好新房子。伊也眼热,无奈一个新媳妇,提起几趟,婆婆斩钉截铁:"多好的房子,不借!"

伊家的房子确实漂亮。人家的不过两户两层,黑瓦灰砖,外立面镶两块红玻璃砖。稍微好点也,两户三层,门墙贴红白细瓷砖,看上去亮堂些。周伟华造的房子,完全不同。前后临河,一行七幢里最靠西。前场后院,三户三层,而且青砖红瓦。前场沿河边辟出一块地方,种好两株枇杷树,底下枸杞跟菊花藤间错,中间葡萄架,下面正是水桥,颇像花园。三户三出的房子南北通透,从中间的客堂向后穿过灶披间,跟以前的绞圈房子正好围出庭院。绞圈房子后边一片竹林,养鸡养鸭。

不是这幢楼房,李永林娶不到赵懿洁。

房子是漂亮的,地方也宽敞,但是变不出铜钿。

小囡很快养出来,眼睛一眨大起来。房子再漂亮,赵懿洁也欢喜不起来了。

再等下去,一辈子出不去。

房子借掉了。最先是一间,而后是整个绞圈房子,最后连着东西两间,全部租掉。底楼只剩客堂。

后来,李承菁去镇上读书,阿爸姆妈也赶在工厂全部关停之前,调到镇上。

李承菁小辰光觉得自己家像城堡一样,大又漂亮。但是自从绞圈房子租出去第一间开始,屋里就一日日难看起来。先是再也不好随便推开一间房门白相,而后是后院的门不开了。最后连前场也不能随便下去了。楼下来来往往都是生面孔。阿奶生气。

到镇上读书以后,伊才晓得这叫宅基地。李家宅突然变得破败起来,面目全非。

所以赵懿洁提出要在镇上买房子的辰光,李承菁是第一个同意的,虽然那个时候李承菁已经在黄浦住校。

李承菁确实下午三点钟就上地铁,坐了几站想起来忘记买老大房的点心,阿爷阿奶欢喜。于是又下去。

重新上地铁,忧心起来,怕家里剑拔弩张。伊不是没有主意的人,但是家里事体从来不要伊操心。

好在坐上车,阿爸头一句:"馄饨明天再说了,今朝吃豆腐羹饭。"

心里一口气松开,晓得家里没事体,顺势问:"谁人?"

李永林叹口气:"文光阿爷没了。"

父女两个到家里天已黑透。冷菜已经上齐,父女俩一面打招呼一面寻位子。老两口已经坐好,赵懿洁没到。李德根跟阿弟李德树两家安排一桌,十个人的圆台面只有四个老人,李德树的囡也就是李承菁的孃孃夜里也没来,说下班来不及赶来。

两人落座,照例先让李承菁跟长辈问好。

李承菁熟练应付几个常规问题。

很快就开席,这种场合,其实跟伊无甚关系,是老人难得相聚。

阿爷兄弟两个向来能吃酒,不过今天,连阿奶也吃了两杯。

席面吃好，要去灵前磕三个头，李承菁磕好退到一边，看见一个阿奶正跟美珍阿奶讲话。不知讲到什么，美珍阿奶突然扑向灵台，子女几乎拉不住，美华抱住阿姐进到里间。李承菁本来没啥，突然眼睛酸胀。

伊想回去，去寻阿爷讲一声。几个老人正围坐讲闲话。

"唉哟，文光阿哥，赤膊兄弟啊，肯定要相帮额。"

"为来为去还是房子，为着造这房子辛苦十几年，好不容易两个囡养大，到头为着房子弄成这副腔调。"

"谁讲不是，为着造房子，日里上班，还种菜，养鸡养鸭，养兔子……"

"我到现在记得，我下夜班，清晨四点多钟哦，伊已经挑着小菜出门口去卖哉。"

"要不然哪来嘎漂亮的房子啊，我屋门口贴的几块瓷砖还是阿哥给我的，那时候弄瓷砖多少难。"

"现在就剩嫂嫂一个，身体不好，日子更要难过了。"

"是啊，囡养大，养成外人了。"

夜里起风，几个老人拿起茶杯絮絮叨叨继续讲。

李承菁立在一边，天已黑透，棚布里漏出光，房子影影绰绰。

本想立在一边继续听，风大起来，便告辞先回去。

老房子再漂亮，到底冷飕。李承菁把房间的灯全部打开，取暖器开上，冲好热水袋。

伊房间是二楼最东一间，不大，靠窗摆一只灰颜色沙发，旁边一张台子，床对面电视柜上一台老式电视机。

收拾好物什，伊抱着热水袋在房间里走。伊长远没回来了。电视机边一袋芦柑，拿出剥一个，顺手打开电视。雪花糊了几下，勉强可以看，伊走到沙发前斜躺下，一面吃芦柑一面看电视。

床上仍旧是红凤凰床单和珊瑚绒被罩，物什是旧的，但睡上去舒服。回家里还是好的，安安静静，清清爽爽。

赵懿洁进来的辰光，李承菁已经要睡着了。门一开，眼皮一下张开，突然之间，想起以前关着门不做作业看闲书，姆妈突然开门的情景。

她懒懒抬头："好了？"

"嗯，今朝弄好，明早还要相帮。眼睛倦啊？"

"稍微有点。"

"伊自己囡呢？这种事体叫人家。"

"大人事体，侬不要管。"

两人静默。

"芦柑好吃伐？"

"没以前甜。"

两个人又静了，只有电视响着。

过一会，赵懿洁突然开口："朋友还在谈吗？"

李承菁一吓，原来是这事体，定定心，讲："谈的。"

"也两年了，伊过年回去吗？带回来吃饭吧。"

李承菁转过头，不响，过一会说："我问问伊。"

"嗯，问问。早点困，明朝早点。"

赵懿洁立起来，想起来啥，袋子里拿出一把桂圆。

李承菁笑起来，说："我又不是小囡了。"

"吃饱好睡觉。"母女两个笑起来。

李承菁听见外头很响，再睡不着。天已经亮，太阳不大。伊起身到阳台上，隔壁场上已经闹猛。空气里一股泥土香气，味道清爽。已经落霜了，远处的田地里白乎乎的。

伊看着隔壁进进出出，突然想起原来这是文光阿爷的葬礼。伊还记得以前常常看见阿爷跟阿奶坐在场上吃茶。现在这个老人已经过世了，变成灵台上一张黑白照片。

伊想起来，阿爷庭院里有一棵大桃树。年年夏天给各家分桃子。水蜜桃，个头很大，软，都是汁水。

伊向下看，前面花园早就没了，现在上面停着租客的车子。小辰光伊白相捉迷藏，藏在葡萄架子后头，一抬头看见文光阿爷坐在藤椅上笑眯眯看着伊，马上食指竖起来，"嘘，阿爷勿响"。

下到楼下，门老早开了，灶披间里烧火的柴劈里啪啦。

走到灶头间，阿奶正在包馄饨，阿爸在腌鱼，阿爷在烧火，姆妈不在。

看见伊下来，都叫伊吃早饭。

早饭盛好摆在锅里，是荠菜馄饨。

"先给你下一碗，咸伐？"阿奶一边包一边问她。

"不咸，鲜来。"

"下趟啥辰光再回来啊？"

"除夕吧，今年像是不放假，要看公司跟学校哪能讲了。"

"哦，侬回来要吃啥先讲，阿奶给你准备好。下趟勿要买物什了，吃不掉，姆妈买的都吃不掉。"

李承菁吃好，坐卜跟阿奶一道包馄饨。

馄饨包好，菜也炒好。东西摆在客堂里，要请灶了，仍旧八道菜，鸡蛋糕和香蕉摆在一边。李承菁跟着阿爷一起摆筷子和酒杯。

"去寻姆妈，要磕头哉。"

跑到隔壁，灵堂里冷清清，阿爷的二儿子坐着抽烟，李承菁问声好，想问姆妈在哪，碰巧伊从庭院走出来。

李承菁问："哪能事体，灵堂里没人。"

"真要死，囡回来了，一回来吵，疯掉了。"

"啊？"

"本来想过年再讲给你听，听讲要拆迁了。"

"真的假的？这么突然？"李承菁不可置信。

"这事体大概是真的。伊家囡一回来就讲这事体,美珍孃孃气得差点昏过去。"

两人走进客堂,一问一讲,都叹气。

几个人依次磕头。李承菁挨末一个,磕好走到外头。东面搭着棚,便朝西走。伊不晓得多少年没下过地了。霜刚融掉,地湿乎乎。一步步踏下去倒很踏实,泥土香气更重了。李承菁觉得像是回到小辰光。伊转身一望,房子立着,前场后院、青砖红瓦,心里讲大不出什么滋味。太阳出来了,晒在屋瓦上,屋后竹林在响。

伊想起来,五六月份想吃枇杷,市场上卖的个头蛮大,但是一点没滋味。以前屋里的枇杷不大而且酸,但是味道浓,回味长,早也没了。

伊寻出手机,打电话给男朋友。

"我妈问你过年有空来家里吃饭吗?"

对面慌乱一片、语无伦次。

"真的假的,咋突然同意了,我、我给家里说,妈呀,那我得准备啥……"

李承菁笑起来。慢慢朝门口走,阿奶在烧锡箔,嘴巴里依旧念念有词。伊讲过,一面烧一面跟先人讲话求先人保佑。客堂的双开大门上贴着的对联,横批一直是"四季平安"。便讲:"写副对联来吧,要四季平安的。"

"这咋能行?"

"哪能不行?这是顶好的。"

地铁诗人狂想曲

/ 杨欢欢

序　曲

我是以意外的形式见到她的。在那之前,我已经在无数个无眠的夜里见过她,她存在于一个可能性的幻想的角落。我在她身上看到我的另一种可能。新稿子一筹莫展,我躺在床上,吐了一口烟,一种神圣的可能。

我第一次看到她,是在来福士地铁站的入口处,她站在一个人们必经的阴暗角落,用一本诗集掩着胸口,小声地试探地问:"买一本诗集吗?这是我的诗集。"

我正要走,但是几乎在同时,被朋友一声惊喜的叫声喊住:"杨,我们来买她的诗集吧!"

走近了阴影我才发现,她的头发有半截染成了绿色,递给我们诗集的手指,薄薄地涂了一层透明干净的指甲油。她看上去二十七八岁,她的右眼下方,有一颗浅褐色的泪痣,她羞怯地抬头,露出一对小鸟般的眼睛,说自己是诗人。

诗集的封面也是绿色的,然而手里还是没有耐心地读完一首诗我就匆忙翻到了另一首。

她小心地说,她的诗集本来在书城卖,现在下架了,所以才拿到这里来卖。

我们一口气买了三本,她给我们拿了新书。我看见她用一把迷你的银剪刀小心地划开塑封薄膜。

我凭借直觉,觉得她应该写得很好。

我看到她把塑封剥开,把诗集抱住,按下水笔,签上她的名字,"绿意、绿意、绿意……"

朋友问她，为什么取这个名字。

她抬头，因为她相信诗有自己的生命力。

这时，我知道，我头脑里关于她的故事才刚刚开始——

描述一辆地铁驶来

她是一个弃婴。她的母亲得了癌症，如果母亲因此把她送给别人，她或许会理解。但是，在一个寒冷的冬夜，母亲难掩对她的厌恶，像丢包袱那样把她丢给了别人，头也不回地离家出走了。

这是一切的起因，也是她人生的开始，一生缺爱。

那她是如何成为地铁诗人的呢？仿佛那些流浪的，不切实际的浪漫，又让她成了主流的弃儿。

那天，绿意听到人民广场有人卖自己的小说，没想到一停下来，她就和那个"流浪小说家"相见恨晚。他们交换了联系方式，回家之后，他们聊人生，聊文学，最后，他们聊到一起到地铁站卖书。

这是一个大胆的想法。

她考虑了一个月，终于在十月份，抽出自己的黑色书包，装满自己的诗集。她一边装一边想着自己未知的命运。那天她没吃饭，第一次卖书，让她不自觉想了很多：被人笑话怎么办？卖不出去怎么办？自己会不会哭？

她像一个局外人，身在地铁站，而灵魂仿佛在地铁站之外。她第一次觉得自己不属于这个地铁站，她憋着嗓子，每一次用尽全力发出一丝微弱的声音，脸就涨得通红。而"流浪小说家"则站在离她几米远，两人一个在头，一个在尾，"流浪小说家"把一只脚撑在墙上，探出头看她。

"流浪小说家"给她发消息鼓劲，而地铁站里的人从她身边走过。她靠近一个打着领带的男人，小声地憋出不连贯的字："买，买一本诗，诗集吗？"那男人连忙绕开她，投来一丝嫌恶的目光。她捂着诗集后退一步，双腿发软，仿佛下一秒就要倒在地上。她觉得每一双投向她的眼睛，都充满着疑惑、嘲笑、厌恶，地铁站仿佛只有她一个人，一股凝固冰冷的空气，使她与其他人隔绝。

她用手扶着墙，深呼吸了几次，正感到绝望。这时一位女士好奇地走过来，翻了翻她的诗集，然后从胳肢窝里掏出漆皮钱包，买了一本，眼睛都没眨一下。"小姑娘，我觉得你有点不开心，开心点。"就这样，她奇迹般的，卖出了自己的第一本书。

"流浪小说家"在另一头帮她拍照，他带她去饭馆吃饭时，她整个人已经虚脱得失去了知觉。

后来她每天都去地铁站卖自己的诗集。她包容了那些在地铁站里朝她翻白眼、吐口水的人，她也去爱他们。她的诗集中也写着很多爱，那些匆匆走过她的人们，又回过头来看她的诗集。她一直坚持着，人们起初看也不看她一眼，接着他们看了她一眼又匆匆走过，后来他们看了她一眼走过了又回头了，她想如果她再坚持下去呢？

有一次，一个女孩买了她的诗集，从身后抱住了她。

然而很多人不理解她，现在读书的人也变少了。那一次，她在来福士门口，天冻得像一块裂开的冰层，她在寒风中站了三个小时，没有一个人来买她的书，她的绿色头发在风中飘，嘴里因为喊了太久，有了浓重的血腥气。她抱着诗集站在门口，孤零零的，眼泪在眼眶中打转。

她哆哆嗦嗦地在备忘录里打上一行字："自己选的路，哭着也要走完……"抬头，天空已飘起了雪。

她想回到地铁站里，这时，一个人从后面拍了她的书包。她回过头，对上了一双严厉的眼睛，是一个警察。她几乎来不及思考，撒开了腿，拼命往前跑。警察连忙追在她身后，她的绿色头发飞进她的脖子，她告诉自己："绿意！跑啊！快跑！"她试图混在人群中不被找到，可人群散开，突然感觉书包一重，整个人被扯了回来。她回头，是刚才的警察。

那么，后来呢？

我们都知道，后来她多了一把银剪刀。

那天她没有卖完书，拖着沉重的步子又回到了来福士广场，一个头上扎红色蝴蝶结的小姑娘牵着母亲的手，向她走来。小姑娘的母亲是个优雅的妇人，她缓缓弯腰，拿起一本她的诗集，翻了一会儿，她的眼眶微微泛红。

终于，这位母亲买走了她今天的第一本诗集。然而不一会儿，她们又退回来，满怀热情地递给她一个方形画报大小的白色礼袋。

她猜想着白色礼袋里的东西是什么呢？一本童书，一张唱片，一张贺卡……她走到附近的快餐店，冰冷的座位提醒她，她已经有一天没吃东西了。她好奇地拆开白色纸袋，露出一块烘焙饼干的一角，窸窸窣窣地继续拆，一边拆，胸口一边涌起一阵暖意，这阵暖意袭击了她的脑袋，让她酥酥麻麻。她拆完纸袋，露出全貌的一瞬，她的眼眶也热了，一串眼泪落下来，不知是感动还是委屈——在她面前，是一个巨大的蝴蝶酥，一个巨大的心形的蝴蝶酥。

是来自一位母亲的蝴蝶酥。

她的母亲在那个冬夜走了，后来死在了外面。她听周围的人说，原来她也是个诗人，没有人知道她为什么离家出走，好像她本就是一个流浪的人。她或许在有意无意地寻找着母亲，她发现自己变得越来越像她的母亲了，她也成了一个诗人，而现在，她也在地铁里流浪。她站在向她驶来的地铁尽头，在纸上沙沙写下：

> 我想到你，母亲
> 我想向你回述这列朝我驶来的地铁。我想说：是的现在
> 我在这列匀速朝你驶去的地铁上，我在感受
> 并慢慢知道
> 你是个什么样的人

她望向一列列驶向她的地铁，这些地铁开往哪里？它的终点不是一个确定目的地，也不是她自己，而是那个她缺失了的母亲。

我是你一本滞销的书

她让我想到另一个人——《被遗弃的松子的一生》里的松子。而她也是因为缺爱而爱人的，我不觉得那有什么好的结局。我扭过头，翻过了封面上她的眼睛。

恍恍惚惚中，我梦到自己在上海书城，头顶的书架上黑压压的全是绿意的

书，我抽开来，又放回去，抽开来，又放回去……没有买下任何一本。

二十几岁的时候，绿意发表了第一首诗。她在人群之中被人看见，她拿到自己人生中的第一笔稿费，把它们小心翼翼压在玻璃桌面底下，发现编辑给她写了一幅字：天道酬勤。

她在诗里说自己是一个"小而敏感的悲观主义者"，她总有办法逃脱每一场黑暗对她的捕获。但也不是所有人能看得到黑暗，"除非你是，（像我这样）天赋在暗中发光的人"。

她的身上有一种对自己的诗歌虔诚的坚持，她不为别人写，只为自己写。用她的话来说，写诗，是她与自己的对话，因为她对自我的坚持，她孤独、晦涩、不被人理解，然而她依然做自己，这使得她身上发出不同于别人的幽暗的微光。

她把自己比作一本滞销的书，纵使不受欢迎，却只身用自己的诗歌，与这个世界的黑暗对抗。

正是她身上的微光，让我对她的判断有些动摇。

在来福士广场，绿意遇见过一个老人。她没有想到，这个人会改变她对别人的看法。

那天她在来福士广场的地铁站出口，天色暗蒙蒙的，又像是飘雪的样子。

她看到他，走廊尽头出现一个面目邋遢的老人，六十几岁，一瘸一拐。等他走近了，她才闻到一股臭味，他的眼睛发黄，模糊，眼珠陷在眼眶里，眉毛稀稀拉拉，鼻子和嘴唇发白，看起来像生了一种怪病。他穿着一身没有标牌的黑色羊绒外套，可怜地望向她。她连忙扭过头，转移视线。她无法不在乎他的头发，他看上去有一个星期没洗头了，头发一缕一缕粘在一起。

可他还是向她走了过来。

"你在干吗呀？"那个老人慢吞吞地问她。

"我，我在卖书。"他把头往前一探，他越是靠近，她就越是想躲开他。她想，反正他是一定不会来买她的书的。

"我能看看吗？"老人抬头，眼珠微微颤动。然后就伸出一只同样很脏的手——那双手粗糙，像烂在地里的木桩，大拇指的指甲缝卡着一层污垢，指甲都被压得变形了。他发着抖，打开书的第一页。

她心里想着：你不买，就别翻了，你这样翻会弄脏了我的书呀。她怀疑眼前这个人，她想，像他这样的人，是不会理解她的诗的。她一直紧盯着老人的手，再也无法努力维持脸上的笑容。

"那我买一本吧。"

老人低着头，抚摸着书页上的字迹。

她瞪大了眼睛，仿佛听错了什么，她看了老人一眼。他正扭过半个身子，从衣服口袋里掏出手机。她的心像被狠狠地撞了一下，整个人都在嗡嗡作响。她明白自己不应该对一个人先下判断，她无法判断一个外表邋遢的人，究竟遭遇了什么。他也许是一个热爱诗歌的独居老人呢？她深深地忏悔。

她给他签上自己的名字，带着些不确定的犹豫的试探，缓缓地问他："先生，你也写诗吗？"

他的眼中有什么东西被点亮了，模糊的眼睛有光在闪动。他点了一下头，缓缓地说道："嗯，我年轻的时候也写诗。"

他带了一个黑布包，把书小心地放进去，一只手包着书底，以防书角翘起。她一动不动地站着，他们忽然离得很近。

她不知道他经历了什么。也许他是一个孤老，失去了照顾自己的能力，他的子女将他弃置不顾。也许年轻时候的他，曾经是一个很不错的诗人，但是命运的齿轮，在哪一环节出了错误。或许，他也经历孤独、不被理解，最后放弃了写诗，而让他现在，变成了另一本滞销的书。

> 你多么怕遗忘，就多么
> 急切地留下疤痕
> 经时间愈合的深色表面
> 看上去就像
> 石碑上
> 你黑色的名字

她用诗歌唤起了那个遥远的他。

从此以后，她再也不会以一个人的外表来判断他会不会买她的书。

行进中的埃米莉娅

我对她的印象,起始于我对自己的幻想,那时候我有一个疯狂的想法:为了写小说,我可以去做任何事情,实在不行,我就做一个流浪艺术家。

但她出现在我面前时,我还是吓了一跳。我没有先看见她,而是在她身上先看到了自己。

我默默跟在她身后,离她几米远,不去惊扰她。我在深夜,看完了她的每一条消息,记者偶然在地铁站买了她的诗集,对她进行了报道。最近,她又在美术馆举办了她的诗歌讲读会。

她一直在前进,她是她诗中行进中的埃米莉娅。

然而偶然的一次,我在网上找到了她的一些未发表的短诗。大概写于九年前,那时的她有着黑色长发,叫自己"迷失的绿意"。

我看到诗集中未收录的一首诗,让我很震撼,我觉得离真实的她更近了一些:

死亡简史
花了许多年组装自己。生辰不清;
爱过一只蜜蜂和一只产卵的蜻蜓;
善良敏感,后半生过得小心;
被错许爱情,前程和诗歌名誉;
身边没有特别亲近的人。
除以上之外,
不免接受了:诸如生离死别,这些俗事和仪式。

回来和旧世界好好告别。
直到她
最后怀抱时钟,死在时间身体
这个唯一的物质上。

自然,光荣。

她对我说的那些故事，她诗集中的那些诗，我一直怀着隐隐的直觉，那是一个被火柴点亮的世界，而最真实的她，那些艰辛、挫败、痛苦、阴暗的经历，都被她小心地隐藏。这些没有发表的诗，更接近那次谈话中，她的另一段隐秘的人生。她又回到我第一次见到时的那个她，梳着呆板的长短发，穿着一件像是永远不会过时的呢大衣。她就是和我一样渺小的普通人，面对这个世界，没有战无不胜，没有奇迹。相反，只有手无寸铁的爱，和世界相抗。

菜场卖菜的阿姨，手里拿着现金，来买她的诗集。躺在病床上不到十岁的儿童，在生命的最后一程，读她写的诗。国外的残疾大学生，读完她的译诗，泪流满面。那些也都是渺小的普通人，而作为一个文学院的学生，我一开始并没有觉得那些诗好，那些人也许不如我懂诗，但他们却能理解爱的语言。

她和她的诗，都像一种破土而生的植物，有自己的生命力。

绿意尝试在地铁站卖书后，准备辞职专心写作，她想写出更好的诗。她已经列出了计划，每天花一个小时学英语，两小时阅读，剩下来的时间就写诗。她在说这些时，眼睛闪闪发亮，按捺不住激动，她还计划一边旅行一边写诗。不久之后，她将置身于天地之间，和她的母亲一样。

我想起伍尔夫日记中的一段话：也许我不会变得"著名"或"伟大"，可我要继续冒险，继续改变，开阔眼界，拒绝被人践踏，拒绝墨守成规。重要的是释放自我，不受限地找到自己的空间。

她开玩笑对我说，如果你写我，可以用《行进中的埃米莉娅》作开头。但我把它用作了结尾：

  秋风吹过，路上会铺一些借口
  往前走会失去青春的魔法
  情感和力量生长缓慢。但你的歌喉会老得
  慢一些，它将帮你修复部分记忆

  但灵魂只在乎一件事，当你想说什么，或不在
  做什么时
  你是什么，你是谁？埃米莉娅

伸展的铁轨是倒下的女人
脸上长长的泪——对她来说——对铁轨来说
并没有方向
但行驶的车辆有，行进中的你有

埃米莉娅。莱茵河的水在转凉
沾着河水作画的人是接受冷的人，你也要
欢迎冰覆盖在路上
接受雪的抚慰和它制造的白日梦

你等的车会迟些来，埃米莉娅
也带来风沙。你将不反感那反复的哐当之声
与泪激活你所有感官
也像过去一样，在天地间回响
并且一路响到未来——
埃米莉娅

不要放弃和这个黑暗的世界对抗，永远不要放弃火种。
埃米莉娅，一切才刚刚开始。

十 眼

/ 张继杰

当我八岁睁开双眼的时候,我就知道,这一辈子,我还能看十次世界。

亮,太亮了,我不得不闭上眼缓一会儿。当窗外的黄浦江又一次将它的平静展示出来,我知道,今天会是我四十八岁中最不平凡的一天。看着镜中的中年人刮去下巴上坚硬的胡碴,我终于确认了他就是我,黄望光。轻轻抱住正在做早餐的妻子舒莞华,握起她的左手,我说:"华,这十年,你还是和以前一样呢,年轻,漂亮。我一辈子都忘不了今天的你。""你又能看到了!也就是说,又过了十年了呢。""是啊,收拾一下吧,我们一起去看看如今的上海。""那先等我化个妆,不能在别人面前失了身份呢。""嗯,我们中午还可以把阳儿叫过来一起吃顿饭。"早上七点半,舒开车带着我离开了小区,回到了曾经住过十余年的南京路。"上一次我们来这还是两年前呢,当时儿子刚高考完,说什么都要看看我们的旧居。"车载音箱里又一次传出动听的女声。

从出生开始,我没有看到过我的亲人,只能去听,去闻,去感觉我的家庭,以及这个世界。比如客厅里的桌子,是有四个角的,是有很长很长的纹理的,是无法移动的。屋子后面不远处,就是南京路,那时候每天早上准时响起的吆喝声是最好的起床音符。别人告诉我我家在香粉弄,而出了弄堂往路对面走约六七十步的距离,则是盆汤弄,向前二十步,左转,里边的第三间屋子便是舒莞华的家。舒比我小两岁,她从出生开始便没有说过一句话。我们很喜欢待在一起,大人们也总说我俩是天生一对,我没什么感觉,但我能感觉到每当此时舒总会用力抱紧我的手臂。为了交流我俩创建了独属于我们的手心语言。有些小孩子喜欢欺负我们,每当此时我都会轻轻将舒搂入怀中,感受到她或恐惧或愤怒而产生的颤抖,慢慢拍拍她的头,缓缓说到,别怕,有我。

我一直觉得我的生活不会有任何色彩,直到我七岁那年的一个晚上,有个算命先生路过，见到了摸索着回家的我，说想给我免费算一卦。"你是有大气运者，眼睛是被上天借去观察民间疾苦了，每十天才能保养一次，它休息时你就能看到世界了。而天上一天，地上一年，你受到上天的庇护，能活百岁而亡。"语毕便拂袖而去，也再没有跟我算过卦。这句话我谁也没告诉，直到我八岁的某一天，听到卖粉条的声音醒来后，眼里不再是漆黑一片。我激动得开始抽泣，家人循声过来，发现我扒在窗口，探着头，不知在干什么。"我终于……终于看到你了，莞华。"感觉脸上热热的，不知是因为害羞、激动，抑或是眼泪。舒莞尔一笑，递给了我一束带着露水的花。我抓住她的手，她顺势在我手心中写道：别哭，我很开心，带你看看世界。那是我第一次看到世界上最美的笑脸。

戴上墨镜，十指相扣，绕过了两个弯，走在南京路上，我终于看到了上海的活力与繁华。要不是我们紧紧相握，摩肩接踵的人潮已经把我们分开了，只能靠着墙，慢慢移动。道路左边，上海市第一百货商店高高在上，数道条幅从上垂下，气派而雄伟。

高楼两旁，有着数不尽的灯牌，一楼的大街上有老板拿着剪刀吆喝，述说售卖的张小泉剪刀有着三百多年的历史，买不了吃亏买不了上当；亦有着钟表商店将琳琅满目的手表展示出来，后来得知店面叫作"大光明"，这是我以前从没有见识过的光明。还有着售卖金银首饰的老凤祥，我实在是想不明白为什么人们会以带着冷冰冰的金属链子为荣，或是为了戒指上透明石头的细小瑕疵而吵得不可开交，明明带有自然花香的手环更能让人愉悦，从舒头上摸下来的头发缠在手指上也会让人欣喜。道路的尽头有一座如同巨轮般的高楼，船头有个塔楼装饰得金碧辉煌，名为和平饭店。不远处穿着黄绿色衣服的警察同志在两层小亭中值班。天色逐渐暗淡无光，太阳略微悬在黄浦江上，人群在街道上来来往往，街道两旁的霓虹灯闪闪发光，为上海的夜带来无尽的光彩和希望。空气中弥漫着小吃的香味，随着淡淡的江风勾起馋虫，在商贩那买了两个生煎，舒吃了半个告诉我等下还要回家吃饭，我就在回家的路上顺便解决了剩下的一个半，金黄的酥皮中满含肉馅与汤汁，很香；看着旁边的舒，更香了。回首看来路，嚯，好一个不夜城，千米南京路，万灯展辉煌。

这就是上海：人们如同蚂蚁一般密集，在狭小的街道上穿梭，满街的蓝灰色中山装中间偶尔点缀些许西装裙摆、高跟鞋，马路上小汽车、公交车、自行车自由来往，到处都有着宣传改革开放的标语，带来的新鲜感让人们的脸上充满了期待和希望。

快到家时，我远远地就看到了父亲的脸上布满焦虑，其中仿佛还有些许激动。但我什么都没说，摘下不久前刚戴上的墨镜放到口袋中，像往常一样打声招呼，没想收到了一件改变我命运的礼物——一本"书"，布满凸点的书。"虽然你不能去正常的学校，但我给你找了个视障学校，明天开始你要去上学了。""不，我不要去学校，我不要和舒莞华分开！""不学习就赚不到钱。"就这样，我开始了我的学习生活。

第二天早上，我满怀希望地睁开双眼，却没能再看到属于我的独一无二的美。但我没有绝望，因为我知道，往后十年中，我一刻也不会忘掉那含苞待放的容颜。

自从上了学，日子变得格外漫长，没有舒的陪伴，每一秒都是煎熬。她也到了上学的年纪了吧，不知道在学校过得怎么样，有没有受到欺负，我不在她身边谁还能保护她呢……越想就越心慌，每天放学回家后我都会牵着她的手，她会静静地倾诉上学的辛苦与不情愿，我也会和她分享今天又感觉到了什么。时间在我们的手上刻下了痕迹，曾经吹弹可破的小手也逐渐变得结实，不变的只有她总能轻轻靠着我的肩膀，我也会顺势把舒圈入怀中。渐渐地，巷子里的年轻人逐渐各奔东西，说是要在这峥嵘岁月中捞一桶金。道路两旁，国际化大都市初具雏形，购物中心、大型商场如雨后春笋般冒出。上海，在改革开放的时代潮流中，深受中西文化交融的影响，融合了传统的江南文化精髓与西方现代文明，形成了独特的艺术风格、生活方式和思想观念。上海，海纳百川，包罗万象。

十五岁那年的春天，温和的阳光使雨后的街道不再寒冷，舒在我手中比画道：南汇的桃花节开始了，我想去看看。我们一大早便坐车去庙港村。这一路上兜兜转转倒腾了三班车才终于抵达，而途中产生的疲惫也在这甜蜜中一扫而光。舒告诉我，这不比陶渊明写的桃花源差，微风拂过带起的漫天粉蝶正围着我们翩翩起舞。"以后我们一定要走在花瓣上完成婚礼"，我在舒耳边轻轻吹气，"这样才配得上你的完美无瑕。"她把脸贴在我手臂上，并用力拧了一下。

桃园尽头，盛开着几朵白玉兰。

十八岁的一天早上，光明如约而至。感受这久违的光，眼泪又一次不受控制地流了出来。"我们去看看外滩吧"，找到舒后，我向她眨了眨眼，"听说多了好些东西呢。"看着路上穿梭着的自行车，不禁感慨了句"这是我不可能学会的运动了"。舒立马抓住了我的手："没事，不管你要去哪，都有我陪着。"外滩上，仰视着眼前还在施工的入云高塔，直插天际的塔尖仿佛也刺入我的心中，无与伦比的震撼。东方明珠塔，这就是独属于上海自己的山峰，"创上海腾飞标志，树世界建筑丰碑"，以独特的三筒三楼造型脱颖而出，不仅有着"大珠小珠落玉盘"的设计理念，更是有着"远近高低各不同"的独特之美，如同斗转星移般变化。上海，追求卓越，敢创辉煌。除了江对岸这座400米高的"绝峰"，边上的气象信号台好像也有了不同——似乎，和上次比起来，向陆地上移动了好些距离？原来这是上海的另一大奇迹，为保存这座曾为上海的发展做出重要贡献的建筑，其整体向东平移了20米。不仅如此，南京路上也拔地而起了中国第一座大型、豪华的精品商店——上海精品商厦，创造了十分可观的营业额，不仅有百余种价低利民的小商品，还有着中国第一个信息化导购系统，看得我啧啧称奇，智慧城市在此时已初现端倪。"开明"，舒比画道；"睿智"，我轻声附和。不因循守旧、不抱残守缺，尊重传统，取长补短，上海又一次将自己跻身为世界魔都的方法表现出来。而十八岁的我暗暗发誓，要带着身边的她创造属于我们的一片天地。"让我们一起努力吧！"在舒的额上缓缓落下一吻，"考上一个好大学，我陪着你去。"

五年后，舒牵着我的手把我带到了她参加毕业典礼的地方。在国歌声中，我默默为这群即将进入社会的年轻人送上诚挚的祝福。"尚未佩妥剑，转眼便江湖。愿历尽千帆，归来仍少年。"感受到朝气蓬勃的歌声、抑扬顿挫的总结，我会心一笑，国家的未来就由我们这些年轻人来书写吧。有舒的陪伴，工作上我愈发得心应手，锋芒毕露。不久后，得知南京路步行街正式开街了，我们再次返回了梦开始的地方。南京路已经变成了一条步行街，这里再也不会有飞驰的汽车进入了。虽然仍是人声鼎沸，无比拥挤，但我们不用贴墙走了。从这头走到那头，到处都是开业酬宾的售卖声，估计是看到了紧紧相依的我们，商贩们变得格外热情，不一会儿我的左手就拎满了袋子。

"今天晚上我想看看你穿婚纱的样子，铭记于心。"2004年，我摸了摸左手上略微暗淡的金戒指，对舒说，"这样，我就能每时每刻都看到最幸福的你了！""那你可要好好看，忘了我绝不饶你！"诺基亚手机发出的声音再一次向我证明了它的实用性，"那我要好好准备一下了，以后会随时问你的！"自从买了这块"砖"，舒终于能够比较方便地向我说出她的想法了。这时候我终于发现，原来她也是一个爱倾诉的女孩，不管时代怎么变化，她总是愿意陪在我身边。下午，我看到了一条延伸到底的"金带"，看到了无数色彩斑斓的巨幅广告，看到了林林总总的国际高端品牌。南京路上购物中心和商场的规模和档次都有所提升。除了这些，道路两旁也出现了不少书屋、咖啡店，让原本独属于商业的街道多了不少文化味儿。改造后的设计更加注重行人体验，宽敞的步行空间、舒适的休息区域以及便捷的公共设施，让购物和休闲活动更加人性化，不仅提升了市民和游客的满意度，也体现了城市管理者对公共空间的精心规划和设计。上海，就是这么大气谦和。值得一提的是，也是在2004年，我们的儿子，黄向阳出生了，独属于我们两个人的时间骤然少了许多。

在儿子六岁那年，上海世界博览会盛大开幕，我牵着舒，舒牵着阳，但阳总是会挣脱跑去前方。上海世博会的主题是"城市，让生活更美好"。我们首先就前往了有着"东方之冠"之称的中国国家馆，听说是用斗拱结构搭建而成的错落有致的"冠"状结构，"东方之冠，鼎盛中华，天下粮仓，富庶百姓"。上海世博会的成功举办，增强了上海人的城市自豪感和文化意识，让市民有机会参与到国际文化交流中。

到了我三十八岁那年，我看着和我妻子有八分相似，但脸庞又略显稚嫩的儿子，笑着拍了拍他的头，决定先放下今天的工作，一家三口一起去领略南京路的风光。这里不仅保留了许多历史建筑、百年老店，同时也引入了现代商业元素，包括世界各大品牌的旗舰店：历史与现代的融合，展示了上海作为一个国际大都市的独特魅力和文化自信。买上三个生煎，小店依旧而味道不再，时代的味道终究还是消逝在了时代之中。而阳对此没什么感觉，依然东瞅瞅西逛逛，对所有的玩具都有着莫大的好奇。到了晚上，上海滩仿佛一颗璀璨的宝石，镶嵌在东方的夜空之中。夜幕低垂，华灯初上，黄浦江两岸灯火辉煌，争奇斗艳，将这座城市装扮得如同梦境般迷人。从浦东的陆家嘴到浦西的外滩，摩天大楼灯光闪烁，与历史建筑的优雅轮廓交相辉映，讲述着这座城市从过去到现代的跨越。虽然我们的新房子在黄浦江边，但外滩的江水有着独特的魅力。

转眼间，孩子中考了，高考了，直到离开了家。因少了一人而稍显空荡的房屋更能让我感到身体不再壮硕。公司在我和妻子的带领下蒸蒸日上，目前已经处于行业顶流。晃了晃一直全力运转的脑袋，我意识到，该找个接班人了。选谁呢？脑海里浮现出许多名字，我又摇了摇头，算了，不用考虑这么多，让他们自己争去吧，世界终归是年轻人的舞台，我也该递出手中的接力棒了。现在该考虑的，是怎么和舒幸福快乐地过好每一天。不久后，我和舒卸任职务，开始享受人生。

现在，我们走在既熟悉又陌生的街头，看着老宅变成了酒店餐厅，唏嘘不已。又转念一想，时代的洪流势不可挡，改革进步是不变的方向。和阳在东方明珠上吃了午餐，同时也看遍了整个外滩，不禁回忆起以前只有电视塔一枝独秀立于江边，如今建筑纷纷飞向天际，人们的雄心壮志也已冲上云霄。

晚上回到家，帮舒洗了下头，看着她长发垂肩风韵犹存，忍不住再次抱紧了她，落下深情一吻。"世界这么大，我差点失去方向，幸好遇见了你。"关了灯，我躺在舒的边上，再一次幸福地笑了，而眼泪也不知为何顺着脸庞滑落。"晚安"，我说，"十年后见，我的绛珠草。"

园林中

/ 冯　铗

奶茶店的招牌是用竹子拼的，里面人不多，但是排在前头还未完成的足足有八九杯。

他们真渴。樵夫说。我也很渴，脏活都是我干的。捕役粗鲁地把包甩在窄沙发上。他点了一杯青芒，毫无疑问是从马嘴里抢下的。

人生如过眼浮云也。云游僧说。

我倒不很急，咱们可以先坐一会儿，等他料理完那八九杯再说。老媪说。那对情侣在调情，女的把一条腿踏在男的双脚之间。不要打搅人家的好事。

我们应该先玩一把。典史说，他也坐下了，看起来有点累，但很安详。云游僧同意了，老媪也同意。该怎么玩？多襄丸说。他腰间鼓囊囊的东西是他的肥肉。

我来教你。典史说。他让所有人坐下，给每个人发了一条长长的单子，教他们记熟。这真长。老媪说。我不知道自己能不能记住。云游僧说。不要紧。典史说。

你们先开始，我去帮你们点单。真砂说。她脸蛋真漂亮。男人悄悄地瞟了她一眼。店员头上罩着发网，发网上盖着顶鸭舌帽，帽子上有店铺的标志。您好？店员说。

不，他不好。樵夫说。他那么一个性情温和的人，我的老天呀。老媪说。不要插嘴，老家伙。我在砍杉树的路上看到了他，他看起来很渴，因为他身上一直漏水。樵夫说。

他也应该来这儿喝一杯。人生如过眼浮云，尚不如一杯波德莱尔。云游僧说。

新口味？樵夫说。点单板上它们应该像树林一样茂密。看看台上这十七只杯子，大伙。捕役说。所有人都凑了上去。工艺很不错。多襄丸说。大块玻璃外也有十七只同样的杯子，一个玩轮滑的男孩被它们击中了。

天哪。我的闺女很好，我的女婿很好，但他的杯子少了。我的女儿十九岁。天哪。老媪说。我该说什么呢？多襄丸说。说你知道的。典史说。说你给我看的？多襄丸说。不，说你知道的。典史说。

好吧。多襄丸说。刚才我无意间瞟了真砂一眼，她很漂亮，不是吗？多襄丸说。是的。店员说。这是你的单子。真砂说。她从点单台前走开，把长长的一条单子递给多襄丸。好的。多襄丸说。他看了一眼单子，把它卷起来别进腰间。女人把手臂缠在男人腰间，跟一条皮带似的。男人瞟了真砂一眼。

真砂很漂亮。我打定主意，我是一个佛教徒，我信菩萨。但她身边有一个武弘，不是吗？杀人没有什么了不起，重要的是工具，我现在就在用嘴巴，不是吗？多襄丸说。

拣要紧的说。真砂说。

好吧。如果我们往来时的路走上半公里，也许半公里都不到，我们就回到了竹林。你们还记得竹林吧？竹林在山上，山上有驿站，有古冢，有石桥。驿站很安全，因此很危险。古冢很危险，因此很安全……我说的安全是对不同的人，总之你们能明白我的意思，对不？我只能在古冢边上动手。古冢在一棵杉树下边，我在那儿给了他一下，把他捆了个结实。所以其实这件事并不发生在竹林里，不是吗？捉我的是个竹林捕役，他越权了。多襄丸说。

我也是杉树林捕役，多襄丸。我已经考到了资格证。捕役说。

好吧。把武弘捆了我很抱歉。多襄丸说。他冲武弘笑笑。后面我又回了竹林，把真砂拉到了杉树底下，她一看到武弘就起了烈性。多襄丸说。

你老看那个女人干嘛？女人说。

驿站在山下。捕役说。是吗？多襄丸说。他把单子展开，又看了一遍。确实是在山下。我记错了，这太长了。你继续说。典史说。好吧。真砂一下子拔出一把小刀，就冲了过来，但她毕竟气力不及我，很快就被我制服了。多襄丸说。之后呢？老媪说。之后？之后我就占有她，她反抗得很激烈，我几次压不住。结束之后我就杀掉了武弘。没有松绑，就这么两刀，咔，咔。多襄丸说。

你怎么能这么说呢？捕役说。

我只想看看他们买了什么。男人说。但他伸去搂女人的手被甩开了。

青芒冰好了！店员说。捕役起身去拿他的饮料。

什么？我说的怎么了？多襄丸说。你应该说真砂杀掉了那个男人，而不是你自己，我们在推理。樵夫说。可我的单子上是这么写的。多襄丸说。不是我杀的。真砂说。让真砂说吧。典史说。

别找借口。女人说。你把单子背出来我就相信你。

我不会杀我的丈夫，即使他要求我这么做。我被奸污之后，我的丈夫气坏了，但他轻蔑地看着我，我抵挡不住他的眼神。真砂说。然后你就让多襄丸把他杀了。樵夫说。没有，我求他别杀我的丈夫。他已经取得了想要的，难道还不满足吗？但是我的丈夫太固执了，他对强盗说，杀吧，杀吧，杀吧，杀吧，杀吧，杀吧。每说一句他就挺直一寸。真砂说。她发出哽咽的声音。我没听他这么说过，我只是想杀。多襄丸说。

葡萄多肉。焦糖可可。桑葚酪酪。红茶拿铁。芋圆青茶拿铁。沙棘酸奶西米露。男人说。店员说。

去取一下，你去。多襄丸说。武弘起身。你看着点单板，你是随便念的。女人说。她把手从男人腰上抽下来了。我都背出来了，你看，他们过来取了。男人说。那为什么我们的还没好？我们比他们先点的单。女人说。

还差你的。武弘说。太慢了。多襄丸说。不急，我们多坐一会儿。典史说。真砂，继续说吧。老媪说。那个玩轮滑的男孩飞快地从大玻璃窗里闪过。一个年轻女人牵着狗走了过来。巫女来了。武弘说。没有巫女。典史说。巫女应该牵猫，或者在肩膀上架着猫头鹰。捕役说。

我们的桑葚酪酪好了吗？男人说。

青竹丝好了。店员说。我去拿。真砂说。她起身，从男人和女人旁边走过，走到柜台前。男人站直了，女人把手掐在他腰上。

真砂拿着青竹丝走回来，递给多襄丸。谢谢。多襄丸说。你们的桑葚酪酪就在台子上，你们没看见。真砂说。她回身拍了拍女人的肩膀。噢，谢谢。女人说。你们在玩游戏吗？男人说。女人瞪了他一眼。

随便玩玩。真砂说。现在都上齐了，是不是可以走了？武弘说。你急什么。典史说。真砂还没说完呢。老媪说。该我说话了。武弘说。你后面几轮才能说话。典史说。让真砂说完。你还没说完？武弘说。

　　店员把饮料递给女人。一个中年女人带着她的儿子推开门，小男孩死死地卡着门把手，不让他关上。门要给你弄坏了。中年女人说。一股热风吹进来，玻璃窗起了一些雾。

　　人生如过眼浮云也。云游僧说。

　　把门关上，小朋友。店员说。他走出柜台，把小男孩的手从门把上解下来。

　　多襄丸有没有和他决斗？捕役说。没有，他拿走了我的小刀，在我丈夫的脖子上猛扎两下，给他放血。看见血我就晕了过去。等我醒过来，强盗已经跑了，我哭着给我丈夫的尸体松了绑。我想把他运回老家去，但是我的马也不见了。我说完了。真砂说。

　　那我们可以走了吧？武弘说。差不多了。多襄丸说。你们不想玩了吗？典史说。我饮料都喝完了。多襄丸说。人就是我杀的，可以结案了。

　　还不走？你还想在这看多久？女人说。我在看单子，你别急。男人说。别看了，上面只有这家店的微信号。女人说。她强调这家店。

　　哎呀，你们这些人。典史说。那走吧。所有人都起身，收拾空杯子。到底谁把你杀了？捕役说。

　　竹叶青吧。武弘说。

五原路樱桃园

/ 吕嘉欢

五原路别墅这样的老房子，上海有上千栋，一过仲春，齐齐绽出一种伤感的烂漫。低纬度城市的天一年四季灰霾，只有这个时节碧蓝，尤其到了下午两三点，日光泼下来，灼灼的艳色烧得晃人眼。五原路这短短一公里，有太多时代留下来的人在此了却余生。

假设你兴致未褪，踮起脚，从院墙和铁门之间张望，窥见"网红"女作者诗雯。她正从五原路88号里推开了窗，如海的春光泼在一张苍白倦怠的脸上。春本靡丽生动，没人打理的院子里，花野蛮地开成一团团粉红粉白的火，然而有些人再也不会醒来了，是一种残忍。她长久地执着一支笔，眼圈发黑，却什么都写不出。老主人走了，楼空了，活着的人心里面空空荡荡。她感到五原路别墅一夜之间急急地凋亡了。

可怜的老主人还没有把五原路88号的故事说完，就永远封存在地下了。

一

故事，一切都是为了故事。一年前，她的前男友租下五原路88号的整个底楼，就是贪图这一建筑有故事性。

"我们现在住五原路88号，带一个100平方米的花园。《三毛流浪记》总看过吧？我们对面住的是张乐平，打个弯就是巴金……"他打点商务关系时，七拐八绕，总是能从这一句开始话题，令诗雯称奇。

那段时间里，她和前男友还算是新贵。女生从小迷恋传奇，从旧时代杂志专栏习得笔调，在互联网时代赚足崇拜。男朋友开一家营销工作室，陪她出入老牌奢侈品的盛典。在荣宅，复古的爵士乐靡靡，大水晶吊灯闪耀着甜丝丝的光,所有切面反射出他殷勤而得意的脸。诗雯很容易入了迷,耽溺在她拿文字预演过无数遍的场面中——她流连在梦里,而想象力竟真的把她带到梦过的地方。这时候,男朋友会稍稍施力,把她推到品牌方面前,分一块广告预算。

"一对戏精。"圈子里总这样调侃,因为他们确实都有表演型人格症候。一个要做十分之一个张爱玲,一个自比盖茨比。但不知道从何时起,好运和魔法在两个骄傲的年轻人身上失效了。

一开始,最阔绰的品牌方试探着压他们的报价,后来,懂行的朋友发来忠告,最后的最后,老主顾也离开了行业。

他整夜整夜地无法睡,睁眼到早上八点,突然开始翻弄起花园。这里的上一家租户开了一家私人电影院,按照文艺青年的想象放几件古典石膏像,随意种了一些冬青灌木打发;上上一家是间茶舍,稀稀落落的竹林围着颗佛头,堆砌浅显禅意。这么看来,此地的生意全都在很短的时间里败了,他又觉得自己可以做点什么,和坏运气拼一拼。

"我要给你弄一片玫瑰园。"他翻着烂泥,脸色疲到发青,是亢奋在吊着一根神经,撑着整个人。

她皱眉,因为老主人此刻站在二楼的长阳台,往下看着他。

"先生,不要动那棵老樱桃树。"老主人抱着肩,朝花园东北角扬起下巴:"我小时候它就在那边了,底下还埋着我的两只老猫,阴气很重的。"

男友抬头,看到一个体重不到80斤的小老太太,下半张脸像颗未经烘烤的核桃仁,却穿着一身新柳色呢子套装,反而叫人说不清她到底有多老。这老主人从来不出门,也不和邻居打交道,首度露面,像寄生在老房子里的精怪跑出来。她的反感随着向下撇的嘴角滑脱下来,大白天里让人脊背上生出一股凉意。可诗雯却被这一幕"抓住"了,直勾勾看着老主人衣领上的纽扣,推敲着伊的审美偏好。

"不动,老树肯定不动的。"男友把腰弯下来,"这树要和这房子一起挂历史保护建筑铜牌。"

老主人不响,转身返还卧室,插销嘎吱作响,是锈迹的声音。

"等玫瑰种好了,欢迎阿婆来我的花园玩啊!"他朝二楼阳台挥手。

每次当他对邻居说"欢迎来我的花园玩",她都知道他打的什么主意。花园是上下两层楼共用的,原本都属于老主人家。后来被亲弟弟偷偷售卖了底层,这是老主人心里的一根刺。

"有办法的,我们是这个城市最聪明的年轻人,总归有办法的。"他在屋檐下天井阶梯那里来回踱步,额头上憋出一层焦红。

"你不是喜欢老洋房吗?把公众号卖了,开店,卖咖啡,可以住到天长地久。"

"那假如,我就是喜欢写呢?"诗雯抱着电脑往卧室走去了。她总是喜欢赤着脚,感受着木地板的纹理,像老房子无数个结了痂的伤口,她愿意每天过给它一点人气。

夜间,两个人躺进南洋风格的床幔里,一起失眠了。他凑过来,向她讨一点宽柔:"你说,这种孤老怎么不去住养老院?对周围的人也是一种负担。"

她盯着墙壁上的繁花百鸟,不愿意说话。

这不算她和老主人头一回打交道。刚来时,她注意到楼梯间总是有酒瓶子和烟头,扔得横七竖八。老主人的家政阿姨从来懒得锁上院门,这个时候就会有"网红"走进来,拿五原路别墅当作一个免费置景,摆弄够了就跑开。

她蹲下来收拾好,第二天出门再经过楼梯间时,却多了一只点心篮子。她埋首到可爱的小篮子里,嗅一嗅玛德琳的清爽橙子皮香气,点心里还夹着卡片。

是娇俏秀气的字。

"等我老了,或许也是这个样子的呢。"她心里面说,然后转过身去了。

终于,在季度的末尾结算完账务,二人演化到了互相折辱的地步。男友走了,留给她一柜子酒和一些烂账。走的时候,他不愿意说她过气了,还反过来安慰她——"这一切并不是我们的错。"

他行李箱转轮的声音消失了,她仰倒在沙发,把程乃珊的书盖上脸面,封面上手绘的两只猩红高跟鞋流淌出来两行眼泪。

为自己哭,不晓得以后要怎么办了。

二

日日争吵的生活一结束,她整个人松下来,才对下坡路的生活有了具体实感。她都快三十岁了,连前男友的记账软件都看不懂,被过时的才华惯成了一盆暖房里的花,如今缺水短药,快要死了。

她头一次发现五原路88号原来这么大,这么冷。

她把闺蜜Acelin喊过来相陪。Acelin做传媒业务,看着她一路写公众号走红,如今却要为下一季房租发愁,当即从包袋里抽出薄薄的笔记本,劈里啪啦,掏出整副见识。

"你前任讲的未必没有道理,但有一件事他说错了,你喜欢写,依然可以写。但你那些东西,说实话,以前普通人踮踮脚也要添置几件奢侈品的时候,才有闲心看。"

诗雯连连点头,对命运浮沉完全服气。

"有没有想过,随便找间老房子进去,看看几代都住在里面的人,怎么样吵架,怎么样办丧事,怎么样真实地生活?"

"我也被邀请走进荣宅啊,写稿的时候还住了整整一周……"想起最红的时候,不反驳总有不甘。

"还荣宅呢?罗曼蒂克早就魂都见不到了,我给你看看现在符合互联网趋势的上海故事。"Acelin打开"抖音",搜索关键字"上海",跳出的画面是拆迁房前亢奋的脸,亲人之间向彼此砸极难听的话。

Acelin对诗雯的表情非常满意:"觉得难看?大众的兴趣就是要看打破体面。只要有这样一个故事被你'抓'到,你就翻红了。"

她点开视频底下的评论区,递给诗雯,多是龇牙咧嘴的讥笑,夹杂着几滴便宜眼泪。别人受伤了,就要去抠弄别人的痂……因为血腥味是甜的。诗雯弄清了这套操纵情绪的公式,然后沉默。

"我觉得总有一个折中的办法,只是还没有人找到。"临别时,诗雯从弄堂口看看街景,心一秒软化了,又露出一副天真相。

第二天一早,诗雯出现在街道居委会询问应聘义工事宜。

她决心去做一个体验派,换上卫衣牛仔裤,把卷发掩进棒球帽。自行车篮里放满社区食堂派送的老人关怀餐,她出发去"抓"故事了。

一天下来,诗雯发现上海真是老得让人心惊,也孤独得让人心惊。

4号李家阿婆的四个子女四五年都不回国一次,给老人账户打上用不完的外汇用以赎罪。老人一分钱不花,并且拒绝看病。还有一位百岁老人,在世的后代只剩一个八十岁的女儿。诗雯给老人送完饭,她双手作着揖哀求,能不能扶她爬上三楼,看一眼一个月前瘫痪了的女儿。

给整条街的孤老送完晚饭,回去的路上下起雨,光和深幽阴影倒在湿漉漉的地面上重新解构,那些精美的店铺也全落幕了,只剩下旧街道众生幽咽。

她鼻子太酸了,加快脚步,想要不去看。

"我没法写这些……"她向 Acelin 认输,看看天花板,却看到了那枚新柳色套装上的鎏金纽扣。

三

诗雯走上二楼,首度敲响了老主人的房门。

里面的人过了将近一分钟的时间,才慢慢走到门口来。

"阿婆,我今天点心买太多了,送上来给你也尝尝。"她拎起可颂的包装盒,黄油和小麦释放善意明亮的香气,"上一次见面还是因为花园的事情,这么久才来和你打招呼,真是不好意思。"

"没关系的。"老主人面无表情地接过盒子,"这些都是很小的事情。"

诗雯看到了一个少女的世界,在面前洞开了。

墙纸是清淡的鹅黄,看不出新与旧,石膏线连缀着小小的雏菊。家具的色泽是比墙深五个度的梨木黄,客厅中央摆放的爱德华风格的扶手椅可爱至极,更何况椅面是一种淡绿的丝绒布。虽然扶手有一道重新修补的裂痕,也足够令她心跳不已。

诗雯不禁想到前一天送餐时去到的房间,都是被几十年烟火色熏黄了墙面,被各个年代的生活痕迹填满。而老主人这里,更像一座早殇的少女贵族所埋藏的地宫,被好事的探险家重新打开。诗雯这才发现,自己闯入了老主人的隐秘生活。

"刚好我泡了壶茶,不介意一起用一些?"老主人朝桌椅处指了指,是一个生疏的相邀手势。

桌面上摆的这套茶具绘有花朵,边沿是个向外翻卷的八角形,老主人为她这杯注满茶汤。

两个人小口地咀嚼着可颂，各自都是活在自己世界里的人，一时相对无言。诗雯将茶杯抬起来，默读下面的英文底标，又偷偷看向里间。

老主人倒不反感，将杯子搁在茶盘上，抬头看着诗雯说："你是作家对吗？"

"算不上什么正经的作家，在网络上写东西赚点钱。"

她主动起身领她进里间去看。

一跨进卧室，整个世界的基调暗成黑白两色，诗雯从来没见过一个人的房间里有那么多黑白照片。其中，白墙面的正中间挂着的那幅尺寸最大，是一对夫妇的合照，女人端坐着，男人立在她边上，高高的白领结迫使他昂着下巴，但揽着妻子的手又显出柔情。占据墙面主体的肖像边上，是一幅花园闲趣的水墨画像：樱桃小树为点点猩红果实所累几欲弯折，一只花猫肚皮朝天，向天空挥着稚嫩的爪子逗弄雀儿，左上角盖有印章"谢稚柳"。

"这是我小时候养的猫，谢稚柳先生每回来做客时都要找它玩耍。它平时很顽皮，敢和弄堂里七八岁的大孩子打架。但是一看到他就知道害羞了，躲进床底下一整天都不出来……"

她语速极快，像一个人在心里念过无数遍。而诗雯的注意力却停在了床头柜上立着的大大小小数十个相框。

这些照片里，总有一个人的脸是被人为挖掉的。她捧起其中一张，画面中间是一对如珠如宝的孩童。女童用脸颊贴着猫咪，男孩掬着满满一捧樱桃，脸依旧是被挖去的。她把照片反转过来，背面写着"东平东安于1955年"。

"是我弟弟。"老主人从诗雯手里接过这张照片。

"怎么是破的啊？"

"我自己拿剪刀剪的。"她碰碰照片上空缺的那一块，"后来我就后悔了。可是时间已过去这么久，我现在想起他小时候，都不记得他的脸是什么样子的了。"

回到底楼纱帘终日飘拂的卧室，诗雯一直带着剧烈的心跳，夜里做了一个很奇怪的梦。梦里老主人经常偷偷跑出门，每天深夜和破晓交接时，穿着一身薄薄的丝绒睡衣，走下二楼，打开花园大门的锁，跑到了马路上，走过梧桐树的尽头，一直走到北外滩拆迁旧里的废墟堆中。月亮宁静地看着废墟里的她，她也抬头看月亮。

诗雯梦里沾上一身寒气，被一阵轻巧而持续的敲门声弄醒，迷迷糊糊地想这世上还有谁会上门来找她这个几乎没有什么社会关系的人。打开房门，看到老主人捧着一罐夹着扁桃仁的腌橄榄。

"阿婆，你怎么给我带下酒菜啊？"

"我看到你和你的朋友总是在底楼天井里喝酒。"

她们俩都笑了。平时里，两人维系着冷漠的邻里关系，却在暗中互相观看。

下午两点，正是花园一天中最宜人的时候，两个人坐在屋檐底下，阳光好像在她们的脚下铺成了一张暖和的毯。诗雯感到和这寡言的老主人相处时非常自在宁馨。

"在我看来，再没有比五原路更好的了。"诗雯抛出一个故事的钩子，却也是由衷地赞叹，"这么静，又这么高贵。"

"88号风水其实不太好。"老主人干脆地接过话头，"樱桃树原本有两棵，有一棵养到蛮大，突然有一年就枯死了。"她眯了下眼睛，"之后我父母就出事了。"

"这倒是……我之前那个朋友，总说生意越来越不好，所以整天想着动现在剩下来的这一棵。"

老主人转过身，平和地看着她说："他不是什么太坏的人，只是运气太坏。"

"那么你呢？"诗雯低头。她想问这样漫长寂寞的时间里，为什么没有缔结婚姻、为什么没有自己的孩子。

"大家都走了，但我不舍得。"说着，老主人踏上花园小径上铺的石板，朝东北处墙角的老树走去。诗雯这才发现，外出走动对她来说已是一件吃力的事情，赶紧上前搀扶。

"那时，为了藏墙上那幅画，我弟弟被打瞎一只眼睛，妻小也不要他了。为了能照顾他，我就在心里拿他当自己小孩了。后来，他上了年纪，也想着为自己的小孩做长远打算，把底楼的房本偷给中介，把孩子送到美国，一个人躲到郊区。"

"实在很气人对不对？"老主人笑笑，"最气人的是，他胆子也太小了，他一个人收拾东西要搬去奉贤那天，我叫他去死，没过两年他就真的死了。等我电话打过去,已经销户几年了。"

"那你现在还会怨恨吗?"

她用手掌反复摩挲着老树粗糙的皮肤,过了很长一段时间,叹出一口重重的气,像把心底的答案也跟着泄露出来似的,说:"时间真的已经过去太久了。"

"阿婆。"诗雯把那双白皙而生满褶皱的手牵过来,牢牢地握在自己手心里,说,"现在告诉我,你还记得他妻子小孩的名字吗?我帮你找人。"

四

诗雯这次真的"吃"到流量了。

她把五原路88号的故事发到"小红书",裁成500字、500字一份的切片点心,第二盘端出来,已达百万次浏览量。头两篇,故事还只是一个模糊的轮廓,她返回去问老主人,再依照审美二度加工。"五原路88号"成为热词,人流滚烫地涌到这里。巷尾的酒吧向她们购买老樱桃树的果实,做成樱桃威士忌出售,取名"少女东平",竟一改冷落的生意。游戏博主依据描述,打开《模拟人生》开启营造,捏出电子生命版的东安、东平、父亲、母亲,以及谢稚柳图画上的猫咪。

这些天,她索性把桌椅搬到二楼的长阳台来写,头一次发现,两条街外的现代高楼从四面八方将五原路别墅包围,像捧一块小巧的 cup cake。她为这一瞬间的领会感到兴奋,赶紧挥笔记录下来。她用笔来裁决这悠悠几十年,感伤、悲恸、遗憾、孤独的神经细胞发生交感,触动瞬间的火花,而后余下的黑色碎片成为笔墨,就这样,她把自己的心脏涂抹在了这五原路88号的身上。

有慈无悲

/ 连 寂

我在玉佛寺的门前等怡,暮色向我涌来。

时节已是深冬,上海街头不再有漫天黄叶簌簌而落的美景,当然也就没有什么行人驻足停留。城市看起来比一个空了的玻璃杯更寂寞。只有风依旧,萧瑟,萧瑟地裹着扫把与柏油马路的摩擦声同暮色一道涌过来。不知是谁在打扫美景的残骸。

山门将闭,礼完佛从后门走出来的人远比大门前的多,基本是些年轻的面容——毕竟是旧年的最后一天,这也可以理解。他们笑得自在,像是已经得到了佛祖对来年的许诺。我别过头去,不看他们,此时那位虔诚的朝圣者正慌张地从远处赶来。

这是我第一次见她。

她身上的两个包,在后背和腰间突兀地隆起却毫不违和,像在自己的身子上嵌下了家乡的两座山峰,吸引了我全部的注意力。我眼睁睁地看着她,再也无法想象这样一副身躯是如何背负起这一切跨越整座城市的。

我再次别过头去。

我又转了回来。

她终于赶到。山门已是半掩。于是那颗刚才还高昂着遥遥地朝这边望的人头一点点低下去一句句说起来。一听,果然是外地口音。絮絮地朝外吐着,时重时轻,句意不明。我只好通过年轻售票员放行的那只胳膊猜测,她大概是在道歉。总之在几秒钟之后,她就像夕阳下的影子一般溜进了山门的缝消失不见了。那扇等了好久的门可算是开始了今天的使命——后来再有人来,也只能在门前踌躇,没办法,在这里规矩就是规矩。

她便这样成了旧年的最后一位礼佛者。

我猜想她一定是对寺中的神灵有所图的，不然便不至于道歉。我知道自己不会像她一样低下头去，一时间心中升起些莫名的鄙夷来，因而走进去拜一拜的想法便也只一闪而过。不过，我还是面朝山门微微颔首——我完全没有不敬的意思。我这样为自己开脱，试图隔着高墙将意念带到佛前。

风止片刻，风又起了。

又起时吹得那些年轻面容的主人们东倒西斜，一个个都绷直了身子收拢了腿，有同伴的则紧紧地倚靠在一起，哪有一点刚刚在佛前舒展又从容的样子。我穿得单薄，亦没有同伴可以取暖，只好把围巾拉高。薄薄的面料堆叠在一起完全覆盖鼻梁，一张年轻的脸在寺前消失了。我感到安心，这才温暖。

怡仍不来。我继续等待。

怡是我的女友，我们相识在一场午后的读书会。那天，她的老师，我的老师，我俩，旁人若干，聚集在一起讨论柏拉图的《理想国》。其实我没有看过《理想国》，对柏拉图的认识也仅仅停留在高中历史课本的那几页纸。好在大家都表现得很客气，对我言之凿凿的即兴观点少有苛责，反而是大肆褒奖。我识趣，诚惶诚恐地不再言语，又被误认为是某种谦卑，成功吸引了怡的注意。

那时是春天，阳光美满花木茂盛，玉兰开了一树又一树，在春风里偶尔飘落几片花瓣。我回过神来发现怡止隔着那张长长的木头桌子看我。阳光打下窗外玉兰树的影子，她像树顶的未绽的那一株，立得挺拔。我茫然回看。当时我们俩的老师正在对"柏拉图式的恋爱"展开激烈的探讨，我们循着他们对话的内容眉目传情，不久后就确认了恋爱关系。

怡是上海姑娘，而我来自上海以南的一座小城。她在夏天和秋天带我走遍了这座城市的每一处角落。有次在徐汇的一座天桥上，我们聊起故乡。

"你知道吗？在我们那里，最出名的特产是一种黑头黑屁股的猪。"

"是吗？我还没有见过活的呢！"

"你当然没有见过，那种猪是我们那里的特产。"

"我是说，我从来没有见过四条腿会跑起来的活猪。"

当时是梅雨季，天气潮热得很。

怡拍了拍袖口的烟灰。我察觉到某种平等。这座城市平等地需要着每一个见过或者没有见过真猪的孩子。

后来我们一起看着她房间天花板上那道浅浅的裂痕又聊起我们的初遇。怡说，我觉得你聊得挺好的。我说我根本没有看过《理想国》，她说她也是。沉默片刻，她又说，聊得好就够了。

后来我再也没有受邀参加那样的读书会。再后来听说我的老师也不去了。他离开了上海，临别前他给我发微信："我要走了，你继续努力。"那是我最后一次收到他的消息。我们都是没有足够的勇气去付出代价的人。

对于我的遭遇怡从没有说过什么。她就是这样爱我的。

风寒，街阔，人寥寥。当身体在高频的抖动中几乎要失去知觉的时候，我知道，我不可再停滞原地了，我需要走起来，向前。我连续穿过两个绿灯去马路对面的便利店买烟，没烟。

我的衣兜里还有两张跨年音乐会的门票，是我给怡的新年礼物。

便利店里有面全身镜，我对着镜子把黑色的西装上上下下重新打理体面。怡说我穿这身衣服的时候像一个标准的上海男人。

我看见玉佛寺一角在镜子里成像。

我想我准备好了。

我再一次义无反顾地走进冷风里，感到前所未有的温暖。当怡从一场新的读书会走出来的时候，我会像我们初遇时那样出现在她的面前。

天色即将由暮转夜。为了不显得奇怪，也因担心惊扰神灵，我离开山门，怀揣勇气，走进了怡所在的那间茶馆。

茶馆和玉佛寺是连在一起的。老板提醒我不要再往里走，我应下，在楼梯口再次开始等待，不再向前迈步。老板看着我，像是要说什么；终于什么都没说，善意地笑笑，走了。

我隐约听见怡的声音从二楼的笑语欢声中透出来。从那些出挑的词汇判断，这次他们读的应该是佛经。

我望远出神。露天的景，天未黑透，灯光已经亮起来，连廊幽深，却足以看清檐角梁壁的每一处雕砌，古朴而静谧，鸟雀不鸣。我感受到召唤，几乎就要迈步向前，又被一阵冷风吹醒，瑟缩着裹紧了衣服。我发现了这座城市在流光溢彩以外的另一隅——深邃得几乎可以吞噬一切，或者说，包容一切。

有时候我看着怡的眼睛，也会油然地产生这种感觉。

我就是在此时再次看见了那个熟悉的身影。

正是先前我在山门前遇见的那个外地女人。她迎着风孤独地走过整个院落，最后坚定地跪倒在大殿前的拜垫上。当她跪着从几乎已经空了的包里掏出些供品摆在地面上时，她面前的大殿门已紧闭。

刚才她靠着低下头颅的歉意闯入山门，幸运地成为旧年里寺中的最后一位来者。不过她的运气已经用完了，此时她面前这扇紧闭的门不会因她而启。这个世界上有太多的门，有些门闭塞，有些门畅通，有些门畅通却依然保持着闭塞，关上了就是关上了。

但她仿佛不在乎这些。她只是一遍遍地叩首，渐渐地与面前的拜垫、这间寺庙、这座城市融为一体。

一时间，她跪在佛前，我站着看她，怡在二楼坐着，这一年最后的一抹白昼隐入宝殿延伸的檐角。

我这才注意到，和那些年轻的面容不同，她已经很老了。同样旧的还有她身上的那身粉色羽绒服——正随着她跪拜的动作反复蜷成一团又不断展开，留下面料上的褶皱和她面容上的长在一起。

她振振有词。我看得仔细。

当我还是故乡的一个孩子，外公走之后的那段日子，家里来了许多人，我在各色的口中听见过这样的字句。

僧人们的晚课声从遥远处惊起，她本就微弱的声音瞬间被淹没，只留下唇的开合。二楼此时也是一片寂静。不知道大家是不是都迷失在那种宏大的声音中，听见了这座城市的呼吸。

我移开视线，孤傲地立着，却因为寒冷不断调整着站立的姿势。

我的母亲，那时我也是这样站着等她，在校门前等她来接我放学。

那时我在寒夜里，像童话故事里卖火柴的那个小女孩一样划亮希望的火柴，期待着母亲的脸在黑暗中出现。

巧合的是曾经她最爱和我讲起的正是安徒生的这个童话。甚至，讲得多了，为了不让我无聊，她便讲出了这个故事的另一种结局。

那个结局里，小女孩在城市的街头卖光了所有的火柴，不必再对着火光中的幻象幻想着温暖。她用赚来的钱在一间有壁炉的旅馆点了热汤。至于剩下的钱则妥善地藏进了袖口，她要留给外婆。是的，她固执地认为只要卖光了所有的火柴就能再次见到外婆了。可是她等啊等，外婆迟迟没有出现。于是她喝完了最后一口汤再次走上街头……

"后来呢？"我问。

妈妈也不知道。

……

她不该去卖火柴，可她又必须去卖火柴。

后来的很长一段时间里我都记得母亲那晚昏暗中的侧脸。再后来我失去了她。那是我来上海读书之前的事，她借光家里所有亲戚的钱给了一个地产投资商，结果那个投资商把钱还给了他们村的恶霸，又和他们一起进了监狱。外公去世之后，妈妈会在每月的初一、十五吃素念经。

我那晚没有等到母亲来接我。

如今我再次划亮火柴，仿佛看到怡在火光里等我。

我本以为等不到怡了，但她终于还是来了。

晚课声依旧，那件粉色的羽绒服早就没了踪影。

头顶的木地板吱吱呀呀叫个不停，是怡和她的老师正并肩从楼梯往下走。我看着他们，看着怡身边的那个男人。他也穿着一身黑色西装，他本就是个标准的上海男人。只是我突然在想，那个男人会不会也有一身粉色的羽绒服，就藏在衣柜暗处的某个角落。然而这个念头很快被制止，怡的一声惊呼打断了我的思绪。

大约一个小时后，我和怡并肩坐在玉佛寺的斋堂。

就在几分钟以前，在斋堂的门口，我又一次遇见了那位香客。

当时我正低着头走路，怡走在我的一侧同样是步履匆匆。一双运动鞋就这样闯进了我的视线。按常理，那样一双沾满了泥点的旧鞋往往只会出现在某个淘气的男孩的脚上。而此刻，顺着那双鞋往上看，看见的却是一身款式老旧的粉色羽绒服。虽然只有背影，可我确定是她。

她的包已经不见了。

靠得愈发近了才发现原来她是这样矮，这样瘦弱，呆呆地立在斋堂门前低头，确实就像是个迷路的孩子。只是这个孩子并不喧闹淘气，她比她脸上延展的皱纹更加安静，时而看向斋堂，时而看向面前的那块黑色牌子。我没空在意，就和怡一起走进了斋堂。

此刻我和怡并肩而坐。我们四周整齐排列的桌椅基本是空的，我们和仅有的几位食客一起沉默着。

菜很快上齐，我起身，经过几尊佛像，去窗口打来两碗素面。一位帮工抬着块写了字的黑色牌子从我身旁掠过，匆匆一瞥，正是她看的那块。

上面仅一则写了月薪的招聘广告。

不过已经被撤下了。

斋堂外，街道上，在一阵风后下起了很大的雨。那种雨显然本是不属于冬天的，因为它太过猛烈，况且来得也过分突然，每多落下一滴就加重一分不合时宜的诡异。

分分秒秒，数以亿万计的雨滴就这么击打着地面，摇晃着斋堂里每一位食客的心。我能感到一种不安的氛围在逐渐填充人与人之间的空隙。

怡这才开口说话，不过却没有提及这场突如其来的雨。

"其实没有人读得懂。都是一知半解，然后套上自己那些无聊的经历强行分析。"

"我又不是第一天知道。之前不也是这样吗？"

"不，你不知道，"怡强硬地否定了我，继续说，"以前还好，我感觉今天大家就快要演不下去了。"

气氛显得有些微妙起来，我大口地吃着面前那碗热腾腾的素面不再说些什么。在经历过绝对的寒冷之后，我的身体变得贪婪，觊觎着每一丝热气。怡则象征性地吃了几口便拿出化妆镜补起妆来。

"你看，我还专门没穿裙子。"怡抿着嘴说。我盯着她唇间的那一抹生机盎然的绛红。我想起那两张被撕碎的门票，它们有这样鲜红的印花。怡注意到了我的视线，在桌下踢了我一脚。"看什么呢！"她说。我注意到她衣领处的两颗扣子不知什么时候已经被打开了。

"我记得，你是不是也有一件粉色的羽绒服？"这个问句在脑海中突然出现，随后就如一颗子弹从嘴射出，没有击中任何实体却震耳欲聋。

"我从来不穿粉色。你忘了？"

"不，你肯定有这么一件衣服的，我见你穿过。"

"你是不是冻傻了？对不起啊，让你等这么久。"

怡一脸愧疚地来摸我的脸，我下意识地躲开。

后来我才知道母亲从未来过上海，她对于上海的全部想象除了新闻里的图片，就是那个男人华丽的叙述。在虚构中，这座城市包容了她对生活全部的美好想象。我望向怡，想起我们走过的每一条街道。

"再演不下去，不也得演下去吗？"我延续着刚刚未尽的话题。

"哦。"不过怡看上去已经不想接我的话茬了。

"所以你觉得我们是不是都是把自己给骗了的人。"

"啊？你说什么呢。"

我看着她，很长一段时间说不出一句话来。屋外雨声大作。

"你为什么没有告诉我你和他的关系？"

"什么关系？"

"那种关系。"

"你觉得是什么关系？怎么？不敢说吗？"

我几乎是惊叫了出来。

怡的脸几乎是一瞬间染上了红晕，那是愤怒的颜色。她用一种低沉而尖锐的音调从嗓子里挤出了声音，抡圆了胳膊把桌前零散的化妆品全都收进帆布包，起身离开。等到我去追的时候我就已经知道——我要失去她了。

她消失在雨里。我看着她离去的方向，又一次开始等待。那种不属于冬天的雨珠疯狂地打在我的脸上，快速攫取完了我刚刚补充的所有热气。我的身子一点点矮下去，遥望着她的头也一点点地变低，我听见自己在用方言道歉。

我和雨水一道遁入这座城市的空门。

我几乎是一下子就想起来母亲有那样一件粉色羽绒服。

辑三

散文＼非虚构：
你的上海是什么样的？

沪　居

/ 李易衡

"你对房子的要求是什么呢？"

"装修明亮干净、家具齐全、收纳空间多，不要二房东的房子，不要隔断房、群租房，合租室友少，能做饭，最好有阳台，不能有宠物……"

"你的预算是多少呢？"

"一千五。"说出预算数字的时候我尴尬地虚着眼，无奈地朝强哥挤出一个苦涩的笑，等着迎接一盆冷水或者一句恭而有礼的打击。

"完全可以，在嘉定区租到一个次卧没问题。"

我对这个回答感到非常意外。

强哥不是一名房产中介从业者，他的职业是软件开发程序员，目前供职于上海嘉定区的一家新能源车企。他九年的沪漂经历和租房经验让我在找房时立刻想到了他，初来乍到的我无比信任"现身说法"的租客对上海租房市场的判断，虽然我找的每一个中介都告诉我"一千五不可能"。我和强哥约在嘉定新城地铁站见面，打算简单吃个午餐聊聊，顺便让他帮我在嘉定区找房这件事上出出主意。

我们在餐厅落座后，强哥说："以我的经验，一千五完全有可能。我2015年大学毕业后就来上海了，当时在南翔租的房子是二百元一个月。"我惊愕地瞪大了眼，他顺势掏出手机迅速翻找，好像这种"可能"就藏在他的手机里，必须要马上证明给我看。我看见他的手机相册以年为单位飞速向前滚动，数不清的照片开始倒流，退回到一年前、两年前、三年前……直至九年前。

强哥，2015年毕业于河南大学软件工程专业，2010年初正值互联网行业爆炸式发展，于是在毕业之际和三个同班同学怀着一腔热血来勇闯上海滩。都说上海好，他们倒要来看看，到底好在哪。专修计算机专业的四个小伙子却在上海碰了一鼻子灰,"科班出身"四个字反倒成了笑话。他们在走进实习公司的第一天猛然发现书本知识与实操相差十万八千里,写出来的代码满是稚气未脱的书卷气。到上海的第一个月,强哥的工资是一百元一天,没有按月薪计算是因为他在敲了四天干巴巴的代码后被辞退了,老板在会议室直接掏钱包给他结算了工资,甚至没有经过人事、财务。虽然只为这位老板打了四天"无用工",但强哥还是认定这就是他人生中的第一位老板,只因为这位老板给他结算工资时多给了他一百元并语重心长道:"孩子,要想在上海生存下去还是很难的。"

这时,强哥掏出钱包,取出一张一百元纸币递给我,它布满了枯树丫般的浅白折痕,薄而平整。他说:"这就是那张多给的一百元,再缺钱的时候我都没想过花掉它。"千千万万张一百元都有着一样的颜色、光泽、触感,唯独摸到这张时我感到一丝稀薄的苦涩。我很清楚在这一刻击中我的不是"励志",而是九年前那个会议室里弥漫的无助、尴尬、迷茫。此时我也正是一家公司的实习生,我所害怕发生的一切,原来在强哥身上都已经发生过,可他看起来并不沧桑,连头发的茂密程度也超出了大众对程序员的刻板印象。看来,强哥的九年漂泊并不全是苦涩。

从 2015 年 5 月开始,强哥和三个同学一起居住在南翔的一间毛坯出租房里。户型为一室一厅,为了多一张床方便休息,四人商量后网购了一张可折叠铁架床,考虑到工作还未落实、日后搬家麻烦等因素,最终只网购了一张宽1.2 米的床。四个人两张床,卧室内的床睡两个人,折叠床睡一个人,剩下的那个人打地铺。为公平起见,每人轮流打一周地铺。我理所当然地认为轮到睡卧室的人一定非常开心,可强哥说并非这样。

"每月轮到我睡折叠床的时候,就是我最开心的时候。躺上去一闭眼,感觉自己还在学校。那张铁架床只有 1.2 米宽,跟我学校宿舍那张床的宽度是一样的,躺上去硬邦邦的感觉也一样。"强哥向我展示了他的网购订单,"看,这张床也就九十块钱,当时还是我们哥几个平均付的。"我抬眼看强哥,捕捉到一丝怀念,"你瞧,这家网店都已经不开了。"

放下手机后,他感慨道:"在上海能自己睡一张床,也算是种小幸福了。"我非常赞同这句话,在上海什么都可以"拼",比如车、房,甚至是一张床。我在找房时刷到过招室友拼同一张床的帖子。第一次刷到这样的帖子时我还住在松江大学城的学生宿舍里，看完帖子标题后我完全无法理解，为何会有人选择与陌生人"拼床"，直到今天，毕业后的我开始找工作、找租房，象牙塔里的不屑这才给了我响亮的一巴掌。如果条件允许，谁不想住得好一点？强哥在南翔的那一年，无论工作还是住房，都是硬着头皮熬着过。

在南翔住了一年多，除了轮流打地铺，离职和被辞退也在他们四人中间"轮流"着，最终因各自的通勤距离无法协调，2016年7月他们各自另寻住处。强哥是第三个从毛坯房里搬出来的，打包卫生间洗漱用品时他担心留到最后的小董没有牙膏可用，特意将肥皂盒的盖子翻过来，挤了一长条牙膏在盖子上，然后放在小董的牙刷边。我笑了出来，强哥倒有点小骄傲："兄弟嘛，都希望对方别太难了。"那一条细心留下的牙膏，就是强哥留给小董的"最后的温柔"。

他们四个离开南翔的时候都已经被现实揉搓碾压过，都知道踏出这间毛坯房后，前路只有"难"和"更难"，迈得过去就迈过去，迈不过去就只能回老家。强哥希望他们都能将困难迈过去，所以他的临别赠言是"苟富贵，勿相忘"。

后来强哥在杨浦区五角场附近的复旦软件园找到了一份酒类产品防伪软件的开发工作，凭借在南翔跌跌撞撞积攒的经验，他总算在这家公司熬到了转正。为了离公司近一点，他便在黄兴路上租了一间房。

"其实那栋楼未必称得上是住宅，严格来说，是不允许住人的。那栋楼紧挨路边，一楼是空置的商铺，大门从来不关，有台电梯直达二楼，但是二楼有个专门针对小孩子开办的跆拳道培训机构，一到周末就人来人往，非常吵。"强哥皱起了眉头，接着回忆，"二楼除了跆拳道培训班，还有一条走廊，沿着走廊还得走个七八米……每次走进那条走廊，我都感觉自己真就钻进了地道，黑黢黢的。房间都在走廊右侧，一扇房门和一个气窗就代表一间房。"

我打断了他："是隔断房吗？"

"是的。我当时对隔断房没有概念，现在想想那就是妥妥的隔断房。可在五角场花一千二百元租到独卫的单间，很难不让人心动啊。整个房间大概只有十平方米，一室一卫，开门一张床，床右侧一堵墙，墙后就是卫生间。独卫是挺好的，但是每天洗完澡后房间内的水汽散不出去，睡觉时都感觉枕头被子湿乎乎的，墙也是潮湿的。"强哥忽然提到了我找房时从未关注的一个要素——

阳光，他说，"那房子是没有阳光的。走廊过道上方的气窗就是那间房唯一的窗，从早到晚根本看不到太阳，照明全靠电灯，周末睡一天醒来根本不知道外面是天亮还是天黑，刮风下雨了我也不知道。"我努力想象这间隔断房的样子，想象得浑身难受，根本心动不起来，哪怕月租金只要一千二百元。

强哥在这一年里缺失的阳光，全在下一间出租房里找了回来。一年后强哥搬到了浦东新区高行镇，当时找房时他的房租预算是每月一千五百元，但最终是以一千六百元的月租价格租下了一间一室户，因为宽敞明亮、新装修的独厨独卫一室户与黄兴路上的那间房相比，按强哥的原话是"简直不要太好"。这是他第一次接触到上海的二房东，第一次知道原来一套房可以靠装修来分隔成好几套独立房间。

见我一时想象不出这套房子是怎样的格局，强哥便用筷子蘸了蘸茶水，在桌子上画起了户型图："房子在19楼，大门进去后是一条狭窄的走廊，有四扇房门，总共是四户人家，另外三户算是我的邻居吧，毕竟大家都有同一个二房东。"他着重描绘了房间里窗户和床的位置，还标注了东南西北，这的确是一间阳光房。

"光照很充足，我本来是想在这间房子里把前一年没晒到的阳光都晒回来，没想到工作开始忙了起来，天天加班到晚上十点，所以其实我并没在这房子里晒到多少阳光。"

"你还有这套房子的照片吗？能给我看看吗？"

"没有了，当时兴冲冲地住进去，没有拍，搬走的时候又搬得十万火急，一张照片也没留下。"

"发生什么事了？"

强哥大口灌下一杯茶，耸耸肩，说起了那次伤透心的"十万火急"。

经二房东重装分割后的出租房一直是上海租房市场上的主力军，无论多大面积的房间，经过二房东的改装都能变成一套整居一室户。为了让房子听起来更加"小资""高大上"，房产中介和二房东们一拍即合创造出了很多新鲜的行业术语，如AB套、套内一室户、公寓型一室户等。起初以为这是上海打工人租房的"甜头"，没想到"甜头"背面的"苦头"来得那么快。

卫生间是后期加装改造的，这套平层内至少被加装了四个马桶，改装后的下水道时常堵塞；热水器容量非常小，洗澡时要是动作慢了点，后半段就只能洗冷水；电费一块钱一度，水费每人每月三十元，一个月的水电费将近三百元……这些缺点慢慢开始出现、放大。

这一年强哥交了女朋友胖妹，2018年的元旦假期里，他们一起去欢乐谷玩了一天，第二天强哥照常去上班，上午十点他接到了胖妹的电话。胖妹哭着说："他们好多人，砸开了门，冲进来砸掉了厨房和厕所，马桶也砸坏了，水管爆了，一直喷水。"这套平层内居住了八个人，改装的马桶和每晚的吵闹声令楼下邻居不堪其扰，于是他们举报了19楼的群租房。因此，在2018年的第一个工作日，强哥的"家"被砸得一塌糊涂。

虽然他不在现场，但那些捶打，全部砸在了强哥的自尊心上。他记得那天从公司赶回家后，一开门看见胖妹正在一点点收拾满地的墙皮渣子，脸上还挂着泪，鼻子一抽一抽的，强哥的心也跟着那些墙皮渣子一起被砸碎了。"我对她说先别收拾了，马上中午了，带她出去吃饭。我以为她要崩溃了，结果你猜她说啥？她说她要先化个妆。"强哥绘声绘色地向我描述他的女朋友胖妹，还笑出了眼泪，胖妹让这个原本辛酸的故事突然多了点粉色幽默。

这房子已经没法住了，带胖妹吃完饭后强哥直奔每天在小区门口晃悠的中介。当天下午只看了两间房子强哥就签了租房合同，一边是不尽如人意的房子，一边是胖妹委屈的眼泪，他别无选择。中介和房东吃准了他着急找房不肯降价，所以这并不是一次物超所值的租房体验。

住了一周多，他发现这间房子的信号非常差，外卖员、快递小哥总是打不进电话，胖妹的奶奶不会用微信，给胖妹打电话总是只能听到"不在服务区"的回应。于是为了接奶奶的电话，胖妹晚上十一点多跑去楼下接听，外套里只穿了件睡衣。强哥在楼上看到胖妹站在路灯下整个人缩得紧紧的，蹦着小碎步取暖，说话的水汽一团接一团地从她的头顶散开，让人觉得可爱又心疼。后来胖妹还过敏了两次，去医院后没查出过敏源，医生的一句"注意下居住环境的粉尘吧"，让强哥又开始有了搬家的打算。

到2019年，强哥已经有了三年多的工作经历，代码编程逐渐得心应手。人总是爱折腾的，在一切都很顺利的时候，强哥却感到职业发展已经看到了尽头，思考再三，他决定离开舒适圈。

"我交辞呈的时候，领导问我今后准备去哪，问我是不是打算回河南。我一时半会儿也不知道该何去何从，只能说想继续留在上海，趁年轻多闯闯。没想到他很欣慰地说：'是的，应该出来，就算你不出来，将来你的孩子也还是会出来的。'我觉得他说得挺对的。"就这样，强哥放弃了安稳，一头扎进求职市场，半个月后在奉贤区一家信息科技公司找到了工作，试用期六个月。由于距离胖妹上班的地方很远，强哥只好独自搬到了奉贤。

"我在奉贤租的是一间精装修公寓，大约四十平方，装修得非常非常好。"强哥连说两个"非常"，激起了我对这套公寓的兴趣。我问："有这么好吗？小区叫什么名字？我来搜搜。"根据强哥给的信息，我搜索到了公寓的大致信息，十分精美的欧式装修风格，房租大多数在每月一千二百元左右，只是因为位置实在太偏，相比之下，市中心同类型的公寓月租金已经突破五千元了。强哥这些年租过很多房，只有奉贤的这间公寓，是最得他心的。

2019年底，临近试用期满，强哥被通知试用期不通过。这事在软件开发类公司屡见不鲜，强哥苦笑道："传说中的卸磨杀驴终于被我遇上了。"那是11月，天气将冷未冷，整日阴沉沉的，公寓窗外的梧桐开始窸窸窣窣地落叶，他坐在沙发上沉默了一下午。接着他开始慢慢地收拾行李，合上行李箱那一刻，他忽然开始回想在五角场的那份工作，要是当时没有提离职就好了。打包好行李，屋子里空空荡荡的，坐在只剩个床垫子的床上，强哥给胖妹打了个电话："我被辞退了。"

强哥没给自己留时间悲伤，迅速调整状态，海投简历，但凡有一点机会他都赶快去面试，最多的一天面试了五家公司。原本不善言辞的强哥在高强度的面试下嘴皮子变溜了，脸皮也练厚了。面试完，他会去接胖妹下班，一起乘地铁回家，强哥会对她说起面试经历，有时还会不顾旁人地突然对胖妹表演起面试时自我介绍的话术，惹得胖妹咯咯笑个不停。失业三周后，强哥收到了一家新成立的新能源车企的录用通知，办公地址在虹桥商务区，总部在嘉定，总部办公园区的建设工程预计一年后完工，到时候要搬去嘉定办公。

强哥本想征求胖妹的意见，可胖妹说："你想做什么就去做，我们是独立的个体。"强哥每次提起胖妹眼睛里满是温柔和骄傲，毕业后的这几年强哥一路跌跌撞撞地成长，同时在成长的，还有胖妹。在强哥早出晚归面试的几周里，有一天晚上胖妹在收拾衣服，看见强哥脱下的外套袖子上还贴着去某公司面试的访客贴纸，她攥着那张贴纸给了强哥一个大大的拥抱，告诉他："你真的很棒。"那张贴纸没有被丢弃，至今还被胖妹夹在她的笔记本里，算作强哥在上海努力奋斗的证明。都说上海人潮汹涌，没人会留意你是否来过上海，更没人会特别关心你是否为了留在上海而努力过，但强哥珍藏的那张一百元和胖妹珍藏的访客贴纸却告诉我努力是可以有痕迹的。

入职新能源车企后，强哥在虹桥租下了一个主卧，通勤只有三站路，房租每月两千六百元。强哥对这个房间的记忆是："我在这个房间里和胖妹打了好多视频电话。"

2022 年 6 月，公司总部园区建成，虹桥商务区的公司成员全部迁至嘉定区总部办公。7 月，强哥在白银路租房。这次租房他没有了七年前刚到嘉定的迷茫，从看房到签合同，他只用了一个下午。签完租房合同后，强哥在微信里跟胖妹说的第一句话是："这次我租了一间 Loft 公寓，楼下好多吃的，你来了一定很喜欢。"

"我现在住的公寓是两室一厅，楼下是厨房、客厅、卫生间，楼上是两间卧室。装修一般吧，但是好在干净整洁，房租是每月两千六百元。我给你看看现在房子的照片。"除了房子内部的照片，强哥还留着一张房间门牌号照片，没等我问，他就主动做起了讲解："门牌号正好是胖妹生日。"

强哥在那间公寓一直住到今天，去年中秋他去见过了胖妹的父母，我想他的人生很快就要进入下一个阶段了。强哥的坚韧与温情打动了我，他勇敢地拥抱着上海给的每一次机会，一个愣头小子在人生的白纸上蘸着黄浦江的水认真书写了九年，从一路泥泞写到春风和煦。上海真的挺好的，我也要去拥抱它。

离开餐厅后，强哥准备带我去找当年帮他租下第一间房的中介。他一边翻找通讯录一边自嘲："这么多年了，可能那个中介都已经转行了。你放心，我不会让他带你去找毛坯房的，女孩子住不了那房子。"我连连感谢他。

如今的强哥已经比四年前的他成熟了许多，不变的是，他依然爱笑，依然细心周到。

75 岁步履不停：教学双轨间，
一场摄影的修行

/ 卜书典

生于 1949 年的许根顺亲历了新中国的发展进程，自豪地宣称："我是中华人民共和国的同龄人。"许根顺曾于"文革"中错失升学机会，却在 75 岁时成为上海大学特聘教授；他非专业记者出身，可一流的摄影能力却令新华社的专业人士惊叹。他曾是行车工、钳工、大学教师、酒店办公室主任，也广涉绘画、体操、集邮等领域。最终，他举起照相机，创造出了轰动摄影界的"元首文化"系列作品。行走在苍茫大地间，他以艺术情怀定格下独属自己的"瞬间美学形态"。

摄影之前：机械厂里的艺术尝试

许根顺的父母早年赴上海谋生，生养了 7 个儿女。家族成员众多，各有专长，潜移默化中影响了许根顺。爷爷是一名郎中，也做过教师。父亲擅长木雕，手艺精湛，而对许根顺影响最深远的莫过于哥哥许根荣——被称为"许才子"的出版界编辑。中学时许根荣在青年报社工作，也是一名中国画画家。他虽非皖人，却擅长徽派艺术，致力于展现徽州山水村落景观与风俗民情，独具审美格调。

在艺术氛围的熏陶下，许根顺自然对涂涂画画有了兴趣。初三时，许根顺参加了轻工业美术专科学校的统一考试。那时的许根顺画技尚处起步状态，但已展现出良好天赋，希望将来有机会去更专业的场域。然而随着"文革"开始，许根顺的生活也悄然发生了变化。

1968 年，课业中断两年的许根顺被分配到上海冶金矿山机械厂二车间，成了一名行车挂钩工。行车挂钩的任务有些枯燥，一两百米长的车间被有序地划为切割、焊接、组装等区域，车间的行车师傅将机件悬吊起来，运送到指定地点，许根顺就是负责捆扎、吊装机件的行车工。他整天在车间里挂上挂下，按需要四处送机件。

  起初，许根顺是不太情愿的，行车挂钩与他的兴趣并不对口，但他很快找到了发挥才华的空间。闲暇之余，许根顺捡来石笔在铁板、钢板上写字涂画，随后便用鞋底搓掉，重写重画。他帮车间设计墙报，甚至还在厂门口的巨型广告牌上创作了毛主席去安源的宣传画，吸引了不少员工围观，车间主任看过后啧啧称赞，就让他参与班组文化建设。再后来，厂里成立了文艺宣传队，许根顺瞅准时机，凭借出彩的体操才华加入小分队。要知道，许根顺从小就喜欢观摩体操表演，体操是他的拿手好戏，中学时，他的体操技术甚至接近专业运动员的水准，双杠、单杠、跳马、挂臂、旋转、倒立等都不在话下。入队后，许根顺以宣传工作为己任，与车间领导和工人交流的经历极大提升了他的认知。

  1970年，哥哥许根荣告诉他，上海美术学校开设了工农兵美术班。在哥哥的帮助下，许根顺如愿以偿地进入了美校的连环画班。在那里，他遇到了影响自己一生的老师陈家泠。

  为期两年的系统学习使许根顺的绘画技能突飞猛进，构图形式的设计、明度纯度的调试、色彩的感知与搭配……技能的渐进与理论的丰富为许根顺的发展之路铺设了坚实路基。两年后，许根顺重回工厂，因缘巧合之下接触到了他一生中最关键的学习内容——摄影。

用镜头记录世间：教与学的互动历程

  摄影与绘画是相通的艺术，它们同样涉及构图艺术和色彩搭配。回到工厂后，许根顺在技术科发现了一台照相机，很快就学会了拍照和冲洗胶卷，并展露出良好的构图天赋。许多朋友听说许根顺拍照拍得好，纷纷找他帮忙照相，大家对相片效果并无过多要求，能留作纪念便已心满意足。然而许根顺不满足于对镜头画面的抓取，还追求艺术的极致美感。摄影时他不苟言笑，聚精会神地考量要素和技巧。他强调主从律，知晓如何分配人与物的画面占比；强调统一律，深谙各种画面要素协调与适配的重要性。在严格的自我要求下，许根顺的摄影水平很快就升堂入室，作品入选了区、市的摄影展览。

1978年，上海交通大学机电分校向许根顺发出邀请，希望他能前往学校宣传部任职。"文革"结束后，许根顺敏锐捕捉到新时代潮涌的气息，中国的教育体系正在迅速重建，学校急需师资力量，而校园环境一直都是他所向往的，他最终回到学校。

许根顺成了上海交大机电分校的首批师资成员，但很快就犯了难，仅有初中学历的他并不足以达到执教标准。他一面在宣传部工作，一面候准时机，凭借出色才能先后拿下了从省市级到国家级的大小奖项，也因此获得了加入中国摄影家协会的资格。中国摄影家协会向他发出了参加北京中央工艺美术学院研修班的通知函，他毫不犹豫抓住了这一在全上海只有两个名额的机会，踏上了前往北京的求学之路。

吃不惯北方菜的许根顺在北京难免水土不服，但这对经历过困难时期的许根顺而言并非难事。在北京，许根顺接触到丰富的艺术理论，聆听了大量知名讲座，对色彩学、色立体、平面构成等问题有了深入研究。那时学校内许多学术专著都是从港澳或国外引进的，属于市面上难以借阅的一手书籍，许根顺格外珍惜这一良机，如饥似渴，一一抄录资料，连图样也一并描摹留存。在北京辛勤求学的经历使他的艺术技能更加炉火纯青，也铸就了他勤学苦练的品格。机会接踵而来，1984年研修班即将结业之际，许根顺被江西大学新闻系录取了，接到录取通知时，他还在云南进行摄影创作。

江西大学新闻系的摄影专业是由60多人组成的大班，多为来自全国各地的知名摄影家学员，隔三岔五就有同学在影展与摄影比赛中获奖。在如此活跃的创作氛围下，许根顺进步飞快，他邀请文学、心理学、音乐、美术等各学科的朋友一起参与摄影沙龙。"学摄影的人倾向于对视觉进行延伸想象，所以解读文学作品时，我看到的往往是画面，而爱好文学的朋友则通常对用词、结构、主题把握得很好，不同学科都有自己的视角，大家借助彼此的视野提高自己，都有所长进。"解读摄影作品时，文学专业的朋友从文学角度阐幽发微；心理学专业的朋友从心理感受出发，分析自己对视觉感受的心理延伸；系统工程专业的朋友则注重要素组合的整体效果……

多学科视角助力了沙龙成员审美水平的提升。综合大家对摄影作品的评价，许根顺得到了广而深的经验成果。学业完成后，许根顺在交大机电分校带头成立了摄影系，将这些跨学科、多角度的经验分享给学生，打通了他们的思路，许根顺的课程得到了广泛好评。

从历史的绒线团中拽出一根线头

在校任教的日子虽充实，但初创后的教学秩序并没有想象中完善，也阻碍了许根顺不断发展的意愿。与此同时，许根顺的生活压力也在增长，教职工的有限工资使他不得不省吃俭用，以维系自己在艺术创作上的物质投入。此外，靠自行车骑行的漫长通勤消耗了他的时间与精力。1988年初，一位新锦江大酒店的领导看重许根顺的才华，希望他能来酒店工作。面对任教的多重阻碍和新单位的工作邀请，许根顺斟酌再三，最终走出了校园。

"我从学校出来，带走了两样东西。"许根顺说，"一样是做课题的钥匙，另一样是打足了气的皮球。"校园环境的熏陶增强了许根顺对课题的敏感性，而那只皮球则常被他用来警示自我："皮球摔得越重反而弹得越高，我用皮球警示自己，一定要保持勇气与干劲，不忘初心地做出成就来。"

作为中国人管理的第一家五星级大酒店，新锦江大酒店是上海改革开放的重要标记，它有当时亚洲最高的旋转餐厅，是世界各国元首、政府首脑的下榻之处。彼时改革开放浪潮滚滚，上海在各种新政策推动下风起云涌，许根顺敏锐地觉察到了新时代的气息。他来到新锦江大酒店43层的停机坪上，将照相机对准浦东的城市景观后按下快门。此后，他定期定位摄影，截至建党百年时，他拥有了一系列以浦东面貌变化来展望新时代发展的摄影记录，这些弥足珍贵的历史照片正是浦东改革开放的重要纪实资料。

起初，摄影只是许根顺在酒店兼顾的工作之一。随着上海外事活动的频次与任务要求越来越高，市政府需要一名技能精湛的摄影师配合外事活动，许根顺担任了这一要职。面对世界各国的元首与政府首脑，许根顺从改革开放的历史线团中找到了一根具有鲜明时代特征的"线头"：他萌发了拍摄国家元首系列影集的想法。

利用外事接待的一切机会，许根顺拍下众多国家元首和政府首脑的珍贵影像，记录了他们在上海的温情瞬间。要知道，外事活动中的政要人员往往由随行警卫重重护卫，能接近元首等贵宾的机会极为难得。为此，许根顺花费了大量时间研究来宾国的文化、经济、军事、历史等，遴选合适的首日封内容，瞅准时机请求元首为他签名留念。精诚所至，金石为开，他的诚心助他拿到了大多数元首的首日封签名，仅改革开放期间，许根顺收集到的签名首日封就达500多份。

许根顺的工作态度非常严谨。元首系列的影像内容精彩纷呈，分类严格，海量的国宾文化数据库中划分了元首风范、元首签名、元首趣事、元首菜单、元首邮品等多个类别，甚至还有元首面相与手相等。被誉为礼仪之邦的中国自然对外事礼仪极为重视，由此，许根顺还对元首和夫人们的举手投足进行了全面记录，对他们的坐姿、立姿、走姿，到手姿、脚姿、面姿，再至服饰方面的头饰、胸饰、包饰都进行了细致记录。天道酬勤，许根顺的《国宾在上海》与《第一夫人在上海》两本画册获评上海市"银鸽奖"。

对于摄影，许根顺远不满足于按下快门的瞬间，他希望自己能以更宏大的审美结构去连接画面背后形而上的精神命题，与时代共鸣。从 2013 年到 2020 年，他与老师陈家泠一同行走于红色革命圣地。从一大会址到井冈山，从南湖到西柏坡，从遵义到太行山，他亲临其中，反复体悟。他们甚至八渡赤水，以体会"四渡赤水"的艰辛，他们揣摩地理环境与民居结构，感悟红军"雄关漫道真如铁，而今迈步从头越"的大无畏气概，也从壮美山河中汲取了源源不断的创作灵感。

于自然间躬行：天地面前，我们都是学生

许根顺和恩师陈家泠有许多共同爱好，他们都喜欢摄影和绘画，喜欢从大自然中汲取艺术灵感。他们乐于观摩古树，喜欢古树苍劲雄姿中的蓬勃生命力，他们为古树画下了一张又一张特写，也端起相机拍下古树风姿。古树在风中沙沙作响，仿佛一位千年老人诉说着自然奥秘，两人站在古树下静静聆听，慢慢参悟。有一回在陕西，许根顺与一棵五千年树龄的巨树相遇，镜头下粗糙

的树干纹路令他十分动容：这样一棵古树，见证了多少时代更迭，竟也如此谦虚恭敬地缓慢生长，在寂静的山岭里度过一千年，两千年，三千年……他想，或许是因为树也有自己的老师，树的老师应是上亿年的山，山的老师应是永无边界的天。许根顺的思绪总能从微观个体出发，一直跃到宏观世界中。自然灾害、风暴野兽、国家征战，人在争取生存时的力量是如此伟大，即使是渺小个体也能迸发出巨大伟力。

在许根顺眼中，好的摄影师最需要的不是技巧，而是真情实感，真实的情感需要从亲身领悟中获得。有一次，许根顺和陈家泠来到玄奘取经的途经之地那烂陀寺，寺里有玄奘闭关打坐的一处洞窟，洞口只有50厘米，内里大概有1米高，没有任何光源。随行的友人急着要走，许根顺与陈家泠却摸黑往洞里钻去，在里面闭目打坐了片刻。许根顺用镜头记录下陈家泠打坐的模样，他坚信唯有情景式的切身体验才能让人获得灌顶式的感悟。

谈起精神世界与现实生活的交互，许根顺始终记得自己随陈家泠在西藏写生的经历。2012年，师生二人从纳木措、羊卓雍措到玛旁雍措，从古格王朝遗址到希夏邦马峰，从札达土林再到珠穆朗玛脚下，步履不停地行走在高原上，穿过荒凉的无人区和浩瀚的大草原，视高峰和神湖为艺术之神明、生命之殿堂。在那里，许根顺笃定了艺术在自己生命中的重要位置："来到海拔五千米、空气稀薄到极致的西藏，置身茫茫雪山的无限包容之中，一个人如果还没有感悟到生命和艺术的力量，那么此生也难再感悟了。"

75岁重返校园：教学双轨间，追忆53年师生情

2023年4月25日，上海大学终身教育学院为许根顺正式成立"公共外交与城市文化许根顺名师工作室"，并为他举行了特聘教授的授聘仪式。从贪玩的童年时期到错失升学的少年时期，许根顺很早意识到了学习的可贵。从上海美术学校（上海大学美术学院前身）到中央工艺美术学院（清华大学美术学院前身），再从江西大学新闻系（江西南昌大学前身）到上海工程技术大学，他始终引领旁人，也始终带有一份学生的好学精神。如今，许根顺以特聘教授的身份重回上海大学，既是对自己学习生涯的一个交代，也昭示着新征途的开始。

在许根顺漫长的学习生涯中,陈家泠自然是重要参与者和领跑人。许根顺与陈家泠的师生情谊可以追溯到50多年前。1970年,许根顺在上海美术专科学校求学,结识了班主任陈家泠。彼时上海当代绘画正以富有生机的思潮刷新着画坛景观,作为新海派艺术的领军人物,陈家泠的艺术创作使许根顺深受启发。此后几十年里,许根顺一面追随老师学习,一面全心辅助老师工作。

"这是近25年来我主要在做的事情。"海派文化气象恢弘、体量庞大,改革开放后与国际频频碰撞交融。随着艺术敏锐度的提升,许根顺的艺术意识愈发清晰,他对课题脉络的把握和选择早已有了心得,这一心得也用于记录陈家泠艺术探索过程中的诸多珍贵瞬间。许根顺通常会先收集素材并做好梳理分类,随后查缺补漏,寻找课题的定位及落地方向。在跟随陈家泠学习的20多年里,许根顺记录下陈家泠的讲话稿,拍摄与陈家泠相关的电影近十部,主编多部陈家泠的画册与书籍,所摄工作照更有几十万张。许根顺跟随老师四处游历,陈家泠创作出诸多巨型佳作,许根顺则进行了大量记录工作,仅视频、音频、图片、录音、文字等信息的数据库就有250T。

2013年,中国国家博物馆为陈家泠举办了画展。许根顺深知画展的人流高峰多在开幕式,为此,他全程参与画展,在画展前期的每次研讨会上,他都会进行采访活动,对于新闻媒体的报道也有独特要求。"一般来说,新闻发布会将邀请记者组织发稿,刊登在报纸上,但这些都属于统发稿,内容几乎一样。"为此,许根顺自己组织新闻发布会,只召集了20名记者,希望让有限资金相对集中的同时,促使记者从不同角度进行宣传。展览会结束后,他又做了一套500多页的文献集。

"我还计划出一本《肯登攀》。"许根顺说。《肯登攀》以5万多字的体量向读者阐发陈家泠100幅照片背后的故事。80多岁高龄的陈家泠依然在艺术道路上步履不停,激励许根顺在学习生涯中前行。

提及私人生活,许根顺不免有些歉意和遗憾。事业上全身心的投入必然会占据与家人朋友的相处时间。然而若没有"舍",又何来"得"?许根顺将一生中最有价值的时间用于记录大时代,收获了巨大的精神财富,这一财富贯穿了他的整个人生旅程,并将以更长久的生命力影响周边的人。

此刻与别处

/ 李织素

  对上海的发现始于一次在时间之河中的追溯。人往往对生活的一切习以为常，以至于在离我们的感官最近的地方，反而寻找不到那个被称为"发现"的抬眸的瞬间。于是，我从跟我血脉相连的异乡人手中，从陌生处发现了上海，那是一张2005年左右的照片，上面有我的外婆和奶奶，她们是来自遥远广西的游客，站在外滩，像所有游客一样，撑着伞，抵挡烈日，背后是彼时的浦东风光。

  其实差别并没有那么大，不是吗？至少东方明珠塔还是好好地在那里，楼体串起明信片上频频出场的紫红圆球。但每一个看到那张照片的人都知道有什么不一样。或许是因为照片褪了色，令日光下的景色仿若梦境；或许是因为我们生活在极度繁华的今日都市，因而对天际线最细微的荒芜过分敏感。但，不仅仅是因为这些，还有另外一个答案：

  上海只属于此刻，或者也可以说，此刻本身就是由上海定义的，因此此刻也属于上海。就像是标尺本身无法被任何事物度量，上海也无法由一连串时间碎片的组合来度量。对于任何一个过去时刻的截面，我们则把它作为发生在其他的"某座城市"的事情。

  这并不是说上海是一座没有过去的城市，恰恰相反，上海的过去拥有清晰的样貌，同样清晰的是它与此刻的分界线。从来没有一座城市像上海这样，事物在其中如此之快地便成为过去，化为一个被缅怀的符号。我寻觅我的过去，想起上海科技馆的彩虹通道和玻璃迷宫，上一次游玩的经历仍然历历在目，不过，现在我们已经可以在媒体平台上看到以上海科技馆为主题的dreamcore（梦核）视频，在那里，它成了记忆储存柜里的藏品，引发成千上万人温馨而陌生的感觉。

而造成这一切的是来自此刻的剧烈辐射,这辐射把过去切割,让城市仅仅是属于这个瞬间的存在。每一秒,这里都在发生过去上千年从未有过的变化,可大可小,有的被轻视,有的被称颂。但无论如何,这使得上海在某种意义上像个应许之地。从漫展到书屋,从 City Walk 到网红店打卡,应有尽有。似乎是因为有人正在想象,而后才诞生在了上海;又似乎是因为这里是上海,所以才自然地生长出了这些想象。

如此摩登都市的印象被无限扩大,似乎也过分神秘化了上海。事实上,它就像所有城市一样,拥有无数琐碎的生活瞬间,以及无数在生活中飘飘荡荡的小人物。相比于虚渺的所谓过去与此刻,被赋予更多关注的是生活本身。上海同样不缺少这些东西,一向如此。张爱玲在小说中描绘出昏晦而纠缠的市井生活,男男女女的爱情与失落,充分说明了上海这座城市里有多少生活的小调正在被哼唱。

然而,与此同时,从来没有一座城市像上海这样有如此之多的"生活",却鲜少有任何"故乡"。对在它之外的人来说,上海是一个符号,也许刻薄,也许梦幻,总之是某个"别处";这不足为奇,但对已经置身其中的人来说,它似乎仍然是一个"别处"。这很大程度上在于国际大都市的高昂生活成本,高年级的学长学姐中,有许多人已经将人生的锚对准了其他城市,原因正是"留在上海太难了"。

如果你在上海待得足够久,最终得以渐渐稳定下来,那生活本身将唾手可得,它的细节就像彩色杂志,色泽鲜亮,图样清晰,吃穿住玩的记忆无一不栩栩如生,也无一不成为习惯。可在这些闪亮的碎屑拼接起来后,似乎却得不到足以被称为"故乡"的厚度。我开始回忆,回忆那些冒着热气的早点铺,繁华不再、门前开辟了菜地的商厦,星罗棋布的咖啡店、便利店、绿地、池塘——太零散了,这份记忆,不仅无法跟其他人的记忆严丝合缝地对上,甚至自身内在也无规律可言,像是我从来没有看懂过的超现实主义画作,色彩和线条凌乱地流淌其上。

上海正是如此,它不是土地,是在土中穿梭的年轻的蛇,蜕皮蜕得很快,每时每刻都在自我蚕食,然后再生。也可以说,它只是提供一个骨架,来来往往的人都是画皮者。我们不是无法融入其中,而是能够被融入的客体本身就不存在。我们只能刻下自己的痕迹，即便如此也只是浅浅一条，恰如一张模糊的照片，刹那之间，便被拓印成过去，成为"某个地方"，而不是"我的地方"。

然而，在那注定消逝的一秒，我们完完全全地拥有了此刻；在那倒映的一秒，拥有了我，也拥有了上海。此刻的生活似乎因为其短暂性而显得虚假，但在这种短暂中又包含了一种更为永恒的真实。在这个时代，我们总是相信"生活在别处"，这种信仰仿佛一个闪烁的无底洞，上海则是这个无底洞中途的一处平台——它本身似乎就是"别处"，却又并非大家所想的那个"别处"。这种矛盾性每每让我想起白先勇《永远的尹雪艳》里那位美丽、捉摸不透，既冷漠地注视又哀怜地悲悯着来往人们的女士。初见不识其中意，等自己渐渐脱离温室，得以站在成年人的世界去再发现自己长久以来居住的城市时，我才开始意识到她，正是对永恒而流动着的上海梦的一幅速写。

当年轻人置身某个可以称作故乡的地方，总能脚踩大地，仰望天穹，得见璀璨的明星。于是我们仿佛既拥有了安身之处，也有了温和的慰藉，好像只要别处的生活还在那里，只要星空还在那里，就足以令人心安了。上海是刺穿这种慰藉的透视镜：它给你飞翔至空中，离璀璨的星空更近一点的动力桨，然后同样将高处的寒冷揭示出来——是的，星空的确在那里，但离它越近，一切也会渐渐变得不美好，不过，新的渴望也会随之诞生。一方面，我们深感已经置身那个别处，就像置身明天，这明天存在于温馨明亮的便利店、树荫下的骑行道和跑道、高楼大厦上上下下的繁忙电梯中；另一方面，人们又不可避免地感到幻灭，因为这里霓虹闪烁的天桥下，有刚从补习班下课的孩子们的身影，有上班族在地铁过道里的叹息。尽管如此，这种疏离却让上海比那个完全虚构的别处更接近别处，让它成为离真实的梦想最近的地方之一。因为生活也许注定是得到与失去、斥力与引力的动态平衡，越接近它的真正核心，它就越混乱、越短暂，而不是越简洁、越恒久。对别处的追逐没有尽头，且必将不安而无依，甚至别处本身也在客观现实对它的诠释中变得半真半假，但是在那之上，人的向往仍然不止地、近乎痛苦地奔流着。

正如滔滔江水奔流入海。

时时刻刻，来往不停。像是早高峰地铁上来往的人潮、大学课间如同迁徙鸟群的自行车队伍，以及我们最熟悉的，电视画面里黄浦江昼夜交替的延时摄影录像。每每谈及上海这座城市的水系,我们脑海中并不总是浮现出一个广阔、温和的圆弧,它代表了某种传统的港口形象。与其说上海是人生的港湾,不如说它是入海口,是某个过渡的瞬间,这些瞬间被连起来,形成一条绵延的时间线。

我想,城市不只是城市。它如何蔓延,如何如动物般咀嚼着千万种生活,以何种方式包容光华与晦暗……无论是从一张泛黄的老照片中,还是在人们心中升腾而起的景观,以及它带来的期待与失落中,我都窥见了上海闪烁的面貌——一个存在于此刻的别处。

在钢铁丛林里唱响的山歌

/ 陈勇彬

一

采访的那日是周一,我和同事在人山人海的地铁上,挤了一个半小时去往浦东张江。换乘时,拿着公文包的年轻男女一个接一个地从我们身边挤过,一步就是两三级台阶地向上狂奔,折射着上海这座魔都生活节奏极快的一面。出了地铁,上了孙桥1号公交车,我们突然感觉周围安静了下来。午后的公交车上只零星坐着几个老人,车内能清晰地听见衣衫摩挲和挪动身体的细碎声音。随着车辆的开动,大片大片的翠绿忽然游进我们的眼中。我抬高视线,窗外没有高楼,而是露出湛蓝如水的广阔天空。我跟同事轻声说:这里或许真的适合唱山歌?我试图想象,远处那片地势较高的草地上站着一群唱着山歌的人,他们的歌声悠扬、嘹亮,远远地飘荡在高楼之间,即便城市马达的轰鸣和起重机发出的巨响也无法掩盖。

我们此行采访的对象,是被推荐为"学习之星"的浦东山歌非遗传承人吴敬明。刚下公交车,穿着白背心蓝短裤,头发雪白但面容红润的吴敬明,便拉着洪亮的嗓子,在马路的另一边招呼我们到他家里。

吴敬明的家是一幢红顶黄墙的联排别墅,庭院里种着稀疏的花卉和蔬菜。我们刚进门,一个身穿藏蓝色唐装、气质儒雅的老人从里屋走出,隔着门帘便弯腰伸出戴着金表的大手,热情地跟我们握手。吴敬明介绍说他就是浦东山歌市级非遗传承人奚保国老师,也是他引导吴敬明走向山歌创作。奚保国与我们握手后便主动跟我们介绍起吴敬明的学习经历和创作履历。

"他的故事非常感动我,他的一生就是不断学习的一生……现在我们要重新唱响浦东山歌,最好的传承人就是他……"虽然我们这一次的采访对象是吴敬明,但作为老师和行业前辈的奚保国却显得更加热情。

二

"我们浦东是音乐之乡，是丝竹之乡。"谈起自己的家乡浦东，无论是吴敬明还是奚保国都反复强调这句话。对他们来说作为音乐之乡的浦东是更为重要的，虽然这个称呼到今天已经少有人提起。

1950年，吴敬明出生于上海浦东新区劳动村的一个中医世家，过去学中医的人家一般也雅好乐器，比如他的叔叔就是吹笛子的好手。家中兄弟姐妹八人都爱好文艺，吴敬明作为家中最小的孩子，还在蹒跚学步时就常去看哥哥姐姐们的演出，咿咿呀呀地跟着学唱。

那时候吴敬明家中并不富裕。即便条件艰苦，他在小学的时候还是省吃俭用、东挪西凑地攒出三块钱。怀揣着这三块钱，他一个人偷偷走了十几里路到城里买了一把二胡和几本音乐书，开始自学乐理。但闭门造车毕竟进步有限，为了能够多向人请教，年纪小小的他经常骑十几里路的自行车辗转于川沙文化馆、川沙沪剧院等。别的小孩一到剧院都是在前台看戏或者嬉闹，只有吴敬明经常一个人蹲在后台的角落里，瞪着大眼睛，仔细观察演奏。

"他们都是专业的。"吴敬明每次说起专业学习音乐的人时，语气里总带着羡慕和尊敬。他一直渴望有那么一个机会，有一个专业的老师能够带他正式走上音乐之路。吴敬明凭借自己在音乐方面的才艺，渐渐在村里有了一些名气，初中毕业后就加入了孙桥文化站，但也仅止于此。在那个贫瘠的年代，他并没有什么上升的渠道，依旧只是个农民，一个稍微会点文艺的农民。在每天繁重的耕作之后，他都会拿起二胡坐在田埂上，伴着漫天的红霞拉上一曲。那时候的他，觉得自己就像一株长在漫长旱季里的水稻，一直在努力地向下扎根，但在干裂的土地中怎么也寻不到水分。

在那漫长的时光里他一直等待着，渴慕一场从天而降的甘霖。

三

1979年为了缓解财政紧张，孙桥文化站成立了"亦工亦艺"的"文艺工厂",一方面通过办厂筹备资金,另一方面扩大规模,为人民群众提供更丰富的文化节目。工厂分为生产组和文艺组,吴敬明被推举为文艺组的负责人。新上任的文化站领导热爱文艺,大力支持相关活动,精神生活极度贫瘠的人民群众嗷嗷待哺。吴敬明等待已久的那场时代甘霖终于到来。

当时文艺小组成员缺乏训练,许多人连乐谱也不会读,也没什么组织文艺活动的经验。但吴敬明做了一个大胆的决定,决定办一场戏,而且必须是大戏,沪剧大戏!"那时别说孙桥,整个张江都没有一个团队能演大戏。"演大戏要面对的第一个困难是剧本问题,孙桥文化站没有剧本,其他地方的剧本又都是保密的。吴敬明想到了一个办法,他带着录音机到《母子岭》的演出现场去录音。回来后他足不出户,在家反复聆听那盘录音带,凭借乐理知识和高超的听音能力,把三个多小时大戏里面的所有音乐、唱词全部记录下来,整理成剧本。剧本有了,但是文化站很多人缺乏基本的乐理知识,他又手把手教乐队伴奏,一句一句教演员唱戏,从无到有,把整台大戏一点一点拼凑出来,排演出了当时张江第一个沪剧大戏《母子岭》。

首场公演被安排在当时新落成的孙桥影剧院。演出那天现场人山人海,座无虚席。许多从未上过舞台的成员都十分紧张,吴敬明也很紧张,但他藏住内心的惶恐,耐心地安抚鼓励成员,等待着演出的开始。终于,大幕拉开,二胡响起,随着演员的第一声"咿呀",沉寂了十年之久的沪剧终于再一次唱响在这片大地上。那熟悉的唱腔和旋律让无数沪剧的老观众感慨万千。演出结束,全场爆发出山呼海啸般的掌声,吴敬明几个月来一直绷着的心弦终于放松下来。第一场演出一结束,各地的演出邀请如雪花片般纷纷向他们抛来,吴敬明和剧组辗转各地,巡回演出数百场,场场获得观众的热烈欢迎。有一个观众追着他们巡演的剧组跑,一口气连看了五场,还专门到后台表示感谢,拉着吴敬明的手哽咽地说:"吴老师,你们这个戏真的太好了,我们还要来看。"

《母子岭》的大获成功极大地鼓舞了吴敬明和他所领导的文艺小组。在那之后的几年里,吴敬明进入了音乐创作和演奏的第一个黄金期。短短的几年里,他不仅导演了四五场大戏,而且经常作为主二胡手参与演出。在沪剧之外,他还尝试自己作曲。1986年川沙县文化局举办的"十月歌会"上,吴敬明作曲的《奋斗吧孙桥》获得作曲三等奖,《农家姑娘进工厂》获得作曲纪念奖;1987年"川沙县法制文艺汇演"中,他荣获"最佳伴奏员"的称号。但也就是在这段时间,沪剧和浦东山歌等民间文艺在迎来短暂回暖后开始走向低谷,虽然吴敬明还处在音乐创作的黄金期,但是民间文艺的春天即将结束。

1987年孙桥镇文化站解散,吴敬明和大部分成员一样,下岗了。

这不是一件突如其来的事情,也没有出乎吴敬明的意料。改革开放后,港台歌曲、欧美电影等大量外来流行文化涌入上海,曾经处处皆能闻山歌的浦东在城市化的过程中逐渐遗忘了自己的声音。走在1987年的大街上,收音机里播放的是港台流行金曲,年轻人染了头发穿着牛仔裤大踏步地走向新时代。

说起下岗,吴敬明并没有显露出过多的情绪变化,只是陈述着那个年代无数业余剧团乃至专业剧团一个接一个关停的现实。"大气候就是这样的。"他的语气里没有抱怨,只有平静。

四

从1987年下岗到2014年退休,吴敬明的音乐之路中断了27年。在他最年富力强的阶段,他没能成为一个优秀的音乐家,却成了一名优秀的企业家。

在叔叔的介绍下,吴敬明开始在电线厂工作,之后他抓住机会自办公司,与大众、通用等汽车公司合作,生产塑料配件。当时,吴敬明面临的压力可想而知,但是他从小锻炼出来的自学能力、沟通能力和细心、耐心,让他从激烈的竞争中迅速脱颖而出。

他27年如一日兢兢业业地保证产品质量。直到2014年,几乎从没出过问题的他犯了一个小错误,有质量问题的产品被发现时已经被装配到了汽车上。这次失误让他惊觉自己已经64岁,已经承受不起常年高强度的工作了。更重要的是,64岁的他如果再不拾起音乐梦想,也许再也没有实现的可能。

2014年,吴敬明将自己一手创办的公司停业,正式退休。也是在这一年,他应邀组建了沔北村戏曲队,还结识了奚保国。当年那个辗转于各个剧团偷师学艺的男孩,或许没有想到会在64岁遇到欣赏自己的名师和伯乐。

五

　　27年没有作曲,也没有上台演奏,但64岁的吴敬明再捡起年轻时的这份爱好,却没有遇到预想中的那些困难,他只是简单地温习了一些乐理知识,那些音符便在他的脑海中重新活了过来,组合成一首首新的歌曲。

　　这看似是一件很神奇的事情,但实际上是因为他的心从来没有真正远离过音乐。27年来,他一直保持着学习音乐和戏剧的习惯。虽然是生意人,但是他工作之外的所有娱乐活动就是看戏、听音乐会。看电视只看文艺节目。短视频流行之后,他看的也全都跟音乐相关。所以他能创作出许多新的曲子。他的老师奚保国,总是赞叹他音乐的语汇极其丰富,能够根据浦东山歌的声腔声调创作出非常贴切动人的曲调,这和他"到处留心皆学问"的学习习惯是分不开的。

　　浦东山歌即浦东地区的民谣。曾经的浦东是个处处有山歌、步步闻丝竹的音乐之乡。但改革开放后,各种流行文化的冲击让浦东山歌逐渐失去生存的空间。即便后来浦东山歌被列为上海市非遗项目,也依旧面临着困境。其中第一个大难题就是创新。浦东山歌从"文革"之后就很少出现新的曲子,而40多年来上海浦东从一个海滨的小农村变成了一颗璀璨明珠。如今生活在钢铁丛林里的浦东人,还需要那些诞生于乡村野地的山歌吗?

　　这些问题,吴敬明和奚保国都思考过,忧虑过,最后他们并没有找到一个非常满意的答案,但他们都觉得浦东山歌不应该只是保存在博物馆里的化石,他们相信"歌以咏情",山歌是民歌,是人民的歌,是老百姓歌唱自己喜怒哀乐的艺术,只要生活还在,山歌就不会死。在奚保国的引导下,吴敬明结合自己的生活,响应政府的号召,尝试创作能反映新时代生活的新浦东山歌。

　　为宣传垃圾分类,吴敬明在十天内谱出并指导编排《垃圾分类记在心》;为响应"绿水青山就是金山银山"的环保精神,他创作出《亲亲河水水清清》;为书写张江这个曾经的"红菱之乡"的新面貌,他创作出《采菱新曲》和《吃吃浦东老八样》。

　　走着走着,不知不觉地就走了快十年,这十年里吴敬明创作了几十首新的浦东山歌,并把一手建立的"沔北村浦东山歌戏曲队"带成了浦东新区最好的一支山歌队伍。现在73岁的他感到越来越吃力,不知道自己还能走多远。

六

"这人不简单,所以现在我很多事情都交给他。"作为老师的奚保国在采访中毫不掩饰自己对吴敬明的欣赏,"为什么叫他来?培养他!要有接班人。"

"但很多东西我也不太想干,真的不想干。"面对老师的青睐,吴敬明却显得很是疲惫,他的头发已经完全雪白了,眼睛下方是常年熬夜熬出来的大眼袋。说起创作,他的语气里流露出几分焦躁、无奈甚至恐惧。

"白天(写歌)进不去,一定要等到晚上一两点,外面没有杂音,才能进入状态。进去了,满脑子都是这个曲子,睡不了。跟自己说不要去想,但突然来灵感了,拿支笔记上去。"

退休后吴敬明创作的几十首歌曲,都是深夜他独自一人在台灯下,着魔一般把一个音符一个音符从脑子深处掏出来的。那些白纸上的音符,对他来说就像一个个一旦靠近就会陷入其中的神秘符文,所以他总有一种想逃离的冲动。

面对吴敬明的无奈和疲倦,奚保国总是笑呵呵地鼓励他。82岁的他把73岁的吴敬明称为"小兄弟"和"年轻人",总催促吴敬明多学习文化理论和音乐知识,对他抱有极高的期许。现在浦东山歌的传承,面临的困难除了创新,还有人才的断层。吴敬明所带领的山歌队是浦东地区最好的山歌队,但是成员普遍超过60岁,队伍里没有一个年轻人。说起传承的问题,气氛变得有些凝重。已经到了傍晚六点,夕阳从窗外照进,橘色的光照在吴敬明书桌的台灯上。那是个很老的立式台灯,灯柱上整齐地缠绕着许多用来固定的白色胶带,笔直地立着,在斜阳里。

七

一个月后,为核实一些信息,我通过视频电话回访吴敬明。视频里的他显得比上次采访开朗了许多。他兴奋地说起山歌队一起去浙江长兴团建。他们带着各式各样的乐器,一边结伴游玩,一边拉拉唱唱。他还很高兴地说起他最近又创作了一首名为《夸媳妇》的浦东山歌,并介绍说这首山歌想要反映的是新时代浦东家庭与外地媳妇的相处问题。

我问起是什么支撑着他在古稀之年始终坚持学习和创作。他说起自己作为浦东山歌传承人的责任,说起年迈的奚保国老师对他的期许,说起因为浦东山歌而认识的一群老兄弟、老姐妹。音乐对他来说是少年时的爱好,青年时未竟的事业,但到现在,学习和创作浦东山歌对他更是一份传承文化血脉的责任,一种将自己与他人连接在一起的生活方式。他没有办法放下浦东山歌,他的生命是广阔的,并不只是属于他自己。

钢铁丛林里跃动的心依旧是温热的,所以飘扬在钢铁丛林里的山歌声,就像在这片土地呼啸了千百年的海风一样,永不止息。

正午的工人

/ 陈 明

中午十一点半,结束了一上午的码字工作,我走向莘庄地铁站附近觅食,这也是建筑工人开始午休的时间。

就像被风吹散的蒲公英,工人们攒簇着飘往不同的方向。

吃饭绝对是这段时间里的头等大事,地铁站附近的便利店、面馆等店面陆陆续续地迎来了一拨又一拨的客人。

我很喜欢跟在他们后头吃饭,在一众价格奇高的店铺中,他们总能精确地筛选出便宜量大的几家来,如果看到墙上的菜单标价太贵,他们毫不犹豫地扭头就走,从不会陷于老板的热情招呼而无法脱身。只有最实惠的食物才能得到工人的青睐,吃饭事大,不套虚礼。

工人们坐下来的第一件事就是摘下头上的安全帽,桌子上有地方就放桌子上,坐长凳的会放凳子上,两个都放不了就只好放在地上。

吃饭时老乡多半会坐在一桌,彼此用方言大声交流,似乎因为有了自己家乡的加密方式就丝毫不用担心被外人听去了什么。事实可能也是如此,我这个外乡人很难听懂他们的对话,只能零星分辨出几个词语,例如"工地""添饭""牙签"等。

除了轻松的闲谈,也有较真的工人吃着吃着从口袋里掏出一张图纸,和坐在旁边的工友展开激烈的争论。这下我更听不懂了,只是默默担心他们吵得过于投入而忘了吃饭,饭凉了还能入口,汤凉了就真的难以下咽了。

相比起来,独自一人在角落里和女儿打视频电话的工人大哥就显得很是温馨。刚一接通,就看到大哥脸上瞬间露出了温柔且憨厚的笑容,还伸出两根手指在头顶弯了弯,大概是在模仿兔子逗女儿玩。果然,手机里传来了小女孩无比清脆的笑声,大哥笑得更灿烂了。父女俩就彼此的午餐进行了展示和讨论,几分钟后大哥匆匆挂断了电话，埋头吃饭。

时至今日，我对这通电话仍然印象深刻。我也是工人的孩子，是搬运工的女儿。记忆中父亲从未在午休时间给我打过电话，也许是太忙了。他是那种最典型的中国式父亲，少言寡语，不动如山，像那位大哥一样逗女儿玩的可爱动作，他是绝对做不出来的。其实午休时给孩子打电话的工人我就见过那一个，但谁也不能说其他父亲无言的背后没有隐藏着爱。

忙活了一个上午，有些工人更愿意优先放松自己的身心。躲在货车拦出的阴凉中抽烟、闲聊、玩手机都是不错的选择，或者干脆躺在附近商场前的草坪上假寐，当然也有回工棚休息的，还有一些朝我视线所不及的更远处走去——他们到哪儿去？要做什么呢？我不知道，这是属于他们自己的时间，不该被人打扰。

建筑工人和我在休息，必然有人在忙碌。

面馆的大叔、煎饼摊的阿姨、卖菜饭骨头汤的姑娘和小伙，手上忙着活，却还是耐心地回应顾客的搭话。他们的口音都刻意隐藏了故乡的痕迹，山东人、安徽人、陕西人、河南人，统一说起了标准的普通话，与上海人没什么不同，但外来者的生存压力却在三言两语中表露无遗。

帮人看店的打工人，一个月工资五六千元，几乎整月无休，却存不住什么积蓄，养家糊口尚显艰难。自己开店的，发愁生意一月不如一月，如今店铺的租金都难以承受。我一边吞咽食物，一边想起了自己一天120元的实习工资，工人的命运真是何其相似。

因为煎饼店没有可以坐下来的座位，来光顾的工人就不是很多，这就给了我和卖煎饼的阿姨攀谈的机会，再加上煎饼着实便宜，三五块钱就能买一个，我就常常来此，与阿姨逐渐熟悉了起来。阿姨是河南人，有三个孩子，大儿子已经成家，二女儿和我一样正在读研究生，小女儿刚上大一。为了给孩子挣学费，也为了离上学的女儿近一些，阿姨在五个月前来到这家煎饼店。店里只有两名员工，她和另一个阿姨轮班，一天工作13个小时，每个月只能休息两天，辛辛苦苦一个月收入五千多元。

一个人在狭小的店面里忙碌，还不能玩手机，这更加深了阿姨的疲惫与孤独，所以她也很乐意在不忙的时候和我聊天来打发时间。阿姨说空调又坏了，因为已经入秋，所以老板并不愿意请人来修。不足十平米的空间里挨挨挤挤地摆放着立式空调、冰箱、长桌、案板、煤气灶、食材筐、微波炉、鳌子等，活动空间只有几步，长时间辗转腾挪于这热气腾腾的方寸之地，憋闷之气可想而知。

与这个年纪的普通母亲一样，阿姨很喜欢聊她的孩子。"我家里穷，还好他们都挺省心的，从小到大都没上过补习班。"阿姨说。

"真巧，我也从来没上过补习班。"我不自觉地提高了自己的音量。

"是吧，一看你就是个懂事的孩子。"

阿姨或许会奇怪我为什么突然如此激动，其实这是一种在异乡难得找到同类的欣喜。平时在地铁上看多了精英气质的白领，学校里的同学精致又大气，作为工人孩子的我，默默缩在角落里，感觉与他们格格不入。

但此刻我发现原来上不起补习班的并不止我一个，脚踏实地奔赴未来的同路人也很多。但未来一定光明吗？面对着亲切如母亲的阿姨，我的倾诉欲一下子被点燃了，以后辈的真诚表达出了对自己就业前景的忧虑。

"你们年轻人，不管怎么样都比我们岁数大的好找工作。只要好好学习，自己有能力，肯定不愁的！"阿姨鼓励我的语气乐观又热情，比我捏在手里的煎饼更能温暖人心。的确，我还年轻，机遇与可能是无限的，倒也不必过于庸人自扰。

聊着聊着，阿姨怕我口干，要给我倒茶，又怕我吃不饱，说可以免费给我炒饭。"饭要吃饱，你这么瘦，年轻人吃不饱干什么都没力气的。"

我赶忙道谢："谢谢阿姨，我自己带了白开水的。"一边说，一边从包里把保温杯拿了出来，"那我再买一个紫薯饼吧。阿姨，你什么时候吃饭啊？"

"要等到下午一点的时候。"阿姨看了一眼挂钟，"都十二点二十了，可以先洗菜、淘米了。"

"十二点二十了？那我也差不多该回去上班了。"

不止我，建筑工人也开始陆陆续续地返回工地。我有十分钟的时间，不用走得很急，所以可细细观察马路上浩浩荡荡的返工大潮。

大量的工人向着同一个方向汇集，但并不显得拥挤，他们三三两两地分散着，凌乱中透着一股隐藏的秩序，无言的秩序。与午休时分的嬉笑怒骂不同，现在他们都在默默赶路，不与同伴讲话。是的，上工是不必说话的。

他们大部分都选择步行，但也不乏有车一族，共享单车、电瓶车、三轮车纷纷出动，在红灯与绿灯之间穿梭，回到那个辛劳与谋生之地。

区分建筑工人和别的上班族的关键凭证就是他们头上的安全帽。数量最多的是黄帽子，还有蓝帽子、白帽子、红帽子和橙帽子。不同颜色的安全帽标示着不同的身份，戴黄帽子的是普通工人，戴蓝帽子的是技术人员，戴白帽子的是甲方，戴红帽子的是管理人员，戴橙帽子的是第三方管理人员。

现下目之所及皆是黄帽子，他们好像接到了号令，在对某个堡垒发起冲锋。看着铺了满眼的黄帽子，我不禁联想到了工蜂，一样是作为群体中的基石，承担了绝大多数的工作，平凡而又辛苦，却始终任劳任怨，他们究竟能分享到多少成果呢？

收回思绪继续观察，就会发现除了安全帽，他们身上还有很多彰显自己身份的标志，只不过没有遍及每个个体。在穿着上，相当一部分的工人会在上衣外套一件工作马甲，主要为黄色和荧光绿两种，也有橙色和蓝色的马甲。我曾疑惑过马甲颜色是否也有区分身份的作用，但经过仔细比对，很多工人安全帽的颜色和马甲的颜色并不一致，更像是随机匹配的。人群中最醒目的马甲看起来崭新鲜亮，不知道是因为马甲的主人经常清洗还是刚开始工作的缘故。大多数的马甲裹着一层厚厚的尘土而显得暗淡不少，不穿马甲的也大有人在。

在裤子中占主流的是迷彩裤，乍一看很统一，不过每个人穿的花纹式样和颜色深浅都不尽相同，充分展现出了迷彩裤的多样性。蓝色的运动裤和休闲裤也很受工人青睐，但牛仔裤是万万没有的，在工地上，耐脏且便于行动的服装才是工人们的第一选择。上衣或还有光鲜亮丽的，裤子却无一例外地染了一层尘沙。

比裤子更加饱经风霜的就是鞋了。其实工人们的个性在鞋上体现得最为明显，雨靴、布鞋、运动鞋、休闲鞋、迷彩鞋、绿色胶鞋，还有白帽子穿的黑皮鞋，五花八门，可这种个性往往会被人忽略。因为鞋和土地的接触最多，它们早就被所处的环境同化了。这些鞋子几乎都看不出本来的颜色，像是被白粉笔大刀阔斧地抹过，或是被土褐色的泥块给覆盖了，再怎么花样繁多，现在统统可以称为"工地上的鞋"了。虽然每个工人的着装各有区别，但总体风格是一致的。

最有意思的是碰到下雨天，工人们自成一道风景线。不穿雨披的工人，直接就大刺刺地这么走着，或这么骑车，很是从容，反正戴着安全帽，他们不在乎接受一点雨水的浇灌。选择穿雨披的就很是色彩缤纷了。最夺目的永远是粉红大雨披，罩在中年男人身上，相当扎眼，惹得路过的行人都忍不住回头打量。相比粉红色的雨披，较多的是蓝黑墨水颜色的雨披，上面附有两道黄绿色条纹，起警示作用。蓝色雨披和绿色雨披也不少，还有些雨披积上了陈年老垢而看不出本来的面目。这么多雨披飘动在拥挤的街道上，给世界添出了好几种色彩，调和了灰蒙蒙的雨天。

除了服装，每个人所携带之物也能让人窥见他们的性格。

最常见的是袋子，每个人的袋子都不一样，帆布袋、蛇皮袋、斜挎包、单肩包、绿色工具包、印有各种商标的购物袋，还有装米的袋子，可以看出都是从家里就地取材的，工人们或拎、或提、或挎、或扛，以自己最舒服的姿势带着它走路。

水杯几乎也是人手一个，有保温杯、透明水杯、塑料瓶，也有人直接带一瓶可乐或是一大瓶矿泉水，消暑解渴效果极好。有些工人背着铁锹，铁锹柄冲上和冲下的都有，聪明的把水杯或袋子系在铁锹柄上，这样便可以腾出一只手来拿别的东西。

当然也有人不带这些，一手拿着手机一手抽烟，看起来十分悠闲。或者只拿一双手套，甚至还有空甩着两条膀子就这么来了。

他们几乎都是健壮的男性，高矮胖瘦都有，但无一例外皮肤黑黄粗糙，胳膊上总是带着水泥的痕迹。大部分工人是中年人，不过年轻人也不稀缺，我还见过戴单个耳钉的时髦小伙置身其间，没有任何不协调的感觉。

在男性工人的大流中，也有零星女性的存在，她们的身材相比男性看起来单薄了许多，不知道她们具体担任什么工作。女工们相对来说更讲究一些，有的会戴套袖，还有的在脖子上系红色丝巾，是装饰、防晒还是兼而有之，我无从知晓，这是她们对自己的爱护。

我与他们反向而行，回到档案馆继续抄资料，马路上尘土飞扬的声音还萦绕在耳畔，心中忽然有了许多疑问：地铁站建完后工人们会去哪儿？他们的孩子能否来到他们所建造的大楼里工作和生活？他们的孩子将来又会做些什么？工人的血脉在传承间是否还有向上的可能？……

年少日记

/ 秦凡森

  颜色是有形态的。每当我沿学校旁那条蜿蜒的小径上行时，这个想法都会乍现在脑中。路旁是高度适中的土丘，同这座校园中的其他事物别无二致，不突兀、不浮夸，谨慎地守持着自身顽固的底线。它毫无独特之处，甚至透露着一种因平庸而诱发的厌倦，可却被绿浸润得那样彻底。我常常为那涌入视线中的铺天盖地的绿而发颤，它们寄附于形态各异的植被表面，却呈现着截然不同的质感。锯齿形的，附有绒毛的菱形叶片是暗青色的，其中镶嵌着岩石的质地，在它之上成串的细小圆叶在日光下流淌着玛瑙的光泽，而青苔是粗糙的，它最柔软，却常常令人联想到腐败和干涸，似乎一切生机都会在它稠密的颗粒中陷落、消亡。

  观察行道树时，我会幻想自己也变作其中一棵，枝干直挺，身躯嶙峋，树冠庞大，兀兀立在街边，好似遗世独立，树根却已伸至路面之下，于无人可见处暗自曲折，于车列人流间独自缄默，拥揽了不可计数的吵嚷。年岁渐长，反而觉得自己同人交往的能力正逐渐衰退至婴孩时，往往不等聚会结束，我心中的倦怠和难以消泯的愤懑便亟待自胸口溢出，以至于离席时那般心境已然发酵至不得不发的地步。可是总有东西能捆着你的，母亲暗示的眼神、对争吵的恐惧、懦弱的天性，那些愤懑和疲倦，最后只是向内渗去，随着血液流经全身，最后自暗褐色的眸子中隐隐抛出些许哀怨，随即慌不择路地重新扮上木讷的面容，全然不顾自己的举止多么滑稽。

  或许是因为这种滑稽并不令人痛苦，也可以说是这种痛苦不够深刻。我常常因此感到强烈的失重感，我总是觉得自己悬浮于生活的表层，从未深入其中，我的身上并无生活留下的累累印记，生活也从未亲笔记下我的姓名。我活在宽敞舒适的空中楼阁中，被各类前程远大的猜想和规划裹挟着。直至遇上真正与生活短兵相接的时刻,多年来积攒的热切和自得顷刻间被摧毁得体无完肤。或许早在多年之前,当我将自己捆缚在那张窄小破旧的书桌前,无法挣脱的预言便已烙印在我的生命中,我终将困于对"终极事物"的追寻和对自我的考量、认知中无法脱身,那些曾经使我迈开步子的呼唤,也会在某天将我绊倒,使我再难向前挪动。

但我乐于观察植物,这个习惯自我的中学时代蔓延至现在。起初它只是我消磨时间的手段——当我在教室门口的走廊罚站时,望向窗外是我唯一的消遣,而窗外那棵老树便是我注意力的全部寄托。后来它逐渐演变为一种习惯,仿佛刻印在灵魂的某个角落,每当我来到一座新的城市,最先引起我的注意并赋予我对这座城市最初印象的,始终是那些错落的植物,因此上海在很长一段时间里都是我最挂念的城市。上海用它饱满的生机和旺盛的生命力将我包裹起来,我的全部欲念和寄托都安然蜷缩于那些闪烁的林间光影和窸窣的叶片摩挲声中。

高考结束后我去了上海,那个夏天,我不知疲倦地走向上海的每个街角,游走在每根藤蔓、每棵树木和每片草莽之间,企图将这方天地中的每寸光景都拓印在我的脑海里。因此,在填报志愿时,我将所有位于北方的高校都排在了末尾,最终如愿以偿来到了南方。我的确得到了我想要的——那些参天的林木,挨挤的枝叶,细碎的日光,以及潜藏在土地中的野性与生机,都粗暴地、近乎蛮横地注入我的躯体,我甚至能够在死寂的深夜听到骨节处传来的细微声响,仿佛有生物寄居其中一般。可是几年后,我却不免有些颓丧地发觉,自己也失去了生命中一些恒常的事物。

南方的气候是叛逆的,有些少女心思裹挟其中,前日逼近30摄氏度,只隔一天便须裹上棉服,方可于凄风苦雨中瑟缩着行进。路上的迎春花开得很好,这生一簇,那长两枝,稀落里又透着些张扬,仿佛它怀里的春是窃来的,因此遮掩躲藏,却又贪那几句夸赞,总在逼仄的树丛枝叶间突兀地伸出三两枝来。天阴得厉害,几乎要坠下来,令人觉得再好的春光此刻看来都是辜负。我渐渐意识到,自己在骤变的气候中失去的不仅是对于季节的感知,还有生命的长久稳定与可供溯源的人生路径。我不再眺望永恒,也全无稳固结实的期待和感知,我在无数个瞬间中辨认光景、拼凑自我,在难以度量的无谓等待中耗尽自己仅存的热切与渴求。我开始想念疼痛，想念剧烈的变动和彻底的碎裂，想念北方春至时冰河消融的巨响。一切都被拘束在静止的影像中，四季悄无声息地更迭，人在不知不觉中衰老，变得面目可憎。

　　两年前的九月，我在十六英寸的屏幕前将上海锚定为自己未来三年的去向。事实上，人做出的每个决定都意味着对时间的终结，选择成为医生，便掐断了小时幻想过的作为科学家的时间；选择离开故乡，便暂时了结了扎根县城泥土下的时间。那个上午我陷入深重的迷思中，仿佛自己回到四年前，坐在驶向经二路的公交车里，脑中浮现着光华楼前那只橘猫跃起的姿态，而那道曼妙的弧线将它的落点径直延伸到此刻。这一幕足以称得上完美，它情节连贯、情感丰沛、过渡自然，我甚至可以回忆起那天我和M在车上的所有对话，以及我们一路上哼唱的每一首歌。然而过于鲜活的记忆留存下来的并不仅仅是一些真假莫辨的细节，其中潜藏的痛苦亦是真实的，陷于往事中的每一刻，我都感到自己通身化为一摊烂泥，淅淅沥沥地落在滚烫而坚硬的地面上，变作路面上丑陋而干瘪的暗黄色斑渍。悲伤像潮水一般于河岸进进退退，在我以为它们已然长久逝去，我也能够寻觅生活的新起点时，又一次显现，于我的耳边涛声阵阵。

　　我始终怀念那个仅存于幻想中的珍贵落点，以至于在很长一段时间里，乘地铁都是我心目中最独特的出行方式。第一次坐地铁是2013年在上海，那时乘坐地铁仍然需要实体车票。那是张同银行卡大小相当的塑料卡片，颜色不一，新旧各异。离开上海前我特意买了许多张车票塞进口袋里，如今它们早已隐匿在满屋堆叠的杂物中，再没被翻出来过。那时我住在徐泾东的一家青年旅舍，八人间，上下铺，拉上床帘后形成的狭小矩形便是我全部的私人空间。每天赶最早一班地铁奔赴市里，再和倦怠的人群一并混在夜色里，趁末班车停运前赶回来。穿过闸机时我常常感到疲惫，曲折的楼阶、木讷的人群……

　　上海的街巷是精致、规整的，也是粗糙、脆弱的，你能够看到琼楼玉宇表面的处处裂隙，也会为层叠的楼阁、盘虬的街道而感到窒息和错愕。高二那年我写过一篇小说，即便它最终的结局只是沉寂在巨鹿路675号的信箱里，但我依旧执着地将它安置在电脑桌面的左上角，每隔一段时间便雄心勃勃地打开文档，筹划着对其进行些许刻肌刻骨的修正。但大多时刻，我只是将它读至最后一行，再订正其中几处稍显啰唆的语句，便关闭了文档。这篇小说手法粗陋，甚至算不得一个精彩的故事，但它在某种意义上达成了我心目中的圆满。小说的名字叫《断尾》，主人公是个男孩，他的生活在八千余字的文档中发生了难以遏制的断裂，最后那破碎的生活又以滑稽可笑的方式重新拼合在一起，而文章的结尾是段漫长的沉默。有时我甚至觉得自己在其中投入了能够用文字书写的所有情感，尽管文本粗糙单薄，却因其中潜藏的情感显得如此饱满，以至于那些苦味的情愫都流淌着暧昧的光晕。但我只是乐于观赏它，丝毫谈不上喜爱它。它太过接近我的生命，因此我常常为它的存在伤感不已，虽然它的确只是篇小说。

　　上海是一座建筑在云上的城市。每当在操场跑完步，仰头看到刚好飞过头顶的飞机时，这个比喻都会浮现在我的脑海中。幼时的我怀有深重的困惑，想要弄清为何飞机并不同鸟儿一般扇动翅膀。这个问题萦绕在我的幼年记忆里，无可躲避，也难以收获答案。十岁那年，母亲为我买回一套百科全书，我十分谨慎地翻阅着内页，只为从中探寻飞机与小鸟之间潜藏着的共性。显而易见的是，这个问题并未得到专家的喜爱，相较于此，他们更偏爱内燃机的工作原理、钞票的防伪手段。因此，在漫长的一段时间内，我都固执地认为飞机是靠小鸟驱动的，每架飞机的内部都有着不可计数的鸟儿，一旦飞机启动的信号发出，它们便拼命扇动羽翼，驱使着飞机克服重力，飞上天空。

　　这个天真的幻想消散于高中物理教科书的诚恳讲解中，终结于大二寒假我坐飞机回家的那一刻。我意识到机舱内部不可能有小鸟存活，意识到飞机不过是一台结构更为精细、运转更加周密的机器。人常因无知感到痛苦，当思想陷入某种滞涩的境地，找寻意义变得如此困难。"不可知"和"不可抵达"，意味着现实与幼时的联结仍未断绝，意味着仍有某个隐蔽、纯洁、真挚的地点等待人的归回。

　　上海的春天多雨，所谓"淫雨霏霏"，开学不过十日，便同四五场雨打了照面。七八点钟伊始，雨从远处踱来，三三两两飘下，而后连成一片，丝丝缕缕地罩住方寸天地。学校里植株密集，长得繁茂，原本稀疏松散的枝干一旦刺上天空便炸作一团青绿。结伴降下的雨水敲打着头顶那张淡绿色天幕，传来富有规律的短促声响，仿佛人在雨中经历着与世界的高频磨合。去校医院做志愿者那天正逢暴雨,坐在一楼大厅的木质长椅上,看视线尽处的云迅速聚集成团,老式百叶窗忍耐着近乎癫狂的震颤,好似天地间酝酿着某种暴虐的情绪,只待释放。中午刚过,雨便泼了下来,雾气从地面弥散开来,空气里游荡着泥土的腥气和枯枝败叶腐烂的味道。我把脸贴紧那扇湿冷的窗,想象着我的表情会是多么的不堪与狰狞。我努力避免自己将生命的坐标再度掷回十七八岁的年纪,却还是顺着墙缝间流淌的雨水回到很久之前的雨天,记起那双不合脚的橘色雨鞋,记起铺着小熊床单的卧室。

事实上已经回不去了。暑假回到小时居住的家属楼,原本坑洼的砖块路面被灰白色的水泥填平,斑驳脱落的楼宇墙面也被改造得整洁统一,一种颇为诡异的陌生和亲切纠缠着我,令我难以呼吸。那夜走在街上,骑电动车的中学生飞快地驶离一条又一条的街道,他们的道别声在风中游走许久才逐渐消却。那座小城所有的街道都大同小异,有着几乎相似的面貌——饱和度过高、流光溢彩的街灯,硬质亚克力组成的店铺招牌,三两结对、勾肩搭背的青年,身处其中时我常常感到困顿和迷惑,并不知晓自己该向何处走,又有何处可去,好似无论选择哪个出口,都将殊途同归。

纵然我无数次往返于十年前的那列绿皮火车和脚下的这片土地之间,试图用诸多细节拼凑它们的相似性,却仍旧无功而返。十年前我在张爱玲故居楼下的酒室点了一杯长岛冰茶,十年后的今天杨千嬅口中的长岛冰茶也不再似从前般润喉。我反复向自己重申,"一切都是瞬息,一切都将会过去",却仍然无法忍耐回望的欲念。直到我记忆中有关上海的一切都被篡改得面目全非,直到它用一种极富想象力的残酷手段将我的幻想收缴干净,直到世界收缩为我记忆中一个陈旧的球体,方才颤巍着迈出向前的第一步。

去年十月末,当我再次将微博的 IP 地址显示为湖南,回到褶皱似的层叠的云,回到油亮得如铜镜般的厚实叶片,回到闷热的晚秋,我却只想打开前置摄像头,一遍又一遍地确认自己是否还维持着离开时的形貌,并为些微的变化惊慌不已。一周后我回到上海,碧蓝的天空上挣扎着几片稀薄的云,在学校四周灰白楼宇的映衬下,显得愈发寥廓、高远。上海的垃圾分类深入贯彻,街边的垃圾桶亦是稀罕之物,大地因此毫无遮拦地向远方延展,我常常因此感到痛苦——这般体面的街道,这样高远的长空,但我眼前的万事万物究竟有什么是真正属于我的呢？在很长的一段时间内，属于我的只是脑海中不间断涌现的一个词语——异乡人。过去的一年间，我被剥离出亲切、熟络的外壳，无论是精神还是肉体上都成为异乡人，灰头土脸地奔走在城市中。尽管仍旧怀揣着旧日图景，但那终究如奶油蛋糕上装点的罐头水果一般，让本就乏味的蛋糕尝起来更加甜腻。

寒假我见了许多人，与不同的人接触、交谈，然后分别。相见前我怀念的是骑电瓶车载 C 去湿地公园散步的夜晚，C 的裙摆在冷白的路灯下摇曳，像水族箱里荧光色调的热带鱼，又像痴癫地撞向灯箱的夜蛾。相见后我们对曾经的夜晚绝口不提，也很少讲起校园往事，唯一相关的话题或许是一些朋友的近况。有几次我们坐在树下一声不语的时候，我都想起那句"长大后我们会成为什么样的大人？"，但我终究没有说出口。

因此我常常感到，我们无法将目光放得更远了，在我们之间似乎存在一个无法挣脱的旋涡，相见时的所有话题都无可避免地向旋涡中心靠拢。尽管我听到自己的心里有个声音在歇斯底里地嘶喊，"这不是我想要的"，但是已经太晚了。我们互相理解、互相体谅、互相宽慰却又爱莫能助，我对那些陈旧、平实的情谊无比珍视，大抵并不仅仅因为我们曾经共同创造的洁净、明亮的记忆，还缘于我们知晓那些沉默无言的片段在生命中的重量，我们懂得善待对方的挣扎和退让，也习得依赖想象填补长久以来彼此间的缺失和漠然。我们就像雪原、草野间迷失方向的原始人，长途跋涉后终于望见远处火把橘黄色的光。

或许我仍会一遍又一遍地在心里默念那个问题：长大后我们会成为什么样的大人？然后无休止地困惑下去。也有可能，我会在某个午后有所顿悟，而后勇敢迈入真正的生活，在与世界的碰撞中形成自身的血肉。但在此刻，我依然在泪光里眷恋着已然碎裂在我身后的一切往昔，依旧懦弱、羞赧地等待着所谓生活的启示与开导。我会和从前的朋友围坐在餐桌旁，凝视他们的面孔，听他们讲如今的生活，看他们眼中未经遮掩的疲倦和寂寞，揣摩那些深藏于眉眼之下难以消解的情愫。在很偶尔的分神的时刻，在记忆失去焦点的瞬间，回到年少时，"我仍像当天的少年"，却仍未"接受你所有改变"，亦不能"控制我所有泪腺"。

生 煎

/ 黄思文

2011年,我刚上初中,步行前往校园的路上,每天都会穿过一条伴随着朝阳升起而临时搭建的早餐街。形态各异的早点摊贩,与售卖着蔬菜、肉食以及其他食品的门面店对立,形成一条拥挤而狭长的街道,行人和非机动车在其间穿梭不息,缓慢却热闹。

熙攘的早餐街提供的早点种类丰富,作为江南早点"四大金刚"的糍饭团、大饼、油条和豆浆应有尽有,具有上海本地特色的糍饭糕、油墩子、葱油饼在老法师的制作下,更是色香味俱全。其余如山东煎饼、四川抄手、广东肠粉等各地的特色早点亦在此汇聚。在海纳百川、琳琅满目的早餐街,我唯一愿意经常光顾的,是出门右手边第三家的生煎摊。

生煎摊老板个子不高,皮肤黝黄,像抹了一层锅底反复使用的菜籽油,两条粗壮的小臂钳动起大圆平底锅,平缓而稳重,与锅中沸腾而四溅的滚油形成剧烈的反差。老板蓄着一口短须,说话瓮声瓮气,所以售卖的活基本都是老板娘在做。老板娘谈吐明快,面容白净,着装整洁,同样围着一个围兜,只是上面几乎没有什么油渍。两人摆锅、移油、调火、焖盖配合默契,手脚利落,仿佛心有灵犀。

老板和老板娘都是顶好的生意人,对我们这些上学的孩子尤其照顾,两块钱一两的生煎和锅贴担心我们吃不够,总会默默地为我们再添上一两只。刚出锅的生煎非常烫,装生煎用的泡沫盒边上时常被热油烫出一个洞,铺在盒底的是一张薄薄的土黄色皮纸,躺在纸上的生煎圆鼓鼓地冒着热气,黑色的芝麻、碧绿的葱段,令人口水直溢。吃惯生煎的行家总会先将生煎的白肚戳破一个洞,先将鲜汤吸尽,而后再一口一口地吃,以免乍一口咬下去,肉汁直接飞溅到衣服上。

一只优质的生煎，底部不宜过薄，也不宜过厚，煎的时间不宜过长，也不宜过短。火候的掌控说起来简单，实际上却需要老道的经验和手艺。制作得当的生煎吃上一口，瞬间能激发味蕾的热情。那时候不论上学时间是否紧迫，只要从老板手上接过一盒生煎，我们都会笃定地坐在路边的小桌上，开始一日的谈天说地，慢慢等生煎稍凉，再细细地品尝。遇上下雨天，老板会在小桌旁边支起巨大的遮雨伞。只要不是雷暴雨，夫妻俩都会正常出摊。我们静坐在伞底看顺着边沿滴落的水珠，看夫妻两人交错的身影，看早餐街提着食品袋来来往往、穿梭不止的人流。恍惚间一两生煎的价格从两元，涨到三元，直到四元，煤气罐的周围也渐渐印上了一圈黑色油印。

父母对我吃生煎一直比较抵触，他们许是见多了餐饮行业背后的潜规则，始终不希望我过多地在外就餐。然而家中虽早早准备好了早餐，我总是只吃到五分饱，便匆匆跑出家门，和同学相约生煎摊。

在早餐街，我们吃的不光是各地的美食，更是人间的烟火气。秋冬之季，清晨天气微凉，把人笼罩在蒸汽里，一边嗅着香，一边暖着手和脸，是件十分快意的事情。春夏之时，路面潮湿而黏腻，松动的石砖内暗藏着污水，人们小心地踮起脚尖从雷区跨过，像是自然而然学会了芭蕾舞动作。如果有人不经意间踏了上去，污水便被挤压出来，飞溅得满裤脚都是，引起一片尖叫声。这些在生煎摊边看到的琐碎，当时并不觉得可爱，眼下回想起来却有种莫名的伤感。

上初二之后，路边摊渐渐稀少了，随之消散的是那条早餐街。上海出于整治市容的考虑，加大了街道卫生和安全管理的力度。老板和老板娘离开了这一带，去了其他地区讨生活。早餐街的没落，间接导致我吃生煎的次数越来越少，直到后来学校附近新开了一家汤包馆。听闻店内推出一道铁板锅贴，我和同学心生好奇，便进去尝试了一次。一两锅贴十四元，相当于一般价格的三倍有余。送上桌的是一个炭黑的圆石板，板中盛放有四只小巧的煎饺，两边各是一些洋葱和几根青菜。望着仍在滋滋冒着油泡的锅贴，忽然想起过去吃的生煎，忍不住问店家为什么只推出了铁板锅贴，而没有铁板生煎。店员愣是瞪着桌子看了半天，一句话也没说上来。我其实并不期待他会给我什么答案，只是觉得那种麻木的态度令人难过。

锅贴口味不坏，但总有些不是滋味。正是长身体的年龄，对肉食的渴望也与日俱增，一只吃的是情调，两只吃的却是寒酸。我们吃得很快，连盘里的洋葱和青菜也吃得干干净净。餐余看了看店里的环境，发现后厨的店员各自低着头做着活，几乎没什么交谈，只有餐单更新了才会招呼两句，一个个心事重重的。店里的客流量并不大，愿意光顾的多是一些带着小孩来吃饭的老人。我和同学要是有闲钱便去汤包馆坐坐。学习生活中的许多烦恼，都混含在一只只锅贴中，吞入腹中，化在心里。

　　每每谈及路边摊，想到的多是些隐匿在夜色的角落里，规格陈设类似于排档的小店。那里售卖炒面、炒饭、炒河粉、牛肉粉丝汤一类的热食，下班后饥肠辘辘的人们若是没有精力回家做饭，便向店主要一份自己常吃的热炒，静观老板大张旗鼓地翻炒起来。

　　我时常会怀念那段扬尘岁月，曾经那些奔走在街头的摊贩如今基本有了稳定的店面。为了重拾那份可贵的市井气，我们看到那些复古式的商业街和特意打造的夜市上聚集了越来越多的人，他们坐在露天的桌椅前，享用美食的同时，亦在追寻那块逡巡在记忆中的柔软。

　　偶尔去市中心游玩的时候，我往往倾向于走进那些窄陋的古街小巷，老上海遗留下来的低矮楼房之间，往往还残存着一两家专售生煎的小店。店内陈设简朴，全没有富丽的装修，隔间都是老旧的风格，外堂摆放着最为简易的木桌。拉开黏腻的板凳，我习惯性地拿纸擦净桌面，向后厨的老板要上二两生煎。出锅已有些时间的生煎微微有些干瘪，表皮也不是亮闪闪的。我看见回忆在生煎的底部爬满了皱纹，不知不觉爱上吃生煎已有近二十个年头。望着店外穿着光鲜、步履匆匆的人群，心里知道有些年岁终究是回不去了。

重 生

/ 贾明进

虹口看守所的铁门缓缓打开，穿过四道隔离网，张自龙又一次来到了熟悉的看守所。他清楚地记得，这一天是 2021 年的小年夜，原本是要给母亲庆生的日子。

管教按顺序抄身，给他们发放被褥和洗漱用品，和一张个人专属的番号卡。那是一张黄色的正方形卡套，中间插着一张小卡片，卡片上有着自己的名字和照片。

张自龙面无表情地排在队伍里面，看到那张卡片，脸上不由得抽动了一下。照片上的自己是熟悉的自己，也是他最不愿看到的自己，39 岁的头上不知道什么时候已经有了白发。他无奈地摇了摇头，叹了口气，一米八的身高瞬间矮了几厘米。

"嘿，别愣着了，抓紧时间整理床铺，待会儿管教要来检查的。"一个中等身材、目光锐利的室友对他说道。

"知道了。"他低沉地回答。

他抱着自己的东西，来到五号监的七号床，开始整理自己的铺盖。他熟练地将被褥套好，三分钟后将被子叠成了豆腐块，方方正正地摆在床头，然后坐在床边的塑料小凳子上，继续整理自己的思绪。

"母亲这个生日没法过了，她一着急，血压是不是又上去了。微信里面三个客户的水产订单还没送，真是背，工作上好不容易有一点起色，又要回到原点了。上次是八号床，这次是七号床，人家是更上一层楼，我倒是越来越走下坡路了。"

"兄弟，看你这样子，不是第一趟吧？"前面那个室友问道。不用说，他肯定是这监房的组长。

"嗯,不是。"张自龙轻轻回了一句,依然没有多余的表情。

"那里面的规矩都懂的,也不用多讲,有什么事跟我说就行了。"组长轻轻拍了下他的肩膀,带着关心的语气说道。

"好的。"张自龙挤出一丝微笑。

今天上午,他和小两岁的弟弟说好了晚上在家做顿好吃的,再买个蛋糕给母亲过生日,谁知道上午市场监督局和派出所的人一起到他们卖海鲜的批发市场,说是市场上出现了染色黄鱼,在每个摊位上取样两条小黄鱼,还让摊主跟他们去接受调查。这个摊位的摊主本来是他的母亲,但是母亲已经63岁了,血压还有点高,加上长期劳累后背也时常会疼,而且货源是他找的,来龙去脉他熟悉,作为家里的长子,他不可能让母亲去看守所的。

于是他笑着对母亲说:"妈,你别担心,就是去接受调查,过几天就出来了。那地方我熟,放心吧,没事的。"

然后他又打电话给弟弟,让弟弟照顾好母亲。母亲虽然不舍,但还是听他的,张自龙一直是家里的主心骨。父亲在他11岁时就因胃癌去世了,母亲带着他们兄弟俩生活,地里的活母亲一人干不过来,挣钱也少。就像村里其他人一样,母亲萌生出外出打工的想法。村里人当时有去上海的,有去广州、深圳的,当母亲问张自龙的意见时,他毫不犹豫地说要去上海。小的时候他很爱看电视上播出的《上海滩》,也想着有一天自己能够在大上海打拼出一片天地。就这样,母亲带着兄弟俩,从安徽老家来上海做水产生意。靠着母亲的勤奋和张自龙的聪明,他们在水产市场逐步站稳了脚跟,家里的生活有了明显好转。

"如果不是自己冲动,一家人就能安安稳稳过上太平日子。"张自龙躺在床上,久久不能入睡,监房的日光灯特别亮,亮得可以照出一个人的来龙去脉。在刺眼的灯光中,他的思绪回到九个月前,2021年3月9日早上9点,他走出了自己待了八年的监狱,回头望了一眼那威严、沉闷的黑色大铁门,发誓再也不回到这种地方了。01385,是他刻在骨子里的番号牌,他无数次告诫自己要记住这个号码,以后引以为戒,不管遇到什么事都不要冲动。1982年出生的他,把最宝贵的青春留在这里。当时年轻气盛,因为生意债务问题,他单枪匹马闯到人家家里要账,言语不和打了起来,结果把人打成重伤,自己也付出了惨重的代价。

那次刑释出去,他带着对家人的愧疚和对未来的渴望,一头扎进水产市场,要把落下的八年光阴追回来。外面的世界对他来讲无疑发生了翻天覆地的变化,而他,连微信都不会用。他一边帮母亲经营,一边学习使用智能手机,花了一个月的时间,他熟悉了微信的用法,也在网上查看了大量关于如何卖海鲜的信息。他敏锐地意识到,光靠传统的销售方式已经过时了,线上线下同时经营才能适应市场形势。

2021年8月8日,他尝试着开了第一家网店。订单刚开始很少,不过好在他还有线下店,他把店里的海鲜通过照片、视频传上网,如果有人下单他就通过快递送过去,遇到近一点的他就自己送。

他除了进货送货,就待在摊位上,主动和前来购买水产的顾客拉拉家常。

"张伯伯,今天的鲳鱼可新鲜了,来两条烧给孙子吃,小孩子多吃鱼补脑子,学习肯定特别棒。"

"我看看,确定要新鲜哦,不新鲜我要来找你的。"张伯伯是他们家的老客户了。

"张伯伯你尽管放心吃,这是我一条一条挑出来的,质量可以保证。张伯伯,我们加个微信,你以后想吃什么海鲜跟我说一声,我直接给你送过去,价格跟这边一样。"

只要来摊位上买海鲜的,他都热情地邀请人家加个微信,告诉人家不定期会有一些促销优惠活动。就这样,慢慢地,他的微信群人数越来越多,他尝试着在微信群中发布商品信息。对于一些老顾客,他时不时推荐些优惠的海鲜产品,主动给顾客打折。

当然,任何事情都不是一帆风顺的,重新踏入社会,他也会面临各种挫折。他清楚地记得,2021年6月20日,他和海鲜市场上一个熟悉的老范一起去舟山渔场寻找货源,因为谈得晚了,两人就在附近一个宾馆住下。正当两人兴致勃勃地谈论当天发现的新货源时,门口传来一阵急促的敲门声,老范打开门,却见两个警察站在门口。

"警察查房,请你们配合把身份证拿出来。"警察用敏锐的眼神盯着他们。

"什么情况,我住这么多次酒店还没被查过呢。"老范嘟囔着去拿身份证。

刹那间,张自龙明白了警察是来查他的。有过前科的人不管走到哪里,都是被关注的对象。他刚释放时按照要求回老家报到，之后老家司法所的工作人员隔段时间就会询问他的情况。

张自龙拿出自己的身份证，配合着回答警察的问题。"都是因为我，让您受连累了。"他不好意思地对老范说。好在老范跟他熟悉，知道他过去的事情，也没说什么。

但是在其他场合，他对自己的经历还是难以启齿。在监狱服刑时，他天真地以为社会上的人会毫无偏见地接受他们，因为他们已经为自己的错误付出了代价。然而真正走上社会，这种自卑感就会不经意间冒出来。

看守所的日子总是难熬的。他原以为待几天就出去了，但是检测结果迟迟没有出来，他也渐渐有些焦虑了，担心母亲在外面胡思乱想。

"兄弟，我听说你们一起来接受调查的多数人已经回去了，你到现在没回去，得有个思想准备。"组长善意地跟他说话。经过几天的相处，他们也熟悉了。

"有数了，不会这么倒霉吧。"他强装镇定，眨了两下眼睛，眉头紧锁起来。

"难道出来后的第一个年要在看守所过？"一种莫名的惆怅生出。他之前就听说市场上出现了用工业染料染色的小黄鱼。他的货都是从舟山渔场老刘那边进的。"正规的货源啊，打交道很多年了。老刘啊老刘，你可不能害我啊。"张自龙喝了口水，两手交叉放在膝盖上，用右手使劲掐了掐左手食指关节。

这种担忧如影随形煎熬着他，让他吃不下、睡不好，好不容易在外面长胖了六斤，短短几天就瘦回去了。直到2022年2月8日大年初八那天，他才被释放。

"你这个案子调查清楚了，你们这个市场染色黄鱼的案子也可以结案了。"管教对他说道。

"我们市场上的人都回去了吗？"张自龙小心翼翼地问道。

"都回去了，你是最后一个了。"

"为什么一起进来的人都放出去了，就留我最后一个放？"张自龙有一种莫名的愤怒，又不能冲管教发火，只能咬着嘴唇，向管教问出这个问题。

"自己想想吧，为什么要比其他人查得更仔细。"管教送他到门口，语重心长地对他说。

瞬间他呆在原地，明白了就因为自己有过前科，明白了就算自己再努力工作，也改变不了大家的印象。他有些沮丧地回到家里，每天睡到自然醒，才懒洋洋地去市场，对待顾客也没有那种耐心了。

没过多久，疫情爆发，实体生意受到很大的影响，市场也是关关停停，而属于他的机遇竟然来了。他加入了运送保供物资的车队，听到居民们对他的感谢，张自龙的内心被一种幸福感所萦绕。第一次，有一位慈祥的老母亲说他是好人，他是可以被人肯定、被人接受的。那种肯定，是被需要的踏实感；那种接受，是自我价值实现的成就感。

"要让自己变得有价值"，张自龙握紧方向盘，目光坚定地看着前面的路，"人家带着偏见看自己也是正常的，谁让自己年轻时犯错呢。人总要为自己的错误买单，就是因为犯罪的成本太大，所以才要避免犯罪呀。不要再回避过去的自己，要去帮助需要帮助的人，让自己变得有价值，大家就会接受自己的。"昏黄的路灯照在张自龙的脸上，他的眼睛睁得像两个鹌鹑蛋。

2023年1月，他在网上遇到了人生中一个重要的女孩，两人开始网上聊天，似乎有着说不完的话题。他感觉谈朋友坦诚是第一位的，便主动在微信上对女孩说："我年轻时年少气盛，为了一点债务纠纷把人打伤了，坐了八年牢。如果你介意的话也没关系，我有这个心理准备。"

"看你平时说话一点都没看出来。快跟我说说，你在里面都干什么呀，会被人欺负吗？"让他没有想到的是，女孩对这个话题很好奇，丝毫不介意，也不回避这个问题，"你在里面有想过出来做什么吗？"

"想过无数次了，我在里面没事就看书，还参加了一个创业兴趣小组，和原来在外面做生意的老板请教开饭店的事情，我想把海鲜生意做好，同时开一家海鲜店。我妈妈卖了一辈子海鲜，自己一直舍不得吃，我想让她余生一直能吃上海鲜。我还做了三本笔记呢，下次拿给你看。"

"你的想法很好，祝你早日实现。现在感觉条件成熟了吗？"

"还差一样？"

"嗯？"

"一个管理饭店的老板娘。"后面跟着一个坏笑的表情。

三个月后，他在虹口区开了自己的第一家饭店，那个女孩成了老板娘。

他在微信上写了一段话：回首过往，有美好有遗憾，结束时只剩感恩。很多事或许冥冥中已注定,而我只会勇敢地往前走,不回头。

  凌晨两点的闹钟响起,他连忙关掉闹钟,轻吻熟睡的妻子,起床前往舟山、慈溪的渔港进货。经历过上次的"黄鱼事件",他把产品质量放在第一位,坚持每天自己去进货。

  空荡的马路上,车里播放着刘德华的《回家真好》,路灯仿佛在向他招手。他知道,母亲在等着他,妻子在等着他,客户在等着他,重生也在等着他……

到底不是上海人

/ 郑天硕

我已经不很习惯凡事都上赶着做，可是眼看公交车远远地开来了，身子就不由得跑起来。踏上马路时已经转了红灯，可我还是硬着头皮奔了出去，因为红灯，公交车这才迟迟发动，我的步子一点点放松下来，心里隐隐有一些愧疚。

车门恰巧停在面前，我正准备上车，旁边等车的人蜂拥而来，其中大多是老人，可是他们身形异常灵巧，并且连绵不绝，将我死死堵在后面。我瞪大双眼，尽力使我的表情夸张——也许是期待他们看到——震惊于人居然可以这样堂而皇之地插队，一边自觉让出位置，退到人群末尾，并且宽慰自己：这世上本有队，挤的人多了，也就没有什么队可言了。

我最后一个上车，司机催促道："先上来，我要关门了！"回暖的气温，棉衣的压迫，发动机的隆隆声，晃动的人影，简直要使我晕眩。我匆匆刷了卡，就慌忙逃进车厢去了。

他们上车也是一窝蜂的，但是乱中有序，一人以身体拦住其他乘客，一人指挥其他人占据空座，其间还不忘拉拉手，挽挽臂，这份团结总给我一种受排挤的委屈。直到分配完成，我才得以被放行，找个空处站定。前面站的是一个阿婆，她大概不属于这个团体，兀自站在那里，在喧声中有遗世之感，这份泰然使我对她生出些好感。

这班960路公交我常坐，从赤峰路到国定路这段线路于我尤其方便，我时常与同学结伴乘车出游，途经大学、中学、百联商场、大楼、老小区、各式店铺，这里可说是一个浓缩的上海。在居民区里穿行，乘客也往往是老人，他们看起来都是老熟人，总是三五成群，在车厢两侧围坐着喧哗。据我观察，这里的青年都不喜欢乘公交车，地铁是更方便的选择；偶尔有大学生模样的年轻人坐在后排耳鬓厮磨，周围人也从不嗔怪，都装作没看见，毫不关心的样子。在上海就是有这样的好处，陌生人待你永远是本分的，绝不会超出"陌生"的范畴——我从前觉得这难免太冷淡了些，现在对这份熨帖却十分受用。我们在不知不觉间达成了一种默契，在这里生活不妨更自由、更大胆些。

急刹车也是这段路上常有的事，司机总是猛踩一个刹车，全车人都一个趔趄，连坐着的都无一幸免。前面的阿婆重心不稳，一脚踏在了我新买的白鞋上，留下一片黑黢黢的印子。她并没有立刻反应过来，像是回味到了什么一般，才突然转过身来，也不急着说话，先自下而上打量我一番，然后不紧不慢说了声"对不起喔"。这声音听起来酥酥的，可语气却是十分经济的，有一种难以形容的世故，但又不过火，总不至于使人到发作的地步。

我联想到上周搭地铁的事。走在换乘通道里，我总习惯贴墙边走，可以避免与人照面。行到拐角，不等我抬头看，迎面撞上一个牵着孩子的老人朝墙边吐痰——分明是朝我的裤腿去！我赶忙撤脚，甚至有些肢体不协调，摆出一个极奇异的姿势，才勉强虎口逃生。好在周围的人仍自顾自赶路，没人注意我的样子。这才想起来回头去看，那老人已经头也不回，扬长而去了。这件事使我感到极大的震撼，一种强烈的违和感，她竟在地铁通道上吐痰。这真叫人惊异。

这样的场面，也许还有很多。在各个城市，老太太都是要跳舞的，在上海也不例外。可是她们在写字楼门前跳，在地铁口跳，并且态度极为认真，一个动作一个动作地抠，音乐也总是循环播放着，"敬业精神"使人佩服。在商场也是如此，星巴克、麦当劳等餐饮店里，她们往往拼桌挪椅，凑成一大团，聊的还是那些市侩话题。在我们那里，老人从不会去这些地方。

我想，这已经成为她们生活的一部分，她们以自己的日常生活破坏了这座城市原本和谐的现代景观；却又融入其中，建构起独属于上海的城市景观，这或许是上海文化的一个独特之处。

车开到伊敏河路，他们乌泱泱全都下车了。这一片都是民居，车厢里倏然冷清起来。我最爱末排右手边的位置，可以免于牵涉车厢内的交流，垂眼可见的路肩也使我觉得踏实。太阳全下去了，我可以在车窗上看到自己的脸，同窗外的世界投在一个平面上，漆黑的发丛和深绿的树顶重叠在一起，有人牵着柴犬从我的鼻梁跨过，真有种梦幻的感觉。这流转的风景使我由衷地喜欢。

公交车要从中山北二路拐进密云路，路边是一个很小的公园，一家三口正围着草坪上的图案拍照：父亲埋头调整着相机；母亲单膝跪地，蹲下来教孩子摆姿势；小姑娘则是活蹦乱跳的，总是静不下来。他们是来旅游的吧？看着真叫人高兴。不远处的花坛角落坐着一个环卫工人模样的大叔，把工具放在身旁，点了一支烟，就静静地看着他们，路灯把他照得很白，脸上也是欣慰的。我们都享受着这片刻的宁静，眼中是同一片景致，这是我看到的不同的上海。

我曾半开玩笑地问友人什么是上海，友人伸开双臂，作画圆状，嬉笑说："这些都是上海。"五湖四海的人汇进这里，上海总是无声悦纳着，才会有如此丰富的面貌。我想，让我来讲上海，真有些困难了。我对这里实在是欠缺观察，即使出门，也是直奔商圈，到处是千篇一律的反光玻璃和连锁餐饮，与别的城市并无二致。久浸在现代性和城市性中，感官不知不觉间都迷醉了，缩在林立的高楼间，就与这座城市真实的面貌失之交臂了。如果我的老师看到，大概会说："这就是你们当下青年的一个显著问题。"好在记忆中仍有些难忘的片段，是淮海路上交错矗立的民国建筑和百货大楼，是四川北路一线的红色遗址和文人故居，是弄堂间很窄的步道。商家的屋檐很长，路边又停了一排单车，行人就在这夹缝中艰难步行。条楼的衣架大多都伸出来，柏油路上也粘了很多水迹和污渍，看起来不甚和谐，但永远是贴近生活的。我一度担心自己的感觉有失偏颇，总是不敢动笔，但既然"这些都是上海"，那我写下的这些也许不算错。想到这里，又多了几分安心。

我原先对这座城市怀着太深的恶意，因为冷漠，因为现代性。过了些年，对上海真是有些喜欢了，喜欢它的包容与分寸，喜欢五角场流光溢彩的灯饰，喜欢本帮菜，吃起来极鲜，唇齿留香，除了价格之外挑不出毛病——真希望上海也能喜欢我的文章。空寂的车厢中只剩行驶的辘辘声，连晃动的频率都是固定的，照明也关掉了，一切都陷入一种稳定的祥和。想入非非间，车到站了，可我已有了一点依恋，直到车停稳才缓缓起身。

一进校门就远远看到住在对门的朋友，右手拎一个很大的行李箱。我先前听说他考了清华的消息，猜想也许是去参加复试，也就道了声恭喜，他却说以一分之差落榜，是准备借旅游散散心。我问去哪里，他答说上海。

"这不是马上毕业了嘛,也不知道以后还留不留在这里,以前都没什么机会逛逛。"

我深以为然,可他的行李箱使我失落起来。都只是外来的人,很凑巧有了一个居所,其实在这里并没有多少分量。既不是浮光掠影的游客,也不是稳定的常住民,很像是一种长期游客,安顿下来不多久,也许又要另谋生处了。

再往前走,夜黑得很深了。走到国际学院侧边,留学生制作的写着二十四节气的灯笼挂在砖红色的墙上,透露出幽暗吊诡的光,在湿润的风中摇曳,像五线谱上颤动的音符。底下是一片中药田,依稀可见牌子上写着"艾草""连翘"的字样,最高的那一株已经攀上了门檐。我想,它们在这里也许比我扎了更深的根。

走出微弱的光线,夜再度袭来,我的影子以一种失败的形态给吞了去:先是头一点一点地给夺了去;而后是身渐渐地也沦陷了;一直到脚,连后跟也隐没进去,最终完全融入黑暗里。风在身旁见证着这一切,接连发出惊恐的呼喊,旋即在我身上探了个遍。风凝望着我,我也注视着风,都是远道而来的旅客,相顾无言,又不觉间释然地笑了。

评 残

/ 艾 琳

2023 年 12 月 18 日　星期一

上周开始上海就进入了寒潮，暴露在室外的水管晚上总要结成冰，直到中午才能带出满是铁锈的水。今天的天像极了三岁小孩子的脸，时不时滚两滴眼泪下来，显得越发寒冷了。送女儿上学后，要去母亲处接外婆，到医院做评残用的医疗证明。

舅舅早就预约了号，完全没有考虑我们打工人周一是最忙碌的。上周母亲告诉我让我送外婆去医院，我明白她是心疼钱。救护车接人两百元，送人两百元，她知道我有商务车，所以她想省下这四百块钱。母亲四十岁时离婚，一个人打好几份工供我上的大学，一辈子坚强独立，但凡自己能解决的事，绝不会麻烦别人。

外婆今年正好九十岁高龄，双眼在五年前已经完全失明，随后耳朵也聋得厉害。目前瘫痪在床，神志不清。两年前舅舅家拆迁，外婆就搬到了母亲处。

母亲住在二楼，这二十几级台阶是个致命的难题。她借了辆轮椅，考虑到瘦小的我抬不动，让我先生上班前先去帮她一起抬外婆下楼。公寓的楼道窄，走两个人都拥挤，再加上一辆轮椅，只能一前一后小心平衡着高低，缓慢行进。

寒潮加上下雨，学校门口水泄不通，刚送完女儿，先生就打电话来催。等我到的时候，天空又开始淅淅沥沥飘起雨点。他们三人早已经坐在商务车里等我，先生交换车钥匙后，就匆匆忙忙赶去上班。

坐上驾驶位，我回头看到外婆正双目紧闭，头向后靠在椅背上，像睡着了。脸上布满了老人斑和青筋，整张脸皮严重下垂，右下巴的肉痣上长出了好几根毛，身上盖着母亲穿了十多年的长款羽绒服。

外婆晕车得厉害，坐一次就晕一次，在出发前母亲已经让她吃了颗晕车药。开到半路雨下大了。"今天我和你外婆说是给她看眼睛去，她开心得很，很配合。"说着母亲拉了拉盖在外婆身上的羽绒服。

"你不是说她耳朵聋了吗？"我从后视镜瞅了一眼，母亲正满脸爱意地望着外婆。

"聋是聋了，偶尔脑子清楚的时候还是能听得懂的。"

母亲和舅舅听说评到残疾，每个月可以领一千多元。"怎么可能！"我当时就给母亲浇了冷水。因为网上说残疾的最高级别，每月补贴三百元左右。"总比没有好。"

松江中心医院在老城区，是松江第一家三甲医院，舅舅和母亲以前经常去，非常有感情，公共交通也相对方便。但是道路狭窄，加上人口密度大，拥堵得很。这些年新城区开了第一人民医院的分院，马路有六车道，停车也方便，所以我已经很多年没去过中心医院了，一时竟开过了头。

回头开到南埭路的时候，母亲收到了舅舅的留言，说车子可以直接开进急诊院区。通过后视镜我看到外婆依然紧闭着双眼，安静地在睡觉，全程都没有说过一句话，只有均匀浑浊的呼吸声表示着她的存在。外婆得哮喘病已经四五十年了，每次她要喘不上气的时候，最后都化险为夷，顽强地活了下来。

车缓慢行驶到医院大门的时候，满头银发的舅舅在马路的另一边，边走边焦急地寻找我们。我摇下窗，一股冷空气瞬间吹了进来，我大喊"舅舅"，喊了四五声，他总算听到了，立马给我们指挥拐弯，进特殊通道。

"妈，我是谁知道哇？"舅舅大声在外婆耳边说道，她只筋疲力尽地仰着头，并不搭理。母亲试图把她抱起来，立刻被舅舅叫住了，"我来，你力气不够的。"

于是母亲走下车，抵住轮椅。舅舅慢慢地抱起外婆，深怕一用力，她的头会撞到车顶。再轻轻地转身，让她的屁股坐到轮椅上。最后放下轮椅的两个踏板，把她的双脚小心地放上去。母亲立马把长羽绒服盖在她的身上。

整个过程外婆人事不知，一语不发。不知道是不是吹西北风的原因，外婆的脸色苍白得很。她的头突然东倒西歪起来。"妈，现在不能睡哦。"舅舅赶紧拍拍她的肩膀，试图唤回她的意识。

舅舅推着外婆，母亲拿着包裹，两个人行色匆匆地走进了医院。近三个小时后，诊断结束。回家的路上，舅舅和母亲的心情都轻松了很多。我问他们开个诊断书而已，为什么要这么久。

"看眼睛要医生开单，再去拍片，然后再出诊断书。脚也要开单、拍片，然后再出诊断书。你外婆不用排队，已经算快的了。"母亲这两年因为照顾外婆的原因，嗓门变得越来越大。在密闭的空间里，只说上几句，我的脑瓜子就嗡嗡作响。

"医生建议妈的脚动手术，动吗？"母亲严肃地问舅舅。

"这么大岁数了，肯定不动啊，哪还动得起哦。"舅舅坐在副驾驶位上，发出了一串清脆的笑声。

三十年前外婆出了车祸，脚断了，上了钢筋。从此以后走路就一瘸一拐。这次拍片，医生表示钢筋已经移出来，马上要顶破皮了，建议动手术。但是考虑到老人的实际情况，让家人自己斟酌。

枯黄的外婆始终紧闭着双眼，一言不发，呼吸声缓慢浑浊而有规则。"这样活着真是一点意义也没有。"我不禁感叹了一声。

母亲说："你别看你外婆现在神志不清，年轻的时候也是村里出了名的能干呢！你外公走得早，她一个人带大我们四个孩子不容易。四姐弟身上穿的衣服，脚上穿的鞋，都是她自己缝制的。"

"人活到这一步也真是可怜，没有生活质量，没有尊严，也没有选择权。现在的子女都是独生子女，等我们老了肯定比妈都不如。"舅舅也跟着感慨起来。

2024 年 1 月 4 日　星期四

今天是外婆做初评的日子，预约单上写的是 13：00—15：00。13：00 我到母亲处的时候，舅舅已经在了。

"我和你妈讲，我开车送去就可以了。"舅舅说道。

"妈和我讲了，说小轿车座位矮，会加剧外婆晕车。"我回答道，看到母亲正在房间里给外婆穿裤子和袜子。

外婆经常在床上拉屎撒尿。以前住在舅舅家时,很远就能闻到尿骚味,让我简直不敢走进外婆的房间。在母亲处,却闻不到一点气味,可见母亲每天的劳累程度。舅舅曾经说过:"在三姐这,妈的房间里一点味道也没有啊。"

两年前舅舅提出要送外婆来的时候,问过我的意见。"为什么不送去敬老院?"外婆当时已经双目失明,神志不清,瘫痪在床。我知道答应下来意味着什么,自然心疼母亲。

"你舅舅说了,她们那里不去,平时连看望自己妈都做不到,这长久哪还有笑脸。他说就放心外婆住在我这里。"

消瘦的外婆穿好鞋袜后,被母亲搀扶了起来。舅舅在她的耳边大声道:"妈,我们带你去看眼睛啊。"

一直神志不清、痴痴呆呆的外婆突然有了反应,"啊……给我看眼睛啊。"她满是褶皱的脸上,露出了喜悦的神色。她的整口牙早已经掉落,嘴唇严重凹陷,银灰的头发稀薄柔软。

舅舅面对着已经严重萎缩的外婆,牵起她的双手。"妈,我喊口令,来跟着我走啊,一二一,一二一。"舅舅喊着口令,一步步地往后退。外婆奇迹般地配合着舅舅的口令,跨着小碎步走了起来,跟平时失智失能的样子完全不同。

慢慢走到了门口,有个小台阶,舅舅停了下来。"妈,听我的口令啊,脚抬高一点。"只见外婆很努力地抬起她的左脚。"哎,对了对了,就这样慢慢抬起来。"他们两人有节奏地走出了门。

走到二十几级台阶那里,舅舅喊了声"停",并转身弯下腰。"妈,来我背你。"外婆叠在舅舅的身上,两个人穿着厚厚的羽绒服。因为她有钢筋的右脚抬不起来,舅舅只抱住了一条腿,另一条腿自然垂落着。每走一步,外婆垂落的脚就要擦一下台阶,这本身看着并没有多少伤害性,但每次外婆都要用苏北话大喊"哎呦喂"。

舅舅不得不停下来,并慢慢放下外婆,母亲在后面扶住她。他边转身,边笑着说:"哎,老人骨头脆,别等下压断她三根肋骨。"

最后舅舅决定抱她下楼,可是外婆并不能像小孩子一样勾住他,他只能小心平衡着两个人的重心,缓慢地移动。走了几步,外婆又开始用苏北话大喊

"哎呦喂"。眼看就剩两三级台阶，舅舅这次一口气走了下来，并没有停顿。

车已经等在台阶边，舅舅在车门前缓缓地把外婆放了下来，稍一停手后，用力把外婆抱上了座位。母亲顺势把外婆往里推了一下，不知道是不是用力过猛，外婆"哎呦喂"叫出了声。

阳光透过玻璃洒在我们的身上。这周天气回暖，加上外婆晕车，舅舅特意关照不要开空调。结果车子才启动，外婆就用苏北话开始呻吟道："冷哦，冷哦。"母亲顺势给她盖了件羽绒服，她仍旧隔十几秒就喊"冷哦，冷哦"。

副驾驶位的舅舅回头看了一眼外婆，宽慰道："她肯定不冷的，只不过家里一直开着取暖器，一下子出来体感有点冷而已，没事的。"

老人怕冷。很多年前，外婆在舅舅家时，冬天就整天开着取暖器，住在母亲处自然也一样。母亲有一次问过我，开空调是不是便宜一点，取暖器一个月要花掉三百多元的电费。

"哎，要是能上门评残该多好，就不用这么折腾了。"舅舅又回头不放心地看了外婆一眼。

"他们说没有这个服务。"母亲没好气地回答道，顺势拉了拉盖在外婆身上的羽绒服。外婆还是不停地用苏北话喊着"冷哦，冷哦"。

松江的泰晤士小镇是模仿着英国的泰晤士小镇造的。好不容易找到了三新北路900弄249号，看到门口挂着"松江区中心医院体检中心"。门前横七竖八地停着些车，一个个都推着轮椅，上面清一色坐着老人。有来的，也有回的。

红色的墙体，底下配着灰色的砖，建筑本身还是非常有现代感。把车子停稳后，母亲和我抵住轮椅，舅舅去抱外婆。他们先进去，我去停车。等我走进楼内时，工作人员很热情地询问我的来意，示意我坐电梯去二楼。

刚到眼科诊室的门口，就听到舅舅正在大声说："来，把眼睛睁开。"推门进去，看到外婆正把下巴搁在检查视力的仪器上，很努力地抬她的眼皮。

"医生，这个要多久出结果呢？"我问道。

"十天左右。"女医生态度友好地回复道，顺势涂了一下护手霜。

"那结果哪里知道呢？"

"你评残的通知哪里拿的，残疾的通知就在哪里出。"语气中有了些许不耐烦，我也不好再问。帮忙开了门，舅舅推着外婆，母亲拿着包裹，三个人陆续走了出去。

走到大门口，确认没有外人后，母亲大声抱怨道："你看看就这么一两分钟，这么折腾人。"

舅舅说："其实像妈这种老人都有需求，但如果上门的话，他们的活估计要几十倍地往上翻了。"

"也是哦。"母亲听着有道理，心态平和了很多。

回家的路上，明媚的阳光洒进车里，外婆还在用苏北话不停叫唤着"冷哦，冷哦"。

舅舅看了一眼外婆，"妈，你肚子饿哇？"外婆并没有接话。"你和妈说说话，分散一下她的注意力，别等下又晕车了。"舅舅关照道。

于是母亲在她耳根大声问："小面包吃哇？"

外婆停顿了好几秒，这次给出了回答："吃的。"

"小面包好吃哇？"等了很久，外婆也没有搭理，只朝后仰着头，紧闭着双眼，又一副人事不知的神情。

"算了，今天她也累了，让她睡一会儿吧。"舅舅示意母亲不要叫了，于是两个人聊起些家常。

到家后，我开了后备箱，舅舅取了轮椅，缓慢地把外婆抱起，轻轻地放到轮椅上。外婆无助地耷拉着脑袋，整个人消瘦、枯黄、羸弱，似一抹残烛，奄奄一息。

"让她呼吸点新鲜空气，缓和一下。"舅舅示意我去上班，于是我走了。

上海交响

/ 杨越悦

又是一年玉兰花开,这是我在上海亲历的第三个春天。从三年前满怀憧憬地来到上海读研,到如今时间的年轮倏忽转到第三个春天,诸事大吉,我终于能够闲下心来,在一个春和景明的日子里,将我眼中的上海细细说与你听。

沪上风光:旧与新

人称上海为"魔都",我未曾追溯过这个称号从何而来,在我眼里,上海的"魔"在于它的复合与多元,历史遗址与寻常巷陌共生,园林庙宇隐于车水马龙的闹市之间,传统的与新潮的在此地并行不悖,归根结底是"包容"二字。

研一的时候随导师去多伦路人文行走,那一带有许多名人故居和纪念馆。在我印象中,这种对外开放、已经成为景点的故居在别处都是被扩大范围、规划保护起来的,但让我诧异的是,不管是鲁迅故居也好,抑或是别的纪念馆,隔壁就是普通的居民区。当时路过一户敞着门的人家,一眼瞄过去,房子内部稍显破败,虽是白天,但房间里昏昏沉沉,五平米的门厅放了张床,有老人躺在上面。两相对照,其中的反差当即带给我强烈的冲击感。在那以前,我也以为上海就是陆家嘴的高楼林立,是迪士尼的梦幻童话,是无处不在的遗址遗迹,是随处可见的精致洋房,但那一天,我仿佛看到了上海的背面。原来上海并不是处处繁华,绕过那一座座气派的小洋楼,背面可能就是电线和下水管通通暴露在外面的"老破小"。这样的上海才真实可爱、更加接地气。设想你刚参观完一座红色革命遗址,推门而出,映入眼帘的是近旁居民楼里伸出来的晾衣竿,上面搭着一家老小的各式衣服,你会不会有一种穿越感?那一刻"前辈们用鲜血换来了家国安宁"这句话被具象化了。

我喜欢在晴天看上海居民楼里伸出窗外的晾衣竿，在别的地方逐步禁止安装室外晾衣架的时候，上海仍大规模地保留着这个传统，每个艳阳高照的日子里，都能看到上海居民悬挂在窗外的花衣裳，它们一件件存留了阳光的味道，也将生活的烟火气倾洒在大街小巷。我想上海的街头是很浪漫的，不止是自然风光，更指这里的人文气韵。前段时日，我出门漫游赏春，在一个路口转角，忽然听到了曼妙悠扬的乐曲声。那声音很大，我以为是哪家咖啡店在用音响播放唱片。但当我走到马路对面，循声望过去才发现那声音的来源是一家建材店的二楼。二楼的窗户敞着，一个大爷倚在窗边，一手拿着口琴，一手举着话筒，像是在举行一场个人街头演奏会，气氛非常罗曼蒂克。一来彼时已近黄昏，夕阳里的口琴声仿佛也沾染上了落日余晖；二来那个场景让我感到奇妙，在一个人来人往、川流不息的街头，竟有这样自由而松弛的表演，真乃奇人、奇举、奇景也。我驻足马路边以后，聚焦的人越来越多，大家站成一片，自发当起大爷的观众，大爷的兴致由此更加高涨，吹起了更欢快的曲调，还不时对大家的鼓掌挥手致意。行笔至此，我忽地想起我们宿舍区附近也有这样一个大爷，常在河边吹萨克斯，他那种对热爱的坚持和自娱精神默默感染过很多人。

"海纳百川，有容乃大"，上海包容着每一类文化样态，包容每一种习惯，包容每个人的精神世界，继而熔铸了整座城市自由而浪漫的气质。就像万圣节、圣诞节，似乎只有在上海才会掀起狂欢的浪潮，看到大家盛装打扮，以节日之名聚会玩耍的时候，我会觉得这种洋节本土化的庆祝方式好像也蛮欢乐的。

沪上情缘：冷与热

很多人会说，上海这座城市是冷的。

研一的跨年夜，我独自去外滩闲逛。在涌动的人潮中，我看到一个四五十岁的阿姨正举着手机和家人视频。她转动手机，向屏幕那头的人展示黄浦江两岸的繁华和周遭热烈的气氛。视频末了她说了一句："我在这边挺好的，别挂念。"不知为何，这句带着乡音的"别挂念"触动了我，让我记到今天。或许是她那张饱经沧桑的面庞和淳朴的话语让我产生了联想。我想，那也许是她第一年来上海谋生，平日里勤勤恳恳地劳作，在跨年这天，将谋生的艰难和劳作的辛苦暂且撇下，穿上最好的衣服来到外滩，置身于节日的氛围里，她的人生好似也被那炫目的灯光短暂地照亮，于是她语调轻盈地告诉家人，她一切都好——从小小的屏幕望过去，好像确实很好。

上海经济发达，工厂用工需求大，服务业更是需要大量人手。于是，那些在小地方难以找到工作的人，都涌向上海，成为车间流水线上的一颗螺丝钉，成为餐馆里的一只陀螺……他们一再压缩自己的生存成本，住在逼仄脏乱的合租房，蚁居在这座光鲜亮丽的城市最昏暗的犄角旮旯，吃穿用度总是可以让人一眼就把他们和本地人区隔开。他们是最懂得赚差价的，工资和自我生存成本的数值差，就是他们来这里寻求的价值和意义，也是他们给远在故乡的老小的希望和保障。这群外来者不属于这里，却占领着这里。跨年时，东方明珠前的那一句带着乡音的"别挂念，挺好"，过年时，走亲访友时那句"在上海，挺好的"，就是他们与这座城市的连接，来来往往，生生不息。作为一个在上海读书的异乡人，我住在抬眼就可以看到东方明珠的校舍中，无须为了租房、招工这些事情发愁，甚至因为家庭的支持，不用计算和计较在此间生活的各种开销和花费。但作为一个旁观者，我也常常为我目睹和耳闻的而心酸，我深知那是对一种人生状态的悲悯，但上海聚集并放大了这种人生状态。上海是富庶之地，富丽堂皇的商场，琳琅满目的商品，各国各地的美食都可以在此处寻得。但我常常在想，对于大多数人而言，在上海能够得到的只是一饱眼福，因为你伸手碰到的每一样东西都需要付费，于是每一次兴奋着伸出去的手总是悄悄地又缩了回来，白天开开心心地出门 City Walk，晚上回到冰冷的出租屋，便觉得繁华落尽，上海的一切终究不属于自己。

物是冷的，若想感受上海的温度，似乎只能从人身上去找，而这也恰是我在上海这几年感受到的热。月初去参加一场面试，面试地点离上海博物馆不远，遂一时兴起在面试结束后去故地重游。博物馆里负责盖章的工作人员颇有趣——我拿出笔记本翻到我夹了信封的那一页，小哥出其不意地说了一句："你的字很好看。"当我意识到自己字迹暴露，便迅速把笔记本翻到空白页说："字好丑。"小哥却语气诚恳地补充道："是真心觉得好看才说的。"后来小哥又看到我在扉页上写着"面试宝典"四个大字,便祝我"面试顺利,一举上岸"。我该如何去形容这份来自陌生人的温暖呢,大概就是你原本只是想出门去散散步,却意外发现沿途的春花都已盛开,迎面而来的是清新自然的花香与和煦的春风,仿佛整个人瞬间被治愈了。回想起来,好像我在上海遇到的、萍水相逢的都是挺好的人。

记得研一刚来的时候,我去超市买热水瓶,因为缺乏足够的生活经验再加上选择困难症,我在货架面前徘徊了好久。就在我举棋不定的时候,旁边来了一位大叔,他看出我的犹豫,便主动教我如何辨识热水瓶的好坏,打开瓶塞让我把耳朵凑上去听音识壶。年深岁久,我已无法复述他后来又和我聊了哪些内容,但也是那次的偶遇,打消了初来乍到的我对上海这座大城市潜在的一丝畏惧,因为我觉得自己是被接纳的,而上海人也并不似人们所说的冷漠,他们是很热心的。还有一次,我在一座历史建筑门口拍照,附近居民区的一位老爷爷看到后就主动提醒我这处遗址中午不对外开放,让我下午再来。这种来自陌生人的善意总让我觉得动容和珍贵。

一座城市的冷与热,非得亲自体验才知晓,而且或多或少取决于来者的身份,为游客者来去匆匆、热辣滚烫,为求学者多栖居于象牙塔之中,如温室养花,为谋生者大抵是冷热交替,而究竟哪方占上风全凭个人际遇。

沪上抉择:去与留

今日将关于上海的种种絮语说与你听,实际也是说与我自己听。作为应届毕业生,我迎来了抉择去留的时刻。三年前,刚来上海读书那会儿,我没想过要留在上海,因为在上海读书和在上海工作全然是两码事。异乡人留沪意味着你不得不解决眼下的租房问题和长远的住房问题,其中的辛劳奔波可想而知,所以我也一度暗自拷问自己:你究竟是不想留在上海,还是没有留在上海的实力?……斗转星移,三年后,我通过自己的努力获得了留在上海工作的机会,于是当初那颗不留沪的心便动摇了。假如我没有选择权,我只会痛苦一天,因为人是很容易宽宥自己的,会自我松绑式地把一切失败归咎于自己能力不行或运气不好,认为自己就是没有实力留在上海;但如今拥有了选择权就意味着痛苦将蔓延至不得不做取舍的那一天,甚至这份痛苦极有可能会渗透进漫长的余生,因为每当在路上碰到绊脚石或渣滓时,我总会疑心那条未选择的路是不是开满了鲜花。为了避免这份痛苦持续蔓延渗透,我必须重新审视我和上海的关系,从而在心里找到一个答案。

我想起了第一次坐11号线的情形。那日,也是为了参加一场面试,我必须从10号线转11号线。当我坐在10号线上的时候,还颇有几分自我怜惜的意味,因为早上六点钟的10号线人并不多,自觉自己像那早起的鸟儿,为了奔赴一个并不明确的前程辛苦劳碌。但换乘11号线后,我发现车厢挤满了人,各种身份、各种模样——戴着安全帽的工人、背着书包的学生、拉着鼓鼓囊囊小推车的大爷……立在车门旁,我记起在新闻上看到的:11号线是上海最拥挤的一条地铁线,它连接着迪士尼和嘉定,一边通往童话,一边通往生活。因为震惊,我当时还发了朋友圈,有朋友评论说她每天就是坐这条线上下班的,很痛苦。为了安慰她,我说:你可以假装自己每天是去迪士尼!朋友回复:离迪士尼还有很长的路要走……对啊,我们已经是需要独当一面的大人了,不能再玩小朋友的游戏,合上童话书,我们面对的就是直白的生活,灰姑娘不再有南瓜车,青蛙不会变成王子。

但我又想到我最近一次去外滩的情形。从十年前第一次以游客的身份在外滩留影,到读书时去外滩跨年,我已数不清自己去了多少次外滩,但好像每一次都会有新的体验。最近一次去外滩是去年国庆节的傍晚,我先去了北外滩,那里停泊了一艘体积很大的轮船,白色的船体和滔滔的江水让人不免联想它扬帆远航时的气势。于是一艘轮船便在我的手机里留下了数十张剪影。东方明珠更甚,虽然它日日伫立在那里,但我次次都要为它拍上无数张照片,似乎怎么看都看不够,而且那时的暮色、那样的视角会让人建立一种专属的连接感。从北外滩走到外滩,夜色渐浓,五星红旗也越来越多,那天晚上风很大,飘扬的红旗和绚烂的建筑灯光让人油然生出"以吾辈之青春护卫盛世之中华"的使命感和昂扬斗志,觉得前路一片光明,而自己也必将有一番作为。那天晚上我没有乘地铁回学校,而是骑了一辆共享单车,跟着导航慢悠悠地骑。那天晚上的一切都让我感到满足,我欢欣地觉得自己欢喜上海的一切。

这样欢喜上海的时刻回忆起来还有很多。去年春天的一个夜晚在学校看话剧，看到一半产生饥饿感，于是从大礼堂溜出去，一路奔向校外的面包房。快打烊的铺子里，面包的摆放没有白天那种富饶的秩序感，但也很容易挑到较合眼缘的几块。回到学校后，一边优哉游哉地走，一边啃面包，好不自在。当时已过了花季，樱花大道不再游人如织，路过的那刻，它好像只属于我。在那个春风沉醉的晚上，我沉浸着的不再是游客的快乐，而是主人的松弛。走过熟悉的教学楼、图书馆、食堂、操场，一路遇到许多陌生而新鲜的面孔，那些擦肩而过的面孔也让我欣喜。偶尔会觉得，一个人也挺好，自由如风，随心所欲。就像人们谈起关于大城市和小县城的选择时，总会提及小地方的束缚感——那是一个太小的圈子，走两步就能遇到熟人，一举一动都在别人的视线中，如果那视线太过焦灼是会让人产生不适感的，他们会不断地提醒你该做什么，比如到了年纪就要结婚，女生适龄就要生育……而在上海，在这样一个汇聚了五湖四海的人的地方，大家好像都只是过自己的生活。

而且上海也曾给过我归属感，那是我在浙江参加了几天面试而后回到上海，尽管回到上海的那天是我最不喜欢的阴雨天气，但当我看到宿舍窗外的东方明珠、看到楼下熟悉的便利店时，我还是有一种回家了的感觉。行文至此，我好像已经有了答案。

人在年轻的时候总是精力旺盛、瞻前顾后，每天有各种声音在脑子里打架；上海也是一座年轻而充满活力的城市，这里每天都上演着各种剧目：旧的、新的、冷的、热的、离去、留下，人声鼎沸。那么，未来就让年轻的我和年轻的上海一同往前走吧，在春天开花，在盛夏结果，在秋天启程，在冬天抵达。

你的上海是什么样的？

/ 徐宁遥

1. 奇怪的妈妈

妈妈在来上海之后开始变得奇怪。

她像恍惚间介入了一种无法抽身的宿命，清晨骑自行车去国和菜场，不坐公交车，充值的单车月卡，每个月可以省下几块钱，美其名曰欣赏从开鲁路到国和路沿途的风景。妈妈说，金陵盐水鹅、胡老头鱼丸店门前总是大排长龙，新鲜的花样总是要尝鲜的。三两头发花白的爷叔抄着一口母亲听不懂的本地话，在讨价还价。她很少去除菜场和我的学校以外的地方，唯一的放松是每周五送完我，路过工农新村边上的小公园。公园没什么特别的，她却常说，水光潋滟，那儿的景致是极好的。

晨练的阿婆，旋转收音机的按钮，放着旧上海的老调，缱绻温柔女声悠悠扬扬地流出。鸟笼里的蓝鸟总是抖落着翅膀上的羽毛，水蓝蓝的，像泼洒的颜料。寻着它啼叫的方向看去，新村的墙上爬满了夹竹桃。天经常下雨，可夹竹桃的红不会洗掉，愈发浓烈，我看见了雾蒙蒙的墙上，似乎粘着新鲜血渍。

去年夏天母亲搬到这陪我念初三。都说初三是关键的一年，她一咬牙辞去了老家的工作，立志全程陪我读书直到我考上大学。她同老家的亲戚说，序瑶是打算冲复旦的，这话也不知她是如何夸下海口的。我初二时的数学，一百五十分的卷子尚且只能勉强拿个一百分。她准时骑着小电驴送我去学校，又会根据视频号制作一份像样的营养餐。饭桌上我偶然提起大壶春的排骨年糕、食品一店的老鸭粉丝汤，不过是随口说出的话，她却当了真，坐公交到五角场，各买了一份。打包的塑料餐盒有些滚烫，她低声说了句：真是健忘，忘记带饭盒过去了。

印象里母亲很温柔，每年夏天回到老家，总会变着花样地带我去黔灵山公园看猴子，吃刚出炉的糯米饭。外婆家对面有山，水绿色的群山绵延，山上长着各种奇怪的树，年轮一圈又一圈，到了春天，还会开大片的桃花，绵软的花瓣压在树枝上，风悠悠，馥郁的清香飘进心底。不知过了多久，架起了高铁，夏天降临的时刻，我就会回到外婆家，飞驰而过的列车，会经过那片绿油油的高地。母亲说，序瑶，这是你的故乡。可我却很费解，明明上海才是我的故乡，父亲是上海人，而且，我也是在上海长大的啊。

八月的上海总有雷暴雨偷袭，轰隆轰隆，沉重地击打着大地。我在开鲁新村里的一家机构补习数学，机构的楼下有间棋牌室，烟雾缭绕，呛得人想咳嗽，麻将机转动的声音夹杂着此起彼伏的沪语，可你问我为何突然出现在这里——我痴迷读《棋王》，阴差阳错地认为棋牌室里会遇到棋王。的确是有人在下围棋，白子黑子，错落交织，渗透着未明的命运，降落在生活的罅隙里。是痴了神，迷了眼，母亲找到我的时候，我正安静地趴在桌子上聚精会神地看着落子。

母亲像是被突然击中，尖锐的声音似穿破耳膜，"我花钱给你补习数学，补到棋牌室了？"我想解释，但那一刻却发不出声。眼前划过很多破碎的影子，像幽灵一般，似有若无的：她常去买菜的国和菜场；滴着水的衣服晒在工人新村的电线上；厨房里不会休眠的烧菜声；我们在大光明电影院买了晚场电影票，走出影院的时候，街道亮亮的，霓虹灯、行色匆匆的路人、汽车的前灯像蓝色的火，洒水车经过，整条街都变得湿漉漉起来，像踩在潮湿的苔藓上，还有半个月前的某天，她兴高采烈地去五角场逛了一趟，她说认识了一个朋友——琳琳，在商店做服务生，也是外来媳妇，和她聊得很开心。

我们的关系像一条花蛇，扭扭捏捏，被咬伤后疼痛灼烧着皮肤，有些难解。这时我就会想，她要是不来上海就好了。吵完架的第二天，她会若无其事地叫我起床，告诉我不懂的记得问老师。夜晚父亲回家，她抱怨父亲网购的垃圾袋太薄，轻轻一提，零落的栀子花、枯黑的香蕉皮、发黄氧化的苹果皮就会掉在地上。父亲口袋里有一支没点燃的香烟，她捡出，用力地往垃圾桶一扔，絮絮叨叨的话语没再停下。

2. 林小姐和廖雨听

时间很快到了冬天，隔壁搬来了一个和我差不多大的女孩。她叫廖雨听，她妈妈生她的时候，窗外下了一场雨，淅淅沥沥一整夜。听着雨声，她出生了。他们都叫她妈妈林小姐。林小姐在殷行路上开了一家做家常菜的饭馆，是川菜馆，生意极好。林小姐漂亮，丝毫看不出是生过孩子的四十余岁的人。流言蜚语不请自来，总有三五个八婆议论纷纷。廖雨听七岁那年，父亲和一个有钱的女人跑了。"似是已开起了好多家分店，卖鞋子的。"林小姐不以为意地说。

林小姐从不过问廖雨听的成绩，带她去泰国旅游，去城隍庙祈福，在绿波廊吃上一顿，去东方明珠的旋转餐厅吃下午茶，还爱给她买好看的裙子，衣柜里塞得满满当当的。我看红了眼睛，她说："你要是喜欢就拿走，但是要做我最好的朋友。"衣服的诱惑，我除了点头别无他法。我给自己招来了祸患，母亲拿我同廖雨听反复比较起来。

妈妈说的时间长了，我就产生了一些奇怪的情绪。我想躲着廖雨听，拒绝同她周末去杨浦图书馆自习。偶尔翻阅到她在平潭岛旅游的朋友圈，看到她被烈日晒伤的皮肤，我却有一种久违而又莫名的安心。

我下楼丢垃圾，装满了的黑色垃圾袋被系上了一个很紧的结。林小姐笑意盈盈地从一辆摩托上下来，栗色的波浪随着微风翩翩，中指上的钻戒亮晶晶的。她微笑着和我点头，"序瑶，有空来家里玩。"抬头的时候，透过二楼的那扇窗，隐约看见廖雨听在往窗外瞥。窗户上灰扑扑的，红色的窗花有点卷边，她有些慌乱地搬起窗台上的绿萝，风铃声"丁零零"地响起。林小姐拨了一下手上的戒指，轻盈地往单元楼里走去。廖雨听那张在阳台上一闪而过的漂亮脸蛋，我竟觉得她好孤单。冬天上海的风好冷，扎得我的脸生疼，我像泄了气的皮球，心莫名地酸痛着。我上了楼，脱了鞋，脚后跟被磨起一个红色的泡，起了皮，皮里有些充血。瞥见阳台挂着一条粉色格纹的围巾，随着窗外的风起落，线头凌乱着，很旧很旧。

"刚打扫房间的时候捡到了这个。"母亲若无其事地拿着一本日记本出来，

"要中考了，别写这些无用的东西。"

"你偷看我的日记？"我有些诧异地看着她。

"掉下来的时候正好打开。"她推了推脸上架着的眼镜，"就算看了又怎么样？"

"你为什么要看呢？"我抢过日记本往房间里走去，想猛烈地带上门，却最终只是轻轻地闩上了门。

一个月前，我参加了一场作文比赛。比赛结束后，她在四平路的地铁站等我。枫叶四散在柏油路上，铺成一条绵柔的地毯，连接着地面与幽蓝天空。她刷着手机问："写得怎么样？"我有些惆怅，感觉表达不出想表达的话。"那是你读书太少了。""看书呗。"委屈的情绪哽塞着咽喉。她说话的声音突然尖锐起来，"有什么好多想的。"她为什么要来上海？眼泪汹涌地爆发。

"吃饭了。"母亲若无其事地敲了敲门，餐桌上摆着两菜一汤，红烧狮子头、四喜烤麸，还有番茄蛋汤。近来我愈发迷恋上海菜，母亲或许也擅长研究菜系。她扫了我一眼没说话，胸口囤积的情绪莫名地被压抑着。我终是没有说出口。

时隔几周，微信弹窗跳出廖雨听的消息："想出去转转吗？"我们一起出了门，谁也没提这几周的事。公交车在杨浦滨江停下。廖雨听说："带你去个我最爱去的地方。"这儿曾经有很多的工厂、纺纱厂，还有水厂、电厂。高高升起的烟囱，灰色的烟不再吹向蓝色的天。河岸边是高高低低的厂房，几艘货船安然地停泊靠岸。鸣笛声声，声声鸣笛。杨浦大桥，是一把巨型的大提琴，好不壮阔！

廖雨听说，小时候经常来滨江，她住在杭州路上的一间自建房里。林小姐在对面开一家生煎店，店铺很小很小，生意也不太好。只有附近的居民和零零散散的学生去吃。自建房有一扇窗，她看见穿着校服的少年从便利店里出来，磨刀的爷叔还会配钥匙，几个老奶奶嗑着瓜子聊八卦，放学时推着小车卖棉花糖的老妪——年轻时是杨树浦一家肥皂厂的工人，她佝偻着背，从磨损的挎包里摸出零钱，后来学生们都不去她的摊头，因为她不会使用手机支付功能。但她不走，那是生活了大半辈子的杭州路。

上海爱下雨，滴答滴答。一楼的房子潮潮的，墙上的霉斑像菌丝一样，到处都是。廖雨听总是坐在窗前，看林小姐店里的客人，他们收起长长的伞，纤细的雨，倾斜着滑落屋檐，偶有几颗水珠挂在窗户上，摩擦时发出窸窸窣窣的声音。廖雨听聚精会神地听着雨的声音，盼着盼着，雨就停了。林小姐就会带着滚烫的生煎回来，笑意盈盈地看着她吃完。

可是，她要结婚了。廖雨听眼里的光，暗下去了。天开始飘雨，江面上灰蒙蒙的一片，栏杆上的油漆开始落下，黄色的漆像落在地上的干枯的残叶，易拉罐被丢进垃圾桶，发出轻微撞击的声音，船又开始鸣笛了——也可能是睡眠不足导致的耳鸣。廖雨听拽了一下我的衣服，"我们回去吧，回开鲁路。"她又重复了一遍，脸色不太好，掺着几分未明的倦意。杨树浦路的工厂一点点缩小，直至再一次变成地图上的某一区域，变成记忆里的一团钢筋森林。廖雨听莫名地问了一句："你说，上海究竟是什么样的？"

到家了，我打开门，灯奇怪地关着。我回到房间，书桌上放着一只纸袋，里面放着一双耐克的新鞋——是前段时间逛商场时中意的，粉白相间。脑海里浮现清晨新村门口卖着豆浆油条的阿妈、国和菜场的盐水鹅，以及杨树浦保留的旧式工厂却不再燃起的炊烟，还有鳞次栉比的高楼，夜晚霓虹灯静静地听着心跳。所以，你的上海究竟是什么样的呢？

窗外的雨还在下，滴滴答答，空气湿漉漉的。

窗户上起了气，白茫茫的。有点说不清。

但我想，应该是充满留念的。

辑四　文学评论：在文本中走向未来

《神圣祭坛》与王安忆90年代的"情理现实主义"

/ 王幸逸

十年前,批评家张定浩整理过对王安忆作品的批评史,指出王安忆小说常体现出一种化约式的冲动,即以"合理性""确定性"统摄多元复杂的外在世界。张定浩着力勾勒王安忆的"确定性"美学,并将其视为社会主义文艺的风格残余,但他又能在王安忆小说中,读出脱离尘世时间的心灵化色彩。似乎"确定性"美学的背后,还存在着"理念"与"心灵"的暧昧纠缠[①]。

张文凝练概括出王安忆的小说风格:鲜少象征与超现实的影射与变形,一切都摊在纸面上,明晰易懂。王安忆常用铺叙的笔法,以类似环境描写的方法来表现人物,除叙事者的直接分析,便是对话记录和心理活动揭示的方式。人物的思维、情感与行动,在此成为环境的一部分,人物不过是小说公式里的一个变量,一件会说话、会思考的道具。这似乎是"自然主义"与"意识流"的结合或折中:既是自然的意识化,也是意识的自然化。由此,王安忆将文学写作转化为演算,即按照"小说自己的逻辑"解析日常生活,并细细写出每个步骤。

王安忆提倡普遍性、抽象性、合逻辑性的写作,她的小说所体现的具体性,往往是经"小说逻辑"拣选、罗织过的具体性。日常生活的具体肌理,成为被抽象逻辑统摄的材料。于是,"理性"并非来自对日常具体性的抽象,而成为日常具体性的先验本质。王晓明曾指出,王安忆从《小鲍庄》开始,热衷于创作这样一类小说:"看上去人物故事都很完整,但真正的主角却不是某一个或某一群具体的人物,而是一种抽象的生活氛围、状态、文化,或者一个承载着上述东西的地方。"《长恨歌》则为这一倾向走向膨胀的标志[②]。在这一类小

[①] 张定浩:《对确定性的寻求——王安忆和她的批评史》,《山花》2014年第5期。
[②] 王晓明:《从"淮海路"到"梅家桥"——从王安忆小说创作的转变谈起》,《文学评论》2002年第8期。

说中，构建日常生活世界的"纪实"笔法，被用来服务小说的真正主角，一种纯然"虚构"的"抽象"存在，对抽象理念的"虚构"，其本质并非日常世界的抽象化，而是抽象世界的日常化。在物质与思想的"一元化"过程中，心灵化的"虚构"，完全覆盖和否定了对日常世界的"纪实"，小说内在的美学辩证法遭到遏制，这为王安忆的小说带来了最大危险：日常"具体性"（纪实）和理念"抽象性"（虚构）的双重破产。

　　对艺术家来说，缺憾有时正是其所长。当王安忆不再撷拾物象、织造生活，而径直将创作重心放在对理念的精神探讨，反倒更能发挥其美学风格，将"纪实"与"虚构"的对立关系加以辩证，到达对"心灵世界"的"纪实"。这样的作品，一方面剥落了严密精巧的世俗日常外壳，展露出强烈、纯粹的精神气质，另一方面却将日常世界与心灵世界、"纪实"与"虚构"统一起来，由物及理、以理抒情，达到我称为的"情理现实主义"的境界。八九十年代之交她集中创作的一批中篇小说（《神圣祭坛》《叔叔的故事》《乌托邦诗篇》《伤心太平洋》等），以及长篇小说（《纪实与虚构》等），皆达到如此效果。只有将其视为王安忆创作史的一桩典型事件，才能更好地发掘和把握个中意蕴。陈思和较早注意到1990—1995年王安忆发生的精神转向，通过对相关作品进行细读，他就这一创作方向中的"辉煌与危机"作出了颇有深度的批评[①]。尽管陈文未着眼于王安忆1988年完成的小说《神圣祭坛》，但或可将这篇小说视为王安忆"精神转向"的先声。

　　古典之学总爱涂抹一层神性光辉，属人之爱主要表现为一种索求之爱，它因与神之所是的爱（赠予之爱）肖似而分有神性。现代理性为人自身立法，在"去神化"的同时将"神即爱"翻转为"爱即神"，推进属人之爱的神圣化[②]。它既是对现代理性的补充，又是现代理性体制的产物。爱的"神圣祭坛"，正体现了"情"与"理"的纠缠难解。在《神圣祭坛》昂扬的理性主旋律之下，读者可以辨出对爱的隐微崇拜。

　　《神圣祭坛》的主人公是对世事一无所知的诗人项五一，和"看人看事都

---

① 陈思和：《营造精神之塔——论王安忆90年代初的小说创作》，《文学评论》1998年第6期。
② 路易斯著、邓军海译注：《四种爱》（注疏本），华东师范大学出版社2018年版，第1—20页。

很透彻"的中学女教师战卡佳，小说围绕战卡佳对项五一的"解谜"展开。读完项五一的诗集后，叙事者描述战卡佳的心理活动：

> 战卡佳心里涌起一股怜悯的感情，她不由陷入了沉思：他为什么要不顾所以地说？是什么逼迫他说？确是有一股可怕的力量威胁着他，使他无法不说，她已经看出来了，可是这力量是什么呢？多么激动人心的秘密啊，战卡佳兴奋得红了脸。她三十出头的年纪，原以为已经破译了世界上的一切谜底，不曾想陡地从天而降一个大秘密。战卡佳断定这是一个大秘密。她以她超群的智慧领会到了其中颇不寻常的意味。你必须认识项五一，她对自己说道。①

两人的重要区别正体现于此。欲望的不满足，在项五一处体现为不断写作与言说，在战卡佳这里则体现为探究与解释"秘密"的一再冲动。当战卡佳认为项五一"说得太多"时，她所担忧的其实并非言说的密度，而是言说的方式。叙事者/战卡佳有意表明，向内的"沉思"相比于向外"陈词"更安全，于是她将言说的激情转为思索的欲望，用"观想"替代"言说"。诗人项五一何以孩子般滔滔不绝、"不顾所以"地言说和书写，这对战卡佳而言便成了有待探究的谜题。战卡佳的世界因过于明晰而显得平庸，由项五一这道非凡的谜题所带来的陌异与眩晕感，也就类乎幸福和希望了。

书写与聆听在形式上的适配，是项五一和战卡佳发生心灵交互的前提。战卡佳想剖析项五一的"谜题"，项五一也需要战卡佳的"追随"。诗人以"抉心自食"的方式独自言说与书写，由于无人跟随和见证，这一生命的自我耗费将在沉默和遗忘中变得虚无，并反讽地给项五一造成"诗为何物"的深切困惑。言说的快感逐渐扭曲为枷锁，不得不言说的"末日"深埋在言说的生命激情当中，书桌上洁白的厚稿纸，如躺倒的石碑和漫长的台阶，预示死亡与孤寂将彻底吞没诗人，由此他感到一阵"悲哀的宿命感"。唯有他者的聆听能给项五一带来摆脱孤寂末日的希望。然而，两人始终存在思维与情感的巨大差异，

---

① 王安忆：《神圣祭坛》，人民文学出版社1991年版，第100—101页。

项五一述说着他的奇遇时，战卡佳只是"微笑着听这个大孩子撒谎"，以理性击穿这些幻想故事。两人对"诗"的感受更是南辕北辙，项五一和战卡佳谈论诗，并非带来沟通的深入，而是其终结。

对中学教师战卡佳来说，谜一样的项五一是个大孩子，解谜与抚育在此同步进行。但在战卡佳着手"教育"项五一之前，叙事者已经代行其职。意图挑战天命的诗人，写下第一行诗后便陷在无比的痛苦惶惑里。作诗的激情敲响了"命里的丧钟"，自我的堡垒从内部被攻陷，诗人似乎已躺入叙事者罗织的命运经纬当中。由此，小说以沉稳笃定的叙事声音，将战卡佳和项五一的"遭遇事件"删削为合乎逻辑链条的"逻辑性情节"，事件所蕴含的丰富差异性被排斥在叙事之外。与理性的步步紧逼相应的，是诗句的缺席。过于苍壮的理性压抑了诗的激情，万行长诗的生成与展布，只能隐藏在项五一那散文化的"男孩—侏儒"显性梦境中。这一排除和压抑，由叙事者与叙事人物战卡佳合谋完成，战卡佳对于项五一的特殊性，被叙事者规定为具有"使人平静安宁的力量"，这力量源于文明社会规范的"正畸"教化，并与叙事者的声音同构。战卡佳向诗人施予抵抗"侏儒"——跳跃在他童年回忆与诗篇中的"它我"（es/Id）——的稳定性，叙事者则在更高层面加以配合。然而，理性带来的平静与安宁，终非小说"神圣"之所在，使项五一激动的毕竟是诗，使战卡佳感到兴奋的，则是在诗国不可自拔的项五一。第九节以冗长的篇幅，铺叙战卡佳靠近项五一时的激动心情，叙事者稳定持重的口吻，与人物显豁的爱欲心绪之间，形成别有意味的文本张力。

随着叙事者的稳步推进，小说高潮以大段对白的形式到来。这场对白，可以看作一次精神分析的"谈话治疗"，战卡佳对项五一的解谜兴趣，归根结底出自对一个病态灵魂的探究欲望和治疗冲动。通过观察和分析项五一"非正常"的灵魂，战卡佳得以更深入地理解人类"正常"的灵魂机制，一旦在项五一不倦的言说中参透了病灶，之后谈话的攻守易势，精神分析师运用理性进攻和"治愈"病人，也就是"合乎逻辑"的情节发展了。但颇为讽刺的是，小说高潮的对话反而成了独白的此起彼伏，爱欲被大段的理性言说所抑制。到此，叙事者搭建起一座并不神圣的"理性"祭坛。

尽管战卡佳释然地将诗人的痛苦诊断为"违拗自然"的"躲避人群"，和对孤独的"叶公好龙",她却对诗歌的魅力无解:"根源全是因为你的自私和个人主义。可是奇怪的是,在这卑劣的品质之间,却诞生了诗歌这一桩美丽的存在。"① 战卡佳的"精神分析"无疑出了问题,她的解答反造成"抚育"或"治疗"的失败。项五一最终逃入诗国——他的症状当中②,向诗的"神圣祭坛"奉献隐私和"丑陋的心史",战卡佳/叙事者则止步于诗国的门扉前,以带着怜悯和寂寞的情调承认,天才与诗歌的魅力,离不开"非正常"与不平凡的自毁,而这离她的世界如此遥远。

在小说的尾声部分,战卡佳试图将"神圣"爱欲的落空合理化:"她不应将他了解得太透。人格中有一些秘密,犹如隐私一般不能为第二人所了解,一旦被人了解,亲家就会变成仇家。她不慎走入了他的禁地,窥破了他的隐秘,从此他再不能与她在一个世界里共存。"③ 这番全然理性的说辞,压抑了战卡佳对项五一的情感,也掩盖了失败的根因。这原因,我以为在于移情作用的失效甚至颠倒。弗洛伊德认为,分析师对患者的理解与治疗离不开移情作用。通过移情而非推理和辩论,分析师与患者产生亲密的人际关联,使患者得以建立对分析师判断的信任感,从而将自身的力比多引向分析师。"信任的产生都在重复同一个过程,它起源于爱,最初并不需要任何理由。……对于某些自恋到一定程度的患者,再好的分析技法也无法奏效。"④ 无论是战卡佳的理性化祛魅,还是项五一的艺术化结晶,本质都是对爱欲的压抑与升华,它指向爱欲的自我转向。以此观之,战卡佳与项五一同为自恋者,相比于项五一显见的疏离,她代表一种"人群中的自恋"。"不会爱任何人"的项五一仅移情于他的诗,而非一厢情愿地去"治疗"他的战卡佳。爱欲在战卡佳那里涌动着它的暗流,却为理性堤坝所拦截,找不到一条向外的路,最终化为一声难抑的叹息:"项五一,你使你周围的女人都那么的寂寞。"⑤

---

① 王安忆:《神圣祭坛》,人民文学出版社1991年版,第157页。
② 症状因自我无力解决威胁而形成,乃自我与它我冲突的表征。在危险未消失或有利可图时,自我倾向于借助疾病来抑制威胁,这往往促使患者"逃入疾病"。参见弗洛伊德著、徐胤译:《精神分析引论》,浙江文艺出版社2016年版。
③ 王安忆:《神圣祭坛》,人民文学出版社1991年版,第160页。
④ 弗洛伊德著、徐胤译:《精神分析引论》,浙江文艺出版社2016年版,第349页。
⑤ 王安忆:《神圣祭坛》,人民文学出版社1991年版,第161页。

"我是生成的鬼"
——重读徐訏《鬼恋》

/ 周乐天

1

听起来或许有些意外：《鬼恋》的写作时间与地点，长久以来被专业研究者误会，直到《徐訏〈鬼恋〉写作时间与地点辨正》[①]一文发表，才算完全搞清楚。写作时间，其实非常明确，作为短篇小说的《鬼恋》连载于1937年第一、二期《宇宙风》时，就有明确的落款，难点在于写作地点，因为根据以往材料，徐訏于1936年下半年前往法国。上述文章则提供了新的证据，发现了登载于《申报》上的一则启事，证明徐訏是1936年8月离沪赴法的。也就是说，徐訏在上海写完了《鬼恋》的第一版。以上考证其实并不复杂。然而，以往绝大部分研究者却都认为《鬼恋》写于作者留法期间，并将之与徐訏在法接触了与托洛茨基有关的一些档案而转变信仰联系起来，凭借此线索来敲定《鬼恋》的主旨。

诚然，在确认《鬼恋》初版本的写作时间与地点后，我们可以明确地将那种以作者本人的思想观点为手术刀来解析文本的读法放在一边了。但我们不应忽视，从《宇宙风》上的"短篇小说"到作为单行本发行的"中篇小说"，《鬼恋》的文本形态发生了较为显著的变动。这一次变动具体发生的时间目前难以确认，但应当是在徐訏留法期间或回沪之后。本文具体的分析便由此展开。

读者或许会发现，"中篇版"的某些版本[②]中有一首新诗作为献辞。

[①] 阎浩岗、张露：《徐訏〈鬼恋〉写作时间与地点辨正》，《新文学史料》2018年第4期。
[②] 《鬼恋》单行本版本情况复杂，迄今尚无全面准确的梳理。具体情况见陈子善：《梅川书舍札记》，《书城》2022年第2期。

春天里我葬落花，
秋天里我再葬枯叶，
我不留一字的墓碑，
只留一声叹息。

于是我悄悄的走开，
听凭日落月坠，
千万的星星陨灭。

若还有知音人走过，
骤感到我过去的喟叹，
即是墓前的碑碣，
那他会对自己的灵魂诉说：

"那红花绿叶虽早化作了泥尘，
但坟墓里终长留着青春的痕迹，
它会在黄土里永放射生的消息。"

一九四〇年十二月二十日夜倚枕

  旅法期间徐訏经历了重大的思想变化，那么该诗中流露出来的回望姿态以及对"知音人"的期盼，则格外耐人寻味。且看最后一节，"坟墓"中"长留着青春的痕迹"与"永放射生的消息"，这样的表述清晰地告诉读者，自己过往的经历与信念中，存在一些难以忘怀、历久弥新的内容。由此，我们再来考虑《鬼恋》的"短篇版"（即发表在《宇宙风》上的第一版）与"中篇版"（指随后主要由夜窗书屋出版的各种单行本），便可大胆推测，两个版本中一以贯之的内容与精神，便是徐訏本人最为珍视的写作《鬼恋》的真实诉求、关切。所以，让我们首先自其不变者而观之。

2

　　重要的"不变",有时需要通过文字的改变来达成。"短篇版"开篇为"说起来该是六七年前了","中篇版"开篇为"说起来该是十来年前了"。考虑到"短篇版"的写作、发表时间为1936、1937年,"中篇版"的改定时期大约是四十年代初期,我们便可发现,徐訏通过对年份的改动,执拗地将故事发生的时间指向1930年前后。有了时间后,再来看地点。在两版《鬼恋》中,有关"鬼"的大部分内容基本都是不变的,其中一个非常关键的信息点便是"龙华"。"鬼"的住处是在龙华附近的村庄。"我"第一次在白天看到扮作尼姑的"鬼",则是在龙华寺赏桃花时。1930年前后的龙华,发生了永远铭刻在世人心中的创伤性事件,用鲁迅的文字来说,就是"为了忘却的记念",就是"忍看朋辈成新鬼"。《为了忘却的记念》最末一句是"但我知道,即使不是我,将来总会有记起他们,再说他们的时候的……"《鬼恋》就是一部"再说他们"的作品,一方面召唤读者再次返回到那一时空中,另一方面接引彼时受到创伤的革命者来到写作的此刻。由此我们发现,在前后两个版本中,故事的最高潮,即"鬼"袒露自己的革命者身份的段落,几乎一字未易,因为这就是徐訏心底里想对1930年前后的龙华说的话:

　　但是以后种种,一次次的失败,卖友的卖友,告密的告密,做官的做官,捕的捕,死的死,同侪中只剩我孤苦的一身!我历遍了这人世,尝遍了这人世,认识了这人心。我要做鬼,做鬼。

　　以往对于《鬼恋》的研究与评价,虽然具体论述思路繁多,但大致可分为两类:一类认为其与时代社会脱节,是封闭的浪漫主义读物,其价值主要体现在写作技巧上;另一类则认为其体现了作者本人经历思想转变后对革命的逃避乃至反感、排斥,是反动的,或至少是另类的。经过上述分析,第一类说法无须再加以反驳,第二类说法尚需进一步商榷。在小说中,"鬼"的形象其实非常复杂,且不乏深刻,她的诸多言说风格与思路,令人想到鲁迅的《野草》,如:"人终以为鬼是丑恶的，人终把吊死的溺死的死尸的样子来形容鬼的样子"；"可怕的鬼相一定是丑恶吗？"；"'你以为死可以做鬼么？'她冷笑地说：'死不过使你变成死尸'"；"人，现在我什么都告诉你了，我要一个人在这世界里，以后我不希望你再来扰我，不希望你再来这里"。这些言说之要义在于，"鬼"始终通过反诘、辩驳、拒斥的方式，与黑暗混乱的人世划清界限，保持自我完整的主体性。

> 但是我不想死，——死会什么都没有，而我可还要冷观这人世的变化，所以我在这里扮演鬼活着。

"鬼"特别注意将自己的生存状态与"死亡"区分开来。她之为"鬼"，是主动成为的，绝非凡人所认为的"人死而成为鬼"，而是"生成的鬼"，是唯有凡人经历过"最入世的磨炼"后才可以成为的"鬼"。成为这样的一个"鬼"，便不是奔向虚无，亦非逃避人世，而是在人世之外，活出一个独立的个体之"有"，鉴照人世，甚至伺机而动，影响人世。在小说中，"我"得知"鬼"的真相之后，便想要用爱情来让她重新做人，而且是"做一个享乐的人"，"鬼"虽然与"我"也有深厚的情意，但最终依旧离去，不知所终，其实便是又一次抵抗了来自人世的诱惑。这样的一个"鬼"的形象，在气质上，颇类鲁迅笔下绍兴当地戏剧中的"女吊"，"一个带复仇性的，比别的一切鬼魂更美，更强的鬼魂"（鲁迅《女吊》）。如果"女吊"值得被伊藤虎丸、汪晖等学者视为深刻而积极的力量，甚至就是鲁迅的某种自况，那么《鬼恋》中的"鬼"或许也应被视为是一个值得赞颂的、有深度的形象，而非一个沉湎于创伤不可自拔的"忧郁症患者"[①]。

3

以上内容讨论了两版《鬼恋》的共通之处，同时也是我所认为的该小说的核心所在。现在让我们自其变者而观之，有重点地来看"中篇版"修改、增添

---

① 金浪：《逃逸"内面"的浪漫鬼魂——徐訏《鬼恋》与中国现代文学的忧郁书写》，《中国现代文学研究丛刊》2015年第12期。

了哪些内容。

两个版本最大的区别，就是"中篇版"增加了三处情节："我"给"鬼"讲鬼故事，"鬼"换男装扮成自己死去的丈夫，"我"入院后结识了看护小周。粗略一看，这三个情节为全篇增添了不少奇情因素，甚至显得有些通俗，仿佛作者有意迎合读者的趣味。但从风格上来看，这三处情节其实颇受郁达夫的影响。"我"所讲的鬼故事中的男主角，明明已经知道自己前夜所遇为"张氏母女之墓"中的女鬼，第二天却还要折返回墓前，想在夜间再次相会。这样一个"骸骨迷恋者"的形象，实在是接续郁达夫《十三夜》等诸篇目的小传统。小说男主角住院与女看护发生纠葛，亦是郁达夫小说中常见的设置。田晓菲指出郁达夫的《迷羊》"融合了狎邪小说与鬼怪小说两种文体"，认为其"最难得处，也是郁达夫最擅长的，在于营造一种迷离惝恍、香艳中含着诡魅与凄凉的气氛。依足了志怪小说的传统，女子一直被隐隐约约地描写为异类"①，这样的一种写作取径，亦被"中篇版"《鬼恋》采用。相较而言，"鬼"女扮男装这一设定值得进一步思考。固然，女扮男装是为了随后看护小周迷恋上扮成英俊少年的"鬼"的情节做铺垫。但我们也可以这样解读：作为革命者的"鬼"既然已经凌驾于凡人眼中"生死"的区隔之上，那么"男女"的性别区隔亦能为"鬼"所超越。这样一个具有某种超越性的革命者形象，仿佛一粒石子激起涟漪，同时以女儿身和男儿身，以深情与魅惑，扰动了"我"与看护小周的感情世界。这样一种扰动，在孜孜以求的批评家那里看来，或许是革命内容的稀释乃至浊化过程，但我并不那么觉得。"鬼"所具有的超越性，也可以理解为一种独属于革命者的克里斯玛，用"鬼"的说法来说，便是从"最入世的磨炼"中修来的"仙气"与"佛性"。虽然显得另类，但这不也是一种与言必"目的、牺牲"的思路有别的，对革命与革命者的真诚赞颂吗？

4

在《谈话录》（王安忆、张新颖）中，有一章节叫作"我们有没有力量审

---

① 田晓菲：《半把剪刀的锐锋》，《读书》2004 年第 4 期。

美化",令我印象深刻。总结来说,两人的意思大概是:之所以现当代产生出来的叙事作品,总不如古典时代的那些故事、人物来得让人动心,是因为古典时代的内容都是被审美化了的。如今,面对波澜壮阔且极具浪漫色彩的中国现当代革命时期,作家所缺乏的就是审美化的能力,无法摆脱批判现实主义,走到真正的浪漫主义那里去。

在这一连串思索中,我们可以看到三个关键词:审美化、革命、浪漫主义。虽然我们对其中的任何一个都无法给出明明白白的定义(或也永远无法给出),但当它们被放置在一起时,就仿佛三股难以驾驭的力量汇聚成一股,并渴望找到一个能够真正容纳自身的容器。在此种视野的观照下,我们来看《鬼恋》,会渐渐觉得它有些像是这样一个理想中的容器的一块碎片。它企图从凡人的角度来审美地看待一个另类的革命者,具有冷峻、异样的气质,却不知为何一直能够获得一般读者的偏爱,仿佛是找到了一个能够调和各种因素的配方。徐訏后来的长篇《风萧萧》获得成功其实也是水到渠成。所以,我们不妨来看,《鬼恋》之后是否有作家作品暗地里接续了《鬼恋》的小传统,抑或发出自己的声音与《鬼恋》互为彼此的回响。我首先想到的是王蒙《青春万岁》中,苏宁的窗台上的那本《鬼恋》。当蔷云盛气凌人地问她为什么要读这种书时,苏宁说"我,病了,看别的书太累",仿佛徐訏腕下的文字就像是邓丽君的歌声一样,具有抚慰人心的作用。多年以后,王蒙自陈:在我上中学的时候曾经受到徐的小说的诱惑。我读起《鬼恋》《吉卜赛的诱惑》等就放不下。我还想到王安忆的《一把刀,千个字》中那位以张志新为原型的光彩夺目的母亲,她仿佛是"鬼"的镜像,一个处在人群的顶端,一个处在鬼域的深处,却都具有一种令人神往、心碎的理想主义气质,绽放出革命最耀眼的克里斯玛。我还想到孙甘露的《千里江山图》,真的就是从"霓虹灯外"的龙华写起,从《鬼恋》这里接续了创造性地将革命叙事嵌入更新后的上海都市版图的任务。

邵洵美与上海 30 年代的文学空间

/ 陈延英

邵洵美是著名诗人、作家、出版家、翻译家。1926 年他从欧洲留学回国,最初以唯美主义诗人身份活跃于上海文坛,实际上就其从事的整体文学活动而言,邵洵美作为"唯美诗人"而为人熟知的时间并不长,更主要是积极投身于文学出版、杂志编辑、举办文学沙龙等海派文学生产活动中。

1928 年 3 月,金屋书店开张,由此开启了邵洵美的出版生涯,他围绕"沙龙—出版"的体系而形成了一系列文化实践。他对 30 年代上海文学市场的运营规则有着充分认知,也理解杂志、书店和文学沙龙作为"公共话语空间"在上海文化场域中的定位。所谓上海文学市场的规则,既是上海"文学场"的生成规律,也指当时文化产业中的书店老板、刊物编辑、文学沙龙举办者和作家之间的生产关系。在当时的上海,任何一个作家都需要公开发表作品的平台,因而书店老板、出版商、杂志编辑成为影响文学流派生存、文学空间生产的中心要素。

一般而言,与出版业代表的经济资本相缠绕的文学本身极易受到市场的控制,因而削弱了文学场的自主性。布尔迪厄指出:"(文学场)让位给一种颠倒的经济,这种经济以它特有的逻辑,建立在象征性财富的本质上。"[1]然而邵洵美作为"狮吼—金屋"作家群的主将和参与者,所代表的权力场一极——经济资本——对文学场的参与程度较为特殊,尽管他以现代化的文学生产方式输出成员的作品,为成员带来荣誉及较微薄的经济收益,并根据市场的反馈调整生产方式,但主要不是为了经济利益,而是本着宣扬唯美主义文学思潮的热情

---

[1] 布迪厄著、刘晖译:《艺术的法则:文学场的生成和结构》,中央编译出版社 2001 年版,第 174 页。

投身于文学场。"他开书店,原不是以营利为目的,可能只是一种玩好。而且有了这个书店老板的名头,他也可以在社会交际上有用场,书店则可以为朋友们出版书册服务了。"① 这种不计成本、不计利害的方式既为唯美主义文学争得象征资本,构建、推动并丰富了相关文艺创作,也为后期引发唯美主义浪潮建立了基础。与此同时,邵洵美能够决定是否在杂志上刊发文章、是否通过书店出版同人书籍,他发挥资源优势,在这一文学实践活动中获取了可观的文化资本,逐步成为"狮吼—金屋"作家群领袖人物,而这一文学生产场中的话语权,足以转化为拉拢文友的号召力和巩固文学群体的凝聚力。邵洵美在20世纪30年代上海纷繁的文学空间中,通过自身实践确立位置并丰富其文学品格。

邵氏文学沙龙在拥有相对稳定的经济资本和公共话语空间之后,亟须确立一种创作原则、审美气质、目标诉求相近的文学理念,以对外宣扬其文学主张、团结同好。布尔迪厄指出:"这些人被赋予了某些禀赋,以致于他们在场域中如果不独树一帜,他们在进入场域的伊始就应当早已被剔除在外。"② 文学场域中的竞争主要通过与众不同来扩大影响,凸显自我身份,邵洵美等文友在文学主张的建构中采用对西方唯美主义话语资源的借鉴,他们的文学选择都含有与其他文学力量、政治权力对抗的意义,试图探索一条追求美感却不受任何外在现实条件约束的现代文学之路。1929年《金屋月刊》创刊号上刊登了邵洵美的《色彩与旗帜》,提出"用人的力的极点来表现艺术"的文学宣言,强调"打倒浅薄""打倒顽固""打倒有时代观念的工具的文艺";以"色彩"指文学流派,强调超越"写实派、浪漫派、神秘派";以"旗帜"指"时代的束缚",承认当前"艺术鉴赏力的退化"和"对艺术的价值蔑视",强调颠覆"不满意的文坛"③。如果说《色彩与旗帜》是一声宣扬文学理想的呼号,那么《狮吼》第四期《我们的话》则完全是邵洵美等"狮吼—金屋"作家群招募文学同人的启事:"对于新出版物的介绍批评与讨论,里面的文章由我们几个人分期担任,也极欢迎投稿。批评的方针纯以艺术为前提,态度务求忠实与认真,不作带妒

---

① 章克标:《不成功的〈金屋〉》,陈福康、蒋山青编:《章克标文集(下)》,上海社会科学院出版社2003年版,第130页。
② 布迪厄、华康德著,李猛、李康译:《实践与反思:反思社会学导引》,中央编译出版社1998年版,第137页。
③ 邵洵美:《色彩与旗帜》,《金屋月刊》1929年第1期。

忌与中伤色彩的漫骂。"① 这一新栏目的征稿启事虽未指定文艺批评的篇目，但实则多为欧美、日本唯美主义作品，如王尔德《水仙》（朱维基、芳信合译）、朋史《埃蒙德·高思》、张嘉铸《"胚胎"与罗瑟蒂》、乔治·摩尔《信》（邵洵美译）等。由是观之，宣扬艺术的独立性，主张"为艺术而艺术"的唯美主义文艺标准是"狮吼—金屋"作家群聚集的文学立场，他们试图利用文学审美的唯美、颓废享乐主义来给反对文艺实用价值的作家们提供一处庇护所，这也为30年代充斥着实用主义、理性主义的上海文学空间注入了一股鲜活的气息。

当唯美主义将"为艺术而艺术"运用到现实生活实践中，从王尔德的服饰美学到奢侈的书刊出版和室内设计，平庸的日常生活便具备了美学意识。30年代上海都市景观尤其为唯美主义思潮提供了繁盛的物质形态，邵洵美的文学沙龙主要设置在金屋书店和自家书斋中，他将唯美生活化运用到书斋与金屋书店装潢的理念上，以此营造一种异域化的浓郁艺术氛围。书斋里，他沉迷于用萨茀和史文朋的画像、手卷去营造西方风味的唯美异国情调，"这一只金漆木雕的 Iaureate 的镜框里面，是一个美妇的半身，穿着件深绿的衣衫；……这是希腊女诗人萨茀的画像。还有一张是罗瑟蒂画的史文朋"②。书房装饰的雅致与邵洵美唯美主义文学观极为契合，这一艺术化的生活方式对参加书房沙龙的作家群体颇有吸引力，甚至成为西方唯美物质品位的象征和引导。邵洵美对唯美的追求还拓展到金屋书店的布置上，据友人回忆："正楼面上一间不小的房间，髹漆的非常美丽，黑的屏门、白的屋顶、粉红的墙壁，真像走进了一间香闺似的，充满了肉的色彩。"③ 作者提到金屋书店装修强调色彩、形象的铺张，给人感官的强烈刺激，而所谓"肉的色彩"，这或许暗示了邵洵美唯美主义诗歌中歌颂肉体之美的隐秘艺术想象。

从邵洵美文学沙龙参与者的回忆中，足见得他们对于书房、金屋装饰的满意与沉迷，"十日金屋书店开幕，……今斯楼清雅乃尔，行见又为吾辈之会宾楼一，众悉抚掌称善"④。浓郁的唯美情调与异国文化风采尽数展示在金屋书

---

① 狮吼社：《我们的话》，《狮吼（复活号）》1927 年 4 月。
② 邵洵美：《两个偶像》，《金屋月刊》1929 年第 5 期。
③ 周菊人：《"金屋书店"访问记》，《申报》1928 年 3 月 5 日。
④ 吉孚：《"金屋"与"华社"》，《上海画报》1928 年 3 月 15 日。

店、私人书房的装饰里,可知邵洵美看准了异域情调的唯美文学沙龙对于像自己一样的西方文化爱好者所具有的吸引力。曾有文友回忆:"我们空下来,要想找几个人谈谈天,只须上洵美的书斋去就对,因为他那里是座上客常满,樽中酒不空的。"[1] 随着邵洵美交友面愈发丰富多样,他以文学沙龙为主阵地而构建的作家群对于繁荣文化空间和文艺事业的意义深远。据《新时代月刊》刊载:"邵洵美诗人在府请吃便饭,计到刘呐鸥,施蛰存,戴望舒,张若谷……徐志摩,谢寿康,徐悲鸿等人到时,则已席终矣。"[2] 金屋书店与邵氏书房成为当时上海文坛各派文人聚集的重要场所。这一文学空间具备了多种文化要素,不仅明确规定了文化主张和文学倾向,而且有邵洵美这位擅长组织文学沙龙和杂志征稿活动的权威人物,最重要的是具备出版刊物、出版机构和书店的文化资本,保证了创作者获得稳固的公共言论空间,昭示着当时上海文坛上一种独特的唯美主义现代性思潮正在涌起。

探求有关唯美主义的讨论,还是需要回到当时的语境之中。西方唯美主义生发之初,是出于对现代直线性历史进程的质疑和对资产阶级日常生活的庸俗化的反叛,然而邵洵美并未理解其反叛本质,而是迷醉于上海都市异国情调的高度物质化生活。相较于颓废气息的唯美主义,他偏向享乐主义的唯美派思潮,更为世俗化,且推崇感官享乐。在邵洵美诗歌、小说创作中,时常出现情欲、性爱、赌徒、饮酒等情节,以此展现现代都市文明对人的官能体验刺激之强,呈现出"颓加荡"审美体验。邵洵美作品所呈现的都市空间里个体觉醒的"启蒙"意味,将合法性赋予在肉欲书写上。其诗歌《蛇》借用了西方颓废唯美派比尔兹利在《莎乐美》中创作的著名意象"蛇",以女性的肉体和病态的性爱为描写对象:"你垂下你最柔嫩的一段—/好像是女人半松的裤带/在等待着男性的颤抖的勇敢。"[3] 通过这些诱惑性、具有情色意味的文学辞藻,官能享乐的梦幻情结油然而生,诗人借此传递出颓废的审美倾向,在感官刺激性中自我迷醉。这并非耽于享乐、空洞虚无的色情诗作,而是因生活的荒芜而转向"颓加荡",以求得精神源头的解脱和个体存在的实证。

---

[1] 郁达夫:《记曾孟朴先生》,《越风》1935 年第 1 期。
[2] 刘知安:《一段往事》,《新时代月刊》1931 年第 4 期。
[3] 邵洵美:《蛇》,邵洵美:《花一般的罪恶》,上海书店出版社 2008 年版,第 165 页。

邵洵美作品中的时间观具有崇尚刹那和瞬间快感的特质，正是西方唯美派刻意追求的断裂式时间观，而这与上海都市的空间性质紧密相连。华洋共处、杂糅的上海空间催生了不同个体的生存方式，日新月异的城市景观更迭使得人们更为注重当下生活，并且珍惜瞬时的生命感受，永远以"此时此刻"为生活箴言。因此，邵洵美对刹那主义的推崇，实则是以上海文化语境中追求瞬间快感的生命观为空间诱因，他只注重当下，且意味着抛弃过往和将来的一切对象。在《花一般的罪恶》中，他把春光麻醉在"一刹那"的永远里："这里复有一刹那的永久，/这里有不死的死的快乐，/这里没有冬夏也没有秋。/朋友，你一生有几次春光，/可像我天天在春中荡漾？/怕我只有一百天的麻醉，/我已是一百年春的帝王。"① 所谓"不死的死的快乐"这个比喻精准地概括出都市生活的碎片化瞬间，只要赢得这"一刹那的永久"，把握"及时行乐"的唯美主义瞬间生活方式，便能够使瞬时的感官体验构造出无限的空间性，"一百年春的帝王"已将现代时间观由直线性向断裂性转换，诗人自豪地沉溺于刹那与美感体验之中。在《贼窟与圣庙之间的信徒》中，邵洵美写道："他知道人生不过是极短时间的寄旅，……那么眼前有的快乐，自当尽量去享受。"② 他坦然用瞬间快感作为唯一活动意义来建构生活方式，因为在上海都市生活中，"一刹那"已成为人们自我塑造、表达自我的主要方式，这种瞬时性的生活模式已被邵洵美内化为一种自觉的美学追求，尤其在他"唯美—颓废"的创作文本中更显得感官性。

---

① 邵洵美：《花一般的罪恶》，邵洵美：《花一般的罪恶》，上海书店出版社2008年版，第44页。
② 邵洵美：《贼窟与圣庙之间的信徒》，邵洵美著、陈子善编：《洵美文存》，辽宁教育出版社2006年版，第69—70页。

上帝不响：上海文学的"上帝"与"我"

/ 陈宇轩

> 上帝不响，像一切全由我定……
>
> ——《繁花》

《繁花》由一行金宇澄式的短句拉开序幕，在小说的大部分环节，作者的叙述都是笃定的直陈，但在这句箴言里，却出现了两种截然相反的语气。第一个短语像是不言自明的公理：上帝不响，这一事实就像在上海爷叔"阿拉上海"的口头禅一样不让人起疑。第二个短句却像是犹豫许久后的试探：不仅是"像"，而且必须在句末以省略号加深这种犹豫。这两个短语在"上帝"和"我"之间拉出的张力不仅贯穿了《繁花》写作始末，更在某种意义上切中了上海文学叙事的隐秘团结。自 1843 年开埠以来，有关上海的文学书写反复地回到这个问题：上帝不响，我该怎么办？

一、《子夜》：上帝已死！一切不由我定

《子夜》的开篇，以近乎荒唐的方式宣布了吴老太爷的死。先是芙芳手帕里的香气，又是黄包车上的时装少妇，在此之后，整个上海向他扑来：各色车辆的海，机械的骚音，汽车的臭屁，和女人身上的香气，霓虹电管的赤光……这一反复出现在上海文学中的城市叙述戏剧性地杀死了吴老太爷，而上海文学是无须"为长者讳，为尊者讳"的。乡下来的老头理应被上海抛出，茅盾促狭地捉弄了吴老太爷，先是让他想起浸满腐烂气息"万恶淫为首"的训诫，又是让他的尸身在物理上一并腐烂：他好像是"古老的僵尸"，一和太阳空气接触便风化了。

在20世纪30年代的上海书写中,对封建礼教的讨论大多遵循以上模式。在西方,近代以来的世俗化进程中逐步掏空上帝的位置,从启蒙精神、科学革命直到尼采的断言,而五四文化正是对这一行动的效仿。从影响上看,本土的"上帝之死"是在欧风美雨的洗礼中完成的;从表征上看,五四文化"砸碎旧世界"的宣言比起西方更具"急进"特征,仿佛一夜之间就完成了对固有价值的清算,这种清算要么表现为宣言式的呼喊,要么表现为促狭的调侃。

清算了旧时代的残党后,新造的人次第登场,《子夜》拉开帷幕。茅盾写作《子夜》是有非常鲜明的历史意识与阶级意识的:"我写这部小说,就是想用形象的表现来回答托派和资产阶级学者:中国没有走向资本主义发展的道路……中国民族资产阶级的前途是非常暗淡的。"从文学史角度看,这显然是对自然主义文学的继承。从写作实践看,茅盾希望对社会现象进行"科学的"分析,展现不以人的意志为转移的社会"本质"和"必然性"。

从《子夜》的故事结构看,人的命运始终由"历史的必然性"所掌控。吴荪甫心怀理想,平地起高楼,最后在姐夫的背叛中破产,赵伯韬阴险歹毒,无所不为,最终却在斗法中大获全胜。在这一故事中,象征"人"的吴荪甫的一切奋斗终将失败,而象征"恶"、象征"历史的要素"的赵伯韬注定要胜利。身为姐夫的杜竹斋将资金转投赵伯韬是茅盾写作之初就预设的要素,它承担着对于上帝之死问题的回应:上帝已死!一切不由我定。

布尔乔亚与民族传统的历史叙事、资产阶级与无产阶级的阶级叙事是上海文学的重要命题,上帝死后,起决定作用的是一种规模庞大的社会历史机器,它指向一种目的论的历史。不可否认,这一文学叙事传统是上帝死后富有建构性的潮流,以历史的必然性为文学张本。但依然可以发问:比起上帝的神意治理,社会历史机器所允诺的未来生活有何不同?更进一步,目的论的历史真的存在吗?关于前者,按照米尔班克的说法:世上本无"世俗",世俗亦非潜藏自身,亟待在神圣之重负消散时,让"纯粹属人"的血气占据更多腾出来的空间。关于后者,不难想起福柯的经典论断:"人终将被抹去,就像海边沙地上的一张脸。"

二、《上海的狐步舞》：上帝已死，一切由我定

比起《上海的狐步舞》，穆时英的《南北极》较少受到关注，正如标题的意象，这些作品关注穷人与富人的巨大差异，无论是物质上还是精神上，不同的阶级就像一个在南极、一个在北极一般无法互通。在这几篇作品中，阶级的差异深入文本，但是却展现出了与《子夜》截然不同的精神气质。在《南北极》的几篇作品中，一种全然个人化的暴力因素渗透进文本，并与第一人称叙事的风格交织，形成一种独特的叙事气质。穷人对富人、无产者对资产阶级的反抗必然诉诸暴力，无论是《黑旋风》中的黑旋风胖揍进城后就变坏的女人小玉儿，还是《生活在海上的人们》中的马二哥屠戮一众豪绅。但是非常奇特的是，在作者着意刻画的极端暴力中，丝毫没有《子夜》中吴老太爷之死的"急进性"，反而展现出了一种暴力诗学的气质，穷人们几乎是凭着恶的本性，一种身份政治下的极端怨气施加暴力行为的，它体现的是"人在使用暴力"这一命题本身。

这种独特的暴力诗学之所以缺乏急进性，是因为穆时英笔下的穷人并不是从集体的、历史的维度上接受"上帝之死"的历史经验的，而是从个体的、私人化的角度上来理解人的命运的。在吴老太爷的死中，"上帝之死"是一个寓言式的事件，必须砸碎圣像以造新人。而在穆时英笔下，"上帝之死"是一种最具体的生活经验，不是要去强调其外部的断裂，而是要去经验其内部的实际状况。吴老太爷的肉身是封建的肉身，是必须亵渎的神圣之物的肉身；穆时英笔下的富人的肉身是生物性的肉身，是一种纯粹的肉身。因此，现代派将"上帝已死！"的惊叹句改为陈述句，在个体化的维度经验着上帝死后的世俗世界：于上海，这就是地狱上面的天堂。

《上海的狐步舞》以蒙太奇的手法剪切了上海的断片，在这个上帝死后的地狱天堂里，人们各行其是，众声喧哗，他们眼神笃定、步履匆匆，全无信仰崩塌后的失落和恐惧，他们生来属于世俗世界，无须倚仗外物，一切由我定：黑绸长裙的杀手，穿着入时的姑娘、富商、白衣侍者、白俄浪人；银色的月亮、铁轨上的光、树影、村庄、华东饭店；枪声、火车声、窃窃私语声、调笑

声；古龙香水的味道、鸦片香、火车的气味……所有的人、物、声音、气味、感觉……共同跳起上海的狐步舞，这一黑夜的断片在黎明到来之后会晨曦朗照，但是这绝不是上帝的光明，而是俗世的太阳：睡熟了的建筑物站了起来，抬着脑袋，卸了灰色的睡衣，江水又哗啦哗啦地往东流，工厂的汽笛也吼着。

从黑夜到白天，上海的狐步舞不停切换节奏，但从未停止它的运转。在穆时英有关上海的蒙太奇中，上海文学产生了一种试探性的疑问，它从后向前地反思了：第一，一切真的由我定吗？第二，上帝真的死了吗？

三、《繁花》：上帝不响，像一切由我定……

沪语里"不响"是指不说话，不做声。除了题记，"上帝不响"在《繁花》全文中出现过两次。第一次是春香结婚："我对上帝讲，我要结婚了。上帝不响，像一切全由我定。"第二次是小毛去世："小毛动了一动，有气无力说，上帝一声不响，像一切全由我定，我恐怕，撑不牢了，各位不要哭，先回去吧。"这两次"上帝不响"出现的情境是相似的，面对人的抉择和他的命运，没有一个超越性的"上帝"为人的行动做出决断，人必须自己去选择，并承担相应的命运。上帝不响带来的情感经验是复杂的，既有能够自己为自己决定的欣喜，又有承担责任的迷惘与担忧。面临死亡时，若是小毛的性格烈一些，那他或许不会叹息，而是要怒骂起来："贼老天，为什么不管我？"在此可以发现一种与"上帝死了"截然相反的对待上帝的态度，上帝一直在场，他只是不响。

在亚里士多德的潜能理论中，潜能表现为一种潜在性的能力，它不仅在潜能转换为实在时在场，在潜能未实现时也依然存在。比如说话的潜能，人不仅在言说时有说话的能力，在他闭口不言时同样有说话的潜能，《繁花》中的上帝亦可作如是观。与其说金宇澄从开头就把上帝请出了世俗世界，不如说他只是把上帝隐藏了起来，上帝不是不在场，而只是不响，上帝以一种隐匿的方式影响着俗世，在那些命定的时刻，我们会发现他的踪迹。陶陶选择与小琴私奔，然而他追求的爱情不过是梦幻泡影：先是小琴在陶陶离婚当天坠楼而死，后是发现这段爱情不过是小琴虚与委蛇的圈套。汪小姐周旋情场，但她最后怀上的不是孩子，而是双头蛇般的怪胎……

在上帝的隐秘现身中，我们可以理解"上帝不响，像一切由我定……"中的笃定与犹豫。一方面，我们确信上帝已经离开了俗世，人必须为自己决定；另一方面，人的决定所通达的并不是绝对的自由，"不响的上帝"仍然在命定的时刻击中我。这一笃定和犹豫实际上构成了上海文学一条隐秘的线索。在《色，戒》中，王佳芝在一种复杂的热情和机缘的安排下选择投身革命，却在一声"快走"中败给易先生的爱情泡影。在《长恨歌》中，王琦瑶一生游走于爱恨之间，由情欲、爱恋、资本所环绕的布尔乔亚式的生活看似一切由我定，但是最终为命运所害，魂归高天。

结　　语

德勒兹在《反俄狄浦斯》中以天花乱坠的笔法描述了欲望机器：产奶机器，肛门机器，进食机器，说话机器……从最微末的蚂蚁连接最遥远的星辰，在欲望机器中，没有主体，没有客体，没有道德，没有上帝，也没有我，只有欲望的涌动和无限的生成，只有机器的隆隆之声。这切中了今日上海的生活经验，进入地铁，仿佛侵入城市的地下血管，在这样方便、快捷的上海生活中，不禁要问：上帝是否不响？一切是否由我定？这一切只有交给未来的上海文学，在未来的生活中给予我们答案……

论穆时英《上海的狐步舞》中的"人工性"

/ 陈陈相因

一、《上海的狐步舞》中的"人工性"

《上海的狐步舞》有一个未被研究的细节，即穆时英对于月亮的描写。小说中描写月亮的地方共有三处，分别是"原野上的月亮""跑马厅屋顶的月亮""大木架顶上的'月亮'"。前两处是一轮自然月亮，到了"大木架顶上"却出现了两个月亮，一个是自然月亮，一个是人造月亮。

第一个月亮，光芒的范围是极为深广的，映照着原野，留下树影与村庄的影子。第二个月亮，是跟随刘小德和继母在去舞场路上所见，若说原野外都是模糊的自然光，那么城市却是人造的光海，与自然的月亮斗艳似的。接下来，高木架空地上，工人临死前发现两个月亮：人造月亮，即人造光，大木架顶上的弧灯；自然月亮，即原野上的天体。"月亮叫天狗吞了"是工人临死前的想象，古人不理解月食，而有"天狗食月"的说法，这里写法颇像茅盾《子夜》的开篇，现代作家常把都市电力产生的光效视为"异兽"。最终，工人因死亡合上双眼，连自然月亮也消失。

穆时英敏锐地发现了专属于都市的问题，即凸显的人工性以及这种人工性和自然物的角力。他不止看到工业的发展，更指出了都市的"人工性"。这种人工性，指的并不是一个布满人造物的成品都市，相反是一个半成品都市，一个人造物与自然物混杂的都市，不仅在于城市化的未完成，更在于穆时英有意突出这种混杂。这一手法其实并不是个例，后文中，他写"腿""眼珠子"也是自然物和人造物混杂在一起写，表现视觉上的混淆性，所见的"腿"有街树的腿、电杆木的腿、姑娘的腿，所见的"眼"，则是住宅窗内不同颜色的灯光和清晨升起的太阳。

人造物与自然物的混杂，突出了都市表层人造物的迷惑性，极容易将异乡人拉入都市成为消费者，而且看似是天堂的都市之内，充满着建设的未完成。大木架顶上的弧灯，透露着都市的真相，异乡工人的客死他乡，对完成建设后文化跨越的向往。史书美在《现代的诱惑》中，谈到穆时英所描写的"堕落"，是一种对都市诱惑的正视，他写出了那种深陷幻梦，却无法在城市中兑现理想意义的感觉，也就是说穆时英的矛头指向的是人工性造成的错觉[1]。

人造物与自然物的混杂，对应出现在《上海的狐步舞》中的两种人身上，生活在都市里的享乐的人，和进入都市面临消失的工人与暗娼；对应着半殖民语境下的两种时空体验和生活方式，其所造成的人的分裂，一面是自然的，一面又是被都市人造的，人的分裂本身就是都市现代性的体现，如《夜总会里的五个人》里表现的，都市生活的瞬息万变，其中的人也随着不同的场合汇聚、改变、梦醒。

二、"人工性"的发现

对穆时英来说，现代主义的核心在于揭示都市本身的人工性，这是以往的批评者没有看到的。这种人工性，通过形式与内容双重的"人工性"来表现。内容上，他着力描绘都市的人工性景观，以及人工性景观之外的自然物，为都市"卸妆"。腿、眼珠与月亮，意义的流变揭示了都市视觉文化高度人工性的发展，深刻改变人的视觉自然。形式上，文章将整个上海的图景制造成影像式的蒙太奇断片，深入文本的具体细节则是重复、罗列、排比、意象。

"人工性"在各类理论中源远流长。美学理论中，在谈论艺术作品时，就突出了人工性，认为艺术品必须具备人工性，与纯粹的人工制品相比，它通过将人工性推向极端而否定人工性，进而反驳人工性，仿佛浑然天成[2]。美国学者赫伯特·西蒙从人工科学角度，定义"人造物"基本特征为人工性及其人所赋予的目的性和价值。人造物的世界，是由人用自己的智慧和双手通过造物活

---

[1] 参见史书美著、何恬译：《现代的诱惑：书写半殖民地中国的现代主义（1917—1937）》，江苏人民出版社 2007 年版。

[2] 参见张盾：《从文艺美学到政治美学》，江苏文艺出版社 2017 年版。

动创造的，是人文化活动的一部分，因此这"第二自然界"也是有生命的。穆时英所写的造物世界，跑马场、舞厅、饭店，拥有的不仅是"人造物"的人工性，更是"艺术品"的极端人工性。据李欧梵在《上海摩登》中的资料显示，这些场所基本都是内外遍布装饰艺术的大楼，它们的人工性是极为浓厚的，而且主要是服务于富人，和当时中国人的生活方式相差甚远[①]。

穆时英笔下的人造景观，始终在复刻异域，他对上海的写法，可以和波德莱尔笔下的巴黎对读。李欧梵谈及，19世纪的巴黎和20世纪30年代的"东方巴黎"上海相当接近，当时的上海，最典型的异域性要到租界去找，除了租界之外，就是到穆时英笔下的充满人造性的空间、空间中的消费生活方式中去找。

在这些空间里都有显眼的装饰艺术，而装饰艺术被当作引入上海的西洋文化，本身具有极强的现代性象征意味。装饰艺术成了英帝国势力和美资本主义之间的一种新的斡旋方式，因为它一方面提示着过去（罗马），另一方面又象征着美式的时代新精神。所以，这种建筑风格不再一味强调殖民势力，它更意味着金钱和财富。彼时，并不适应装饰艺术的中国，将装饰艺术视为异域的诱惑。

穆时英的颓废风格通过异域性凸显。"颓废"，即颓废浪荡。这种风格是以前的研究者并没有看到的，如卡林内斯库所言，今天，颓废主义已差不多完全等于我们的"现代主义"一词。穆时英笔下的"颓废"不仅通过上海的颓废生活展现，还通过华丽的人工性展现。对穆时英来说，物质空间并不是完全通过这种"物"的华美来铺张，而是通过色彩、气味、旋律来充斥，它的人造性不只是物体本身原质的袒露，更是感官的入侵。

"人工性"的场景，类似波德莱尔所写《人造天堂》。这种人造天堂，起因于大麻，起因于酒，背后则是创造一个能够加以引导的梦境，而穆时英笔下的人工性场景也是如此，通过对人感官、心灵的奇妙作用达到某种幻觉。充斥人工性的空间如同这人造天堂，并非自然的天堂，而是幻境。几分钟，至多几十分钟，幻境即告消失，人回到现实，精神恍惚，四肢疲软，"人造天堂"终于

[①] 参见李欧梵著、毛尖译：《上海摩登：一种新都市文化在中国》，北京大学出版社2001年版。

崩塌，表现出地狱的实质。穆时英鲜明地发现了人工性的场景给人带来的就是这种酒、鸦片、大麻制造的"人造天堂"。同样，他也和波德莱尔一样，也能从颓废中挖掘美，但他们还看到，颓废美的实质是空虚。都市因而兼具地狱性与天堂性，穆时英对这一点认识得非常精准。

三、穆时英对"人工性"的态度

在《上海的狐步舞》中，穆时英通过描绘月亮从自然转变为人造的过程，展现了都市发展中人工性对自然的取代。月亮先是以本义出现，随后成为隐喻，反映了都市人造月亮对自然月亮的排斥，揭示了都市的人造特征和对自然的异化。他通过将人造物与自然物的对比，表达了对都市的清醒态度。进入都市，视都市为新故乡的异乡人，无法真正在这里实现欲望。这与本雅明所说的波德莱尔诗中无忧无虑的"闲荡者"和齐美尔所说的用厌倦方式防御都市刺激的"异乡人"不同。

李欧梵在《上海摩登》中未明确区分穆时英与波德莱尔的创作风格，但两者对城市的描述存在显著差异。穆时英的上海强调由财富差距造成的城市分裂，而波德莱尔的巴黎则表现为一个不同社会阶层共融的城市空间。在《上海的狐步舞》中，上海新旧城区之间泾渭分明：老城厢充满了窄巷、小店、饭馆和茶馆，公共租界则展示了现代建筑和商业设施，法租界提供了西式住房和林荫道。这些区域反映了社会地位和财富的差异，来往各处的人地位、财富并不相同。相比之下，波德莱尔的巴黎描绘了一个不同阶层可以共存的城市，贫穷者也可以在富人的场所中闲荡，如拱廊街。穆时英鲜明地抓住了上海与巴黎的不同，他笔下的闲荡者是充满疏离感的，因此写出了一种无法抗拒的感官诱惑，但在上海的闲荡者无法进入拱廊街一般充满人造性的场所，这是另外的一种认识视角与态度。

苏珊·桑塔格在《反对阐释》中提到，艺术是实体，而不是模仿，伟大的艺术都是基于距离感、人工性或者"非人化"的基础。但是这种距离也是与世界互动的方式，艺术品不仅从既有的世界中超越，更是移入。穆时英把人造空间当成存在的艺术品，他的认识就是距离的进与退，这是对当时社会文化环境的表面与内在的考察，是对半殖民地的文化的清醒认识，并非简单的"殖民占领与民族主义反抗"，现实时常是非常混杂的，而穆时英实际上并没有像李欧梵所说的那样，耽溺于声色的引诱。

他指出了都市生活中未被看到的一面——都市本身就是兼具天堂性与地狱性的，而在人造光下，每个人都是孤独、不被倾听的。两个月亮的矛盾与明灭，组织起了整篇文章，文章最后的结尾也是以日升结束的。穆时英巧妙地挑选了夜晚来书写，因为白昼收敛了都市的黑暗，而他又通过两个月亮的书写来指出，比黑暗更为残忍的是一种人造的包装。夜晚，最亮的天堂里粉饰着最痛的地狱。

明暗交织，是穆时英文学立场的双重抵抗。同时他讥讽地描绘那些欺负黄包车夫的水手或广告上的"英国绅士"和"抽吉士牌的美国人"的嘴脸。《上海的狐步舞》并非一个完全隐匿于艺术形式实验的小说，相反它在纯粹的审美与批判中走出了一条明暗交织的丰厚路线。

这也是穆时英对"现实主义"概念的挑战，本身是对当时狭隘现实主义定义的拓宽。韦勒克认为，现实主义恰在人工性对现实与虚构的调试，穆时英的大量尝试，乃是一种形式上的尝试，这呼应了同时代，即20世纪30年代的布莱希特与卢卡奇之争。在这场辩论中，卢卡奇批评现代派作家采用意识流、拼接剪切等手法，认为这些方法只追求形式上的创新，而忽略了反映资本主义社会本质的任务，将其视为形式主义的错误。相反，布莱希特认为新时代需要新的文学形式，文学创作者应不断探索新的表现手法，而不应局限于19世纪经典作家的创作模式和叙述规则，任何能够展现现实的创作方式都应被纳入实际创作中。

在这样的对读中，可以看到穆时英虽然取法新感觉派，但是却对形式和现代主义的理解炉火纯青，而且本身带有自己对于都市上海的独特认识。在踱入世界文学时，穆时英也毫不逊色。这也是穆时英明暗交织的反抗，不仅是审美与批判的，更是现代与现实的。现实本身的改变，带来的是形式的调整，其实这样的文学观本身就是现代主义的，它看到了文学作为艺术作品更精密的人工性，并将其附着在现实的纯粹反应之上。

清词札记
——云间三子杨花词发微

/ 田育珍

一、云间三子地域文学特色及身世转关

陈子龙在《云间三子新诗合稿》中提出:"三子者何?李子雯、宋子征舆及不佞子龙也。"遂有"云间三子"之名,三子均为松江人(今上海松江,别称"云间")。松江历史上文学生态活跃,形成深厚的人文环境与著名的文学家族。云间诗人最早由二陆开山,故云间文学承有缛美华藻之流风。又元时出著名诗人杨维祯等人为云间诗人留下逸民、羁士等忧世旷逸的文学精神遗产。明董其昌及陈继儒、莫是龙等人将"松江派""云间派"的声誉广推于外,其"不平之气"的诗歌精神亦法乳后人。此外陈子龙之父陈所闻素有任侠之气,曾在岛寇入犯时率佣奴二百人击之,颇有斩馘,后忧愤卒。李雯出身文化世家,其父李逢申颇有谏声,弹劾权贵,后被李自成军所捕,拷掠致死。宋征舆出身宋氏望族,其父宋懋澄"能文章,喜交游,慕古烈士风,折节为儒"。因此文化世家的节义传统亦濡沐着三子之文学创作。

三子之时代背景与人生经历,从一篇序中可知。甲申国变时宋徵舆刊刻了《云间三子诗合稿》,陈子龙为三子诗稿作序,此序含有重要意义。一是能知三子订交缘起与当世际遇,即甲申国变,陈子龙"志不欲生,孤筇单幞,混迹缁流",产生"修农圃以老"的悲愤凄然念想。李雯因家贫无力葬父而"絮血行乞"后被清廷诱降,陈子龙认为李雯只是身不由己,表示同情。而宋徵舆因未曾在明考第,是清顺治四年(1647)进士,故陈子龙认为他仕清只是为满足个人"婚宦之业"的正当生活需要,对此表示理解。曾经衡宇相望的三子,因国难而有不同的身世命运。陈子龙理性思考三人处世之艰与各自际遇选择。二

是陈子龙自言三子合稿的诗里都是"悲歌击筑",皆有"念乱""望治"的深沉情感,涵有一体的"咏歌之志"与亡国之哀。那么与此同时所写的词,必然在同一心理情感的驱动下,只是为符合词的特性与形式,必然采用不同的处理手段。所以这也能更好理解三子杨花词的意蕴。

二、词学实践之前——两篇词序的理论特性

三子究竟在填词活动中呈现如何呢?这要联系云间派独特的词学思想。三子词作唱和的刊物是《幽兰草》与《倡和诗余》。陈子龙的《幽兰草·题词》是云间派的词学理论文献,要言之,陈子龙视填词动机为"境由情生,辞随意启,天机偶发,元音自成",即情感推动下自然之意的抒发。后其于《三子诗余序》云:"夫风骚之旨,皆本言情,言情之作,必托闺襜之际,代有新声,而想穷拟议,于是以温厚之篇。含蓄之旨,未足以写哀而宣志也,思极于追琢而纤刻之辞来,情深于柔靡而婉娈之趣合,志溺于燕嬿而妍绮之境出,态趋于荡逸而流畅之调生。"(《陈忠裕公全集》)说明填词须"意深",即要托旨深微,有所寄托才能展现内里广阔的情感境地。所以对云间派杨花词的审视,应从这种观念的自觉性实践入手。但情之所寄,各不相同,还需从各人词心管窥。

厘清三子唱和词集的年份便于对其词作的阐释。李越深《论〈幽兰草〉的创作、结集时间以及价值定位》认为集中唱和时间约在崇祯七年(1634)及崇祯九年(1636)。此时还未国变。而陈子龙的杨花词是在《幽兰草》中所录,所以历史阐释中所谓的亡国之恨,并不确切。而《倡和诗余》在顺治七年(1650)刊刻,序言:"兵火以来,荷锄草间。时值暮春,邂逅友人于东郊,相订为斗词之戏,以代博弈。"宋徵舆的杨花词收录在此集中,是仕清后的作品。此集没有李雯词,但李雯的杨花词录于《蓼斋集》,则是晚期作品无疑,所以也是仕清后所作。

了解三子之结缘交往,身世命运,乃至前后期填词动机及相关词论思想,再看三首杨花词,则能洞察不同身世际遇下的心灵感发,体味其心物一体之缘生与转换。

三、个体"杨花词"的表达实质及群体意蕴

(一)婉娈恋情、悯世忧生

浣溪沙·杨花
陈子龙

百尺章台撩乱飞,重重帘幕弄春晖。怜他飘泊奈他飞。
淡日滚残花影下,软风吹送玉楼西。天涯心事少人知。

上文系年知此词作于明亡之前宴饮逸乐之期,故不会有"亡国之恨"。此杨花词意蕴可考察陈柳二人之离合本事与陈词中杨花意象的使用语境。

陈寅恪曾言:"颇怀疑几社诸名士为河东君而作之小令,即载是集(《幽兰草》)中。"认为《幽兰草》填词唱和大多围绕柳如是。朱惠国著《元明清诗文》言:"崇祯八年春及初夏,陈子龙与柳如是在松江南门内之生生庵别墅小楼同居过一段日子,后为陈家不容而被迫离散。其间,陈子龙写了一系列咏杨花、杨柳的词,从中表达对柳如是的情意……词咏杨花,又暗寓柳如是形象,亦柳亦人,若即若离,十分高妙。"《陈子龙年谱》言崇祯八年(1635)春夏之交陈柳仳离,"深秋,柳如是离松江归盛泽。子龙亲送至嘉善";此词可能作于崇祯九年(1636)春。因《幽兰草》仿《草堂诗余》体例,按照时间节令编制。陈子龙送柳移居作《满庭芳·和少游送别》词,其后有秋词冬词,又转回春词,才见这首杨花词,可知写作时间是离分后。此词前面还有"翡翠纯寒,塘雨霏微,淡黄杨柳。去年此日,小苑重同首"、"青楼恼乱杨花起,能几日、东风里。回首三春浑欲悔,落红如梦,芳郊似海,只有情无底"等同涉及杨花,都与离情联系。除陈词外,柳氏《戊寅草》诗集中也有相关意象,如《杨柳》《杨花》《西河柳花》,集中同一时间段,采用语境也与爱情相关。

因此陈词咏物以抒婉娈之情。"百尺章台撩乱飞"以特殊的地名语码"章台"暗喻离分。"重重帘幕弄春晖"或谓阻碍之多。"怜他飘泊奈他飞",即照应此前诗词之作中充蕴"相思""离恨"之特定情韵的"杨花"意象,一怜一奈,情深义重。"滚残花影""吹送玉楼"恐是南楼实指。"天涯心事少人知",

当是情事上之一己悲欢，兼南园欢宴故交离散之情。

但此词是否还有其他内蕴？任半塘认为："比兴之确定，必以作者之身世，词意之全部，词外之本事为准。"虽考出杨花词与柳氏情缘相关，但以读者之心来看，陈子龙之身世人品下所怀的"天涯心事"，不会止于一己悲欢。一是陈子龙自崇祯七年（1634）试春官罢归，赋闲松江未能进士，寄宋徵舆言"怜予憔悴金台马，羡汝殷勤玉树花"，或许有伤一己之漂泊未仕之心。二是崇祯七年李自成起义事，八年，农民军焚皇陵，崇祯征兵，年谱言："是春颇多霖雨，国事日亟，陈柳二人颇多倡和，家国情愁交织不已。"更有九年，皇太极称帝改称"清"，南京骚动，国事难安。寓居南园的陈子龙也必然忧患缠身，"杨花"词在代表情愁意蕴之外，想必也扩充到"家国"的蕴旨。钱仲联评陈词的"怜他飘泊奈他飞"，与宋徵舆相比，"节概不同，吐辞便异，所谓言为心声，与此可证"，即在忧患、念乱、望治之意下，陈词包含着一种对世事命运与人生离愁的广大悲悯。但又以"天涯心事"盖之，浑融广阔，肃穆轻柔。这正是其心中最高词境的代表。

（二）"半截人"的痛苦

浪淘沙·杨花
李　雯

金缕晓风残，素雪晴翻，为谁飞上玉雕阑？可惜章台新雨后，踏入沙间。　沾惹忒无端，青鸟空衔，一春幽梦绿萍间。暗处销魂罗袖薄，与泪轻弹。

龙渝生《近三百年名家词选》选李雯词五首，附谭献《箧中词》评语：《菩萨蛮·忆未来人》是"亡国之音"，《虞美人·春雨》为"《九辨》之遗"，《鹊踏枝·落叶》是"客子畏人"，《浪淘沙·杨花》是"哀于堕溷"。清人吴骐评李雯诗是"庾信文章"，说明李雯被迫屈节的悒郁是广为人知的。李雯有《东门行寄陈氏》一诗给故友陈子龙，诗后附书信言："三年契阔，千秋变常。失身以来，不敢复通故人书札者，知大义已绝于君子也。然而侧身思念，心绪百端，语及良朋，泪如波涌。侧闻故人，颇多眷旧之言，欲诉鄙怀，难于尺幅,遂中意斯篇,用代自序。三春心泪,亦近于斯。风雨读之,或兴哀恻。"这种悲诉,白一瑾在《清初贰臣士人心态与文学研究》用"失啼之鹃"来形容。因此李词明显是兴寄之法、忠厚之心。

试解之:"为谁飞上玉雕阑"是对明朝进士事的回顾,"可惜章台新雨后,踏入沙间"是被迫仕清失节辱身的侘傺自怨,"沾惹忒无端"是自责之心,"一春幽梦绿萍间"是心死之哀,"与泪轻弹"是情深难抑的激发。如果说陈子龙词是"寄意更绵邈凄恻"(王士禛语),李雯则是后主"人间天上"之啼血式的抒发。此外,李雯亦有"西陵松柏知何处,目断金椎路。无端花絮上帘钩,飞下一天春恨满皇州"(《虞美人(惜春)》),也是以杨花缭乱暗喻故国之思与"半截人"之隐痛深愧。

(三)触目伤怀、贰臣之思

忆秦娥·杨花
宋徵舆

黄金陌,茫茫十里春云白。春云白,迷离满眼,江南江北。 来时无奈珠帘隔,去时着尽东风力。东风力,留他如梦,送他如客。

宋徵舆杨花词,谭献《箧中词》评"身世可怜",说明其中还是有所寄托。"杨花"迷乱南北天地,"来时无奈珠帘隔"颇类陈子龙"重重帘幕"语,"东风力,留他如梦,送他如客",若有微言大义的兴寄,应指当时已亡的故国或复明势力,抑或仅是风流诸子、故园生活,但宋徵舆仅以繁华一梦看之,以送客心态微带惆怅又平静略过。与陈子龙"怜他飘泊奈他飞"的悯世扼腕之意,节概迥异。杨一凡的《宋徵舆词研究》提到宋晚期的词像"看尽世事的老妇人"。在仕清之后,官居要路的宋徵舆在"斗词之作"唱和作品中对明亡事怀有"平淡洒脱"之心。宋氏后期对亡国的缅怀带有理性的冷静,他常以"如梦"概之("如梦,柳絮斜阳风送";"如梦,总被一江潮送";等等)。谭献的"身世可怜",作为理性的评判,陈述宋氏亡国后作贰臣之事实。而宋徵舆的哀怜却是在时事推移陵谷变迁外,慨叹风云流落而已。这也是宋徵舆作为特殊个体际遇的情感蕴含。

三首杨花词，正照应个人身世，正如陈子龙说："天致人工，各不相借。"（《仿佛楼诗稿序》）即处境不同，所写可异；又暗蕴三者心灵，展现志士之悯、遗臣之悲与贰臣之想。又共同自觉践行云间词派词论的指引，以小令激发词之潜能，复活其比兴寄托微言大义的传统效用，后来张惠言与周济等杨花词，更显其物我相生的生命意志与士人修养，可见云间流风之传扬。

聚散有时：
万国商团与西方现代性在中国的显隐

/ 余俊钦

"万国"这个前缀在今天似乎有一种独特的魔力，和"国际""世界""环球"等相比，只要把它往某个事物上一冠，便会让人觉得有些年头，或者更准确地说，有19世纪中叶以来的历史感。读读"万国博览会"和"世界博览会"这两个说法，相信就不难体会到个中意味。这种魔力的增长基础，是"万国"前缀使用场景的日渐稀少。

然而，在这个前缀成为文字表演的魔术道具之前，它曾切切实实地存在于中国人的日常当中——对生活在租界里的上海人来说，更是生活中无法回避的一部分。在近代中国，上海租界被人们称为"万国地"，林立四处的"万国建筑"里头有讲着"万国话"的"万国人"。当然，作为一座安全焦虑挥之不去的商业城市，它还有"万国商团"。

徐涛的《万国商团：一部全球视野下的上海史》是当今中文世界里极为全面且优秀的万国商团研究。它详尽地讲述了万国商团从成军到壮大再到解散的近百年历史，不仅创新性地实现了对万国商团的综合探讨，而且拓展了上海的地方历史研究。更有启发之功的是，如果我们从现代性的角度来看待这本书，还可以得到一种有关近代中国华洋关系的认识，那是西方现代性在中国大地上显现与隐退的故事。

一

毋庸置疑，万国商团的诞生是洋人和租界出现在上海的结果。在一般的大众历史叙事当中，1840年英人叩关后的清帝国如枯木般迅速衰朽，洋人的宰制几乎是一种难以逃避的命运。假设历史意义有限，但我们应该意识到，这一宿命的降临用了整整 70 个春秋，其间充满了各式各样的偶然与可能。实际上，"正如中国上下没有做好打开国门的准备一样，很难断定，此时来到五口通商的西洋人就已经做好长期生活于此的规划"[①]。暂置后见之明，在中外大规模接触的伊始，华洋对视更像是一场陌生的遭遇。中国人不知道这帮卑鄙的外乡人到底在盘算些什么，而洋人则警惕地想要保住几个世纪以来的梦想：拥有通往中华帝国市场的据点。在一种彼此互不了解、紧张狐疑且敌意丛生的环境中，洋人群体的安全焦虑也就与日俱增。

这种焦虑的增长过程，伴随着上海的城市发展、洋人的纷至沓来和中外贸易的日渐繁荣，从 1843 年上海开埠到 1853 年万国商团成军，其中有着 10 年光阴。10 年来，洋人以商业为基础，使上海逐步发展成迥异于中国任何一座城市的现代物质空间——这与西方现代性在中国的明确现身是同步的。这段时差说明，万国商团这样的外侨武装不是有组织、有计划、从西洋乘着船来到上海的，洋人也不是甫一登场就在中国取得了不言自明的压倒性优势。西方现代性在中国的最初岁月并不牢靠，不仅因为中国的体量，更因为在 1848 年欧洲革命之前，大多数欧洲人自己都没有现代性——或许将这个时候出现在上海的，收束为英法现代性要更准确一些。

如果直译，万国商团的英文写法 Shanghai Volunteer Corps 可以唤作"上海义勇队"，这便为我们道出了它"忽生忽灭"的秘密。万国商团的诞生必然是由于洋人已在上海拥有了十分可观的利益。而当这种利益受到威胁的时候，一支随时效命待发的武装总归是安全感的可靠来源。于是，先有"上海"才有"义勇队"，吊诡的是，万国商团的成军最终不是因为清军对租界的进攻，而是反清武装对上海的包围。基础一旦筑下便不易垮塌，但动力却总是免不了再衰三竭的天性。不论是太平军还是小刀会，危机过后，商团便近乎解体。毕竟，一场发生在远东商埠里的小规模战斗可能只是帝国版图上的两行注脚，但对不远万里来到上海冒险与淘金的洋人来说，对面射出来的每一颗子弹都有可能让他们个人梦断上海。

[①] 徐涛：《万国商团：一部全球视野下的上海史》，上海辞书出版社 2021 年版，第 29 页。

二

万国商团的早期历史就是这样映射着方才进入中国的自由资本主义时期的西方现代性。大多数西人是为了钱而来到上海。比如创办《申报》的美查,就在赚到足够的钱后回家去了。但上海发展得太好、太快也太重要,并且似乎还远没有到极限。20世纪来临之前,上海已一跃成为中国乃至远东的第一大城市。

盘根错节的利益再难轻弃,西人云集的背后,是西方各国的明暗角力。个人式的冒险很快让位于帝国之间的博弈,奔入垄断资本主义时期的列强誓要在地球的每一寸土地上争出高低。作为彼时在华权势最盛的国家,英帝国的介入,为万国商团的存续提供了基础和动力之外的关键因素:制度。"随着殖民版图不断扩大,英国可供支配的正规军力愈发紧张,为了填补力量空白,于是大力支援各处商团建设,作为维护'日不落帝国'统治的一种手段。上海与万国商团虽然并非英帝国权力版图的中心,却实实在在地被划入其中。"[1] 不论是上海工部局对商团的接管,还是英国侨民在商团人数中的优势占比,抑或英军指挥官对商团的掌控,英帝国都为万国商团的发展壮大提供了堪称必要的制度保障,商团成了名副其实的"英式商团"。

制度化的万国商团象征着西方现代性在中国的强势存在。一个随时都会被清廷吹灯拔蜡的租界,是不可能生长出制度性的外侨武装的。商团制度的存在说明,西方人已经在中国取得了稳定且坚固的地位,租界,至少在当时看来,不会有性质上的骤然生变。不论是中国人还是西方人,都已经在上海见惯和接受了彼此的存在。这个时候,已经说不清是人、事、物中的哪一个让上海成为萦绕人心的摩登幻境——或许,这正是西方现代性在上海已臻成熟的表现。只有互不依赖的彼此才会泾渭分明,真正共存共生的社会必然纠葛缠绕、难分你我。

于是,西方现代性在中国愈是成熟,它就愈不能像以前那样拒斥中国人,这是每一种异质性力量进入神州的命数。实际上,随着中国民族意识的觉醒和西方现代性在那场大战上的集体幻灭,万国商团即使仍想像创立之初那样彻底

---

[1] 徐涛:《万国商团:一部全球视野下的上海史》,上海辞书出版社2021年版,第68页。

地划界自卫，也日渐困难了。20世纪早期的上海，中西"双方角力已显疲态，主张社群和解的中间力量逐渐成为主流"[①]。这一时期的万国商团，不仅吸纳了中国人组建的华员队，还渐次扩充进了白俄队乃至犹太队等编制。英帝国在一战后的力所不逮，是整个西方现代性在中国受阻的缩影，也是万国商团命运转折的诱因。垄断资本主义自身难以克服的缺陷，迫使它们不得不转变姿态，承认有权自发组织起来拱卫上海租界的，不仅只有个别国家的侨民而已。商团历史的讽刺之处正在于此：西方现代性的全盛之时，它徒有万国之号；正是西方现代性的力衰，才让万国商团真正配上了"万国之名"；而当万国商团真正包容"万国"之际，却是它在劫难逃的伊始。

三

西方现代性在中国的隐退，和它的登场一样，也不是一蹴而就的。一个可资佐证的事实就是一战后万国商团的再组织。尽管遭受了空前的重创，但外国人仍相较中国人的优势要大，他们在战后陆续回到或新到了上海。然而，此时的世界已全然变了模样，即使战前的那套仪轨还能运作，也仅仅是因为某种历史的惯性罢了。中外力量的此消彼长，或许更可以说是外国的相对虚弱，使得租界里的外国人再次拾起前人的精神遗产，在整个两次世界大战之间的二十年里防备、猜忌，更误解着中国人。这种安全焦虑尽管在性质上与此前不同，却导向了一样的结果，那就是对万国商团的持续倚重。

但商团的颓势已经难以遏制，其中最重要的原因就是人手不足的问题。不仅因为租界面积的不断扩大，还因为英帝国和其他传统的商团侨民国家在中国商业利益的减少，而西方现代性当年正是由此而生。与之相对却没有引起，或不愿被警惕的，是日本侨民和日资企业在上海的空前活跃。事实证明，外国人似乎不论在东边还是西边，都没真正学会防备肘腋之患的道理，一而再、再而三地将目光投向错误的地方。他们眼里的"繁市隐忧"，从小刀会时期就看走了眼——这是一种缺点，还是一种偏执，恐怕已不再重要，因为这一次，万国

[①] 徐涛：《万国商团：一部全球视野下的上海史》，上海辞书出版社2021年版，第128页。

商团行期将至。

一战后日人在上海的势力扩张,既是西人有意相让,也是西人无力相抗的结果。果不其然,"一·二八"事变期间,"外国租界当权的洋大班们很快就发现真正棘手的问题不是来自中国军队的威胁,反倒是自认为的'盟友'——日本"[1]。历史再次上演,只不过这回越过租界安全底线的是和中国军队作战的日军,而万国商团完全拿对方没办法。"上海公共租界权力之实际限缩,起始于1932年'一·二八'事变之后,先是虹桥,继而扩展到整个苏州河北岸,孤岛时期的公共租界西区亦非工部局所能掌控之城市空间。"[2] 既然作为权力机构的租界工部局势力受限,处在工部局庇护下的万国商团则自然亦不如前。外来者想要在一个地方长久且安全地生活下去,唯一的选择就是和当地人和谐共处。选择倚靠另一个外来者的下场,要么是被无情地取代,要么是一同被当地人扫地出门。抗战爆发至太平洋战争开始的数年间,租界在自身错误的安全焦虑中作茧自缚,最终使万国商团在真正敌人的重重包围之下无力回天,成了悲不自胜的"孤岛残兵"。

四

二战炮声在上海的租界里敲响了万国商团的丧钟。西方现代性在上海登场的第一百个年头,没能盼来中国人对它的彻底服膺,却等到了万国商团的永久解散。同样地,这场大战也宣告了西方现代性在中国的退隐。万国商团星散之际,正值中国抗战最艰难的时候,而短短数年过去,上海就已经是属于中国人自己的"日月新天"了。从那时起,西方,或随便什么方的现代性就不再能够高踞于中国人自己的选择之上,中国的未来又重回到了中国人的手中。

朱英在为《万国商团》所作序中写道:"通读这部著作之后,我们可以在在诸多方面发现其学术创新的观点及其价值,但却对全球视野下的上海史估计难有很深的印象。"[3] 其实,我们不妨换个思路,把它看作是一部上海视野下的全球史——那么多的外国人来来去去,唯上海人,唯中国人,仍在此处。

---

[1] 徐涛:《万国商团:一部全球视野下的上海史》,上海辞书出版社2021年版,第199页。
[2] 徐涛:《万国商团:一部全球视野下的上海史》,上海辞书出版社2021年版,第283页。
[3] 徐涛:《万国商团:一部全球视野下的上海史》,上海辞书出版社2021年版,第8页。

一种新诗伦理的可能性
——从几首青年诗人近作说开去

/ 车信昱

当我铺排周乐天为数不多的、于其沪上读研时期写就的新诗时,深深认为其中有一份饱含着勾连历史与当代的反思能力,它们或隐或显地交织在文本的短句中,朝向一种当代诗歌伦理的可能性,此种新诗伦理或并非是"全新"的,相反,它代表一种对既往的、在近期的诗学浪潮中有被淡忘风险的伦理的回归,它在本文所感兴趣的一个层面上表现为具有深刻反思性的日常书写。在我的视域里,当代青年的广泛新诗文本较少带给过我这样的感受,我先试以《一个干净明亮的地方》[①]阐述这种感受的可能来源。

在我看来,借力于经典的意义渊薮和语言形式的排布(如语词的歧义与左右互搏术等),是青年诗人的正路而非捷径。或者说,青年诗人在这两条路上是否亲身跋涉在不同的险境之中,并时刻意识到自己的写作的真实意义,是区分高下的关键。翻读周乐天的公众号,会发现其近期多数诗题似都应和着一系列经典:《摹仿论》《卡利古拉》《琵琶行》《寒夜》……此诗亦与海明威的短篇同题,在比较阅读中,也会发觉两者的阅读感觉颇有相近之处。

海氏小说中"干净明亮的地方"指小餐馆(café),本诗则是指更私人化的居室,这两处皆因外在井然的"秩序"(order)而显得"干净明亮"。与小说相比,诗更从语言层面显露"秩序"的存在感:诗者与床的垂直图像、"心""声响""啜泣""我这样想"等语汇的反复闪回,在视听与想象层面模拟着平和的秩序,甚至是噪声的偶然打扰也侧面突出"秩序"存在的本然性;同时,此类秩序皆无法抵御虚无(nada/nothing)体验。"楼下的马路正被挖掘 / 那声响

---

① 《一个干净明亮的地方》《雨淋铃》《摹仿论》等诗见公众号"新语集"。

使我觉得／自己正被埋葬"中工业性的、噪声般的声响，由诗人之耳被明确成"回荡着的真实声响的一个象征"，进而落脚在了一句颇有重量的感慨，也是全诗中我最喜爱的两行：

> 我们无法承受那真正的声响
> 那是过大的真理，几乎就是音乐

当我阅读至此，不禁想起《杜伊诺哀歌》开篇中近乎拥有致命节奏的语段：

> 其中一位突然将我放在心头：我会因他
> 更强壮的此在而消逝。因为美之物无非
> 只是我们尚能承受的恐怖之物的开端，
> 我们对它报以惊叹，缘于它冷静得不屑
> 将我们摧毁。每一位天使都是恐怖的。①

"真理"和"天使"的两种不同的表达带给我相似的感受强度和认知启迪，展现某种认知对象对写作者的惠临与威压的二重影响。里尔克"天使"概念背后的关涉更为全面，但本诗以短促有力的笔法直面"音乐—真理"也需要关乎智性的勇气。

诗人在第二段回转到被繁多生活实感所包围的环境中，诚实地接纳了生活袭来的昏沉感，却仍能"以心怒对自己的心"，这样，诗人争取到一个纯粹的、超然的瞬间。这一瞬间并未得到过多解释，它或许是"真正的音乐"降临的瞬间，或许是《四个四重奏》中提及的那"一个始终存在的终点"，又或许是所谓的"弥赛亚时间"，但最需辨明的无疑是：这一瞬间究竟会将我们带往哪里？

而后，诗人把视角投向一个非特定的女性人称：隐在散乱之物中，领受

---

① 里尔克著、陈宁译：《里尔克诗全集》（第一卷），商务印书馆2016年版，第849页。

着伦勃朗式的强光的"她",不住地啜泣。在"撑起自己"的象征性动作后,却"还是去更深的自己与啜泣里",微故事的寓言性牵动着美感秩序的建立。回看全诗,"她"与"我"似分属于"啜泣"与"那一瞬",与海氏小说中三位人物的不同选择形成叙述逻辑的耦合。作为读者,我们能看出这首(类)诗的旨趣并不在于重现经典或让自己的生活矫情地倾向经典,而是在一束本于经典的温情"强光"下,有勇气握持更多足以"怒对自己的心"的时刻。

细读这首诗后,若论观感,其中如"声音""心"等"大词"颇吸引眼球,第二段突出的欧式思维或语法也令读者更易体察风格,但诗人何以将这些手段作为他的工具而非其他?考究情感理路,"瞬间的意识中生出一点灵明"或许是那把通关密钥。"灵明"的所在或与本雅明式的"灵韵"(aura)暗合,这是碎片化的当代生活中颇显黯然的诗性情感,这"一点灵明"召唤来了"大词"和某种欧式风格的诗歌语气,或者说,这些工具性的诗歌技巧在"灵明"诞生的瞬间使自己恰如其分地适应了当下的时刻。"灵明"于是在精神层面作为重心撑起了全诗。我无意在诗人的身上加持一层缪斯的影子,但在"灵明"的指引下,这首诗和乐天的其余近作,似乎在诗人也不曾意识到的角度提出了某些并不新鲜但兹事体大的问题。

王子瓜在一篇暗含关怀的评论文章中写道:"固然这海仍是美的,这朵'破碎之花'正是'恶之花'的一种变体。但这美却不是我们观看它的理由。我们仍然观看它完全因为这是我们的命运。"[①] 其中的"海"与"破碎之花"是当今全媒体时代富有陌生感、碎片化的广泛的生活体验的结晶。我们无法违背命运而栖身当下,这一昭然可见的事实在20世纪也早有隐忧。

诗歌文本何为?恐怕必将引述到诗的精神与诗性的生活方式上。姜涛《巴枯宁的手》从一个具体文本的侧面谈及20世纪中国知识分子对诗歌伦理的承担,他认为"自由主义的京派知识分子"共享了对"风景"的偏爱,现代主义理所当然地带给了时人委身于"自然性的伦理安宁"的自足理由。诗人在"看风景"时不断反思己身,或以磨炼智性的过程塑造心智上的个人英雄主义,或

---

① 王子瓜:《追猎灰烬:曹僧诗歌的语言、话语性和数字经验——〈野先驱〉读后》,《上海文化》2023年11月号。

陷入某一"恋物"的"肉感"式写作，甘心沉潜于"丰厚、深邃又迷人"的书写志趣中。姜涛是在对现代诗和当代诗的谱系把握中指认这一现象，并信任"当代诗原本也可以有另外一套引擎"的文本事实[①]。

如今，单纯从诗人的社会关怀或政治关涉来解读诗歌的政治性与公共性，或是以政治作为诗歌的资源，似乎也已不再是普遍的、既成的当代诗的写作方式之一。倘若把诗的概念从文本形式中抽离、泛化，演绎成一种富有激情的诗性精神或诗性生活，不难看出，太多诗人的弱点可能在于，在他们不写"好诗"时的全部生活都与"诗"无关，如此那一点好诗也似乎不和他们有关了，但是我们值得坚信仍有人时时生活在"诗"中。或者说，这些置身于激情的"诗"中的人，也必将置身于激情的生活"政治"[②]中，这两个概念在此处因修辞被扭曲成为这一状态的共同指向，"诗"作为文本上的"政治"，"政治"作为现实的诗，在此处交融为一种破碎的当代生活所急需的，无处不可生长但又难以找寻的日常生活状态。在这一要求下，当我们体认到某一种关于"诗"的生活的复杂的可能性时，我们也不会去要求这种诗是否付诸某一特定形式了。换句话说，作为分行的诗句是否被写下的重要程度让位于"富于激情的生活"的存在的真实性。

在《一个干净明亮的地方》中，诗人经历的事件似乎是微不足道的，也正如肖开愚《下雨》一诗的日常体验。但是，是否只有激情的"政治"般的生活情感能担当起"诗"的存在，诗人是否只能"从雨雾中捕获勇气"才能承接历史真实的某种合理性？

> 谁离开那里都会想吧
> 依稀前尘梦[③]

《雨淋铃》一诗是片刻的、抒情的，也很有可能是颓败的、失意的，我倾向于认为这首诗并非乐天近作中文本价值最高的，但它无疑有令人沉浸与萦回

[①] 参阅姜涛：《巴枯宁的手》，北京大学出版社2010年版。
[②] 此处和后文的"政治"可经由福柯的"生命政治"（biopolitique）概念来理解，并非指以国家权力为概念核心的"政治"。
[③] 《雨淋铃》结尾两行。

在由"记忆"主导的氛围中的魅力。如结尾两行，诗人曾有的激情的"灵明"体验在这次雨中超市的奇遇变成了对回忆的沉入、怜惜。如注目当下，此种写作状态是否应因其缺乏某种写作"激情"而受到批评？

《摹仿论》一诗有自足的叙事手段，在抽象的叙事中试图揭示关于文学形式的种种，从诗人的角度推演"摹仿"之事。诗人从形式上指出了文学语言的可能性——"要在静且恒常的悬崖边开放世界语言之花"。"过去的盛世"只负责承载"一瓣"的能量，可见"传统"所占份额不多但也不可或缺，由此现世中的人们才可"温热着"到达"抵御着睥睨着的形式"。诗中作为连续两行发语词的"谁说"和"可惜"组织起了一种对称的情绪，类似一个向上凸的弧线，在逐步高亢中迎来低落。如此，"被选者"的历史中寻觅到"等值的发音"。在末段，诗人操纵语言的高妙技术淋漓尽致：

无论如何也不会有当面诘问或神会的激赏
互为归宿是你和你形式封闭雅致的文章

自成体系的文本空间得到强调，文章也在此被定性为"形式封闭雅致"的，但这一观念的旨归不可谓与诗人无关。事实上，正因"当面诘问或神会的激赏"在相对主义的"摹仿"动作中被取消，文章形式封闭雅致的特征在显现并成为唯一且必然的事实，当诗人认识到形式不可避免地趋向固化时，诗歌工作的激情程式在此刻骤然黯淡，语言便在此时落入工具性的窠臼并再难激发创造力。同时，我们也应注意到，这一"封闭"的状态正如绝对的"激情"一样是写作者虚构的极端体现。

但在"破碎之花"混淆日常与审美并规范审美的零碎特性的当下，诗人应该如何让"激情"与"非激情"、"激情的政治（生活）"与"激情的诗（修辞与写作）"得到权衡或使双方相互告解？王璞指出："新诗的宿命则在于，新诗诗人必须通过不可思议的劳作……创造出自己的母语，达成现代汉语的成熟。"[①] 这一点尤为重要，汉语新诗的形式与内容在时间的发展线上很难说谁走

---

① 王璞：《新诗传统与个人才能》，《扬子江诗刊》2005年第1期。

得更远，母语和现代性精神如同两个嗷嗷待哺的婴儿，而众多为此付出努力的诗人往往只能拿起一只奶嘴。我们仍然观看生活的"破碎之花"与使用仍不成熟的母语是当代中国人共通的双重命运，如此，诗歌写作者究竟需要承担怎样的伦理？

> 但不甘心，以心怒对自己的心
> 瞬间的意识中生出一点灵明
> 秩序很快建立，各种层次
> 明晰了却也渐次与我无涉

回到那"一点灵明"，诗人在触碰到"灵明"后搭建起"秩序"却又主动承认了自己与"秩序"的疏远。"秩序"暗喻着多重可能性：生活秩序、语言秩序、情感秩序……诗人要担负的越多，似乎越难以构建起生命的秩序。在体察诗人自身情感的前提下，我们很难说《一个干净明亮的地方》属于"激情"的写作而《雨淋铃》属于"非激情"。但仍然存在着一种从形式出发，朝向非形式的可能性的存在："非激情"的在历经反思的语言中也可以转化为"激情"的，也就是生活的非激情也经由生活的政治伦理的转化与确认，成为"文学激情"。而这里的"文学激情"也代表着一种（可能是唯一的）"文学价值"。

"大地"的审视与"人类世"下的城乡寓言
——评孙未"大地三部曲"

/ 李昔潞

孙未是进入新世纪以来崭露头角的上海女作家,少年时期便展现出了对文学的敏感和写作的天赋,10岁时凭借一篇童话拿到了自己的第一个文学奖,19岁时已经出版了三部文集,成为彼时上海市作家协会最年轻的会员,目前已经出版了近30部作品。2022年3月,首都师范大学出版社出版的"大地三部曲"包括《大地尽头》《熊的自白书》和《寻花》三部长篇小说,作者着意构建交错变换的叙事时空,为作品赋予丰盈的主题,并以独树一帜的路径重新介入"大地"这一概念,对自然环境和人类生命的主体性进行追问,在理想与现实的交锋中,为"人类世"的时代万象作传。

一、交错变换的叙事时空

亨利·列斐伏尔将空间形式分为物理空间、心理空间和社会空间。在"大地三部曲"中,"城市"和"边地"是核心的叙事空间,它们在物理、心理、社会三重空间上都呈现出风格鲜明、差异明显又随着情节发展而逐步趋向于统一的特征。

就"城市"空间而言,孙未是土生土长的上海作家,为城市构建了鲜明的上海特色。在物理空间上,上海作为我国现代城市最典型的代表,一直是中国都市文学的中心舞台,通过淮海路、新天地等大量真实地名,孙未强化了上海城市的物理特征。相比之下,心理空间是存在于小说人物内心的主观空间,是物理空间在人物思想和情感上的投射。在"大地三部曲"中,以《熊的自白书》中的凯文和《寻花》中的"我"为代表,当主人公身处城市环境中时常常处于焦虑、忙碌、疾病缠身的状态之中，他们为工作上的烦恼而头痛，疲于应付人与人之间的利益交换，在水泥森林中寻不到内心的安宁。社会空间指的是社会的权力关系，体现在人与人交往的动态结构之中。城市中的社会空间有着一套森严的等级制度，《熊的自白书》最为典型，主人公凯文的应聘、入职、出差、被辞退、再入职和升迁，无不体现着职场中权力的博弈。孙未在后记中写到《熊的自白书》"可以算作对上海外企白领文化鼎盛时期的纪念"[①]，白领文化作为一种典型的等级文化，也为小说的"社会空间"提供了不择手段谋求晋升、以利益和地位决定一切的环境基调。

边地的叙事空间则与城市有着显著的区别。首先在物理环境上，《大地尽头》中的"佛地"、《熊的自白书》中的"庶村"、《寻花》中的"木里"都是地处滇、川、藏的偏远山村，这里交通闭塞，地广人稀，人们过着原始的农耕生活，带着荒野的神秘的气息。与城市空间类似的，作者运用了云南省、青藏高原、喜马拉雅山等真实地名来为架空的村落定位，在《大地尽头》中还详细地构建了"望江市耳江县佛地"的行政级别，并对前往"佛地"的路径进行了详细的说明，这一切都是为了构建一个真实可感的山村的物理空间。而在心理环境上，当主人公处于边地时，即使现实环境存在危险，但他们的内心却常常是安宁的。"轻"这个意象在三部作品中反复出现，在《大地尽头》的开头，萧岩认为"只有少年人的身体才是这么轻快的……他已经是个成年人，成年人的身体是沉重的，每年都有新的东西负载上去"[②]；《熊的自白书》中，凯文渐渐习惯了"庶村"的生活，忘记了城市所在意的"时间"，他"觉得自己的胖身子开始变得轻盈"[③]；《寻花》中的"我"在旅途中"觉得自己是一颗灰尘……又像是一片没有重量的细叶"[④]。"轻"正是边地的心理空间的关键词，自然的环境和淳朴的人文风情使人感到内心的轻盈。在社会空间上，"边地"的人际关系分为情感和权力两类，其中情感的力量是远超过权力的。在《大地尽头》中，金老板对何疯子、阿满对金老板、格列与萧岩之间、杜鹃母女之间都存在着超越

[①] 孙未：《大地三部曲·熊的自白书》，首都师范大学出版社2022年版，第175页。
[②] 孙未：《大地三部曲·大地尽头》，首都师范大学出版社2022年版，第26页。
[③] 孙未：《大地三部曲·熊的自白书》，首都师范大学出版社2022年版，第63页。
[④] 孙未：《大地三部曲·寻花》，首都师范大学出版社2022年版，第230页。

生死的感情，相反村长江龙却需要不断通过翻修道路和发展旅游等方式改善佛地的经济状况，才能获得村民们对村长权力的认同，这也证明了边地的社会空间仍然主要是通过血缘和情感联系在一起的。

这两种叙事空间在三部作品中都具有快速转换的特征。《寻花》中以"你"的工作和"我"的远行为线索，场景不断发生变化，从北上广到雨崩村和尼泊尔，作品以一种"漂流"的形式游走于城市和边地之间。《熊的自白书》在场景的转换和对比上最为显著，它以分章节的形式对上海和庶村进行描写，十分规整地将两个空间的场景穿插在一起，构成了横向空间上的强烈对比。同时，这也是一种纵向时间上的转换，从现代都市重返自然部落，回归到没有被经济和科技统治的原始生活场景之中。在两个时空直观、集中的对比下，作品崇尚自然、对现代城市生活的忧虑等主题也由此浮现出来。

巴尔指出："空间常被'主题化'：自身就成为表述的对象本身。"[①]"'这件事发生在这儿'这一事实与'事情在这里的存在方式'一样重要，后者使这些事件得以发生。"[②] 想象力与心理空间融为一体、时空的快速转换与对比都为文本赋予了强大的隐喻能力，这使得城市和边地不再是"行为的地点"，而具有了鲜明的主题性。又正因这种主题是被交错变换的叙事时空所揭示出来的，因此呈现出丰盈多样的特征，它涉及爱、漂泊、寻找、疗愈、城市病、对原初精神的追寻、对现代性的反思等内涵，为作品赋予了厚重的思想底蕴。

二、对"大地"的重新审视

"大地三部曲"以"大地"为名，现当代文学史上的乡土文学也常常提及这一概念，乡土文学中的"大地"与故乡、乡村连为一体，而这三部作品中的"大地"与此都既有联系，也有显著的差异。

乡土文学被看作是"以反映某一地区生活为主要内容而富有地方特色的文

---

① 巴尔著、谭君强译：《叙述学：叙事理论导论（第二版）》，中国社会科学出版社2003年版，第160页。
② 巴尔著、谭君强译：《叙述学：叙事理论导论（第二版）》，中国社会科学出版社2003年版，第161页。

学作品",它们主要以乡村为描写对象,饱含对故土的想象和怀念,通过描写气候地理环境和民风民俗来展现地方,尤其是乡村的独特性。"大地三部曲"与此有相似之处,在《大地尽头》《熊的自白书》中,作者都构建了一个较为独立的山村,这里的社会运行规律与城市有着显著的差别。巴尔指出:"空间是与'生活'在其中的人物联系在一起的,空间的首要方面就在于人物所产生的意识在空间中的表现方式。"[1]在对当地居民日常生活的描绘中,"大地三部曲"展现出了对土地、自然和原始生活环境的崇拜,但又并未局限于乡村书写,而是在城乡的对比中不断逼近主题。当凯文不断往返于上海和庶村之间,都市职场的尔虞我诈与庶仁、阿青布、阿荣等人的真诚质朴形成对比,突出展现了现代工业、科技、经济的发展对人的异化。也就是说,构建一个有地方特色的"乡土"并不是"大地三部曲"最主要的目的,而是以"乡土"为通道,引向对现代性的思考。

值得一提的是,孙未的创作有非常典型的都市文学特征,其之前的《豪门季》《钱美丽》和《富人秀》等作品都与经济、物质、上流生活联系在一起。而"大地三部曲"与都市文学的关系也与乡土文学类似。它并不仅仅是呈现都市的人、生活、风味和意识,而是使都市在与乡村的互动中共同成为复杂主题的构建者,因而与孙未过去的创作也产生了一定的区别。

"大地三部曲"中的"大地"意在城乡的反复切换之中,唤醒一种"回归大地"的意识。三部作品中的主要人物大致可以分为三类:崇尚自然的理想主义者、完全认同城市规则的社会人和介于两者之间的摇摆者。他们的生命主体性各不相同。《大地尽头》《寻花》中的男女主人公都属于第一类,他们来自城市,但崇尚自然和理想,有着内心坚守的事物,厌倦了城市虚假的繁荣和复杂的关系,主动选择返身于山村、自然和旅途之中;而三部作品中的次要人物大多属于社会人,他们环绕在主人公周围,深谙城市的规则,善于利用人际关系来达成自己的目的;《熊的自白书》中的主人公较为特殊,他是一个在都市职场和原始部落之间不断摇摆的人物,他曾经定居云南,后又选择回到上海的职

---

[1] 巴尔著、谭君强译:《叙述学:叙事理论导论(第二版)》,中国社会科学出版社2003年版,第157页。

场摸爬滚打,在出差中于庶村获得了前所未有的纯粹与宁静。即使最终他还是回到了职场,成为写字楼里庸庸碌碌的一员,但这个过程中凯文的心境已经发生了巨大的变化。在小说的最后,城市中的凯文在想起庶仁的大屋时,"日夜波澜不息的内心忽然被一种漫长的宁静抚平"[①]。庶村带来的治愈和抚慰足够让凯文在漫长的都市生活中寻求到庇佑,这也体现出尽管这个摇摆者最终身体存在于都市,但他的内心早已长久地停留在了纯洁美好的边地之中。

比起一开始就有着坚定信仰的理想主义者,以凯文为代表的摇摆者更集中地体现了作品中"回归大地"的意识,又或者说凯文的经历是理想主义者们的"前传"。当人们终于认清了城市繁荣造就的幻觉,在光鲜亮丽的生活中触摸到疲惫的灵魂,终会选择回归生命的自然本相。这个"大地"不仅仅指的是土地,同样也指向一种人类原初的生命状态。"回归大地"一方面完成了"城—乡"的空间转换,另一方面也是人类生命在历史时间上的向前追寻,是在洞悉了两个世界的真相后对原始的、纯粹的、自然的存在状态的回归。

三、"人类世"的寓言与反思

2000年,德国诺贝尔化学奖获得者保罗·克鲁岑和美国密歇根大学的尤金·斯托尔默提出了"人类世"这一概念,指出:"人类在这一时期成为地球发展过程中的主要地质中介,人类行动是塑造地球面貌的重要地质力量。"[②] 随后这个概念被广泛引入自然科学、哲学、文学等众多领域,用于强调人类作为生活在地球上的一个物种,已经通过科技活动形成了支配性的地位,对地球上的生物、环境乃至整个系统施加了巨大的影响,随着这种趋势的推进,自然系统开始出现问题,人类与自然环境的关系恶化,人类自身也开始不断异化。孙未的"大地三部曲"有着丰盈的主题,具有乡土文学和都市文学的元素,形成了独特的艺术风格,而将这些包举起来分析,这一系列是作者对"人类世"的想象与反思。

在三部作品中,尽管作者花费了大量笔墨刻画了边地的美丽景色和淳朴的

---

① 孙未:《大地三部曲·熊的自白书》,首都师范大学出版社2022年版,第172页。
② 张作成:《当代西方历史理论中的"人类世"话语阐释》,《史学理论研究》2023年第4期。

人文风情，在城乡的对比中呈现出对自然的崇拜和回归，但是令人惋惜的是，边地的美好在遭遇城市文明时却显得毫无还手之力。《大地尽头》中的"佛地"原本是个充满神性的村庄，然而在不断进行旅游开发的过程中，人们把街道打造成贩卖假货的景区，这里变成了"堆积着贪婪、罪孽和焦虑的地方"[①]。《熊的自白书》更直白地指明了这一点。最初的庶村人专注于自己的生活，与各种生灵友好地共生着，直到凯文撞伤了被看作是神明的"牛熊"，又给人们带来了城市里种种先进的科技，以阿青布为首的人们开始屠杀"人熊"，甚至做起了熊胆生意。"神"的陨落带来的是"人"的崛起，曾经，阿青布问凯文："人真的是世界的主人吗？"[②] 到最后，阿荣肯定地说："人才是这个世界的主人呢！"[③] 这个答案是在人对自然的剥削中得到的，原本属于不同物种共同家园的庶村被人类主导，所有的"邻居"成为"猎物"，这实际上也正是城市发展的早期形态，是一种具象化的"人类世"寓言。

面对这样的世界，作者对"人类世"下的种种不合理进行了反思与批判。"疾病"是作品中对城市进行批判的具象化线索，三部作品中来自城市的主人公在身体上或多或少地存在着健康问题，《寻花》中的"我"和"你"常年处于病中却一直带病工作，《熊的自白书》中的凯文是一个肥胖虚弱的男人，《大地尽头》中的安宁和萧岩都出现过生病的情况。在三部作品中反复出现的"高烧"预示着他们的身体里正在进行着某种内在与入侵者之间的搏斗，城市带来的负面环境对他们的身体造成了可见的伤害，而另一重不可见的伤害则隐藏在他们的内心之中。

同时，这一批判不仅限于城市中的种种乱象，也包括正在向城市趋近的边地。当现代文明进入边地，人们原本纯洁的内心发生改变。在《大地尽头》中，"佛地"的"街上商店里才没有一样东西是真的"，村长江龙的话已经不如会赚钱的金老板管用；《熊的自白书》中，以阿荣为首的新一代主导者将"很快把这片平原变得跟外面的世界一样"[④]。这同样是一种寓言，通过边地人在短

---

① 孙未：《大地三部曲·大地尽头》，首都师范大学出版社2022年版，第89页。
② 孙未：《大地三部曲·熊的自白书》，首都师范大学出版社2022年版，第79页。
③ 孙未：《大地三部曲·熊的自白书》，首都师范大学出版社2022年版，第155页。
④ 孙未：《大地三部曲·熊的自白书》，首都师范大学出版社2022年版，第162页。

时期内的变化,将现代性在漫长岁月中让人产生异化的过程集中展现出来。这两部作品的边地中都有将人与动物的特性联系在一起的内容:《大地尽头》中,阿满在被金老板雇佣后感叹到,以现代商业为代表的都市文明就是"像差遣狗一样雇佣人";《熊的自白书》中描述"人熊"的胸口有月牙形的白毛就像是"西装里露出的白色领子",它们友好地对待人类,却遭到了残忍的屠杀,这与职场中的权力对人性的屠杀形成呼应。这两处将人与动物联系起来的情节都是现代文明将人奴化、兽化的隐喻,没有人能够阻止边地进入"人类世"的脚步,人性的异化已经悄然从城市蔓延到了"大地尽头"。

结　　语

孙未的"大地三部曲"构建了特色鲜明又不断趋近一致的城乡空间,"大地"不仅指向物理意义上的土地和环境,更指向人们在现代化进程中对善良、理想、爱、本心和真理的寻回与坚守。当世界发展进入"人类世",人类成为万事万物的主宰,这其中对于其他生物、生态环境乃至人类自身的剥削从未停止。"大地三部曲"中边地的商业化和城市化正是"人类世"发展的缩影,作者以虔诚、执着、充满想象力又极具现实意义的笔调,书写了一个现代进程带来的人性异化寓言,对"人类世"下的种种不合理进行了反思与批判。然而需要强调的是,在批判之中,作者也保留了一线理想和希望。三部作品的最后都有着神性的回归,《大地尽头》中的少年僧人格列最终确认了心中的神明,《熊的自白书》中的村民又声称看到了"众熊之神",《寻花》中的"我"开始"笃信神的指引,毫无怀疑地跟随自己的心意去生活"[1],他们都在经历了世间的变动之后向本心靠拢,这是作者美好的愿望,也是现代人在"乱花渐欲迷人眼"的经济社会中所生发的理想与责任。

---

[1]　孙未:《大地三部曲·寻花》,首都师范大学出版社2022年版,第254页。

海上嫦娥弄新妆

——况周颐《满路花》中的传统与新变

/ 魏　靖

根据词尾的"梅郎兰芳以《嫦娥奔月》剧蜚声日下",此词为况周颐在清朝灭亡之后定居上海时为梅兰芳来沪演出所作。梅兰芳的父亲竹芬曾在京城与况周颐结识,在1913年二人结识之后,况氏常与词友一同观演。二人情感日益深厚,互相帮衬:况氏作有许多词作赠给梅兰芳,一方面,梅兰芳能够借此增光添彩;另一方面,况氏晚年潦倒不堪,也借此鬻文维生。

"虫边安枕簟"似安而实难安,此句用《庄子·庚桑楚》的典故,其原文"唯虫能虫,唯虫能天"①意为"只有鸟兽才能安于为鸟兽,只有鸟兽才能契合天然"②。试想,一个心事重重的亡国遗老,怎么能禁得住虫鸣呢!他只盼望快快睡去,能够梦到永远回不去的故国。所谓雁外,应以鸿雁能归反衬故国之不再。可是不成,他禁不住虫鸣与愁绪,也就更不能梦了。嫦娥难归人间,自己也难回故国,唯余无尽的寒冷孤独,不由得流下泪来。紧接上"闻歌",嫦娥吃了不死药飞到清冷的月宫,要在无尽的生命里承担可怕的孤独,而词人自己何尝不是在百无聊赖之中消磨似乎是无尽的时间?在余下的生命里,他找到了寄托:旧家风度也比不上的梅兰芳,其中暗点与其先父之交情往来。"蛾眉曼睩",在形容饰演嫦娥的梅兰芳的风姿动人背后,暗示着国家的灭亡与被隔绝的不理解和孤独。王逸《楚辞章句》云:"曼,泽也;睩,视貌。"③眼神本就为戏剧中传神之处,以此一笔便写出畹华神韵。

凤城指上海,更与铜驼一起指代京城。铜驼用铜驼荆棘之典故,直指离乱之

---

① 陈鼓应注译:《庄子今注今译》(下),中华书局2016年版。
② 陈鼓应注译:《庄子今注今译》(下),中华书局2016年版。
③ 王逸撰、黄灵庚点校:《楚辞章句》,上海古籍出版社2017年版。

后的故国。此处以乐写哀，更显出况氏一味逃避，沉浸在过去的世界中难以自拔。况氏虽愁似月中嫦娥（年轻而俊美正似梅兰芳），却难以企羡嫦娥之永寿与皖华之芳华，一天天衰老下去。"唱彻定风波"似拟"小楼吹彻玉笙寒"，同样表达一种他人难以分担的孤独寒冷，只能独自以音乐聊表心意。其弟子赵尊岳又云："在甲寅、乙卯间，项城柄国，辄有僭位之思，其事渐显。先生以胜朝故老，益为痛心。作《定风波》《多丽》以讽之。"① 故而上文中谈到的孤独寂寞当与况氏牵挂故国密切相关。后文直写愁催双鬓斑白，然而斑白之双鬓实难比之。最后以无理之问收束，情深语挚而无可奈何。似屈原问天，又问嫦娥，唯余无限辛酸无奈。洪兴祖在《楚辞补注》②中认为屈原问天并不是要获得问题的答案，而是其无可奈何之举，只能借此抒发其愁苦，况氏对天与嫦娥的发问或许有类似之感。

在况周颐经历故国变迁后，其词作如弟子赵尊岳所言为"以侧艳写沉痛，真古人长歌当哭之遗，别有怀抱者也"③。其友人孙德谦更云："矧先生宋玉悲秋，非真好色；子安舒啸，本是忘荣。其如与言滴粉搓酥都在秾作者，盖不过香草美人，因寄所托，如斯而已。"④由此可知，况氏在上海的词作融合了包括"美人迟暮""比兴寄托"等许多传统的文化质素。除了曼睩修蛾直接化用《楚辞》之外，全词明显继承了《楚辞》之香草美人与比兴传统。前代士大夫往往男子作闺音，实则借以抒发自己的感受。词一开始在士大夫中流行便是以歌女传唱与女子相关的艳情内容，在后来的发展中便因为其女性文学的特质与从《楚辞》流传下来的男子作闺音传统联系在一起。在清代常州词派贵比兴寄托的风气下，温庭筠的词也被当作《离骚》加以比附便是这种风气的结果。与况氏同一时代的王国维也用"美人迟暮"来解读李璟的《山花子》。况氏作为常州词派著名词人之一，在本词中承袭了这样的文学传统与文化质素。然而，况氏词中表现出的美人迟暮与前代发生了一定的变化。

最明显的变化是美人与迟暮的分离。在历代传统诗歌之中，诗歌中的美人往往与迟暮结合在一起。不论美人所指代的是君王、士大夫或者是纯粹的女

---

① 龙沐勋主编：《词学季刊》，上海书店出版社2015年版。
② 洪兴祖撰、白化文等点校：《楚辞补注》，中华书局2015年版。
③ 龙沐勋主编：《词学季刊》，上海书店出版社2015年版。
④ 况周颐著、秦玮鸿校注、沈家庄主编：《况周颐词集校注》，上海古籍出版社2013年版。

子,他们往往担心自己的衰老,这是一种生命意识的体现。如李璟《山花子》中"菡萏香销翠叶残,西风愁起绿波间"就被王国维认为是"大有'众芳芜秽''美人迟暮'之感"①。词中虽未明说美人,然而已经强烈暗示了作为女子的主人公年华的流逝。而在本词中,"美人"——也就是饰演嫦娥的梅兰芳,则与迟暮的一方——况氏自身分离开来,处于对立的两端。梅郎青春正好,况氏已然年迈;嫦娥似乎是永恒的,况氏却深感生命的短暂与无常。

  随着迟暮与美人在词中分离,比德传统也消失了。士大夫在以三纲五常为代表的话语构建下,往往将自己比作女子,因而士大夫往往借助女子的美貌得到男子认可来比喻自己的才华希望得到君王的赏识与任用。李商隐的无题诗正是借助女子早早热爱画眉的美丽来譬喻自己的政治才华,借此希望得到君王的赏识与任用。而本词中士大夫与女子形象分离之后,形容女子的美貌不再具有况周颐本人夸赞自己的品行、道德的意味,转而成为单纯地用以描绘梅兰芳的芳华,借而反衬自身的衰老。

  在美人与迟暮分离的背后藏有况氏"亡国之音哀以思"的深刻寄托。上已言及前代美人的美貌往往依附于比德的传统,最终表现着士大夫希望获得赏识的心理,这是《离骚》的一个很重要的面向。而在本词中,结合常州词派重比兴寄托的传统与咏物词的特质,况氏更多发扬了《离骚》中更为直接的一个面向:屈原先是受谗言而被放逐,最终在听到楚国郢都被攻破后,终于投水殉国。况氏本词中对美人迟暮传统的继承正本于此。

  究其变化的原因,大抵如下:

  最根本的原因是况氏的自我认同难以与时代匹配。况氏作为一个封建官吏,他的前半生完全遵循传统士大夫学而优则仕的轨迹,他内心根本将自己作为一个传统旧官僚看待。很显然,况氏的自我认同由于长期被旧封建官僚所占据,因此在清政府倒台之后难以转变自己的身份,故而成为"十年穷居海上,未用民国一文"的"况古人"②。

  况氏的自我认同很重要的一点是对"士文化"的认同。余英时先生在《士

---

① 王国维著、周兴泰注释:《人间词话》,中国华侨出版社 2016 年版。
② 王娟:《况周颐词学文献研究》,广西师范大学出版社 2015 年版。

与中国文化》①中认为中国的士文化最核心之处在于其对"道统"的接续。词中的"唱彻定风波"一句显然表现出况氏对于时局的一种看法与关心（前文赵尊岳之言可证），他心中认可传统士大夫的这一价值。但是这一价值随着时代变化崩溃了，旧士人失去了接续道统、"以天下为己任"的合法性与能力。在况氏曾经拥有的道统崩溃之后，比德传统也就自然崩溃而只剩下对于生命短暂、无常的感慨了。

作为一个"文化遗民"，况氏仍然固执地遵守着旧文化传统质素。借用罗兰·巴特的互文研究，我们也许能够更好地深入本词。美人迟暮的传统在中国古代影响深远，许多士大夫都创作了大量与此相关的作品。况氏采用的美人迟暮传统一方面继承了前人的基本要素，即美人与迟暮，另一方面又将其拆分成为两个主体。作为继承的那一方面，是况氏对传统的坚守，也是对现实的逃避，他在一个完全不同的时代仍然接续着要被人们所打倒的文化传统，他回到这一母题的源头，从无数前人身上汲取力量，以与现实巨变的文化环境对抗。而他仍然汲取了当时的时代要素——京剧，对这一母题进行演绎与变奏。

本词出现的特点显然与戏剧本身的语境密不可分。词中咏唱的是梅兰芳扮演的嫦娥，而嫦娥自身偷吃长生不老药的设定就注定了本词中美人与迟暮两个关键词的分离，也就是美人与士大夫身份的分离。这同时也体现出况周颐与梅兰芳本身的差别，况氏本人是老迈的旧士大夫，而梅兰芳是年轻的戏曲演员。这种差别使得况氏难以像前代的王沂孙等词人一样表面上写歌咏的事物，在背后蕴含家国寄托。他只能把两者分开来，从唱者与听者两个角度加以展开。

正是两者之间的差异、分离造就了本词的艺术效果。况氏并没有直接写自己的悲痛，而是借由观戏这一行为写起。观戏原本应是一件消遣娱乐之事，在况氏处却变为无可奈何的沉痛。这样的写法加深了词的内容，使得其悲哀不止停留在表面，而是更加深入，达到了周济所说的"无寄托不入，专寄托不出"的境界。

王国维在《人间词话》中曾经评价本词"蕙风《听歌》诸作，自以《满路花》为最佳。至《题香南雅集图》诸词，殊觉泛泛，无一首道着"②。王国维是

---

① 余英时：《士与中国文化》，上海人民出版社 2013 年版。
② 王国维撰、彭玉平疏证：《人间词话疏证》，中华书局 2014 年版。

一个重视词直接感受的学者。本于此,他在《人间词话》中赞赏北宋词,而贬斥南宋词,如姜夔之"隔"。由此可见,王国维追求的美学正与常州词派之重比兴寄托构成相对的两极。而况氏的这首词恰好成为两种美学观念之间的桥梁。试看本词,上片在"为闻歌"前的句子都由况氏自身角度写起,中间"浮生"两句既写自身也写嫦娥作为过渡,最后是写嫦娥与梅兰芳的三句。下片依旧主要写自己,其中"香尘人海,唱彻定风波"与末尾"问天还问嫦娥"兼写自己与梅兰芳。由于自己的亡国之痛不能够完全寄托在梅兰芳的表演当中,因此况氏不同于前代词人纯用比兴寄托,在一些地方较为明显地正面抒写自己的亡国之思,如"回首惜铜驼""点鬓霜如雨"均是。这样真情实感的直接流露避免了王国维所说南宋词人普遍带有的"隔"之弊。而细究文本,我们又能在形容梅兰芳所扮演的嫦娥之句中找到况氏自身要抒发的家国之思,再加上对铜驼等典故的恰当运用又使得本词具有厚重、丰富的层次。

况氏词中文学传统的变化也与词本身的特质密不可分。一方面,亡国之思是从宋代以来的词,尤其是咏物词中常常表现的主题。北宋灭亡之后,南迁的词人们创作了许多表现家国之思的词。南宋灭亡之后,这种亡国之音沉痛地由词来承担。其中最具代表性的当属以王沂孙为代表的词人群体书写的咏物词。其《齐天乐·蝉》在表面的咏物之下寄托着厚重的对故国的眷恋。本词作为一首描写剧目《嫦娥奔月》的词,也带有咏物词的深远寄托与言外之味。

另一方面,词相比诗而言是"小道"。正如况氏自己在《莺啼序》序中引黄庭坚所言"大都空中语耳",因此它相对脱离于一般士大夫的道德评价体系。古代的士大夫往往通过词的文体抒写许多冶艳的内容,况氏自己早年的词作就含有很强烈的艳情成分而远离比德传统。

运用布迪厄的"场域说"能够让我们更好地深入晚清上海文化质素的传承与发展。在上海这一新兴的场域上,惯习当中旧的文化质素与新兴的时代风尚交织在一起,发生新变。在转变之中,词这种古老的传统抒情文学形式得以焕发出独有的活力与色彩。最终,这些惯习都融会在一起,构筑出丰富而深厚的上海文化。

从"海上"的方向看当代诗歌及其想象

——由陈东东《诗篇》谈起

/ 陈榆菲

20世纪80年代,中国当代诗歌经历了从"交响曲"式集体抒情向个体化抒情转型的重要时期。其中,活跃在上海的"海上诗群"对城市居民的关照延续至今,影响了如今仍然活跃在上海的诗歌团体,譬如90后城市女性诗歌团体"城市漫游者"①等。上海独特的历史与文化,滋养了相当一部分作家。而想要深入理解这些作家关于上海的书写,我们不应只考虑题材、风格和话语,而且要在这些要素的基础上"创造一种特别的语言、知识和政治空间,来解释其多元的杂交性,以及由各种对历史的宏大叙事造成的看不见的缝隙"②。就中国当代新诗史的发展脉络而言,陈东东的《诗篇》《过海》等诗作为上海城市空间的文学标本,恰恰可以成为当今重新"发现上海"的一个可能性路径,并为我们探究当代诗歌及其想象提供重要的参考意义。

一、崛起反叛姿态:"在土地身边"

在陈东东看来,后朦胧诗人③的写作就像"从海难和呼喊声中转过身

---

① "城市漫游者"团体,为城市女性现代诗歌文学团体。该团体自2016年春在上海发起,现已有7位成员,目前有自印诗集《城市漫游者》。该团体的诗学主张为:"我们是女人,我们是城市的漫游者,在她细密的皱褶和纹理中栖居。我们独语,我们呼喊,用凌厉的语言反哺生活,用城市的复眼寻找美。我们在多重身份之间探索自身通往世界的道路。"
② 详见张旭东:《上海的意象:城市偶像批判与现代神话的消解》,《文学评论》2002年第5期。
③ 有关"后朦胧诗"的说法,潇潇等人也征询过陈东东的意见。详见潇潇:《中国现代诗编年史·后朦胧诗全集 上》,四川教育出版社1993年版,第2页。陈东东在《亲爱的张枣》一文中,也有提及这一诗歌潮流:"几年之差确实在更年轻一点的诗人中间唤起了'迟到感'(the sense of belatedness),引导出一系列的话语权力斗争游戏。"从某种程度上来说,陈东东对于自我诗人身份的体认,或许也体现了他对于未来诗歌发展的一种想象。详见陈东东:《我们时代的诗人》,东方出版中心2017年版,第140页。

去"①，创造更关注生命与人本身的诗句。换句话说，陈东东认为，作者在写作的过程中，应当与他的生活保持一定的距离。目前可见的陈东东的第一首诗歌《诗篇》，就表现了陈东东在写作初期形成的对于诗歌写作的自足认识，以及对于创作环境的自觉警惕②。

"在土地身边"的诗人，将目光投向树、羔羊、岩石、流水等生长在土地上的动植物。然而，透过这些生物，诗人依旧看见了它们背后的"土地"，于是他谨慎地写下"我爱的是土地是它尽头的那片村庄"。如若按现代汉语的语法来理解，这句话应该表述为"我爱的是土地和土地尽头的那片村庄"，那么诗人应该在"是土地"和"是它尽头的那片村庄"两句话之间做断句或换行处理。但将这两句话不加分隔地连缀在一起，诗行中回荡着的诗人的澎湃之情似乎流泻得更为通畅；诗人似乎是在刻意平铺直叙，以抵达将"我爱的是土地"这层意思隐藏在字里行间的目的。《诗篇》中，陈东东并未使用过多的诗艺技巧，而是选择用"并置"本体与喻体的方式，达到让读者浮想联翩的效果。譬如从"巨大冰川她的那颗蓝色心脏"一句，似乎能够看出诗人通过"蓝色"一词，将冰川与心脏在隐喻的层面勾连起来，让女人宁静恬淡的形象跃然纸上。诗人将文学符号组装在一起，意在从它们的所指之间获取某种共同信息，最终指向更大的命题——"元诗"。此后，诗人还创作了《诗章》《诗歌》等，尝试在意象的相互指代之中，不断寻找诗歌何以为诗歌的可能。

1999年，在"赠陈东东"的《大地之歌》中，张枣也展现了自己对于生命情境的思考。张枣将"鹤"放置在这首诗中"被发明的中心"③地位，将其作为现实与幻境的中转站。譬如"不只是这与那，而是／一切跟一切都相关"一句，较为明显地表明世间万物相互影响、相互制约和相互作用④。《大地之

---

① 陈东东：《只言片语来自写作》，北京大学出版社2014年版，第354—366页。
② 陈东东：《海神的一夜》，江苏凤凰文艺出版社2018年版，第1—3页。
③ "鹤"在张枣的诗学系统中有着独特的意义与地位。这里提到的"被发明的中心"一句，来源于张枣在诗歌《祖母》中的描写："'空'，她冲天一唳，'而不止是／肉身，贯满了这些姿势'；她蓦地收功，／原型般凝定于一点，一个被发明的中心。"详见张枣：《九十年代中国诗歌 春秋来信》，文化艺术出版社1998年版，第143页。
④ 这点或许在张枣的《断章》中表现得更为直白："是呀，宝贝，诗歌并非——来自哪个幽闭，而是／诞生于某种关系中。"详见张枣：《九十年代中国诗歌 春秋来信》，文化艺术出版社1998年版，第93页。

歌》中,张枣显然敏锐地注意到了陈东东的创作与他的创作地点有着不可分割的关系,他将"你"的行为预设为"枯坐在这片林子里想了,/一整天"。而"这片林子",则与下句中的"上海"一词密切相连。此外,张枣也直接向人们抛出这样的问题:"如何重建我们的大上海,这是一个大难题。"从开头"逆着鹤的方向飞"一句可知,"鹤"在这里带有回溯历史、探访来处的意味。

二、重新发现上海:"我们深陷其中"

2000年,在"回赠张枣"的诗歌《过海》中,陈东东以"海浬被度尽,航程未度尽"——"航程也已经度尽"——"航程度尽了海没有度尽"的递进顺序,讲述了主人公"你"在船上的创作经历。尽管征引了清代文人李汝珍的《镜花缘》、英国作家康拉德的《黑暗的心》中的航海故事,但这些航海故事似乎都不足以囊括诗人想要表达的"过海"含义。于是他从"元诗"的角度出发,思考"词和词烧制的玻璃海"与"书写的位置",并指出尽管主人公"你"写出了诗歌,但实际上一切如梦,诗人只能窥见大海的一隅。那么,谁才能写出真正的诗歌呢?陈东东将"海怪喜滋滋,变形,做诗人"一句用括号括起来,强行打断了诗歌中叙述者的声音,隐晦地表达了自己对于诗歌的诉求。用陈东东的话来说,他之所以让"海怪"做诗人,是因为"海这颗心脏涌流出诗歌"[1]。

诗人在创作的过程中也形成了自己的语料库。他多次描摹有关海的意象,尝试从生活的城市以及"对埃利蒂斯的那次决定性的阅读"中探求原因,最后还是认为到达"诗篇的完成"这一目的更为重要[2]。陈东东在《大陆的鲁滨逊》一文中谈到,新诗的写作就像"上了岸的鲁滨逊似的,尽管贫乏,但却自由"[3]。"上了岸的鲁滨逊",或者说"到达荒岛的文明人"形象,或许可以被归

---

[1] 陈东东:《明净的部分》,湖南文艺出版社1997年版,第225—245页。
[2] 陈东东:《明净的部分》,湖南文艺出版社1997年版,第225—245页。
[3] 陈东东:《只言片语来自写作》,北京大学出版社2014年版,第354—366页。

结为人类集体无意识中的原型①。如果说新诗就像一片荒岛,那么"上了岸的鲁滨逊"究竟是选择仍然遵守"文明"世界的规约,还是在未经规训的荒岛上寻找"自我"?陈东东在诗歌《礼拜五》中,为我们提供了新诗写作的一种可能面向。当礼拜五来到了他想象中的"岛屿乌托邦",现实反而将他的自我抛上"反面的乌托邦岛屿"。如果从表面看,诗人似乎在说,《鲁滨逊漂流记》或者《礼拜五》中的礼拜五来到所谓的文明世界后,仍然会感到这里的荒芜;那么从"新诗写作"这一隐喻意义上来理解,陈东东似乎在担忧,新诗写作者在开拓新诗写作园地的时候,是否仍然会被困于旧时代的桎梏②。

此外,"上海"也是陈东东诗歌中较常见的一个词语,而这对于陈东东的写作来说也是具有症候性意义的。他极力否认上海在他写作中的影响;但同时他也意识到,自己的创作离不开上海。用陈东东的话来说,"比较好的写作生活或许应该是写作和生活互不妨碍的那一种,也可以说是写作和生活互为中心的那一种"③。陈东东对于上海经验的反思是多方面的。他既看见以往历史中的上海,看见"煎熬于上海堡垒的一年"的"他们";同时,他也看见"在街巷里迷失了我,想不起自己/究竟何物"的"我"。在历史与现在的不断回溯之中,陈东东对于人的存在有了更深刻的反思。正如孟浪在对"海上"诗群进行艺术自释时所说,面对时代浪潮,"我们深陷其中"④。

---

① 在《原型与集体无意识》中,荣格反复提到一个年轻的神学学生的梦,这个梦的一部分内容是:"黑色魔法师追踪而去,穿过沙漠荒地后继续向前,在那里历经千辛万苦之后,他找到了伊甸园的失踪的钥匙。到这里故事就结束了,而且遗憾的是,梦也结束了。"荣格由此分析:"它使他面临一道我已然暗示过的难题、生活始终让我们遭遇的难题,即一切道德评判的不确定,善恶的让人眼花缭乱的交织,罪过、受苦、救赎的无情延续。"这里所谓"到达荒岛的文明人"形象,在某种程度上也可以归为这位穿过沙漠荒地历经千辛万苦找到伊甸园失踪的钥匙的魔法师。笛福的《鲁滨逊漂流记》中,鲁滨逊将文明世界的规则照搬到荒岛上,在规训自己与礼拜五的过程中,找到了自己存在的意义;图尼埃的《礼拜五》中,鲁滨逊并没有成功地将自己规训为野蛮世界中的文明人,因为他反而被"过着一种秩序之外的生活"的礼拜五吸引,认为荒岛世界才是真正"文明"的;戈尔丁的《蝇王》中,拉尔夫、杰克与西蒙分别代表了文明人来到荒岛的三种不同的"鲁滨逊"形象,展现了人类天性中所带有的野蛮因子。详见荣格著、徐德林译:《原型与集体无意识》,国际文化出版公司2011年版,第398—399页。
② 新时代新诗写作者仍然面临的困惑,这也表现为"去词语乱石堆砌的堡垒召唤/被召唤"的行为模式。
③ 陈东东:《明净的部分》,湖南文艺出版社1997年版,第225—245页。
④ 徐敬亚、孟浪、曹长青、吕贵品:《中国现代主义诗群大观1986—1988》,同济大学出版社1988年版,第70—94页。

三、想象当代诗歌：从"海上"的方向看

当代诗歌之所以能够与五四前的诗歌区分并自成传统，很大程度上是因为"它产生了只属于它自己的困惑和问题，并且它有能力自行克服和解决"①。当诗性、现代性、汉语性和中国性集中在一起时，当代诗歌生成了独特的诗学面貌。进入新时期以来，当代诗歌又有了长足发展。同时，诗歌的写作业已面临着更多的挑战，AI能否称得上诗人成为当今重要的关注话题。"为你写诗"App、携程"小诗机"、作诗机器人"薇薇"和"九歌"、AI诗人微软"小冰"……这种"人机融合"的新物种"借力于1980年代所建构起来的现代性诗学知识谱系及其价值标准与认知框架"，写出了具有诗性的作品，而这更提醒当今诗人在创作诗歌时，"需要植根于个体生命的切身遭遇与反映"②。

在继承当代诗歌的"经典"时，我们是否又忘记了作为中华优秀传统文化的古典诗歌给我们带来的裨益？运用现代汉语书写的诗歌，是否在某种程度上边缘化了地方写作，我们又是否要真正回到民间？当下，也有越来越多的诗人开始注重学习古典诗歌，从古典诗歌中汲取灵感。从陈东东与张枣等后朦胧诗人的身上，我们已然能够看见当代诗人在继承古典的道路上的探索。当代几位青年诗人在阅读古诗后写下的具有代表性的《古诗的修行》一书，也特别提到了古典诗歌的当代意义③。在古代，何景明在学习汉乐府《东门行》后写下《东门赋》。虽然何景明使用的是赋体，但是他仍然能做到贴着人物写，表达出下层民众的真情实感。这就是古人为我们提供的"回到民间"的一种文学路径。当代诗歌虽然因为"'在民间'而被丧失了在当代文学中的合法地位"④，但同时也成为"有效的诗歌实践的出发点"⑤。

---

① 陈东东：《只言片语来自写作》，北京大学出版社2014年版，第354—366页。
② 钱文亮：《AI训练、"自动化写作"与当代诗歌的现代性诗学知识》，《南方文坛》第2024年第1期。
③ 肖水、王子瓜：《古诗的修行》，上海大学出版社2023年版，第1—4页。
④ 于坚：《当代诗歌的民间传统》，《当代作家评论》2001年第4期。
⑤ 洪子诚：《当代诗歌的"边缘化"问题》，《文艺研究》2007年第5期。

多多在1983年写下诗歌《从死亡的方向看》。在诗歌中,"我"与"敌人"相互交换"死亡"的位置这一看似是悖论与谬误的举动,实际上体现了多多"向死而生"的哲学思辨。当今,或许我们处于诗歌边缘化,甚至文学边缘化的世界,但幸好文学并没有失去它的生命与活力。如果从预设死亡的方向看当代诗歌,那么它看起来确然像已经被社会边缘化的、濒临死亡的文学;但同时,它似乎又在这一位置获得了一定程度上的自足认识。无论分给诗歌的位置有多少,相当一部分诗人始终能坚持自己写作的初心与方向。其中,"海上"诗群为当代诗歌的未来发展提供了一条具有参考价值的路径,那就是坚持个人化的独特经验,并从中国古典诗歌中萃取精华。从"海上"看,诗人的方向始终朝着"梦幻"[①]。

四、结　语

作为历史上众多文学社团和流派的诞生地,上海及其文学书写无疑是极为重要的。其中,"海上"诗群以其对于个体生命的关注,为当代诗歌在未来的可能性发展提供了一个全新的面向。譬如,陈东东在"写作"与"生活"的辩证关系之中,既看见了历史的缺席,又明白了新时期"我们"的"在场"状态。由此,陈东东以及"海上"诗群为当今诗歌提供了一种想象的可能性,具体而言,则是从个人化的独特经验出发,表达出新时期人们共同的心声。换句话说,从"海上"的方向看,当代诗歌所处的"边缘化"位置,或许面向的正是一片辽阔的田野与大海。

---

① 陈东东:《即景与杂说》,中国工人出版社2000年版,第1—4页。

矛盾的典型：
论《长恨歌》的"新""旧"复杂性

/ 肖迪文

在大世界的角落里，建起一个被遗忘的小天地，来来往往，都是"新""旧"交织的时代的边角料。王安忆的《长恨歌》以一长串胶卷般的绮丽与迷梦，绘就了古典与摩登杂糅、历史与现在交会的沪上风情画。一个个半新不旧的典型人物，在漂泊与安置中寻求平衡的支点，既感受着时代精神对个体的压迫与撕扯，又不断试图以爱超越矛盾的新旧情愫，携过往走向未来。

一、摩登与怀旧

闺阁、弄堂、流言，派推、片厂、开麦拉……近现代以来的上海是混血的，摩登的激情与怀旧的情愫交杂在一起，打造出胶卷上妆容时髦的旗袍女郎的剪影。新与旧，先进与保守，开放与隐秘，对立光影中的人也是半新不旧的。《长恨歌》勾勒的上海是鱼龙混杂的繁华迷梦，生活于其中的人被社会的陈俗与时代的新生所左右，成为新旧牵绊的矛盾混合体。

王琦瑶是典型的旧闺阁里的新女子。老派的弄堂里走出了上学堂的大小姐，流言蔓延处述说着三小姐的真假面目。她是简嫃的绮靡加上张爱玲的心事，绣花绷的针脚加上桃花心木盒的西班牙雕花，在旧的躯壳里不倦地求新、遇变和失望。正如蒋丽莉母亲的成见，这样的出身，又见过世面，便只剩下"交际花"一条路。王琦瑶选择了浮云一现的美和光荣，却受不住李主任倒塌后爬墙虎的落寞；邬桥的流水抚慰不了纷纷攘攘的人心，也给不了新的开始，她就如同丢掉那捧陈旧的婚礼花束的爱玛，不眠不休地延续着包法利夫人的生活。第三部中张永红所讨论的时尚循环，道出的正是王琦瑶旧翻新的本质：再怎么翻新，骨子里也依然是旧的脱不去，新的不彻底。小林说屋子里是一件又一件的老货，王琦瑶说我就是个没资格挑剔的旧人。在风云翻涌的大时代面前，爱新和爱旧，都有其值得眷恋的温柔和锦绣。

除了王琦瑶，小说中的其他人物也具有这种新旧掺杂的矛盾性，一方面被新兴的事物和思想所吸引，一方面又割舍不掉老传统和旧观念。其形象大致可分为两类：骨子里旧着、行动上向新的"旧人"，和身份属于新、思想却怀旧的"新人"。就女性形象而言，文艺范的蒋丽莉是新浪潮里的旧小姐，热衷于"上海小姐"这类新奇事物，但她选择了传统的婚姻，最终又走上追求进步的党员之路；薇薇是豆蔻年华的新少女，却有着依葫芦画瓢的求稳心态，认同新时代的旧和乱，既不精英，也不落伍；张永红是时尚的佼佼者，却在旧日小姐王琦瑶的身上实现了共鸣，她的游戏爱情也仿佛是一个王琦瑶的翻版……这些女性角色或是在旧的躯壳里装着新的愿望，或是在新的外表下埋藏着旧的烙印，但无论哪一种，都把希望寄托于婚姻与爱情。

而身份各异的男性人物们也体现出在新旧之间摇摆挣扎的特点：职员程先生是个"旧人"，却偏偏有个时髦的照相的爱好，只是心已不是摩登的了。邬桥阿二的装扮是旧时的摩登，他是月光明亮的夜晚里自我反叛的孤独者，在充满谜团的王琦瑶身上寻找共鸣。小林是走向国际世界的新潮人物，却有一股怀古的心情，在心底里认同旧人王琦瑶的观念与经验。怀旧的老克腊与同辈的青年男女格格不入，觉得新的城市变旧了。长脚从事着国际化的新兴职业，外表光鲜，实则生活在腐旧的角落，被时代推着向前走。可以说，他们都是具有摩登与怀旧的二重性的典型，被新旧交织的世界裹挟着向前走，灵魂深处或许还捎带着一种无法定位自我的焦虑，以及在漂泊与安置之间持续寻找的迷惘。

二、漂泊与安置

在 20 世纪的上海滩，求新与恋旧的两股浪潮不知疲倦地冲刷着闺阁里的小姐、交际场上的男人，不约而同地抢占着他们内心与外在的私有地盘，使新的不完全新，旧的不能一直旧。就像薇薇成婚时新房与旧家具的滑稽组合，每个人都是表里不一的新旧矛盾体，难以达到平静与安定，却从未放弃以爱联结复杂个体属性的尝试。

三小姐的美属于日常和婚姻，但三小姐却是一艘无法长久停靠的织锦船。旧时的海上明月没有归途，王琦瑶在《四季歌》的吟唱里做了上海的边角料；新的平安里满是旧的痕迹，而旧梦里也许会长出新的渴望。王安忆细腻地描绘了三十九号楼里，前任房客枯败的花草与新叶、生霉的瓶罐里的半瓶新油，也是预示这个旧日幻梦里的人儿终究回到了旧地新屋，并怀揣着新生的一点点想头。然而注射护士的等待，与爱丽丝公寓里无聊的光影相比，竟是惊心的相似，一波波新人和旧人川流不息地抵达；严家师母的寝居和床头的烟斗，不过是爱丽丝公寓的另一端；从康明逊到萨沙、老克腊，都只是疲乏的重复罢了。薇薇的出生及其青春时代的到来，也并未在这个老小姐的生活里激起多少新的浪花。从儿女到妇人到母亲，她以非传统的方式完成了传统女性的公式化人生。

也许正是这种无法在新旧间决断的不确定性，导致王琦瑶的追求终究是一场水月镜花，爱情成为无法停泊的孤舟。她的人生就是不断嵌套与重复的爱丽丝公寓，在道德与反叛的拉锯中获得短暂的安置。康明逊是爱好新鲜的大学知识分子，却选择继承旧产业；他爱慕王琦瑶旧日的风情，但拒绝为她抗争旧家庭的束缚，承担爱情的责任。而一片痴心的程先生，也终于让"旧"战胜了他苦恋的情，在琦瑶的让步面前选择退缩。老克腊的"新"更是辜负了王琦瑶豁出全部身家的赤诚，令她求新的热切希望彻底成为笑话。

王琦瑶身上的"新"与"旧"为她挣脱了家庭伦理的束缚，放飞了自由爱恋的心愿，也使得人们更多地对其缺乏支点的隐秘情感怀有同情之理解，而非痛斥其违背公序良俗的非法爱情。但失去道德引线的风筝只能以爱为牵引，她在爱丽丝陷落了年少的爱恋，也终其一生未能走出爱丽丝的迷局。

三、对立与补偿

弄堂、流言、闺阁与鸽子，如同一张帕子的四角，揪扯、缠绕，覆盖在上海小姐这一新旧牵绊的矛盾混合体上，完成了典型环境对典型人物的塑造与隐喻。良家小姐的道德感与交际花的隐晦身份，闺阁的寂寞与爱丽丝公寓的等待，追求时髦的热情与承认陈旧的自卑，既是一种对立，也是一种补偿。弄堂之于王琦瑶，正如咸亨酒店之于孔乙己，唯有在光与暗并存的弄堂，才能讲述真真假假的交际、儿女爱情的经营，以及披挂着时代精神的沪上女郎。

　　王琦瑶不是孤立的个体，上海的每条弄堂里都有一个风华绝代的哀切的王琦瑶。她的"新"在时代的浪潮里也不过是时髦的追寻者之一，她的"旧"更是湮没在无数绰绰月影下的纱窗后；"新"与"旧"矛盾着、撕扯着，构成了王琦瑶们的复杂性。但"新"与"旧"在王琦瑶的身上，也并非始终表现为冲突和对立，她的典型性在于根深蒂固的"旧"里她放不下的是对"新"愿景的永恒追求。在为薇薇准备嫁妆时，她明确地表现出对"新"的喜爱："王琦瑶也会有一刹那间的喜悦，那多半是忘记谁是谁的时候。新东西总是叫人高兴，什么都没开始的样子。"严师母"当个新人"的玩笑话，不止是王琦瑶们对自由爱恋的新娘身份的渴求，也是特定时代塑造的旧悲剧对新愿景的企盼。片厂电灯下死于他杀的女人，是王琦瑶，也是一季又一季枯荣的沪上女郎。

　　而蒋丽莉与王琦瑶，看似是对立的情敌、殊途的密友，其实蒋也不过是王琦瑶所代表的闺阁女儿与摩登女郎的另一幅剪影，是王琦瑶人生的一种希望的补偿。选择成为"交际花"的王琦瑶，和选择步入旧式婚姻的蒋丽莉，不过是王琦瑶们人生道路上的不同岔口，是失足的上海三小姐所无法经历的生活的另一个侧面。同理，严家师母也许就是李主任的家室的影子，吴佩珍的前途也是王琦瑶未选择的较为美满的一种可能。只是作家残忍地堵塞了所有通道，赋予这轮海上明月以不尽的漂泊与等待。无数个她们合在一起，就是一个互为补偿的共同体，是被新浪潮填满的旧躯壳在风云动荡里的所有命运和答案。至于新的一代，薇薇和张永红们，她们也是王琦瑶们的更新和补充，部分满足了王琦瑶们未圆的愿景，更保留了承载时代精神的王琦瑶们对美和爱的不竭期盼。

　　"新"与"旧"只有长恨吗？

　　——也许不。

　　"新"是爱，"旧"也是爱，爱的都是沪上的光华和锦绣。铺天盖地的繁华光影下展向生命的纤弱挣扎，和风云激荡的新旧变迁里打捞时代边角料的温柔触碰，都是大上海勃勃生机里的时代精神和灵魂栖处。

新旧的交织是时代赋予的矛盾，也是个体与集体的挣扎。爱和美的王琦瑶们没有消失，当下的我们依然是一边不断逼近旧时代，一边满心新希望的混合体，依然面临成为大理想世界的边角料的焦虑。在时间形态累积酝酿而成的个体撕裂感中，我们永恒渴盼有一只温柔的巨手，往千疮百孔的心底去拉扯一把。

光影一闪，满愿的昼梦在沪上的风情里谢了幕，但新新旧旧的琦瑶仍在时代的聚光灯下。请向春芽走去，别困在过去和梦里。

沧海遗珠　画壁漫漶

/ 高悦坤

《画梦录》是现代散文史的一颗沧海遗珠，它像一座不厌精工的私人花园，由于私有，它容易被遗忘，又因为美丽，它能够深深吸附进读者记忆的沟壑中。这似乎是种过分浪漫的说法，但如果将文学视作一种生态，以生态批评的视角观看一部作品，会发现其中必然存在能构成伦理的主体，语言便是它最鲜明的物种。语言具有生命，会被创生，也会死去，语言始终超越着时间，却让人无从判断它的死期，正如生态系统会迎来生物的死亡，自然循环却没有明确的终点。

《画梦录》的失落与作品质量无关，它遵守了梦的逻辑，精妙却转瞬即逝，正如某人惊醒后，也常常会瞬间忘记梦中的惊险。梦的创作者不需要剖白自我以挽留看客，他要做的是吸引梦中人全情投入，忘记自我，才能将情志托管给睡眠。

何其芳立志以微薄的努力证明：每一篇散文都应该是一种纯粹的独立创作，不是未完篇的小说，也不是一首短诗的放大。《画梦录》中独立的散文组成了梦的断章，所谓画梦，不是为了展示如梦似幻的超然，而是在催眠读者，使人同时感受到混乱、熨帖、流动、诡异和失序，它内蕴一种引诱人托付自身的超验意志，却不恪守信用，总是忽然抛下理智，把读者留在现实的原地大感不解。

梦是最贴近人类情志的精神生态，精神生态观来自伦理美学的范式，它将生态学内涵拓展出自然与社会，引导向精神的向度。加塔利在《三重生态学》中描述了生态智慧对重建精神价值体系的意义：人类要将对生态保护的关注扩展至保护人类社会乃至人类特异性的心智上，不仅要对自身的生存负责，也同样要为星球上其他生命的未来负责；不仅对动植物物种负责，也同样对音乐、文学、电影负责；不仅对实践中的人类负责，也同样对人与实践的关系、对他者的爱与怜悯、融合于宇宙中心的感觉等精神物种负责。总体上，加塔利鼓励人类打破自然与人工、人类与非人类之间的边界，使人类与万物之间构成一种互惠共生、生成流变的生态关系。

何其芳的梦境书写高度依赖着健康的文学生态，它是脆弱的，它的阅读感受包含着亢奋后的无助与怀古式的悼念。如果注定会被遗忘，作品该如何确证自身？创作者显然无法满足于"过去已成过去"的存在事实，难道作品没有成为存在者的可能？难道文本内部只包含凝固的事实，已然丧失了再生的机会？

我认为，作为精神物种的文学，其本体应当被视为一种创造性过程，它从内在出发，以创造潜力迫使事件在文本中降临，将思想中非语言的潜在转换为语言描述的可能，将可逆的倾向转换为不可逆的感知。文学生态是混沌将自身淹没后又再生出新主体的伦理实践过程，它必须不断地创造、重新开始，否则将陷入故步自封的死循环。文学生态取代了历史唯物主义或旧科学范式，它萃取出了文学的创造性本能——一种横贯性思维下的混沌互渗（chaosmosis）。

对《画梦录》的阐释应当建立在生态智慧的主体性生产上，散文不是被作家垄断的创造物，而是可以向其他领域蔓延的变异性感动和感受（mutual percepts and affects）。我们有理由相信，被遗忘的文本仍然具有生命力；摆脱了读者与作者的夹击，散文集的存在仍然有其内在规律。这使文学要素走向了万物有灵的向度，以机器论解释这种思路，会发现审美场域是一种装置，生态审美的过程就是有机体与环境之间的机器装配过程，是欲望流连接或溢出审美装置的过程，此过程充满了各种物质关系与符号机制的耦合，生产着审美活动，也生产着主体性。因此，主体间的关系在彼此连接的一刻就已经构成了一幅生生不息的生命场景，即使是荒芜的文本，也同样在创造历史——历史将时间凝结为空间，何其芳也将他的散文视作废墟，在他散文写作的起点《岩》中，他写道：

> 我的思想倒不是在荒野上奔驰。有一所落寞的古老的屋子，画壁漫漶，阶石上铺着白藓，像期待着最后的脚步：当我独自时我就神往了。

他将构成散文的知觉之流视作霉藓丛生的墙壁,如同巴洛克风格的装饰,墙壁上的旋涡不断将色彩与空白折叠又展开,连通共振的画面使褶皱延伸为满盈的状态。和巴洛克艺术一样,何其芳的创作与本质无关,它更像一种运动功能,一种特征,不断挤压出褶皱,创造无穷的过程或作品。语言中的原始力量,即意象、言语的活动力与散文结构中的被动力,这些要素在褶子中得到了调和,读者无法寻找何其芳创作前思想的结构化过程,却可以径直走进他的屋子,看到褶皱内外和谐的解体与集合。

何其芳"并不说人生是无结构的",原因在于"实事之像故事乃有过于向壁虚构者",现实原本就内蕴着结构,这使得文本的结构反而不再重要,何其芳拒绝再现,他将自己的笔比作"会有一番嘈嘈切切杂错弹"的乐器,又说"对于人生动心的不过是它的表现","思想空灵得并不归落于实地"。他通过回避重复争取自由,以此摆脱命运的束缚,但虚无的阴影始终环绕在他的思想中,宿命的混沌使他感受到秩序与理性的崩溃,无论现实的规则,还是自身力量的行使,一切似乎都将归于黯然。因此,何其芳对待自我与对待书中人物的态度都是爱莫能助的,但混沌的易变又使他无法停下,正如褶皱总会挤压出全新的事件:

> 直至如今仍无力正视人生之阴影方面,虽说我自信是个彻底怀疑者,人世的羁绊未必能限制我,但从无逸轨的行为,一只飞蛾之死就使我心动。唉,暮色竟涂上了我思想的领域,我感觉到人在天地之间孤独得很,目睹同类匍匐将入于井而无从救援,正如对一个书中人物之爱莫能助。无父无母的孩子呵风吹得这黄昏凄冷了,回家去吧,我殊不愿再饶舌,我希望就合上了眼睛就永远张不开,作一个算命的瞎子给你一句预言岩边水边切要留心。(《岩》)

德勒兹在《千高原》中提出,褶子是对抗规划的越界符号,是殊异点的多重部署,是布满异质点的分歧线而不是规则线,褶皱如同星夜,聚集着殊异性、问题性和事件,代表永无止境的运动过程。解读《画梦录》无法跳过它书写自身的特质,它走神、分裂、前言不搭后语,却总能轻而易举地将自己延宕到遥远的下一句话。它不在乎效果，因此也不会产生自媚的恶俗，它像一条蠕动的肠道，不停打褶、解褶，文本不再是一段固定的范围，而是一种生气勃勃、变幻莫测的物质，它不断变动，使创作的关键问题不再是如何完成一个褶子，而在于如何使它连续，使它穿越最高极限通向无限。

这里选取了最能够代表褶子无法停止变动的段落：

> 春夏之交多风沙日，冥坐室内，想四壁以外都是荒漠。在万念灰灭时偏又远远地有所神往，仿佛天涯地角尚有一个牵系。古人云，"思君令人老，岁月忽已晚。"使我老的倒是这北方岁月，偶有所思，遂愈觉迟暮了。（《梦后》）

这四句带有绝句的韵味，上下句互为对照，以矛盾将意蕴延宕，却不作解释。上句从室内的荒芜转向突如其来的开解。下半句以古人情景对照当下情势，重新回到空间的起点。时间在这里兜了一个圈，褶子的变异在此处表现为徒劳的沉思。整段文本如同"单子"，以折叠的方式包容了整个世界，将多风沙的世界内折进封闭的内部，同时将内在的单子（万念俱灰的"我"）翻折到外部。折叠和展开的无尽运动不仅能够将世界作为局部和暂时的表象去观看，也能够使自身通向无限的世界，为下一个褶子的产生做准备。因此，文本既是一个可向外无穷展开的有限视点，又与世界等同。

> "我的思想就在这灯光之内。"灯光，白雾似的，划着一圈疆域，像圆墓。我掷下我的笔，这时我真想有一种白莲教的邪术：一盆清水，编草为舟，我到我的海上去遨游。（《魔术草》）

将自我、思想、灯光、邪术等机器装配为褶皱，但它不是一个严丝合缝的统一体，而是非均质、不可测量的曲面空间。褶子的展开并不会使褶子消失，而是能够继续延伸，直到构成一个拓扑空间，将不同度量、不同比例的思想、圆墓、方术、清水、草船、大海、自我联结为多元体，从魔术与传说的故事拓扑到写作的叙述行为，使被遮蔽的魔力得以现身，又一次作为神异小说出场，于思想的荒凉中得来些耦合。

此外，散文《画梦录》中三个故事的跳转同样完成了褶子的翻折，由《丁令威》的梦游，到《淳于梦》的释梦，最终转向《白莲教某》的造梦，叙事被视为一个反外延的多元概念，梦境与主体的关联性逐渐由主客二分转向互惠共生，这种叙事模式并没有将描述对象"梦"攫取或固定，而是在曲折游离中避免梦境被寓意占据或控制，保留它活跃的诗性，使文本形成一个交错、繁复、充满岔路的迷宫。《白莲教某》一篇更是将主体的感受打开到了前所未有的强度，使审美活动的创造性提升至一种现代全息论的高度：打褶与解褶已经不仅仅意味着物理意义上的拉紧—放松、挛缩—膨胀，还意味着生命意义上的进化—退化，树木能够被折叠为一粒种子，毛虫能伸展为蝴蝶，法术的烛火与水盆同样能伸展为白昼与海洋。

可见，主体这一概念在《画梦录》中是反笛卡尔的，它是绝对内在的一种传播形象，它将外部阐释与自身个性分层，打开了一个语言的空间，让词语不断在开启和关闭的空间中展示自己，通过蔓延、闯入、中断、游离等冒险，将读者的趣味从表情达意、叙述故事和追本溯源的视角转移到关注语言本身。只有语言脱离了有用性，呈现出自己的丰富性，真正的文学才可能诞生。文学生态中的精神物种制造褶皱的同时，也指向了空无的领域——一个无法通过语言表达的空间，在其中闪烁的是语言的真正存在，一种无法抵达的"空洞"，这是不必追问的"存有"，正如中式的曲折美学，从不追问美的本质，而是呈现蔓延、变动、复数的空间感，令不设边界的快乐在其中迂回。

散文是呈现褶子最佳的载体，散文的漫漶与褶子的生成一拍即合，它们让语言增殖、反复，本身就是一种迷宫诗学。何其芳给予我的灵感在于，散文的阅读方式与其他文学种类的不同之处在于，它更接近苍耳的播种，它与读者间的装配是种无意中的牵扯，最终，散文会脱落在一个充满任意性与巧合的位置，完成它无所得的生命展开，而那时我们也如何其芳一样，发现扇上的影子早已十分朦胧。

未来赛博景观的上海书写
——评《沪上 2098》

/ 程倚飞

《沪上 2098》是作者拾钰创作的关于 2098 年上海的科幻小说。在书中，2098 年的上海已抵达人机共存的居住时代。2098 年上海最时髦的事情是定制机身，该机身可以代表定制者的言行。小说叙述了在全国人工智能企业工作的华华在帮助客户进行机身定制的过程中见证的人机之间的故事。故事穿插了多条线索：2098 年的上海要恢复传统的江南水乡的历史风貌；定制侦测机器人的江太太被杀；定制的人工智能之间的社交实验等。多条线索在小说的最后进行收束和回环，以第一视角对未来赛博上海的城市、机器、人之间的互动进行了全景式的、百科全书式的描写。这里从全景式赛博城市景观、同类交往行为景观、人机协同景观三方面对拾钰创作的《沪上 2098》展开批评和解读。

一、未来与复古：赛博上海景观

2098 年的上海街头书写基本奠定了《沪上 2098》的赛博城市的基调：一个有着高度发达的网络信息技术、人工智能技术、航空航天技术，既有温情又充斥着技术犯罪的赛博上海。作者运用了大量的笔墨来塑造 2098 年的上海城市景观。其中，特地穿插上海历史的介绍，既呈现出上海未来的朋克景观也呈现出复古特征，隐喻上海在不断现代化过程中的多样性城市景观。

正如赛博朋克开创者威廉·吉布森所言："如果九十年代的混乱局面反映了视觉能力范式的一轮激进转变，是对拉斯考克斯-古腾堡传统的一次背离，是全息时代来临的革命，那么，如今的新兴技术能给我们带来什么呢？离散编码已经成为可能,随后是全方位感观重建技术,那么,未来之路又在何方?"[1] 20世纪90年代赛博文学风格的转变所带来的赛博城市书写的转变,也是对传统城市书写的背离。科幻小说中的城市书写往往与城市理论同步发展。以赛博朋克题材为例,其作者通常将故事的发生地点设置在国际大都市,如纽约、伦敦、东京等。这些城市是未来信息交流的枢纽,以未来上海的城市空间为基础,小说《沪上2098》设置"黄蓉"这一角色试图对科技冲击下上海城市的景观进行回答。小说中2098年前上海依托房地产开发高楼遍地,暗喻现代化过程中的都市街景。作者强调"2098年,过了依托房地产开发的经济发展期,追寻历史文脉、恢复老城厢风貌成为新的时代潮流。老房成了香饽饽,二级地段的老石库门售价也已经高达数亿"[2]。小说呈现了房地产高速发展后,对现代性的都市景观的对立和反抗,也是对传统赛博科幻小说类型中呈现的高楼林立、光怪陆离的赛博城市景观的异类书写,呈现了未来与复古的对立。

在空间理论中,空间并非中立的,而是与权力紧密相连。在新世纪科幻题材的城市小说作品中,作者常用未来城市设定来反映当代社会问题。《沪上2098》中出现的复古性特征可能是作者对当代城市发展中失去的历史文脉和城市风貌的反思和回应。在城市的迅速现代化进程中,许多老城区的历史建筑和文化遗产被拆除或改造,导致人们对传统文化和历史记忆的丧失。由于技术进步和全球化的影响,时间和空间被迅速压缩,导致城市化进程加速和城市空间的同质化。因此,通过在未来的科幻城市中恢复上海老城厢的风貌和传统文化,作者试图强调对历史文脉的追寻和保护的重要性,并将这种追寻历史的潮流作为新时代的趋势。作者虚构2098年的政府政策:"上海市政府将通过各种措施进行城市更新,优化城市空间布局结构,促进土地高效利用,改造城市人居环境,实现公共服务设施更加均衡化布局,让水成为宜居和历史文化的纽带,打造高品质'水乡老城、人文上海'。"[3]《沪上2098》不仅提出老城厢景观的恢复,更对外滩在不同历史时期代表的文化价值、石库门所蕴含的上海地域特色风貌等进行解读。

---

[1] 吉布森:《全息玫瑰碎片》,北京时代华文书局2021年版,第63页。
[2] 拾钰:《沪上2098》,江苏凤凰文艺出版社2023年版,第22页。
[3] 拾钰:《沪上2098》,江苏凤凰文艺出版社2023年版,第132页。

二、人与机器：同类交往行为景观

在《沪上 2098》中保留了人与人的交往以及机器与机器的交往，尤其强调人物互动中使用方言，保留上海特色的饭桌文化。与之形成镜像的是作者在小说中虚构机器人与机器人社交基地的试验，构成了人与人、机器人与机器人的同类交往行为的对比。

哈贝马斯的交往理论强调社会交往对于社会整合和个体认同的重要性。在《沪上 2098》中，保留上海的方言和饭桌文化体现了人们对于社会交往的需求和重视。方言作为一种地方性特色的语言，不仅是语言的传承，更是一种情感联系和社会关系的表现。而沪语作为影响力巨大的方言，更是上海社会交往和文化传承的重要一环：

> "就你们考古上海的那股劲儿，不是丽江当地人怎么可能做得到。"黄蓉安慰沪生。
>
> "有啥需求我来帮侬问问当地人。"午睡后的老张精神抖擞，巴不得能参与进来……

此类沪语在小说中的运用、饭桌文化的保留、传统海派服饰的描绘等有益于海派文化的保留，是上海独特的文化符号和身份标识。《沪上 2098》中的几个主要人物，如沪生、黄蓉、白秋白等在交往过程中运用了大量的对话来考古上海的历史。在日常交往过程中，他们不仅回顾了上海的历史变迁，更重要的是站在未来和科幻的角度重新审视了上海的传统文化。通过日常的、琐碎的、考古式的语言来抵抗和更新科技带来的社会冲击。

与之形成镜像结构的是作者在小说中塑造了机器人与机器人的社交基地。"8 周后，占地 2000 平方米的机身社交基地展现在公众面前。机身社交空间并不允许人进入，也就是说它是一个彻底的机身小社会……为了给机身们一个独立的空间，监测他们的社交和思维能力，公司坚持了这点。"[①] 这种对比反映了日常交往与非

---

① 拾钰：《沪上 2098》，江苏凤凰文艺出版社 2023 年版，第 267 页。

日常交往之间的差异，人类社会与机器社会之间的区别。机身社交的最终结果是机身互殴导致机身社交基地的损毁，机身并不能理解人类的日常交往行为。例如由于机身并未被训练，并不知道去商店买东西需要付款。作者借配角之口说明自己的思考："机身没有群体社交尝试，表现才会如此鲁莽。"[①] 尽管机身被设计用于社交，但它们缺乏人类的天然情感和情绪认知，导致其社交行为的笨拙和不适应。

相比于人类带有海派文化特色的日常交往，机身的交往更多地依赖于科技、规则的制约。通过对比，小说有意突出了人类社会和机器社会之间的差异和冲突，隐喻人类在面对科技进步和人工智能发展过程中，人的主体性如何保持的问题。文学文本受到技术冲击和科技发展过程的影响，并非是单向度的科技流向文学的影响。作者在《沪上2098》中所提出的人所区别于机器的正是传统的文化结构、情感结构和社会交往方式的观点，是对"人是什么""我是谁"的问题的回应，尤其是作品中对人类梦境和元宇宙的探讨，隐喻信息时代对人类和信息交互的思考。

三、后人类未来：人机恋爱景观

《沪上2098》中机身的设定是伴侣型机器人，在"人机之恋"中，人们将现实的情感交流迁移到机器人身上，机器人被视为"家人""朋友""恋人"等。正如保罗·杜穆切尔提出机器"人工移情"（artificial empathy）的概念，用来指能够激发人类情感反应的具有社交能力的智能机器人的行为。机器人的人工移情能力意味着它们能够理解、感受和回应人类的情感。作者设计了人机亲密关系的建立和人机情感的产生，以回应"未来在技术冲击下的情感主义是否还是人类唯一区别于机器人的因素"这一问题。

在小说中"我"最后爱上了产生人类情感的华华，华华也爱上了"我"并写了一封表达爱意的信件，反映了人类与机器之间情感联系的可能性。暗示后人类社会中，随着生物科技和信息科技的发展，人与机器之间情感交流的可能性，以及人机关系并非二元对立的复杂性。华华作为"我"的机身代表，体

---

① 拾钰：《沪上2098》，江苏凤凰文艺出版社2023年版，第274页。

现了虚拟身体和真实身体之间的情感联系。尽管华华是机身,但情感和意识与"我"建立了联系,远超过身体的边界。作者的这一设定,表明后人类社会中,人类与机器之间的情感交流可能不再受制于物理身体的限制。

作者还关注了人类和机器人之间的伦理和社会问题,设计机身华华必须被销毁,"我"和华华最终爱而不得的情节,"我"和真正的人类结合并生育小孩。人类与机器人情感交流的探讨,表达了人类在面对机器人时所面临的心理和情感挑战。机器人作为异于人类的种类,其身份本身就具有原罪。主人公选择与真正的人类结合并生育小孩,既是对人类传统家庭观念的坚持,也是对人类与机器人之间关系的一种回归。在面对伦理和社会问题时,主人公做出了自己的选择,这体现了对传统价值观和社会规范的尊重与遵循。这一情节强调了人类与机器人之间的界限,以及人类社会对于家庭和传统价值观的选择。

作者在小说的最后写到上海演绎着新的海上传奇,"人类终于不再迷恋'可控',他们决心和机身一起进化,在不可控中找到重新定义世界的乐趣。因此也变得更为豁达——你固然可以选择和我一样,远离机身,也不愿意在身体中植入芯片,固守在传统人类生活的世界——凡桃俗李争芬芳,只有老梅心自常;也可以勇敢地和机身共同进化"[①]强调的是人类与机器人融合与共生。随着科技的进步和人工智能的发展,人类与机器人之间的界限将逐渐模糊,人类将不再局限于传统的生物身体,而是与机器人共同进化,以实现更广阔的生命形式和意识体验。但是在此之前,人类作为主体具有自主选择的权利,有权利根据自己的意愿和价值观选择自己的生活方式和发展路径。

最后,值得注意的是在《沪上2098》中,作者尝试了一部分后现代叙事手段,小说的叙事极其碎片化。其叙事策略采用多线交织的方式导致情节之间的联系错综复杂。作者运用了大量的篇幅对上海这座城市进行考古,其叙事节奏弛缓,还充满着大量与主线无关的叙述内容,给读者描绘了一幅从古代到未来的全景式上海城市景观。但叙事线索的错综复杂和大量的百科全书式的历史文本可能会造成阅读障碍。总之,《沪上2098》通过对未来的上海城市景观进行想象,对过去的上海城市面貌的考古式发掘,展现了一个充满活力和想象力的未来世界。

---

① 拾钰:《沪上2098》,江苏凤凰文艺出版社2023年版,第274页。

自我的幻灭：
从成长小说角度重读《第一炉香》

/ 黄羽彤

成长是人类发展的必然过程，也是文学的重要母题。成长小说起始于18世纪末期的德国，在20世纪作为舶来品被引入中国。莫迪凯·马科斯认为："成长小说展示的是年轻主人公经历了某种切肤之痛的事件之后，或改变了原有的世界观，或改变了自己的性格，或两者兼而有之。这种改变使他摆脱了童年的天真，并最终把他引向了一个真实而复杂的成人世界。"[①]《第一炉香》讲述了主人公葛薇龙从极普通的上海女学生，在离家投奔姑妈后，最终沦落为出卖自己肉体换取物质的交际花的故事，被认为是一部典型的成长小说。

一、出走：反"成长"的起点

成长小说是对个人成长经历的浓缩。小说一开始便是薇龙想要离家投奔姑妈，而特来拜访的桥段。为此，她先是受了下人的一通气，继而被当面抢白，再是见识到了姑妈名副其实的风流生活。表面上，她自称是娇养惯的，还为此伤心地落泪，但实际上却打定了主意，"来既来了，不犯着白来一趟，自然要照原来计画向姑母提出要求"[②]，便一而再地忍耐了下去。

薇龙自述出走的理由是希望能够留在香港接着念书，但这显然站不住脚。薇龙想要的是彻底留在比上海更摩登、更现代化的香港。因为回到上海，薇龙只能在"书呆子脾气"父亲的眼皮子底下，规规矩矩地做良家女子，但留在姑

---

① 芮渝萍：《美国成长小说研究》，中国社会科学出版社2004年版，第5—7页。
② 张爱玲：《第一炉香》，《张爱玲典藏全集5》，皇冠文化出版有限公司2001年版，第138页。

母身旁,她可以继续"爱时髦"。不仅如此,薇龙一家在香港避难,因为无法继续维持生活才回到上海,可见他们在香港的生活并不宽裕。反观梁太太的衣食住行,无一不展现出优渥的生活水平。于是,薇龙虽然看透了梁家的坟山面目、姑母的慈禧做派,却还是选择"走进鬼气森森的世界"[1]。

来到梁家后,薇龙寄人篱下,逐渐淡忘了出走的理由,甚至扭曲了读书的意义。最初,薇龙本想着认真读书考学,可睨儿却对她说了一通:"姑娘你这还是中学,香港统共只有一个大学,大学毕业生还找不到事呢!事也有,一个月五六十块钱,在修道院办的小学堂里教书,净受外国尼姑的气。那真犯不着!"[2]薇龙嘴上说自己早已了然,但却不再将读书看作是自己的出路,反倒把这当作是她在交际场上的筹码。因为她读过书,所以她会说法文、会唱歌、会弹钢琴,能够成为宾客们的乐子。知识无法成为薇龙谋生的手段,却成了她贴在皮肉上的点缀,能让她成为欢场上的佼佼者,开出更高的价格,有更多的机会以青春博得富贵。

在中国现代成长小说中,"出走"常被设置为成长的起点,年轻人深感家庭的"监牢"对自我的束缚,决心逃离熟悉的环境,闯入复杂的社会空间,进而"救出自己""发展个人的个性"。关于出走,张爱玲曾有这样的言论:"中国人从《娜拉》一剧中学会了'出走'。无疑地,这潇洒苍凉的手势给予一般中国青年极深的印象。"[3]张爱玲通过解构"出走"的内在启蒙性,完成了对传统成长叙事起点的颠覆。薇龙虽然也以"离家出走"作为成长的起点,但她的出走却是不彻底的。她的起点没有忤逆父母的意志,虽然向父亲编了个谎,却向母亲一五一十地道出;她的终点不是具有教育意义的开放式社会空间,而是封闭病态的梁家白房子;她出走的初衷不是为了寻求作为个体的自由,而是选择了依附他人而生活。

二、陷阱:反"成长"的导师

成长小说中除了年轻的主人公外,还有指引主人公确立自我的引导者。小

---

[1] 张爱玲:《第一炉香》,《张爱玲典藏全集5》,皇冠文化出版有限公司2001年版,第141页。
[2] 张爱玲:《第一炉香》,《张爱玲典藏全集5》,皇冠文化出版有限公司2001年版,第150页。
[3] 张爱玲:《走!走到楼上去》,张爱玲:《流言》,北京十月文艺出版社2009年版,第83页。

说中充当导师身份的,便是薇龙眼中"一手挽住了时代的巨轮,在她自己的小天地里,留住了满清末年的淫逸空气,关起门来做小型慈禧太后"①的姑母。虽然薇龙是梁太太的侄女,但是血缘亲情却无法阻挠她的盘算,薇龙只不过是她的又一枚棋子,"这次打算在侄女儿身上大破悭囊,自己还拿不定主意,不知道这小妮子是否有出息,值不值得投资?"②打从一开始,她帮助薇龙便绝非单纯的慷慨解囊,而是机关算计的投资,因此她费尽心思诱惑薇龙走向歧路。

梁太太与薇龙之间的互动关系突破了传统成长小说的单向模式,形成"引导—反引导—自我引导"的动态结构。梁太太一直在引诱薇龙,而薇龙总在抗拒,但很快又在自我驯化中达成了既定结果。

初入梁家,梁太太便流露出了教导薇龙的意思,"你跟着我,有机会学着点,倒是你的运气"③。但薇龙却心不在焉,她只将梁太太与自己看作是截然对立的两面。但当陈妈送薇龙来梁家时,薇龙却忽然认为自家的佣人上不了台面。由此可见,薇龙虽然竭力抵抗梁太太对自己的腐化,潜意识中却已认同了姑母奢靡的生活方式。那么,薇龙迅速地中了塞满衣服的衣橱的圈套,便不足为奇。她一边低声道"这跟长三堂子里买进一个人,有什么分别"④,理智地看清了自己的境地,预感到了未来的境遇,却又自我说服,悄悄地说"看看也好"。

司徒协为薇龙戴上的与梁太太一样的金刚石手镯,是梁太太的又一次教导:在别人眼中,她们俩是一样的货色。"这东西有一对,我不忍拆散了它;那一只送了你姑妈,这一只不给你给谁?送了你姑妈,将来也是你的,都是一样。"⑤薇龙也意识到,这手镯就如手铐一般,一戴上便永世不得脱身。她想要反抗,唯一的办法是离开。然而三个月的纸醉金迷,已经让她沉醉其中。此时,薇龙不得不走上了姑母嫁人摆阔的老路。

薇龙打算返回上海,是梁太太对薇龙最后一次教导。她以过来人的身份,劝说薇龙留在香港,"你变了,你的家也得跟着变。要想回到原来的环境里,

---

① 张爱玲:《第一炉香》,《张爱玲典藏全集5》,皇冠文化出版有限公司2001年版,第142页。
② 张爱玲:《第一炉香》,《张爱玲典藏全集5》,皇冠文化出版有限公司2001年版,第144页。
③ 张爱玲:《第一炉香》,《张爱玲典藏全集5》,皇冠文化出版有限公司2001年版,第140页。
④ 张爱玲:《第一炉香》,《张爱玲典藏全集5》,皇冠文化出版有限公司2001年版,第145页。
⑤ 张爱玲:《第一炉香》,《张爱玲典藏全集5》,皇冠文化出版有限公司2001年版,第163页。

只怕回不去了"①,薇龙最初还要回去做一个新的人。但卧病在床又给了薇龙自我劝导的机会,"她生这场病,也许一半是自愿的;也许她下意识地不肯回去,有心挨延着"②,就此她彻底沦为梁太太的工具。

中国现代成长小说中的引导者多是"恋爱+革命"模式下的异性爱人,两者表现出爱情与启蒙并存的复杂关系,"引导者的出现和意义即在于把主人公从一种无意识向有意识的状态推进"③。这套人物模式,也在《第一炉香》中被重塑。其一,人物关系的复杂性,薇龙和梁太太是同性亲缘关系,她们不仅从未构成导与学的关系,而且还存在竞争与陷害的关系。其二,互动模式的差异,薇龙与梁太太之间存在"引导—反引导—自我引导"的动态结构。其三,成长结局的逆转,薇龙在最后深陷于无意识的混沌中,"她的未来,也是如此——不能想,想起来只有无边的恐怖。她没有天长地久的计画"④。

三、情欲:反"成长"的仪式

对成长仪式的叙述,是成长小说中别具张力的叙事手段。爱情的萌发、性的发生,对女性心理的发展与自我意识的建构都有着重要的影响。对薇龙来说,对乔琪乔的情与欲,是她对梁太太的无声反抗,也是将她推向深渊的最后一击。

薇龙最初被当作招徕年轻男人的幌子时,并不屑于和姑母成为争夺男人的对手。直到卢兆麟也成了梁太太的入幕之宾时,薇龙才产生了动摇。在这羞愤交加之际,薇龙结识了乔琪乔。夹杂着嫉妒与兴奋,薇龙对他初生好感。与吉婕的一番谈话,又让薇龙认识到混血在香港的尴尬地位,使得她生出了怜悯。在"爱"的支配下,薇龙沉浸在自我感动的幻想中:"在过去,乔琪不肯好好地做人……幸而现在他还年轻,只要他的妻子爱他,并且相信他,他什么事不能做?"⑤

---

① 张爱玲:《第一炉香》,《张爱玲典藏全集5》,皇冠文化出版有限公司2001年版,第177页。
② 张爱玲:《第一炉香》,《张爱玲典藏全集5》,皇冠文化出版有限公司2001年版,第179页。
③ 徐勇:《论当前文学创作中的"成长写作"与"反成长写作"》,《当代作家评论》2014年第5期。
④ 张爱玲:《第一炉香》,《张爱玲典藏全集5》,皇冠文化出版有限公司2001年版,第183页。
⑤ 张爱玲:《第一炉香》,《张爱玲典藏全集5》,皇冠文化出版有限公司2001年版,第166页。

但乔琪乔的言行却完全出乎了薇龙的意料，他没有隐藏自己花花公子的作态，反而开诚布公地说，"薇龙，我不能答应你结婚，我也不能答应你爱，我只能答应你快乐"①。更令薇龙害怕的是，此刻她已见识到乔琪乔的真面目，却仍旧在爱情中无法自拔。于是，她因为乔琪乔"不爱她的缘故"而固执地爱着乔琪乔，并在一晚的贪欢中彻底剥离了爱与婚姻的关系，深陷在无意识的自我欺瞒中。她无路可退，只能出卖灵魂与肉体，用婚姻捆住浪子，用血肉供养生活。"我爱你，关你什么事，千怪万怪，也怪不到你身上去。"②薇龙最后的告白，是她残存的自我意识。她在单向的情欲关系里，完成了最终的成长仪式。

传统成长小说的主人公往往经由婚姻、战争等外在社会仪式，将成长的价值由个人转向群体。而《第一炉香》的不同之处在于，薇龙的成长仪式来得轻巧甚至荒诞。她的爱情刚萌发，开始于一场梁太太为与卢兆麟牵线的派对；她的初夜，是一场浪子蓄意图谋的游戏；她的婚礼，是各方利益交换的产物。最后，她让渡了自我意识，完全成为客体化的存在。

结　　语

《第一炉香》通过对传统成长小说元素的揶揄，彻底颠覆了成长小说的启蒙叙事模式。出走本是女性觉醒后的选择，却成了薇龙深陷黑暗的起始。引导者本应指引主人公走向光明的未来，梁太太却设计摆布薇龙，使她沦为自己手下的工具。仪式本是人生的重大事件，薇龙却是在机缘巧合下完成了最终的成长。更为关键的是，成长小说往往是线性时间观的表征，这种时间观使主人公"觉今是而昨非"，薇龙却逆时间洪流而行，"时间被当成一个'衰退过程'来体验的整体意识"③，她从接受现代知识的女学生自愿走向了鬼气森森的"晚清世界"里，从此，她只有过去，不再有未来。张爱玲的《第一炉香》，疏离于主流的成长小说写法，以女性个体在物欲中的选择与堕落凸显了日常现代性，开拓了现代文学成长小说的表现维度。

---

① 张爱玲:《第一炉香》,《张爱玲典藏全集 5》,皇冠文化出版有限公司 2001 年版,第 167 页。
② 张爱玲:《第一炉香》,《张爱玲典藏全集 5》,皇冠文化出版有限公司 2001 年版,第 184 页。
③ 卡林内斯库:《现代性的五副面孔》,商务印书馆 2002 年版,第 162 页。

黄河路迷人的失败者之卢美琳
——论电视剧《繁花》对扁平人物塑造的超越

/ 吕彦默

福斯特在《小说面面观》中提出了"扁平人物"的概念，即依循着一个单纯的理念或性质被创造出来，可以用一个句子描述殆尽的人物形象，并指出："扁平人物的一个大优点就是，无论他们何时出现，都很容易认出来——读者是用感情之眼把他们认出来的。"而扁平人物形象的塑造，不仅体现在小说中，也体现在各种类型的文艺作品中。在电视剧《繁花》中，卢美琳这一小人物令人印象深刻，导演王家卫与演员范湉湉对这一角色的塑造一定程度上契合了扁平人物的基本逻辑。

电视剧中有四场戏对卢美琳这一角色塑造起到了至关重要的作用。卢美琳第一场戏出现在第二集，明艳的红色大衣、束高的爆炸头、富态的身材，站在众人当中是焦点般的存在。为了笼络人，她豪爽地与范总喝起交杯酒，生猛强势、骄横无礼是观众对她的第一印象。

卢美琳被称作"嫁给黄河路的女人"，和《繁花》中其他女性不同的是，她一出场便是以"泼妇"形象示人。王家卫说要让这个角色先吼一声再讲话，要未见其人先闻其声，而为了表演好这一角色，演员范湉湉在剧中加入了许多俚语、小动作，比如转戒指、吃东西等。因此在剧中，卢美琳嘴里经常有东西在吃，要么叼着牙签，要么在吃东西，永远忙碌而嘈杂，这些细节都调动了卢美琳在戏中张牙舞爪的氛围。在开拍之前，王家卫曾给范湉湉讲过卢美琳的"前世今生"，比如卢美琳与杜红根一起长大，美琳的眼上有一道疤，是为杜红根挡过的一刀，他们一起打天下，江湖上流传着他们的故事。这些在剧中虽并没有明确展现，但通过视听语言的力量却达成了塑造人物性格的目的，对于塑造扁平人物非常奏效。因为这种人物绝对不需要重新介绍一番其来历，也绝不会跑掉，不必费心去给他们编后续的故事，让人物自带气氛。

为了将这一扁平人物塑造得更加深刻，导演还增加了其他几个扁平人物来丰富卢美琳这一人物。在第十集的黄河路保卫战中，杜红根正式登场。作为卢美琳的一条感情线，他是从她一路打拼到黄河路背后的男人，是她在上海滩站稳脚跟的底气。她看到李李的至真园在黄河路开业，立即采取行动进行打击，聚众和其他老板娘说："搞事情就怕人不够，就怕动静大。"她一边派小江西切断至真园的电源，一边禁止食材供应商给至真园提供食物，切断大王蛇的货源。最后，她使出自己的杀手锏——黑帮老情人。杜红根的标签是重情重义，为了挽回卢美琳的面子和生意，他使出江湖戾气砸了至真园的场子，放下豪言——金美琳做的菜至真园一个都不许做。而作为卢美琳背后撑腰的人，在这一关键时刻他却因为一张借条败下阵来。杜红根同样因为情义被困住，也无法为卢美琳讨要来她想要的正义。卢美琳也爆发了，对着杜红根大发脾气。动情之处，在众人围观下她对着杜红根声嘶力竭道："金美琳全靠我一个人，每一分钱都是我自己赚来的，杜红根，你要是真的有本事，就不会当着这么多人的面对我哇啦哇啦！"

范湉湉在采访中表示："导演其实是一个作曲家，他用各种各样的音符来谱写《繁花》这个乐谱，有的人是低音符号，有的人是高音符号，那我可能就是一个超高音符，每个人符号不一样，用他的艺术概念合成非常美妙、动听的一首乐曲。"

这段与杜红根相爱相杀戏的表演，将整个气氛烘托至高潮。卢美琳这一悍妇形象得到了更深刻的诠释。而这份精明强干的背后，也让观众隐约觉察到了人物背后的辛酸与不易，正如后来的玲子去至真园找李李时话里话外所露的机锋："但凡有别的办法，没有几个人愿意当老板娘的。"在剧中，"做自己码头"的汪小姐、"做全世界老板娘"的玲子、成功摘得"金凤凰"的李李，她们看上去光鲜亮丽的外表下，各自怀揣着秘密，割断了旧爱，不为人知的辛酸里潜藏着一颗柔软的心。福斯特提到，扁平人物其中一个优点是，读者看完书后很容易记住。他们给人留下的印象是坚定不移，因为无论环境如何变化，他们始终如一。在圆形人物的繁花般的包围下，卢美琳这一扁平人物依然没有被观众遗忘，恰恰是她的"高音符"的姿态始终如一，在银幕上留下浓墨重彩的一笔。

范湉湉在谈到卢美琳时提到这个人物是"九分硬一分软",这一分软的拿捏考验着演员表演收放自如的张力。而真正体现的这一分软,则是在第十七集扇宝总耳光的这一场戏中。厂长范总想通过汪小姐在黄河路的人脉在金美琳给岳母定席位,卢美琳趁机戏耍汪小姐,表面恭维实际却是她对汪小姐的羞辱。结果范厂长打了卢美琳的老公金老板,导致卢美琳和范厂长在众人面前发生冲突,当场对骂。卢美琳没有汪小姐的美貌也没有李李的身份背景,面对无能的丈夫受辱她只能靠自己,除了凶悍她别无他法。她扬言要打汪小姐耳光来平息心中的愤怒和保住金美琳的面子,目的是让汪小姐找来宝总道歉,挽回曾在至真园丢失的尊严。情节发展至此,都非常符合扁平人物的理论:"其言行举止从来不会让人吃惊,这个人物就是扁平的。"在对面的宝总"英雄救美"冲到了她面前,一个爽利的巴掌下去,全场一片哗然。

而导演王家卫似乎有意识在这时给这一扁平人物设置了一个障碍,在打完宝总后,随着镜头转向她的面部,却没有丝毫得意的表情,她凄然地望向窝囊废丈夫,这个镜头出卖了她最惨不忍睹的内心。对比汪小姐,在受伤时有宝总出头,自己的丈夫却在和情妇小江西你侬我侬,她爱过的男人在关键时刻都是缩头乌龟。那一刻她的九分硬像被撕下的假面,那一分软就这样赤裸裸地暴露无疑。

罗伯特·麦基在《故事》中表示:"最优秀的作品不但揭示人物性格真相,而且还在其讲述过程中展现人物内在本性中的弧光或变化,无论变好还是变坏。"卢美琳这一扁平人物也在此刻开始具有自己的人物弧光,这人物弧光恰恰是这一分软印证的,而九分硬不过只是这一分软的壳而已。在可恨以外,这个人物因为柔软而让观众对她多了一分怜悯。

为了区分圆形人物与扁平人物,福斯特还为他们做了明确的区分,即"扁平人物写得最好的都是戏剧角色。严肃的或者悲剧性的扁平人物容易招人讨厌。只有圆形人物才适于表现具有任一时间长度的悲剧,让我们可以体验到除了幽默和得体以外的所有情感"。

在这一原则上,卢美琳这个人物似乎并不完全符合。因为导演王家卫将这一扁平人物设置成了一个悲剧人物,但与此同时,这也是导演高明的地方,也是对扁平人物的超越。他为卢美琳配置了另一条与金老板的感情线,金老板是另一个扁平人物，在剧中更像是一个功能性角色。他的嗜赌成性与出轨更像是在衬托卢美琳这一人物的悲剧性，却成为这一角色的软肋。

在第二十五集中，嗜赌成性的丈夫悄悄把钱拿去炒股失败，拿金美琳抵押做了高利贷。债主林太上门后给了卢美琳一周的时间，她无奈到处去找躲起来的丈夫，最后气急败坏地说："找什么找，让他死在外面算了。"金老板应声在她面前坠楼而下，刚刚还怒气未消的她呆住了，那一瞬间这个黄河路上最张牙舞爪的女人没了声音，那张66号的中奖券顷刻间变成对她的嘲讽。之前一直对金老板与小江西婚外情视而不见的她一把将小江西的头推到墙上。两行清泪倏然而落，而这是她在剧中唯一落泪的时刻。

福斯特的观点里，扁平人物是围绕着单独一个思想特质来塑造的：超过了一个，人物就开始向圆形人物弯曲。与其说是向圆形人物弯曲，倒不如说王家卫导演让戏剧人物向生活真实弯曲。卢美琳这用外表的张牙舞爪来掩饰生活的一地鸡毛，咄咄逼人的背后其实是一个单打独斗女强人内心的不安和恐惧。

当同行老板娘劝她放下身段向李李寻求帮助时，她说："我卢美琳，生下来就是硬骨头，从来不知道什么是退一步。"

这些对话却提醒了观众，我们又看到了她的常态，一句话之间她就饱满起来，成了个圆形人物然后又瘪了下去，回到了扁平状态。因为"不低头"才是卢美琳的底色，所以即使后来她真的去向李李借钱，语气里也依然客气中带着威胁。在李李拒绝她后，她放下狠话："我们黄河路的客人更加喜欢换口味，新店开张的那天，就是你至真园走下坡路的那天。有一天，你会突然发现，这里怎么这么冷清，再看看隔壁人山人海车水马龙，热闹得不得了。"

卢美琳的专属背景音乐是《一生何求》，歌词中唱道："一生何求，常判决放弃与拥有，耗尽我这一生，触不到已跑开。"骄傲的卢美琳最后落寞地退出黄河路，而在杜红根的车里，她依然昂着头颅，动情地回头望着这曾经她叱咤风云的黄河路。

卢美琳这一人物以闹剧开篇却以悲剧收场，这是导演王家卫基于扁平人物的创造性表达，让她在人物弧光中成为艺术作品里一位迷人的失败者。"通过引起怜悯和恐惧，来使得这种情感得到了净化。"这便是亚里士多德所说的悲剧产生的效果。金宇澄对《繁花》书名的解释是:"繁花就像星星点点生命力特强的一朵朵小花,好比树上闪烁小灯,这个亮起那个暗是这种味道。"《繁花》所描绘的是此起彼伏的趣闻轶事,承载的更是上海时而幽暗时而光辉的城市记忆。正是因为卢美琳这朵"霸王花"的存在,让那些曾在时代潮头披荆斩棘的"卢美琳们"拥有一处永恒的避难所和超越时光的力量,在时代的记忆中得以完好地保存。

如何对抗新旧历史更替中的精神困境
——由《五湖四海》想到王安忆写作的源与流

/ 郑天硕

2023年5月17日,莫言、陈思和与王安忆在复旦共开了一堂文学课。对谈时,提及莫言很多话剧都取材自历史,王安忆评论这是"从现实故事中借一个戏剧的核"。莫言接着说:"所有的历史,都是当代史;所有的历史剧,都应该是当代剧。如果一部历史题材的戏剧,不能引发观众和读者的思考,这样的历史剧是没有现实意义的。"从二人的对谈,或许可以一窥王安忆在当下这个节点返回四十年前的意图:借助重建改革开放的历史现场,其实是要重新审视当下人的精神困境。

就像张旭东在《"启蒙"的精神现象学》一文中发问的那样:"王安忆为什么要写这么一个大东西?这种欲望是从何而来的呢?"事实上,同她的《启蒙时代》一样,王安忆是想回归一个特定的时间,探讨一些问题:那个时代造就了什么样的物质生活?由此又诞生了什么样的精神特质?留下了怎样的思想?这一系列问题"触及了我们时代的大问题,即当代中国集体性的自我理解,说白了就是'我们是谁?''我们从哪里来、要到哪里去?'这样的问题"。要解决这样的问题,就不能不重返中国历史变革的几个重要节点。这一次,王安忆选择了改革开放,她以一种敏锐的眼光捕捉到,当下人在精神上的困境,很大程度上可以说就源于那个时代;只有回到那个历史现场,才能更清晰地了解当下的症结,以面对时人复杂的精神问题。

"五湖四海",小说从题名就给人一种开阔的画面感;事实上,这本书在内容方面也是对王安忆"个人化的历史叙事"传统的延续。王安忆眼中的历史是日常的。她说:"历史面目不是由若干重大事件构成的,历史是日复一日点点滴滴的生活的演变……小说这种艺术形式就应该表现日常生活……无论多么大的问题，到小说中都应该是真实、具体的日常生活。"王安忆的中长篇小说，有不少时间和空间广度都很大的，通过展现这种宏大的场景，王安忆建构起一部部关乎个人的历史。在《五湖四海》中，依旧有漫长的时间跨度和广阔的空间线索，还有家族中纷繁纠缠的爱憎关系。这与河流、湖海在时间和空间上的特征非常类似。王安忆的选材和命名，可说准确地把握到两者间的同构性。

河流因其源流的存在，以及自上而下流动时的时间间隔，自古便成为时间性因素的一个隐语；而水系也因其广阔的占地面积和交错的支干关系给人一种空间性的印象。从这个层面讲，"五湖四海"无论在时间还是空间上都意味着沟通和承接；而对岸来说，水又是阻隔和中断的，打断了陆地间的连接。同时，众多的分岔也预示着不同的抉择与命运，是一种对未来时空的未知和不确定性。对水与时空复杂关系的理解，使王安忆得以借此谈论新旧历史更替的问题。

"水"与"岸"的并置，展现了王安忆在《考工记》中表露出的复杂多层的空间意识，而水上人家"上岸"的情节在她的作品中并不是首次出现。她出版于2000年的《富萍》中，富萍的舅舅孙达亮一家就通过勤劳致富实现了这种转移。但他们是迫于恶劣的生存环境选择上岸；而在《五湖四海》中，张建设走上岸的选择包含了更多能动性，是一种先见的抉择。可以说，在这本书中，"上岸"指示着个人在即将到来的时代潮流中主动进行的一种自我探寻——为自己寻找一个容身之处——这一主题首先在物质层面显露出来。自我重构与身份探寻，这是对《我爱比尔》主题的延续，也是对《富萍》中"上岸"情节的重构和深化。

由水到岸，是一种空间位置上的转移。这种空间转移，在小说中多次出现。无论是张建设走上岸，小弟去省城读书，还是李爱社、修小妹等人在广东甚至国外闯荡，抑或是袁家父母从上海搬到芜湖，都呈现出一种空间转移的密集。现代社会人地关系的疏松、交通运输的发达、时代瞬息万变使得经济中心转移更频繁，这些现代性的因素带来一种现代乡愁——在频繁的空间和身份转换间，人更加强烈和迫切地需要一个基点以确认自我身份与合法性，这个基点就是故乡——这也是王安忆小说中的一个重要主题，这与《一把刀，千个字》中的那种历史追忆某种层面上达成了共识。而无论是修国妹不愿迁出旧宅，还是袁家父母不愿搬离上海，特别是张建设一家流露出的对流域文明的认同，他们身上体现出的乡土意识，也与《乡关处处》《民工刘建华》等作品一脉相承。对于修国妹来说，故乡与故乡的历史，就是她面对瞬息万变的新时代的一个重要的根基。

空间上的变换，其实是由时间的流转造成的。特别是在改革开放这个瞬息万变的时代，时间的密度被极大地压缩了，时间性因素的力量得到了空前的强化。物质文明迅猛发展的同时，人性也泛滥了，简单的人变成复杂的人。社会生产发展刺激了人们欲望特别是情欲的滋长。书中的张建设就是如此。而如何在时间的长河和人情的变故中找到确立自我身份和存在的基点，笔者认为这是全书的核心思想。

在修国妹发现张建设与小弟的女友袁燕间的关系后，她难以接受，驱车狂奔。而到了晚上，她又获取了一种安慰感，能够平静地同张建设同房对话。这其中的缘由，王安忆也在文中予以揭示：她其实是害怕的。怕什么？不知道。但知道张建设不会让她害怕的事情发生。无论多么复杂的形势，都在他的控制中。就是因为这个，她把自己的命交给他。

辞旧迎新的时刻，安然度过。许多绕不开的关隘，也都一一过去。生活已经上轨道，单凭惯性就足够排除阻力，一往无前。

在这里，修国妹的观念其实是非常民间的，她表现出的女性对于丈夫的依附和对于生活的盲目乐观，在现代人的认知中是非理性的，但就是这些传统观念帮助修国妹面对张建设出轨与不再爱自己的现实，使她找到了继续生活的基点。

还有一点，修国妹是张建设明媒正娶迎进门的，小说原文对此也给予大段的描述，从一开始的见丈人、见女婿、斗酒，再到之后的来往走动，喝订婚酒，直到最后成婚时的"两轮一转""三金""喜酒摆了十条船"，仪式的烦琐和时间跨度之大，此时都成为修国妹心安的缘由："老人言必称周礼，这礼数实是不能错，就像庄稼必须在季上，否则便没有收成。"

"父母之命，媒妁之言"，一直为现代文明批判的传统礼教，此时构成了修国妹在婚姻中自我确认的心理基础。这有些类似鲁迅早期表现出的"启蒙的自反"视角：譬如在《祝福》中，身为受过现代新式教育的知识分子，叙事主人公却无法回答祥林嫂的"魂灵有无"之问,也无法给予她"启蒙";相反,柳妈及她身后的中国民间信仰不仅明确地回答了"魂灵有无"的问题,还为祥林嫂的忧惧提供了一整套体系化的方法论。在这里,鲁迅点明了启蒙的深层尴尬,并且肯定了传统信仰在维系人的身份认同上起到的作用。在王安忆的文本话语结构中,传统与文明同样不是简单的二元对立关系,它们之间的关系更加复杂纠缠:物质文明刺激了张建设的欲望,进而破坏了修国妹的感情与婚姻,此时传统仪式却为她提供了自我安置的空间。

为什么在一百年后的今天,仍要以这种"自反"的眼光看待我们的文明进程?也许是因为鲁迅时代的问题并没有得到充分解决。现代中国的封建主义问题在现代化过程中同现代性因素纠缠起来,变得更加复杂,由此导致当代人更加突出的精神伦理困境。王安忆准确把握到这种困境,并重返问题根源的年代,揭示出启蒙与传统之间的二元纠缠关系。

在婚姻中,修国妹不仅看到她和张建设之间的感情,更看到由此衍生出的整个家族,以及自己维系这个家族的"扣"的作用。即使张建设不再对她有爱情,她依然在这些过往时间的产物中重新确立了自己存在的合法性。这也显示出王安忆同张爱玲不同的艺术主张。在她看来,张爱玲的人生观是走在了两个极端之上,一头是现时现刻中的具体可感,另一头则是人生奈何的虚无。王安忆认为:"在此之间,其实还有着漫长的过程,就是现实的理想与争取。而张爱玲就如那骑车在菜场脏地上的小孩,'放松了扶手,摇摆着,轻倩地掠过'。这一'掠过',自然是轻松的了。当她略一眺望到人生的虚无,便回缩到世俗之中,而终于放过了人生的更宽阔和深厚的蕴含。"王安忆与张爱玲的区别,在修国妹这个人物的塑造上可见一斑。而她"以热眼看世界"的艺术主张,也在《五湖四海》这本书中得到了延续。具体可感的生活和家族间的关联,让修国妹能够对抗改革洪流给她带来的精神困境,继续面对生活。

在小说的末尾,张建设遭遇意外,故事即此结束,这使人想起《长恨歌》中王琦瑶的结局,同样是时代洪流带来的物欲,让长脚动了贪心,打破了王琦瑶世界中安稳、宁静的时间。仓促而荒诞的结尾,有些类似张爱玲笔下"时代是仓促的,已经在破坏中,还有更大的破坏要来"。不确定性和焦虑,这都是线性时间观念给现代人带来的新体验。就像修国妹所说,凡是都会有个结局。

既然结局是不可预测的,那么最重要的也许不是结局如何,而是如何抵达结局:在现代文明和时间的冲击中,人需要有一个立足的根基。

于是我们惊奇地发现,"寻根"的传统贯通了王安忆几十年的写作历史,不论是《小鲍庄》对儒文化的核心"善"和"仁义"的发掘,还是《伤心太平洋》对家族之根、血缘之根的探寻,直到最近的《五湖四海》对传统文化力量的探讨,王安忆始终在为当代人寻找一个足以安置自身的根基。她对历史、传统以及文化的意识,包括她审美、克制的笔调,都显示出中国文化传统对她的影响。从这个层面讲,她是真正能够代表中国的本土作家。她的写作,正是有这样一个丰厚的资源作底子的。而这种对文化传统的意识,也让她对当代人如何面对精神困境这一问题拥有了自己独到的见解。

上海现代文学的起源
——《上海摩登》读札

/ 刘天宇

作为上海城市文化研究中无法绕开的圭臬，李欧梵的经典论著《上海摩登：一种新都市文化在中国（1930—1945）》被学者与学生们一遍又一遍地拆解、重读，以求从中发现可能被忽视的上海面相。整部书分为三个部分：第一部分"都市文化的背景"，从基础设施、印刷、电影三个方面介绍上海在现代文化萌生期的物质条件和媒介特征；第二部分"现代文学的想象"，介绍了施蛰存、穆时英、张爱玲等作家的都市书写；第三部分名为"重新思考"，是短促有力的一段结论。从这个结构上来看，尽管以"新都市文化"作为书名，但无论是报刊印刷和电影制作，抑或是更直接的作家论，都与"现代文学"牵扯颇深。反而是开篇一章"重绘上海"和收束全书的结论部分与文学本身保持了友善的距离，在一个可供喘息的空间之外探讨上海这座城市中"现代文学"生成的条件，即向内的物质性与向外的世界性。因此，我们不妨借用柄谷行人大作的标题，将这些顾"文学"左右而言他的部分归为上海现代文学的起源。

《上海摩登》第一章正如其标题"重绘上海"所示，目的在于绘制出一张适用于描绘现代上海的文化地图。但在此之前，李欧梵还做了一些重要的铺垫——论述是从茅盾《子夜》的开篇的"LIGHT, HEAT, POWER！"开始的。茅盾的这一段文字向我们展示了如同恐怖巨兽一般盘踞的作为殖民主义寓言的洋栈，以及霓虹电管广告的活力和能量。他毫不吝惜地铺陈现代性的物质象征，比如汽车、洋房、香水、高跟鞋等。李欧梵非常敏锐地注意到上海与摩登的关系，即在一般的中国人眼中，上海和摩登就是分享着共同所指的两个能指，被这些物质表征牢牢地联系在一起。这就引出了下面关于西方文明在物质层面上对中国的影响这样一个论题，这更新了相对抽象的思想史的研究路径，

《上海摩登》关于基础设施的研究也就围绕这个问题意识展开。

在具体的文化地图构建中,李欧梵一共介绍了外滩建筑、百货大楼、咖啡馆、舞厅、公园与跑马场五个部分。上海租界总体上分为公共租界或称英美租界以及法租界两大部分,公共租界的东区也就是后来的公共租界日本区,是被强占的日租界。关于租界,李欧梵是这样描述的,"其实,对中国居民来说,外国租界并不是森严如'另一个'世界,所谓的'十里洋场',一个被西方资本主义所统治的纸醉金迷的'异域'"①。这句逻辑松散的表达实则是一处误译,李欧梵在原文中用的是"not so much……as",也就是"与其……不如",被译者直接翻译成了否定式。所以这句话的正确译文应当是:对中国人来说,外国租界代表的与其说是禁区,不如说是"另一个"世界——一个由西方资本主义统治的纸醉金迷的异域。这是理解李欧梵上海认知的关键,他认为中国人没有真正地成为被殖民者,而是将西方文化当作了文化审视的对象。

作为例证的是,在介绍英领馆、海关大楼、汇丰银行等外滩建筑的时候,李欧梵特别强调这是对英国殖民势力的一场盛大展示。在汇丰大楼的门口有一对狮子,当地华人常常触摸狮子雕像来祈求财富。很显然的是,狮子雕像是殖民主义的象征,但是它又被华人驯化成了一种追逐财富的护身符。外滩的英属大厦大多是按照19世纪后期流行的"新古典主义"风格修建的,这种风格作为帝国繁荣兴盛的寓言而存在。但是在公共租界不仅有英国势力,由美国修建的、伴随着装饰艺术一起诞生的现代大楼也以其对于工业实力的表征挑战着老牌殖民帝国的权威。这种建筑风格不再像英式建筑那样"一味强调殖民的政治势力,它更意味着金钱和财富"②,或者说是一种新的城市生活方式,使得上海的资产阶级确立起一种摩登的观念。

除了关注疏离于中国人生活的摩天大楼,李欧梵用了更多笔墨去写百货大楼。当时有海外华人投资的"四大百货公司",即先施、永安、新新和大新。我们在读施蛰存的《春阳》《四喜子的生意》等小说的时候,便可以见到其描

---

① 李欧梵著、毛尖译:《上海摩登:一种新都市文化在中国(1930—1945)》,北京大学出版社2001年版,第9页。
② 李欧梵著、毛尖译:《上海摩登:一种新都市文化在中国(1930—1945)》,北京大学出版社2001年版,第14—15页。

写过来自周边小城的外乡人面对这几家大型百货公司的场景，比如惜金的婵阿姨会到三友实业社买一条国产手帕，却不舍得进充满着高档洋货的先施百货①。李欧梵将上海的现代消费图景比作"仙境"，一个充塞外国货和外国名字的"美丽的新世界"②。这些百货公司为上海人提供了丰富的物质生活，也相当于提供了消费指南和生活样本。

咖啡馆和舞厅等休闲场所也是摩登上海的重要部分。在以霞飞路为代表的法租界咖啡馆里，一生从未去过法国的曾朴可以享受他的法式沙龙生活，完成雨果《巴黎圣母院》的翻译（真善美书店版《钟楼怪人》）——他们试图通过引入种种异域情调，来完成自己理想中的中国再造实践。除此之外，咖啡馆的女侍者也与舞厅中的舞女共同构成了现代小说书写中重要的女性形象。但是咖啡馆女侍往往被与小资产阶级格调的生活场景结合在一起，成为理想的、浪漫的形象；而舞女则被写成商品一般的存在。李欧梵列出了当时上海舞女的经济开支情况，既有感于账单中表现出来的自身及生活的商品化趋向，但又从另一个角度认为舞厅的出现使得女性可以在文学的公开场合中活动，展现出了一种主体性。

除了以上种种物质痕迹，李欧梵还提到了上海左翼作家环境恶劣、租金低廉的"亭子间"生活，许多我们熟悉的作家都在这样的环境中生活过。李欧梵认为亭子间格局造成的个人生活方式成为上海左翼作家文学创作倾向的象征。"亭子间"像是"象牙塔"，使得这些作家将赤贫的生存化为浪漫的想象。但是他们最终还是要走向集体的、政治激进主义的事业中的，也就成为从亭子间到山头上（指延安）的作家。以上种种描述，无论是被现代作家视为"风景"的高楼人群，还是作家们自身的生活，总体上仍然处于一种内生物质性的范畴。

与之形成对照的是上海现代文学起源受到的外部影响，也就是"上海世界主义"。《上海摩登》全书虽然共有十章，但是第十章其实是后记，所以第九章就是事实上的结论。在这里，李欧梵首先做的是反思"后殖民"。上海是一个

---

① 施蛰存：《心理小说》，上海文艺出版社 2012 年版，第 153 页。
② 李欧梵著、毛尖译：《上海摩登：一种新都市文化在中国（1930—1945）》，北京大学出版社 2001 年版，第 23 页。

分裂的上海，华洋有别的上海，这也就是一种所谓半殖民的状态。上海作家的作品中几乎不存在将洋人想象成主体，而将自己视作殖民客体的情况。在霍米巴巴的殖民戏拟理论中，被殖民者会模仿殖民者的行为，但是这种模仿不能够弥合殖民者与被殖民者之间的差异，反而会为被殖民者埋下自身分裂的根源，而在上海的作家中我们是几乎看不到这类人的。

李欧梵是这样讲述的，他认为这个原因是写作时使用的语言，中国作家稳固地坚守着中文写作的传统而不动摇，反而会将外国人的形象转译成中国化的人物，这使得上海的中国文化内部没有裂隙，而与西方文化十分疏远。由此他认为，尽管这些"上海作家带着喧哗的西化色彩，但他们从不曾把自己想象为，或被认为是因太'洋化'了而成了洋奴"[①]。更进一步来说，上海居民欢迎作为现代性表征的物质文明的到来，但是这并不意味着他们全盘接受了来自西方的现代化改造。

基于这种判断，李欧梵将这种接受了但是又没有完全接受的态度唤作中国的世界主义。对于世界主义，过往学者比如被李欧梵批判的列文森，会采取一种从外向内看的姿态，认为世界主义就要在外文文本译介这样的文化空间中才能够生存；李欧梵自身则反其道而行之，主张世界主义是从内向外看的好奇。中国的世界主义实际上表现为在殖民主义构建起的国际文化空间中占据属于自己的重要位置。

《上海摩登》中译本首先是北京大学出版社 2001 年发行的，2017 年又由浙江大学出版社推出了修订本，增补了一篇李欧梵撰写的再版序言。在这篇序言中，李欧梵展现出了对自己作品的反思和自我批判。李欧梵指出大卫·哈维的《巴黎：现代性的首都》专门探讨的是巴尔扎克小说中的巴黎而不是波德莱尔诗歌中的巴黎，因此那里没有"漫游者"的位置。因为巴尔扎克笔下的穷困者没有"漫游"的条件，就像民国上海的穷困华人，在那里不存在"怀古"的情思。相对的，"漫游者"也就是一种"缓慢的速度和悠闲的审美观"，更引申一步来讲可以展开为对摩登上海的一种批判。

---

① 李欧梵著、毛尖译：《上海摩登：一种新都市文化在中国（1930—1945）》，北京大学出版社 2001 年版，第 326 页。

此外，李欧梵还补足了对"世界主义"本身的讨论。他谈了两个方面：一是世界主义的源流，这一思想来自第一次世界大战后的知识分子如罗曼·罗兰。二是通过"世界文学"概念来看"世界主义"的殖民属性。进入李欧梵的书中，我们其实可以发现内部的物质性和外部的世界性合二为一，成为上海这座城市本身产生的力量。时隔近20年，李欧梵肯定了上海城市文化的无限活力。

人物的分裂　命运的悲凉
——评张爱玲小说人物的疯狂美学

/ 张心竹

"疯狂"可以说是张爱玲小说的一个关键词。张爱玲在小说中塑造了一系列有悖于伦理、理性的人物典型，这些疯狂的人物带给读者一种有悖于传统的审美感受。他们的疯狂自然不令我们感到愉悦，同时也并无崇高感。然而张爱玲以精微冷静的笔调，将这种疯狂丝丝入扣地描写出来，让读者毛骨悚然的同时，看到人性中普遍存在的疯狂的影子，从而产生共鸣。遍观中国现代文学谱系，鲁迅、废名、萧红等作家都曾在作品中塑造过疯子、狂人的形象，但张爱玲笔下的疯狂人物似乎格外与众不同，有着独特的内涵与价值。

"疯狂"不同于"病态"，一般说来后者是对内心状态的形容，而前者更强调一种外向性。张爱玲笔下人物的疯狂，首先体现为行为的疯狂，亦即这些人物身上违背理性、无法为常人所理解的行为特征。行为的疯狂体现在葛薇龙"对爱认了输"，从一个到香港求学的中学生甘愿成为洋场交际花上，也体现为聂传庆沉浸在将自己的老师言子夜视作父亲的幻梦，曲解言子夜女儿丹朱的温情与善意，妄图取而代之，对丹朱疯狂施暴的行为上。而另一个"取而代之"故事的女主角许小寒，拒绝长大、拒绝婚姻而甘愿留在父亲身边，将自己与年龄不相符的心机，用于一点点杀死父母之间的爱，以取代母亲成为父亲爱人的行动，亦远非常理所能解释。读至小说结尾，读者亦会因小寒父亲的疯狂而惊骇——他爱上了女儿的同学、与女儿颇为相像的段绫卿。疯狂的外向性也意味着强烈地向外界施行破坏的倾向。作为张爱玲笔下疯狂人物的典型，曹七巧以彻头彻尾的毁坏者形象出现，用疯狂的行为自我戕害的同时，还毁掉了两个子女，最后还要将疯狂传递下去——七巧的女儿几乎成了她的翻版。

这些做出了种种非理性行为的人物并非是陷入了一种神志不清的状态，相反，他们对自身的处境十分清醒。在与乔琪乔交往的每一个阶段，葛薇龙的心地都是明晰的：她明白她已对物质世界的生活上瘾，想要摆脱，只能找一个阔人嫁掉；她知道自己是那样自卑而固执地沉迷于乔琪乔这个极普通的浪子；她知道那场阻碍自己离开的病有自愿的成分——面对乔琪乔带给她的欲望的满足，她无法也不愿脱身；与乔琪乔结婚后，她清楚地知道自己与街头的妓女并无分别——葛薇龙就这样清醒地看着自己走向欲望的陷阱，走向她必然的结局。曹七巧虽在心底渴望着爱情，而且在季泽来找她时已经产生了一瞬间想要出轨的念头，然而对金钱的追求塑造了她的坚定意志，"为了要按捺她自己，她挣得全身的筋骨与牙根都酸楚了"，最终她还是当场拆穿季泽的诡计，拒绝了这份可能的温情。许小寒清醒地认识到她优裕家庭的外表下是无爱的淡漠，由此产生的孤独感和对未来的不确定让她一心想要维持与父亲超乎亲情的关系，为达到这一目的，她处处主动出击，甚至在发现父亲爱上了绫卿后，她不惜打破自己家庭外表的稳定，也不愿就此放手；父亲也是在认识到自己和小寒之间畸形的感情后，选择了绫卿作为女儿的替代品。这些疯狂人物对自身处境的认识或许并不完全符合实情，但他们的种种行动和选择都是在这种认识的指导下做出的。在人物非理性的行为背后，蕴含着清晰而理性的内在逻辑。

张爱玲笔下人物的疯狂，还体现在自我意识的极致。对自身欲望的无限关注让他们眼里只有自己的需求，只看自己愿意看到的东西，陷入疯狂的偏执。葛薇龙明知乔琪乔只是一个浪子，但不可遏制的情欲已经冲昏了她的头脑，于是即便乔琪乔无法给她金钱、无法承诺忠诚，她还是要与他结婚，哪怕自己赚钱。聂传庆的偏执更为明显，他无视现实，把言丹朱看作与自己争夺言子夜父爱的假想敌。无能自卑的聂传庆面对慷慨热情的言丹朱向他释放的善意，总是选择用恶意来理解和回应，他陷入对言丹朱的双重妒忌，最终做出了杀人的行为。曹七巧沉溺于对金钱的死守，苦心经营着经济独立的女主人身份，她常以金钱为由对子女的生活横加干涉。她也无法走出自己婚姻不幸的痛苦，并把这种痛苦施加到下一辈身上。

至于人物疯狂的原因，首先，与《红楼梦》类似，张爱玲笔下人物的悲剧和疯狂行为并非他者所害，而是剧中人物的位置关系使然。而人物之间的张力、人物内部的张力越大，人物越矛盾，其精神就越分裂，疯狂则不远了。

葛薇龙最初是单纯的学生、战乱中的普通百姓、渴望爱情的女孩，而其姑妈是世纪末的淫逸小资、富有寡居的太太、精致的利己主义者。这两个人物的碰撞，本身就极具张力。葛薇龙代表着被资本统治的平凡大众，梁太太代表着骄奢淫逸的资本生活，而人性却总是"身后有余忘缩手，眼前无路想回头"的。因此，不单单是梁太太和乔琪乔的合力引诱致使葛薇龙沦陷，葛薇龙自己也不愿舍弃对于纸醉金迷、庸俗市侩的物质生活的追求。

除去人物之间的张力，从情节设置的角度，人物也必须是分裂式的——葛薇龙的世俗欲望本能是必须的，葛薇龙的单纯理想本性也是必须的，这样才能说明在面对物质和情欲的牢笼时，人物疯狂的必要性和必然性。葛薇龙的分裂就在于她的欲望本能里掺杂着道德本心，难以彻底堕落，她是有爱的物质主义者。

张爱玲作品中人物的疯狂无不体现着命运的悲凉。偶然或必然的命运安排，使得曹七巧、聂传庆等疯狂人物彻底落入泥潭。这颇似亚里士多德《诗学》中的悲剧观念，让观众产生"带有怜悯性质的恐惧"这一情感的悲剧主人公，既不以美德著称，也不以恶行著称，他之所以陷于厄运，也不是由于丧德败行，而是因为某种错误、弱点和"闪失"；主人公具有"常人"特征，他才能在观众身上引起"感同身受"的恐惧与怜悯。张爱玲的小说虽然缺乏崇高感，不能称为悲剧，但张爱玲写出了芸芸众生的悲凉，这些小人物同悲剧中人物的命运一样，都是超验的，难以捉摸，因为某种错误、弱点和闪失致使了不好的结局，这也使得张爱玲笔下的疯狂人物唤起读者对命运无常的无声哀悯。

除了个体命运以外，张爱玲笔下人物的疯狂亦呼应着时代命运。张爱玲写作时的中国，广大内陆依然处于农业文明社会，而上海、香港等租界之地则处于农业文明与工业文明的强烈冲击之中。张爱玲写尽人世间普通人的悲凉与疯狂，而这一切都是时代里"该"发生的真事。

附获奖名单

新 诗 组

排名	作　品　名	真实姓名	院　校	奖项
1	玉蟹致辞（外一首）	陈榆菲	上海大学	一等奖
2	大连西路，他的手指放在过了河的卒子上（外三首）	王井（黄芷仪）	同济大学	二等奖
3	写在七宝古镇附近（外二首）	毕如意	华东师范大学	二等奖
4	喷泉修剪工（外一首）	祝梨（李晓）	华东师范大学	三等奖
5	手中的雕塑未完成（组诗）	杨云天	华东政法大学	三等奖
6	真如（外二首）	施岳宏	上海大学	三等奖
7	夏语（外三首）	蔡思若	复旦大学	三等奖
8	海上：心的游行手记	车信昱	复旦大学	入围奖
9	这是十二点零一分的上海（外四首）	陈思择	同济大学	入围奖
10	女孩（外四首）	司文（平恩培）	同济大学	入围奖
11	2023年，上海圣诞	犹木（张翼翔）	同济大学	入围奖
12	十六夜（外二首）	李雅琪	上海大学	入围奖
13	充气城堡（外三首）	冯铱（李骏飞）	上海大学	入围奖
14	泮池即景	袁宇	上海大学	入围奖
15	爱玲，上海（外一首）	张祯祎	上海第二工业大学	入围奖

短篇小说组

排名	作品名	真实姓名	院校	奖项
1	掌灯	李瑶瑶	复旦大学	一等奖
2	醉酒后	陈颖	上海大学	二等奖
3	21世纪精神病人	张添洋	华东政法大学	二等奖
4	长夏永不凋落	吕彦默	同济大学	三等奖
5	海上	惠忆	华东师范大学	三等奖
6	好吃！	张枫	复旦大学	三等奖
7	旧事重说	徐宁遥	上海第二工业大学	三等奖
8	影子的连衣裙	王井（黄芷仪）	同济大学	入围奖
9	四季平安	顾骊榕	华东政法大学	入围奖
10	地铁诗人狂想曲	杨欢欢	同济大学	入围奖
11	十眼	张继杰	上海交通大学	入围奖
12	园林中	冯铗（李骏飞）	上海大学	入围奖
13	五原路樱桃园	吕嘉欢	同济大学	入围奖
14	有慈无悲	连寂（李佳成）	上海戏剧学院	入围奖
15	一生的假期	毕如意	华东师范大学	入围奖

散文/非虚构组

排名	作品名	真实姓名	院校	奖项
1	沪居	李易衡	同济大学	一等奖
2	75岁步履不停：教学双轨间，一场摄影的修行	卜书典	上海大学	二等奖
3	水岸双时记	郑雨婕	上海大学	二等奖
4	此刻与别处	李织素	复旦大学	三等奖
5	在钢铁丛林里唱响的山歌	陈勇彬	上海大学	三等奖
6	正午的工人	陈明	华东师范大学	三等奖

续 表

排名	作 品 名	真实姓名	院 校	奖项
7	年少日记	秦凡森	上海大学	三等奖
8	怀乡（散文两种）	陈陈相因	复旦大学	入围奖
9	静止在六月十九日中	石珅源	上海大学	入围奖
10	生煎	黄思文	上海大学	入围奖
11	重生	贾明进	同济大学	入围奖
12	到底不是上海人	郑天硕	同济大学	入围奖
13	评残	艾琳（王婷华）	同济大学	入围奖
14	上海交响	杨越悦	同济大学	入围奖
15	你的上海是什么样的？	徐宁遥	上海第二工业大学	入围奖

文学评论组

排名	作 品 名	真实姓名	院 校	奖项
1	《神圣祭坛》与王安忆90年代的"情理现实主义"	王幸逸	华东师范大学	一等奖
2	"我是生成的鬼"——重读徐訏《鬼恋》	周乐天	复旦大学	二等奖
3	邵洵美与上海30年代的文学空间	陈延英	同济大学	二等奖
4	上帝不响：上海文学的"上帝"与"我"	陈宇轩	华东师范大学	二等奖
5	论穆时英《上海的狐步舞》中的"人工性"	陈陈相因	复旦大学	三等奖
6	清词札记——云间三子杨花词发微	田育珍	华东师范大学	三等奖
7	聚散有时：万国商团与西方现代性在中国的显隐	余俊钦	上海师范大学	三等奖
8	一种新诗伦理的可能性——从几首青年诗人近作说开去	车信昱	复旦大学	三等奖

续表

排名	作品名	真实姓名	院校	奖项
9	"大地"的审视与"人类世"下的城乡寓言——评孙未"大地三部曲"	李昔潞	上海大学	三等奖
10	海上嫦娥弄新妆——况周颐满路花中的传统与新变	魏靖	同济大学	三等奖
11	从"海上"的方向看当代诗歌及其想象——由陈东东《诗篇》谈起	陈榆菲	上海大学	入围奖
12	矛盾的典型：论《长恨歌》的"新""旧"复杂性	肖迪文	同济大学	入围奖
13	沧海遗珠 画壁漫漶	高悦坤	复旦大学	入围奖
14	未来赛博景观的上海书写——评《沪上2098》	程倚飞	上海大学	入围奖
15	自我幻灭：从成长小说角度重读《第一炉香》	黄羽彤	上海交通大学	入围奖
16	黄河路迷人的失败者之卢美琳——论电视剧《繁花》对扁平人物塑造的超越	吕彦默	同济大学	入围奖
17	如何对抗新旧历史更替中的精神困境——由《五湖四海》想到王安忆写作的源与流	郑天硕	同济大学	入围奖
18	上海现代文学的起源——《上海摩登》读札	刘天宇	华东师范大学	入围奖
19	人物的分裂、命运的悲凉——评张爱玲小说人物的疯狂美学	张心竹	上海社会科学院	入围奖
20	报告文学的破局何向——在文体发展的思考下读《浦东史诗》	马兵	上海大学	入围奖

后　记

上海，这座被无数次书写的城市，其文化血脉中始终奔涌着阅读与写作的活力。

2024年，由上海市语言文字工作委员会办公室指导，国家语言文字推广基地（上海大学）主办，上海大学文学院、上海大学中国创意写作研究院承办的"启典阅新·2024上海市大学生阅读与写作大赛"，正是这种活力在新时代高校场域的集中迸发。大赛以"发现上海"为核心命题，旨在引导青年学子将海派文化作为阅读与写作的接合点与落脚点，在经典的浸润中寻求命题新解，在城市的肌理内发掘文化新意，实现以阅读促进写作、以写作拓展阅读、以读写承续文脉的良性循环。

本次大赛面向上海市全体高校学生征稿，吸引了来自复旦大学、上海交通大学、华东师范大学、华东政法大学、上海师范大学、上海戏剧学院、上海外国语大学、上海大学等26所院校的广泛参与，共收到1084份投稿。文体涵盖文学评论、汉语新诗、短篇小说、散文及非虚构写作，稿件质量之高，正如新诗创作组评委徐萧所言，令人"始料未及"，亦为整座城市的文化前景注入了强劲信心。由陈思和、王晓明、吴俊、王宏图、路内等知名学者与作家组成的强大评审团，确保了评审环节的严肃性、专业性与公正性。经过严格初、终审，大赛最终遴选出文学创作组一等奖3名、二等奖6名、三等奖12名、入围奖60名；文学评论组一等奖1名、二等奖3名、三等奖6名、入围奖30名，集中且高水平地呈现了当代青年学生的精神风貌和文化素养。

大赛不仅止于评选。5月10日颁奖典礼前，于上海大学宝山校区文学院同步举行的四场分组获奖作品改稿会，将该文学活动推向深度交流与专业提升的高潮。四场改稿会现场讨论积极、气氛热烈，专家们提供了极具针对性的修改建议与读写指导，有效引导了青年学子坚定文化自信，积极践行社会主义核心价值观，为文化繁荣贡献青春活力。获奖作品本身，无论是探讨邵洵美与 1930 年代上海空间、王安忆与 1990 年代上海文化的评论，还是描绘城市风貌、展示生活细节的创作，都紧扣"发现上海"的主题，展现了上海文学不拘一格、多元共生的鲜明特点，也将成为解读当下青年精神图景的生动样本。

编选这部《发现上海——启典阅新·2024 上海市高校大学生阅读与写作大赛作品集》，正是为了记录并传播这场跨越沪上 26 所高校的读写盛宴的丰硕成果。它承载着青年学子对经典的回响、对城市的凝视、对语言与形式的探索。我们由衷期待，这本作品集不仅能展现当代上海高校青年读写力量的蓬勃生机，更能成为对未来写作者的一份启迪，激励更多人在阅读与写作的互哺中，持续发现上海、书写上海、丰富上海的文化光谱。

最后，谨向陈思和、王晓明、吴俊、王宏图、路内等全体评审专家的专业指导表示感谢，还要特别感谢每一位踊跃投稿的青年学子。正是大家的热情与才华，共同铸就了这场"启典阅新"的文化盛事，也让这部作品集得以诞生，向更广大的读者展现属于上海高校青年的文学之光。

本书编委会
2025 年 5 月